OLHAR PARA TRÁS

JUAN GABRIEL VÁSQUEZ

Olhar para trás

Tradução
Joca Reiners Terron

Companhia Das Letras

Copyright © 2020 by Juan Gabriel Vásquez
Edição original, Alfaguara (Penguin Random House Grupo Editorial, S.L.),
Madri, 2020 (Casanovas & Lynch Agência Literária S. L.)

READING COLOMBIA *Obra editada con apoyo del programa Reading Colombia, cofinanciación a la traducción y publicación.*

Grafia atualizada segundo o Acordo Ortográfico da Língua Portuguesa de 1990, que entrou em vigor no Brasil em 2009.

Título original
Volver la vista atrás

Capa
Alceu Chiesorin Nunes

Fotos de capa e de miolo
Arquivo pessoal de Sergio Cabrera, Marianella Cabrera e Carl Brook

Preparação
Silvia Massimini Felix

Revisão
Luís Eduardo Gonçalves
Valquíria Della Pozza

Dados Internacionais de Catalogação na Publicação (CIP)
(Câmara Brasileira do Livro, SP, Brasil)

Vásquez, Juan Gabriel
  Olhar para trás / Juan Gabriel Vásquez ; tradução Joca Reiners
Terron. — 1ª ed. — São Paulo : Companhia das Letras, 2025.

  Título original: Volver la vista atrás.
  ISBN 978-85-359-4016-9

  1. Ficção colombiana I. Título.

24-240445   CDD-co863

Índice para catálogo sistemático:
1. Ficção : Literatura colombiana co863

Eliete Marques da Silva – Bibliotecária – CRB-8/9380

Todos os direitos desta edição reservados à
EDITORA SCHWARCZ S.A.
Rua Bandeira Paulista, 702, cj. 32
04532-002 — São Paulo — SP
Telefone: (11) 3707-3500
www.companhiadasletras.com.br
www.blogdacompanhia.com.br
facebook.com/companhiadasletras
instagram.com/companhiadasletras
x.com/cialetras

Para Sergio Cabrera e Silvia Jardim Soares.
Para Marianella Cabrera.

Pois, segundo nossa visão das coisas, um romance deveria ser a biografia de um homem ou um caso, e toda biografia de um homem ou um caso deveria ser um romance.

Ford Madox Ford

Sumário

Parte I: Encontro em Barcelona, 11
Parte II: A revolução nos hotéis, 133
Parte III: A luz e a fumaça, 267

Epílogo, 397

Nota do autor, 429

PARTE I

ENCONTRO EM BARCELONA

1.

Segundo ele mesmo me contou, Sergio Cabrera estava em Lisboa fazia três dias quando recebeu pelo telefone a notícia do acidente do seu pai. A ligação o surpreendeu diante do Jardim da Praça do Império, um parque de caminhos amplos e pedregosos onde sua filha Amalia, que então tinha cinco anos, tentava dominar a bicicleta rebelde que acabara de ganhar como presente. Sergio estava sentado perto de Silvia num banco de pedra, mas naquele instante teve que se afastar em direção à saída do jardim, como se a proximidade de outra pessoa lhe impedisse de se concentrar nos detalhes do ocorrido. Ao que parece, Fausto Cabrera estava no seu apartamento de Bogotá, lendo o jornal no sofá da sala, quando lhe ocorreu que a porta da casa estava destrancada, e ao se levantar de modo brusco sofreu um desmaio. Nayibe, sua segunda esposa, que o seguira para pedir que voltasse à poltrona e não se preocupasse, pois já tinha passado a chave, conseguiu sustentá-lo nos braços antes que Fausto caísse de bruços contra o solo. Em seguida, ligou para a filha Lina, que estava passando alguns dias em Madri, e era Lina quem agora dava a notícia a Sergio.

"Parece que a ambulância já vai chegar", ela lhe disse. "Que fazemos?"

"Esperar", disse Sergio. "Vai ficar tudo bem."

Mas não acreditava nisso de verdade. Embora Fausto sempre tivesse tido uma saúde invejável e a força física de alguém vinte anos mais jovem, também era certo que tinha acabado de fazer noventa e dois anos muito bem dosados, e nessa idade tudo é mais grave: as doenças são mais ameaçadoras, os acidentes são mais prejudiciais. Continuava a se levantar às cinco da manhã para suas sessões de tai chi chuan, só que gradativamente com menos energia, fazendo concessões cada vez mais evidentes ao desgaste do próprio corpo. Como não havia perdido nem uma pitada de lucidez, isso o irritava muito. A convivência com ele, pelo pouco que sabia Sergio, se tornara tensa e difícil, e por isso ninguém se opôs quando anunciou que iria viajar a Pequim e Shanghai. Era uma viagem de três meses a lugares onde sempre fora feliz, e na qual seus antigos discípulos do Instituto de Línguas Estrangeiras lhe fariam uma série de homenagens: que problema poderia haver? Sim, fazer uma viagem tão longa numa idade tão avançada podia não parecer o mais prudente, mas ninguém nunca convenceu Fausto Cabrera a não fazer algo que ele já tinha enfiado na cabeça. Assim foi para a China, recebeu as homenagens e voltou para a Colômbia pronto para celebrar seu aniversário. E agora, poucas semanas depois de regressar do outro lado do mundo, sofreu um acidente na distância que vai do sofá até a porta da casa, e estava se aferrando à vida.

Não era uma vida qualquer, é preciso dizer. Fausto Cabrera era uma figura de renome da qual a gente de teatro (mas também da televisão e do cinema) falava com o respeito que produzem os pioneiros, apesar de ter sido sempre rodeado por controvérsias e ter tantos amigos quanto inimigos. Havia sido o primeiro a usar o método Stanislavski para interpretar poemas, não apenas para fazer personagens dramáticos; fundara escolas de teatro experimental em Medellín e em Bogotá, e uma vez se atreveu a converter a arena de touros de Santamaría em palco para uma peça de Molière. No fim dos anos 1940 fez programas no rádio que mudaram a maneira que as pessoas entendiam a poesia, e depois, quando a televisão chegou à Colômbia, foi um dos primeiros diretores de teleteatro e um dos seus atores mais reconhecidos. Depois, em tempos mais conturbados, usou a reputação que obteve nas artes cênicas como fachada para militar no comunismo colombiano, e isso lhe granjeou o ódio de muita gente, até que aqueles anos foram caindo no esquecimento. As gerações mais jovens o recordavam em especial por um papel cinematográfico: foi em *A estratégia do caracol*, o mais conhecido dos filmes de Sergio e talvez o que mais satisfações tenha lhe dado, no qual Fausto fez Jacinto, um anarquista espanhol que lidera uma pequena revolução popular no coração de Bogotá. Encarnou-o com tanta naturalidade, e se percebia tão à vontade na pele do seu personagem, que Sergio, quando falava do filme, gostava de resumi-lo assim:

"É que estava interpretando a si mesmo."

Agora, ao sair do jardim com Silvia ao seu lado, caminhando entre o Mosteiro dos Jerônimos e as águas do rio Tejo, vigiando Amalia que, mais adiante, lutava contra o manejo da bicicleta, Sergio se perguntava se não poderia ter feito um esforço nos últimos dias para visitá-lo com mais frequência. Não teria sido fácil, de todo modo, pois na sua própria vida estavam ocorrendo duas coisas que consumiam seu tempo e sua atenção, e mal lhe deixavam espaço para outras preocupações. Por um lado, uma série de televisão; por outro, a tentativa de salvar seu casamento. A série contava a vida do jornalista Jaime Garzón, seu amigo e cúmplice, cujos programas brilhantes de sátira política terminaram em 1999, na madrugada em que morreu baleado por pistoleiros de extrema direita enquanto esperava, dentro da caminhonete, o sinal abrir. O casamento, por sua parte, estava fora dos eixos, e as razões não eram claras nem para Sergio nem para sua esposa. Silvia era portuguesa e vinte e seis anos mais nova que ele; tinham se conhecido em 2007, em Madri, e conseguiram viver vários anos satisfatórios em Bogotá, até quando algo deixou de funcionar bem. Mas o que era? Apesar de não conseguirem saber com certeza, a separação lhes pareceu então a melhor das opções, ou a menos daninha, e Silvia viajou para Lisboa não como se regressasse para seu país e sua língua, mas como se viesse de visita para escapar de uma tormenta.

Sergio suportou como pôde a vida sem elas, porém sempre esteve consciente de que a separação lhe fazia mais mal do que confessava. Então lhe chegou a oportunidade que estivera aguardando sem saber: a Cinemateca da Catalunha estava organizando uma mostra retrospectiva dos seus filmes, e os responsáveis pediam que Sergio viajasse para Barcelona e passasse com eles um fim de semana longo, da quinta-feira, 13 de outubro, até o domingo seguinte. Primeiro haveria uma abertura, uma dessas cerimônias com taça de espumante e música ao vivo, repletas de apertos de mãos e elogios generosos, que sempre violentaram sua timidez natural mas que nunca havia rechaçado, pois no fundo lhe parecia que nem sequer uma timidez como a sua justificava um ato de ingratidão. E depois, durante três dias, Sergio assistiria às projeções dos seus filmes e falaria sobre eles com um público interessado e culto. A ocasião era perfeita. Sergio decidiu de imediato que aproveitaria o convite de ir a Barcelona para dar um pulo em Lisboa, passar alguns dias na companhia da esposa e da filha e remendar a família que se rompeu, ou ao menos compreender a fundo as razões da ruptura. A cinemateca emitiu as passagens respeitando tais pedidos.

De maneira que em 6 de outubro, quando Sergio chegou ao aeroporto de Bogotá, tinha já reservada sua conexão para Lisboa no dia seguinte. Ligou para o pai da sala de espera: nunca, em toda a sua vida, saíra do país sem se despedir dele pelo telefone. "Volta quando?", perguntou Fausto. "Daqui a quinze dias, pai", disse Sergio. "Muito bem, muito bem", disse Fausto. "Então nos vemos na volta." "Sim, nos vemos na volta", disse Sergio, pensando que os dois estavam repetindo as mesmas frases que já haviam dito mil vezes em mil ligações idênticas, e que essas palavras corriqueiras já não eram mais as mesmas que haviam sido: tinham perdido valor, como as moedas que não circulam mais. No aeroporto de El Prat o esperava um dos encarregados da retrospectiva, pois Sergio lhes oferecera trazer na própria bagagem de mão todo o material de que necessitavam: os hard disks nos quais vinham os filmes, é claro, mas também fotos das rodagens e até algum roteiro original que a cinemateca exibiria nas vitrines. O encarregado era um jovem magro e barbudo, de óculos grossos de armação preta e camiseta de presidiário de caricatura, que recebeu a mala com uma expressão de seriedade inabalável e depois perguntou a Sergio se mais alguém viria com ele. "Para reservar um quarto duplo", esclareceu o jovem. "Se for o caso."

"Meu filho vem", disse Sergio. "Seu nome é Raúl. Mas já sabem disso na cinemateca."

Sergio decidira isso dias atrás. Silvia não poderia acompanhá-lo nem mesmo se a relação estivesse bem, e não apenas pelo próprio trabalho, que não lhe permitia se ausentar, mas porque Amalia estava prestes a entrar numa escola nova. O mais natural do mundo era convidar Raúl, o único filho do seu casamento anterior, que tinha acabado de começar seu último ano do ensino médio e em todo e-mail perguntava quando voltariam a se ver. Isso não acontecera nos últimos dois anos, pois Raúl vivia com a mãe em Marbella, fora dos trajetos por onde costumavam passar as viagens de Sergio. De modo que pegaria um avião na tarde de quinta-feira, depois de terminar as aulas, e aterrissaria em Barcelona justo em tempo de assistir à cerimônia de abertura e passar quase três dias inteiros com seu pai, vendo filmes que não havia visto e voltando a ver os que já conhecia, só que dessa vez com o som e a imagem de uma sala de cinema. Como se essas razões fossem poucas, Raúl nunca tinha estado em Barcelona, e a ideia de lhe mostrar a cidade ao mesmo tempo que lhe mostrava seus filmes pareceu ao pai estranhamente sedutora. Nisso pensava Sergio quando aterrissou em Lisboa, pouco antes das nove da noite, e se deparar, na saída, com o rosto de Silvia e seu sorriso luminoso provocou nele a ilusão de ter regressado para casa em vez de estar de visita. Então se deu conta de que também Amalia tinha vindo recebê-lo; e mesmo que fosse tarde demais para ela, a menina teve energia suficiente para abrir os braços e se dependurar no seu pescoço, e Sergio entendeu por que aquele desvio todo tinha valido a pena.

Foi tão belo o reencontro que nem sequer lhes importou que a companhia aérea tivesse extraviado as malas. Das três que Sergio tinha despachado em Bogotá, apenas uma chegou sã e salva ao seu destino, e a mulher do balcão amarelo não lhes deu outra solução a não ser obrigá-los a voltar ao aeroporto na segunda-feira pela manhã. Contudo, não haveria desencontro ou incidente que tiraria de Sergio a alegria de ver sua família. No sábado, muito mais cedo do que aconselhava seu horário desajustado, deixou que Amalia o tomasse pela mão e o levasse para conhecer o bairro Benfica, que para ela se limitava à rua Manuel Ferreira de Andrade e ao seu local mais importante: a confeitaria Califa. Comprou-lhe seus salgadinhos favoritos, levou-a ao aniversário de uma amiga, ouviu suas canções portuguesas e tentou cantar com ela, e no domingo, com Silvia, repetiu a rotina. De noite, disse a Silvia: "Estou feliz de ter vindo". E era verdade verdadeira.

A ligação da sua meia-irmã Lina foi como dar de cara contra a realidade impertinente. Naquela manhã, Silvia e ele foram recuperar as malas extraviadas no aeroporto, e na volta compraram para Amalia uma bicicleta cujo quadro era rosa-choque, com farol à pilha no guidão e cestinha traseira para a boneca, além de um capacete que combinava com o quadro; e essa era a razão pela qual tinham ido ao Jardim da Praça do Império, diante do Mosteiro dos Jerônimos, por onde andavam quando receberam a notícia. Era um dia de céu claro, e a água do Tejo refletia lampejos brancos; as pedras das calçadas ofuscavam tanto que faziam os olhos de Sergio doer, e ele precisou botar os óculos escuros para seguir caminhando até o lugar onde tinham estacionado o carro de Silvia. Contudo, seu passo não era mais o passo ligeiro de antes, e a felicidade frívola da bicicleta nova, e a satisfação que lhe dava a boca concentrada da menina na tentativa de seguir em linha reta, foram repentinamente para o brejo.

Eram sete da noite quando chegaram à rua Manuel Ferreira de Andrade. Diante do número 19, Sergio desceu as malas pesadas e as arrastou até a galeria, enquanto Silvia dava uma volta na quadra para encontrar uma vaga livre. E foi então que seu telefone no bolso voltou a vibrar e apareceu na tela o mesmo número que chamara antes. No ato de responder, Sergio já sabia o que a voz de Lina diria, já conhecia todas as palavras, pois não há muitas para dizer o que Lina estava prestes a lhe dizer. Quando sua esposa e a filha chegaram, ainda estava ali, na galeria de piso de mármore, entre colunas de azulejos verdes, paralisado apesar das correntes de ar atingirem seu rosto, com o celular ainda na mão e suas malas tristes bem ao lado como dois filhotes de cão, sentindo, apesar de tudo, que uma conjunção de acasos lhe foi favorável, pois não teria preferido receber aquela notícia em nenhum outro lugar do mundo e em nenhuma outra companhia. Tomou a mão de Silvia, enquanto deixava Amalia se afastar na bicicleta, e lhe disse:

"Acabou de morrer."

A primeira coisa que fez ao subir ao apartamento foi se trancar no quarto de Silvia para ligar à irmã Marianella. Durante longos segundos telefônicos choraram juntos, sem nenhuma necessidade de dizerem nada um ao outro, apenas compartilhando a sensação aterrorizante de que toda uma vida — não apenas a de Fausto Cabrera — se encerrava. Marianella era dois anos mais nova que Sergio, entretanto, por razões que nunca tentaram explicar, essa distância tinha algo de irreal ou de arbitrário, talvez porque os traços de suas personalidades a compensassem; a irmã caçula sempre fora mais atrevida, mais rebelde, mais contestatária, e o irmão mais velho, por outro lado, parecia ter nascido com o vício da elucubração e da incerteza. Contudo, tinham vivido tantas coisas juntos, e tão diferentes daquelas que podiam ter vivido, que desde muito jovens conseguiram manter este tipo de lealdade especial: a de quem sabe que sua vida é incompreensível para os demais, e que a única maneira de serem felizes é aceitá-la sem se rebelar. Sergio tentou amenizar à distância a tristeza da irmã, e não lhe ocorreu melhor maneira a não ser contar tudo o que sabia sobre a morte do pai. Contou do sofá em que estava lendo o jornal, da teimosia ao se levantar para fechar uma porta que já estava trancada, do desmaio nos braços da esposa. Contou-lhe que Fausto nem sequer chegara a entrar na ambulância, pois já não exibia sinais vitais quando os paramédicos chegaram. O atestado de óbito foi feito ali mesmo, na sua própria sala, e agora mesmo esperavam o pessoal da funerária. Isso era o que Lina havia contado, e terminou com uma frase estranha, entre críptica e bombástica:

"Morreu de pé, Sergio. Tal como viveu."

Era segunda-feira, 10 de outubro de 2016. A cerimônia de abertura na cinemateca estava prevista para o dia 13, quinta-feira, às sete e meia da noite. Depois de desligar o telefonema para Marianella, Sergio se viu de repente fazendo cálculos mentais, contando tempos de voo e de escala, comparando diante do computador os itinerários disponíveis entre Espanha e Colômbia. Mesmo que o fuso horário não fosse favorável, percebeu que não era impossível, caso se apressasse, viajar a Bogotá para ver pela última vez o rosto do pai, cumprimentar Nayibe e dar um abraço em Marianella, e regressar a Barcelona, com apenas um dia de atraso, para participar do restante da retrospectiva, ver seus filmes e responder às perguntas do público. De noite, porém, depois de jantar com Silvia e com Amalia, Sergio se recostou no sofá cinzento, diante do televisor desligado, e não soube em qual momento começou a sentir uma emoção que nunca antes conhecera. Ali, naquele apartamento alheio de piso de madeira, estava sua família, a família que já lhe escapara uma vez; como se isso fosse pouco, em Barcelona o esperava Raúl, e de repente toda aquela viagem tinha assumido o aspecto de um reencontro. Talvez Sergio estivesse pensando nisso quando tomou uma decisão que na hora não lhe pareceu tão estranha quanto pareceria mais tarde.

"Não vou", disse a Silvia.

Não viajaria a Bogotá: não iria ao funeral do pai. O compromisso assumido com a cinemateca, explicaria a quem necessitasse de explicações, não lhe dava tempo suficiente para ir e voltar, e não podia desprezar o trabalho e o dinheiro que os organizadores investiram na homenagem. Sim, essa era a solução. *Sinto muito*, diria à esposa do pai, e não estaria mentindo ao dizê-lo. Mantinha uma relação cordial com ela, mas nunca, em tantos anos de convivência, conquistara algo que se parecesse com intimidade. A ela não faria falta a presença de Sergio; ele, por razões que não encontravam palavras claras, não se sentia de todo bem-vindo em Bogotá.

"Tem certeza?", disse Silvia.

"Tenho", disse Sergio. "Já pensei bastante. E meu lugar é entre os vivos, não com os mortos."

Todos os veículos da Colômbia noticiaram a morte de Fausto Cabrera. Quando Sergio chegou a Barcelona, na quarta-feira ao fim de uma manhã cinzenta, a imprensa colombiana já estava inundada com recordações da vida do seu pai. Ao ler as notícias daqueles dias, parecia não existir em todo o país um só ator que não tivesse compartilhado com ele as aulas de interpretação do mestre Seki Sano, nem um só aficionado que não estivera presente na arena de touros para ver *O doente imaginário*, nem um colega que não tivesse ligado a fim de felicitá-lo quando ganhou o prêmio Vida e Obra do Ministério da Cultura. As emissoras de rádio descobriram velhas gravações nas quais Fausto recitava poemas de José Asunción Silva ou de León de Greiff, e em algum canto da internet reapareceu um artigo que Sergio publicara anos antes no *ABC* de Madri. "Um bom patriota", escreveu, "não é quem passa a vida tentando provar que o seu é um país melhor; é quem trata de fazer grande o país que o recebe, pois essa é a melhor forma de honrar o que o viu nascer." As redes sociais também fizeram sua parte: das suas cloacas saíram silhuetas anônimas ou pseudônimos altissonantes — Patriota, Embandeirado, Grande Colombiano — que recordaram o passado militante de Fausto Cabrera e sua relação com a guerrilha maoista, e declararam que o único comunista bom era o comunista morto. O telefone de Sergio não deixou de receber chamadas de números ocultos ou desconhecidos, e seu WhatsApp ficou lotado com solicitações ou pedidos que ele recusou com toda a cortesia de que foi capaz. Sabia que não podia se esconder para sempre, porém durante algumas horas, quantas mais melhor, queria guardar para si mesmo a recordação do seu pai, as memórias — boas e as demais — que já começavam a assaltá-lo.

A Cinemateca da Catalunha o alojou num hotel luxuoso da Rambla del Raval, um desses lugares onde todas as paredes são janelas e todas as luzes são coloridas, mas não lhe deu tempo de desfrutar as acomodações: a organização o levou de imediato a um almoço de boas-vindas num restaurante do bairro. Mesmo que não o tivessem informado, Sergio se deu conta de que o mundo todo já estava sabendo do ocorrido: carregavam as expressões forçadas de quem tateia o terreno para verificar quanta simpatia lhe é permitida, onde está a fronteira legal dos sorrisos. Antes que chegassem as sobremesas, o diretor de programação, um homem amável de olhos grandes e óculos sem armação, cujas sobrancelhas grossas se alçavam quase com carinho quando falava de cinema, interrompeu a conversa para agradecer a Sergio pela presença, e lhe disse com toda a clareza que estavam muito contentes de tê-lo em Barcelona, mas lhe davam toda a liberdade para viajar à Colômbia caso assim preferisse: a retrospectiva já estava organizada, os filmes já se encontravam na cinemateca, a exposição já havia sido montada, e se Sergio decidisse cancelar sua participação para estar com a família e enterrar o pai, eles compreenderiam perfeitamente. Sergio já tivera tempo suficiente para avaliá-lo: Octavi Martí dirigira várias obras para o cinema e para a televisão, e falava dos grandes diretores com essa intimidade que apenas aqueles que os compreenderam de verdade têm. Às vezes parecia ter visto todos os filmes do mundo, e às vezes, no seu trabalho de crítico parecia ter escrito sobre todos eles. Sergio gostou dele de imediato, mas essa não foi a única razão que teve para responder daquela maneira.

"Não, eu vou ficar", disse.

"Poderia ir e voltar para o encerramento, se quiser. Faremos um coquetel ao final, você conversa com as pessoas e pronto."

"Obrigado", disse Sergio. "Mas compromissos são compromissos."

Depois do almoço, na cadeira à sua direita, que ficara misteriosamente vazia no momento do café, apareceu uma garota jovem com uma pasta cujo conteúdo — várias páginas de informação bem organizadas — ela foi explicando com a voz toda paciente de uma professora. Indicou uma por uma as entrevistas que o homenageado teria que dar nos dias seguintes, uma longa lista de jornais, rádios e televisão que ali, sobre o branco da página, era um rio caudaloso que Sergio deveria cruzar a nado, como se estivesse de volta aos treinamentos militares de outros tempos. Da pasta saiu também a programação da retrospectiva.

Dia 13. *Todos se vão* (2015). Palestra e perguntas do público.
Dia 14. *Golpe de estádio* (1998). Palestra e perguntas do público.
Dia 15. *A estratégia do caracol* (1992). Palestra e perguntas do público.
Dia 16 a 19. *Perder é questão de método* (2004), *Ilona chega com a chuva* (1996), *Técnicas de luto* (1989) e *Águias não caçam moscas* (1994). Projeções sem a participação de Sergio Cabrera.

Sergio pensou que poderia ter acrescentado outras palavras: *Projeções num mundo onde meu pai não se encontra mais*. A ideia o abalou, porque o fantasma de Fausto Cabrera estava presente em cada um dos filmes, e em muitos deles não era um fantasma, mas uma presença de carne e osso: o anarquista espanhol, o recepcionista de um hotel de marinheiros, o padre que oficia um enterro. Nunca, desde o primeiro dos seus curtas-metragens — um episódio da viagem de Alexander von Humboldt pela Colômbia —, terminara um filme sem se perguntar o que seu pai acharia; nunca, tampouco, se perguntara como seria ver seus filmes neste novo mundo órfão, ou se os filmes podem mudar quando o mundo exterior, o mundo não filmado, transformou-se de maneira tão violenta: se os fotogramas ou as linhas de diálogo se transformam quando desapareceu a pessoa que em mais de um sentido os fez possíveis. Agora, enquanto falava da programação com a jovem, Octavi Martí se aproximou para lhe falar algo. Tinha se dado conta de que os três primeiros filmes, os que seriam projetados com a presença de Sergio, formavam uma espécie de cronologia invertida; da mais recente para a mais antiga. Teria sido de propósito?

"Não, mas está bem assim", disse Sergio com um sorriso. "Olhando para trás, não? Depois de tudo, vai ser uma retrospectiva de verdade."

Depois de sair do restaurante, foi direto para seu quarto. Aquela tarde barcelonense era a manhã colombiana; a manhã do dia do funeral. Queria falar com Marianella, que passava por momentos tristes. Nos últimos tempos, depois de uma série de altercações insolúveis, os contatos com seu pai tinham se complicado até serem interrompidos por completo. Por isso havia fúria no seu choro quando respondeu à ligação: porque agora, depois desse afastamento doloroso, gostaria de fazer parte da morte do pai. Contudo, ninguém a avisou a tempo, mesmo que fosse apenas para que tivesse o direito de se preocupar, nem a convidaram à casa do pai, para que o acompanhasse nos ritos da morte. "Não me avisaram", queixava-se Marianella. "Estão dizendo que abandonei papai nos seus últimos anos, que o deixei sozinho na velhice... Não entendem, Sergio, não sabem de nada e não entendem nada." Os ressentimentos ocultos ou nunca expressados que existem hoje em todas as famílias, os mal-entendidos e as palavras que não são ditas ou são ditas fora de hora, a falsa ideia que fazemos acerca do que acontece na cabeça ou na alma do outro: essa complexa rede de silêncios conspirava agora contra a serenidade, e Marianella, em meio à sua tristeza, estava dizendo a Sergio que tampouco ela ia comparecer ao enterro.

"Não, isso não pode ser", disse Sergio. "Você está aí, tem que ir."

"E você?", disse ela. "Por que não está aqui?"

Sergio não soube responder. Insistiu em razões vagas, e afinal conseguiu que sua irmã aceitasse: com sua mãe morta nove anos antes e com Sergio fora do país, ela era a família, precisava representar a família.

Naquela tarde, teve a primeira entrevista no vestíbulo do hotel. A jornalista lhe explicou que se tratava de uma página especial — a contracapa do *La Vanguardia* — e que o formato exigia que começasse com um breve inventário de dados biográficos, de maneira que Sergio se viu respondendo a uma ficha policial: tinha sessenta e seis anos, três casamentos e quatro filhos; havia nascido em Medellín, vivido na China e trabalhado na Espanha; era ateu. Não o surpreendeu que a primeira pergunta, depois do interrogatório, não fosse uma pergunta, mas condolências: "Sinto muito pelo seu pai". Sua própria resposta, por outro lado, pegou-o desprevenido, não somente porque nem ele mesmo a esperava, mas porque ao dá-la teve de repente a sensação incômoda de ter falado além da conta, como se delatasse alguém.

"Sim, obrigado", disse. "Morreu hoje e não poderei ir ao seu enterro."

Era mentira, é claro, uma defasagem voluntária de quarenta e oito horas, e não tinha importância ali, na poltrona estridente do vestíbulo: não era provável que a jornalista a percebesse, e se acontecesse, sem problemas a atribuiria às confusões da dor, àquela desorientação que alguém sente ao acabar de perder um ser querido. Mas por quê? Por que havia mentido? Perguntou a si mesmo se era possível sentir vergonha tardiamente da sua decisão de não ir ao funeral, como se a vergonha pudesse ser uma companheira de viagem que nos alcança depois de sair atrasada. A jornalista quis saber mais do seu pai, o filho de família de militares que não apoiaram o golpe de Franco, o exilado republicano na Colômbia, e Sergio continuou a responder criteriosamente às perguntas, mas essa traição das próprias emoções não deixou de incomodá-lo.

"Ah, quer dizer que viveu aqui", disse a jornalista. "Aqui, em Barcelona?"

"Pouco tempo, mas sim", disse Sergio.

"E viveu onde?"

"Isso não sei", disse Sergio. "Nunca me contou. Não creio que se lembrasse."

Deu mais duas entrevistas e depois se desculpou com a cinemateca: estava cansado, jantaria por sua conta e depois iria dormir. "Muito bem, muito bem", disseram-lhe, "pois amanhã começa o trabalho para valer." Subiu para suas acomodações, cujos grossos vidros anulavam o burburinho dos grupos que bebiam sob as palmeiras, e quis se deitar, fechar os olhos e descansar um pouco. Mas não conseguiu. Pensava nas perguntas que lhe foram feitas e nas respostas que dera de bom grado, sempre convencido de que fazer cinema era uma das coisas mais difíceis do mundo, pois as palavras o enredavam por completo e não faziam mais que provocar mal-entendidos; no entanto, agora agradecia por essa obrigação, que o distraía da dor e mantinha a tristeza à distância. Elogiou o romance de Wendy Guerra, cuja história servia como base para seu filme, e comentou *Golpe de estádio*, uma comédia na qual os guerrilheiros e os soldados declaram uma trégua para poder ver uma partida de futebol, e falou também de *Perder é questão de método* e da sua amizade com o romancista Santiago Gamboa; e mil vezes, ao responder perguntas sobre *A estratégia do caracol*, teve que se referir brevemente ao seu pai, que viveu a Guerra Civil ali mesmo, em Barcelona, antes de começar os anos de exílio ou de errância que acabariam por levá-lo à Colômbia. No entanto, onde, em qual parte da cidade tinha vivido? Seu pai nunca lhe dissera, ou então Sergio havia se esquecido.

Não conseguiu dormir: o cansaço, se é que tinha existido alguma vez, evaporou-se dos seus olhos. Talvez fossem os resquícios do fuso horário, pois não haviam se passado cinco dias desde sua chegada da Colômbia, ou talvez uma eletricidade que lhe percorria o corpo insone, mas Sergio não pôde continuar na cama. Vestiu uma jaqueta, pois a temperatura caíra bruscamente, bisbilhotou os folhetos do quarto e encontrou algumas fotos publicitárias de que gostou, e em poucos minutos estava subindo ao terraço do hotel, à procura de uma cadeira livre para sentar a fim de ver a lua nova, a noite da cidade velha que se estendia dali até o mar. O céu abriu e uma brisa desordenava os guardanapos. A cadeira alta que ocupava, disposta de frente para uma mesa de vidro, parecia prestes a cair na rua. Não soube o que chegou primeiro, se a garçonete com a taça de vinho tinto ou a pergunta incômoda, mas ali estava novamente: se tivesse que explicar por que decidiu não viajar a Bogotá para ver o rosto do pai pela última vez, o que diria? Para estar com Silvia e com Amalia, é claro: para se encontrar aqui, em Barcelona, com seu filho Raúl. Muito bem: mas isso era tudo? Não havia algo mais?

Abaixo brilhavam as luzes do bairro, que já começavam a se acender, e à sua esquerda, a linha de luz das Ramblas atraía o olhar e o levava em direção ao porto, em direção à estátua invisível de Colombo. No céu era possível ver as luzes dos aviões que se aproximavam de El Prat. Pegou o telefone — a luz branca rompeu a cômoda penumbra do bar e chamou a atenção dos vizinhos — e verificou suas mensagens de WhatsApp. Conseguiu contar vinte e sete mensagens de condolências antes de chegar a uma linha de Silvia: *Como você está?* Ele respondeu: *Bem. Não vou esconder, ando pensando em você. Quero que isso dê certo.* E ela: *Agora o importante é pensar no seu pai. Está pensando nele?* E ele: *Ando lembrando de algumas coisas, sim.* Mas eram memórias malformadas que não se viam com clareza ou resistiam a deixar-se ver, memórias desagradáveis meio que irrompendo na noite tranquila, nessa solidão que amanhã, quando Raúl chegar, será irrecuperável. *Tantos conflitos*, escreveu Sergio. *Apesar de termos feito tantas coisas juntos, na China, na guerrilha, no cinema, na televisão, o conjunto de recordações, por mais que eu trate de edulcorá-lo, não é positivo.* Levantou o rosto: passava outro avião, mas devia estar mais próximo, pois era possível distinguir seu ruído de longe. *Contudo eu sei, e digo isso a cada vez que posso, que sou um discípulo do meu pai. Nunca poderia ter feito as coisas que fiz se não tivesse crescido no seu mundo.* Baixou o aparelho e olhou o céu, pois o avião seguia atravessando o céu profundo, voando rumo ao sul, em direção ao aeroporto ou ao lugar onde Sergio imaginava que estaria o aeroporto. Nesse momento o celular vibrou (Silvia devia ter respondido), mas Sergio nem percebeu, pois seu olhar, que permaneceu atento ao avião ou às suas luzes diminutas, que iam abarcando a cidade de prédios baixos, agora topava com algo mais: a silhueta de uma montanha, lançada no horizonte como um animal adormecido, e sobre a silhueta, o resplendor de brasas do castelo. Sentiu que algo se desordenava no peito, pois tinha certeza de nunca ter estado naquele terraço nem em nenhum parecido de Barcelona, porém alguma razão era preciso encontrar para a emoção imprevisível que o atingia agora, ao confirmar que dali, do terraço do hotel, era possível ver Montjuïc.

2.

Do terraço era possível ver Montjuïc. Fausto, que então tinha treze anos, gostava de subir com seu irmão Mauro para ver o céu e o mar distante, e no céu, os aviões de Franco que sobrevoavam a cidade resistente. A Guerra Civil eram muitas coisas: era um padre que, do campanário de uma igreja do bairro, dispara contra a multidão desarmada, e era também o silvo de gata no cio que produz uma bomba antes de cair, e era também o sacolejo da explosão, que se sentia no estômago como uma desordem nos intestinos. A guerra, para os irmãos, era se esconder embaixo da mesa do refeitório enquanto a silhueta de um Junkers inimigo cruzava o céu azul. Depois aprenderam a procurar refúgio quando soavam as sirenes, mas logo em seguida, quando as sirenes ficaram rotineiras, perderam o costume: a partir de certo momento, apenas Pilón, o cão lobo da família, continuou a se esconder no refúgio. Fausto escutava as bombas que caíam noutro lugar — perto ou longe, mas noutro lugar — e depois, perguntando aos adultos, ficava sabendo que aqueles aviões chegavam das ilhas Baleares, que já pertenciam a Franco, porém recebia a notícia tranquilizadora de que Barcelona, por outro lado, nunca cairia nas mãos dos fascistas. Por que não? Porque era o que seu pai dizia.

Chamava-se Domingo Cabrera. Na altura em que começou a guerra, tinha ainda um corpo privilegiado de atleta, ademais era um poeta dedicado e um violonista de boa voz com cara de ator de cinema. Era um aventureiro: aos dezesseis anos empacotara seus poucos pertences, cansado da vida provinciana das ilhas Canárias, e subira no primeiro barco que ia para as Américas. Mal conseguiu juntar o dinheiro suficiente para que lhe permitissem subir a bordo, de maneira que teve que pagar o resto da viagem com o suor do rosto: e isso foi mais certo no seu caso que em nenhum outro, pois o que fez, para escândalo e fascínio dos passageiros, foi combinar com um companheiro e montar exibições de luta livre no convés. Nessa viagem aventureira passou por Cuba, trabalhou no campo na Argentina e administrou uma fazenda na Guatemala, a poucos quilômetros de Antigua. Ali conheceu um coronel espanhol, Antonio Díaz Benzo, que havia sido enviado para lá pelo rei em pessoa com o objetivo de abrir uma escola militar. E isso mudou sua vida.

Era um herói da guerra de Cuba em cujo uniforme de gala não cabiam as medalhas. Ninguém teria podido prever o que aconteceu: Domingo, o rapazinho aventureiro, se enamorou de Julia, a filha do militar; e o que era pior, a filha do militar se enamorou do rapazinho aventureiro. Julia Díaz Sandino era uma aristocrata de Madri, monarquista até a medula; aquela era a relação mais improvável do mundo até que alguém percebesse que a monarquista também era boa leitora de poesia espanhola, e recitava Lope de Vega desde que o poema não fosse obsceno, e falava aos guatemaltecos de Rubén Darío como se fosse madrilenho. O novo casal voltou a Las Palmas. Lá, numa casa da rua Triana com vista para o mar, num quarto cuja tinta das janelas era descascada pela força da maresia, nasceram seus filhos — Olga, Mauro e Fausto —, e ali teriam ficado a vida toda se a vida não tivesse dado voltas sem avisar.

Uma noite, depois de deitar o menino Fausto, Julia se queixou pela primeira vez de uma dor de garganta. Atribuíram-na à chegada do outono — devia ter lhe afetado, disseram —, mas a dor aumentou com o avançar dos dias, e logo ficou quase intolerável. Em questão de semanas, um médico lhe diagnosticou um câncer muito agressivo e recomendou com franqueza: era melhor viajar para a capital, pois por lá tinham descoberto um tratamento novo.

"E de que se trata?", perguntou Domingo.

O médico respondeu à sua maneira.

"É o toque do trigêmeo", ele disse. "Até o nome é bonito."

Eram tempos difíceis quando chegaram a Madri. A monarquia de Afonso XIII sofria havia vários meses o assédio dos fantasmas da república, e mesmo que os mantivesse à distância, para todo mundo era evidente que algo mudaria na Espanha. D. Julia sofria como seu rei, pois na sua família pesava a figura de um coronel heroico, defensor na guerra de Cuba dos territórios da Coroa, e sofria duplamente pelo que estava acontecendo ao seu irmão. Felipe Díaz Sandino era um dos grandes pilotos da aviação espanhola. O comandante de aviação Díaz Sandino, da Força Aérea da Catalunha, era um desses personagens que parecem viver com o brasão da família tatuado no peito, e no dessa família liam-se dez palavras sinistras: *Viva a vida de sorte que viva fique na morte*. Julia teria se sentido orgulhosa dele, e teria transmitido esse orgulho para sua família, se o tio Felipe, que visitava a casa dos Cabrera todos os dias, não tivesse três defeitos: um, era um republicano convicto; dois, estava conspirando para derrubar o rei; e três, convencera Domingo a se unir aos conspiradores.

Uma noite de 1930, Domingo, que se acostumara a chegar cedo para cuidar da esposa doente de câncer, não apareceu em casa. Ninguém tinha notícias suas, ninguém o vira ao longo do dia, ninguém sabia de nada estranho que pudesse ter lhe acontecido. Em Madri já se respirava um ar de subversão, e numa cidade assim poderiam acontecer coisas graves sem que ninguém soubesse. Assim foram para a cama — e Fausto recordaria depois com plena consciência que seus pais mentiam para ele quando diziam que não, que não estava acontecendo nada, que não passavam de coisas de adultos —, e conseguiram dormir algumas horas quando foram despertados pelos golpes das coronhas na porta. Eram três agentes de segurança que não tiraram o chapéu nem guardaram as pistolas para entrar à força, como se entra na casa de um delinquente, perguntando por Felipe Díaz Sandino, abrindo portas aos chutes e olhando debaixo das camas. Quando se convenceram de que o tio Felipe não estava ali, perguntaram pelo dono da casa. Julia os fitou um por um.

"Também não está", disse d. Julia. "E não sei onde pode estar. E se soubesse, tampouco diria."

"Pois diga assim que o vir, senhora", disse um dos agentes, "que o esperamos na delegacia."

"E se não o vir?"

"É claro que o verá", disse o homem. "É claro que o verá."

Viu-o de madrugada. Domingo chegou tão silenciosamente que o menino Fausto só percebeu sua presença quando ouviu o pranto da mãe. As notícias não eram boas: os policiais tinham perseguido Domingo e o tio Felipe, e depois que eles se esconderam durante horas, mudando de casa e se enfiando em cafés para desorientar seus perseguidores, foram alcançados. Domingo conseguiu escapar, mas o tio Felipe foi preso, e agora o acusavam de conspirar contra o rei Afonso XIII e o mantinham aprisionado numa prisão militar.

"Bom, então vamos vê-lo", disse dona Julia.

"Mas o que você está dizendo?", reprovou Domingo. "Você está doente."

"Não para isso", ela disse. "Vamos agora mesmo. Além disso, vamos todos."

Fausto tinha seis anos quando visitou uma cadeia pela primeira vez. Para Olga e Mauro, não passou de um lugar escuro e feio; para Fausto, por outro lado, a cadeia era sórdida, perigosa, e nela o tio Felipe sofria por ser justo ou por lutar contra as injustiças. Na realidade, não era assim: não era um lugar sórdido, não existiam corredores claustrofóbicos nem o tio Felipe sofrera torturas ou maus-tratos. As prisões para os militares, ainda por cima se fossem militares de estirpe com medalhas no peito, eram lugares confortáveis. Mas nada disso importou a Fausto; aqueles dias na prisão converteram o tio Felipe em seu herói. A família o visitou todas as semanas do seu cativeiro, e Fausto abraçava o tio Felipe como se acabasse de chegar da guerra. Julia suplicava ao irmão: "Diga a ele que tudo vai ficar bem, por favor, pois o menino não prega o olho. Diga que não estão te torturando, que te tratam bem e que vai sair logo". O tio Felipe foi além. "Vou sair logo, Fausto", disse-lhe, "e quando sair, a Espanha vai ser uma república."

Fausto recordou essa conversa depois, quando as pessoas saíram para a rua a fim de celebrar. O tio Felipe o levou nos ombros pelas ruas de Madri, agarrado a uma das suas pernas com a mão enquanto agitava com a outra uma bandeira tricolor, e cantando aos gritos o hino de Riego enquanto d. Julia chorava no quarto e dizia que o mundo ia acabar. Durante meses, as conversas na mesa da sala foram insuportáveis, pois Julia tinha a convicção invulnerável de que a família estava condenada ao inferno, e assim confirmava o padre que trazia como convidado toda vez que podia. Enquanto isso, Domingo e o tio Felipe formaram uma aliança que mais parecia uma máfia. Graças ao tio Felipe, Domingo encontrara um trabalho de meio expediente na Gobernación,* mas pelas noites era outra pessoa: agente secreto da Dirección de Seguridad.** Fausto e seus irmãos haviam recebido instruções precisas de não falar desse trabalho, pois — foi o que lhes explicaram — as paredes tinham ouvidos.

Na tarde em que seu pai veio lhe dar a notícia, Fausto passou a manhã sozinho em casa, vagando pelos cômodos, e em algum mo-

---

* Ministerio de la Gobernación, instituição do Estado espanhol encarregada da infraestrutura pública, sanitária, dos correios e telégrafos. (N. T.)
** A Dirección General de Seguridad foi um dos principais órgãos da repressão da ditadura do general Francisco Franco, período que se estendeu de 1939 a 1975. Extinta em 1979, teve suas funções absorvidas pela atual Dirección General de la Policía. (N. T.)

mento se encontrou diante do armário onde Domingo guardava suas coisas. Era um milagre que estivesse sem a chave. Fausto não ia deixar passar essa oportunidade: encontrou o distintivo de detetive, encontrou a arma sem seu carregador e a sacou do coldre, e a acariciou, imaginando cenas de perigo e de violência, quando seu pai abriu a porta de repente. Tinha o rosto emaranhado de emoções e, com uma voz que Fausto nunca ouvira, deu-lhe uma ordem que estava mais para uma súplica: "Venha se despedir". Levou-o até o outro quarto. Fausto se encontrou com um corpo numa cama e uma cara coberta por uma venda branca que só deixava à vista os olhos fechados. Beijou a venda, e depois pensaria que não ter tocado com os lábios o rosto frio da mãe, longe de ser um consolo, era uma oportunidade perdida da qual se arrependeria para sempre.

A morte da mãe foi o presságio de outros desastres. Anos depois, quando estourou a guerra, Fausto não soube se era melhor que sua mãe não a tivesse visto, mas sim, sempre teve a certeza incômoda de que a guerra teria sido distinta para ele, menos aterrorizante e menos solitária, se tivesse contado com ela. Nessa época, já começara a buscar consolo nos livros que ela havia deixado, alguns dos quais se desencadernavam de tão lidos, e outros, por sua vez, permaneciam intonsos. Assim descobriu Bécquer (desencadernado) e Pedro Salinas (intonso), García Lorca (intonso) e Manuel Reina (desencadernado). Domingo não o reprovou, além disso começou a lhe presentear a algum volume novo de vez em quando, pois qualquer remédio era bom se se tratasse de proteger seu filho da dor que sentia. Assim Fausto conheceu os poemas de *As ilhas convidadas*, o livro no qual Manuel Altolaguirre dedica um poema à sua mãe morta. Nesses versos, que poderiam ter sido alarmantes, havia algo parecido ao sossego.

Teria preferido
Ser órfão na morte,

Que tu me faltasses
Além, no misterioso,
Não aqui, no conhecido.

Enquanto isso, a família Cabrera se convertera em gente *non grata*. O tio Felipe, que conhecera Franco, que pelejara junto dele na África e recebera condecorações, que na África se tornara célebre por sair das trincheiras, segundo se dizia, para desafiar as balas inimigas, agora se mantinha fiel à república pela qual lutou no seu momento. Por aqueles dias, quando o grosso do Exército se pusera do lado dos golpistas, essa fidelidade era suicida. "Seu tio é um valente", o pai dizia a Fausto. "Para isso, sim, é preciso coragem, porque é a coragem de não fazer o que todos lhe perdoariam com o passar do tempo." Mas a vida da família em Madri foi ficando cada vez mais difícil. Depois da morte de Julia, cuja mera presença costumava servir para desarmar as hostilidades dos monarquistas, a casa dos Cabrera não era mais que um ninho de sediciosos, e os militares leais ao rei, que apoiavam a rebelião de Franco, começaram desavergonhadamente a fustigá-los. A situação logo ficou insustentável. Uma noite, enquanto Domingo e seus filhos jantavam em casa, o tio Felipe apareceu de surpresa e disse:

"Vamos embora. Pela segurança de todos."

"Para onde?", disse Domingo.

"Para Barcelona, onde tenho amigos", disse Felipe. "Depois veremos."

Uma semana depois, Fausto estava subindo num avião pela primeira vez na vida. Era um Junkers G24 da aviação republicana, capitaneado pelo coronel Felipe Díaz Sandino — seu tio querido, seu tio audaz, salvador da família — e em cujos nove lugares coube a família com tranquilidade. O tio Felipe sabia que estava condenado, pois os militares que deram as costas para Franco passaram a engrossar uma lista negra e eram perseguidos com mais sanha do que se fossem comunistas, de modo que pensou em pôr a salvo os seus para continuar pelejando sua guerra. Domingo se converteu no seu chefe de escolta:

a segurança do tio Felipe, que se convertera numa figura incômoda para os sublevados, não podia estar em melhores mãos. Para Olga, que uma vez perguntou no que seu pai trabalhava, o tio Felipe explicou: "É ele que não me deixa ser morto".

"E se ele for morto?", perguntou Olga.

O tio não soube o que responder.

Os Cabrera se instalaram num apartamento com vista para o mar e janelões que iam do piso até o teto, e de cujo terraço se via Montjuïc. A família continuava sua vida numa Barcelona bombardeada: Fausto ia ao colégio e descobria que gostava de ir, e descobria também que era frustrante não poder se gabar de que era sobrinho de Felipe Díaz Sandino, o herói republicano que ordenou os bombardeios dos quartéis franquistas de Saragoça. Muito depois, Fausto saberia o que estava acontecendo por aqueles dias: o tio Felipe confrontara seus superiores políticos por discordâncias de guerra (ainda por cima uma guerra tão fraturada quanto aquela, onde às vezes o pior inimigo dos republicanos eram outros republicanos); os enfrentamentos esquentaram tanto que a única maneira de esfriá-los foi uma movimentação política, e o tio Felipe aceitou um cargo diplomático em Paris, pensando que assim poderia obter o apoio de outros países europeus para a causa republicana. Pela ocasião da nomeação, os sindicatos operários de Barcelona lhe presentearam com algo que ninguém esperava: um Hispano-Suiza T56, fabricado em La Sagrera, com capacidade para cinco passageiros e quarenta e seis cavalos de potência. Quando chegou para mostrá-lo à casa dos Cabrera, disse-lhes que era um desperdício ter tantos cavalos: para chegar a Paris, ele só precisava de três.

Assim, Fausto soube que o tio Felipe os levaria na viagem, ele e seu irmão Mauro, enquanto os demais ficavam em Barcelona. Nunca soube quem decidiu isso, nem se a viagem fora planejada com a cumplicidade do seu pai ou simplesmente com sua anuência, mas depois, ao cruzar os Pireneus no Hispano-Suiza, Fausto viu a expressão de respeito com que o gendarme recebia os papéis daquele diplomata da república, e durante o resto do trajeto se deu conta de que nunca havia conhecido aquela sensação de segurança. O tio Felipe parecia ter as chaves do mundo. Durante os primeiros dias em Paris ele os levou aos melhores restaurantes, para que Fausto e seu irmão comessem tudo o que a guerra não lhes permitira comer, e mais tarde conseguiu que fossem aceitos no Liceu Pothier, um internato de gente rica em Orléans. Para Fausto, já adolescente, foram dias inteiros de quebrar a cara com os franceses que olhavam torto para ele sem nenhuma razão compreensível; dias de descobrir o sexo, ou melhor, as fantasias do sexo, com garotas de quinze anos que o visitavam de noite para aprender espanhol. Fausto as deixava recitar versos de Paul Géraldy e lhes dava em troca poemas inteiros de Bécquer que tinha memorizado sem querer na biblioteca da sua mãe, aqueles versos de melodia contagiosa em que todas as pupilas eram improvavelmente azuis e todos os amantes se perguntavam o que dariam por um beijo. Enquanto isso, em entrevistas aos jornais franceses, Felipe Díaz Sandino aceitava que sim, que seu bando também cometera excessos, mas que era um grosseiro erro moral equipará-los com os excessos dos sublevados: com os aviões nazistas que arrasavam povoados indefesos, por exemplo, enquanto os chamados países democratas olhavam para o outro lado, inconscientes de que a derrota da república seria, em última análise, sua própria derrota.

A missão diplomática não durou muito. As notícias que chegavam da Espanha eram desalentadoras, e o governo francês, afundado na gestão de uma grave crise econômica, contornando os nacionalistas de La Cagoule, que assassinavam sindicalistas ou planejavam golpes de Estado, não parecia ter nem tempo nem paciência para escutar suas reivindicações. Era melhor seguir lutando a guerra na Espanha. Quando regressaram a Barcelona, porém, o tio Felipe descobriu que os jornais franquistas noticiaram sua fuga e sua captura. Teve essa experiência que muitos poucos têm: ver na imprensa do seu país a foto do seu cadáver e a notícia do seu fuzilamento. Vendo-se ali, fuzilado na praça Cataluña e repudiado como traidor e como vermelho, o tio

Felipe teve pela primeira vez a certeza de que a guerra estava sendo perdida.

Fausto e Mauro também depararam com uma vida alterada: Domingo tinha conhecido uma mulher. Uma noite reuniu seus três filhos e anunciou que ia se casar. Josefina Bosch era uma catalã muito mais jovem que ele, que se aproximava demasiado deles ao falar do marido, como se acreditasse que não eram capazes de entender seu sotaque de biquinho e as letras L teimosas, e parecia se sentir mais à vontade com os cães. Tinha temperamento tão difícil que Fausto se perguntou se não poderia ter ficado vivendo na França, e pela primeira vez sentiu algo parecido a rancor contra seu tio Felipe, pois não era legal fazer aquilo com um rapaz que está despertando para a vida: não era legal trazê-lo de volta a um país em guerra, a uma cidade que voltara a sofrer bombardeios de aviões que nem sequer eram espanhóis, a uma família remendada como uma porcelana que se quebrou.

Depois do casamento de Domingo e Josefina, os Cabrera se mudaram para uma casa grande não muito longe da praça Cataluña. As sirenes soavam várias vezes ao dia, mas na nova casa não havia maneira de subir ao terraço para ver os aviões. A cidade vivia com medo: Fausto via isso na cara de Josefina e falava disso com os irmãos, e sentia isso no ar a cada vez que o pai os levava para a casa da tia Teresa. Não tinha passado uma semana desde a mudança quando soaram as sirenes como haviam soado tantas vezes, mas dessa vez a família, que estava sentada à mesa na hora do almoço, não teve tempo para se esconder. Uma explosão sacudiu o edifício e arrebentou uma das janelas, e foi tão forte que a sopa pulou dos pratos e Fausto caiu da cadeira. "Debaixo da mesa!", gritou Domingo. Era uma precaução inútil, mas todos obedeceram. Olga se aferrou ao braço do pai, e Josefina, que ainda mastigava um pedaço de pão, abraçou Fausto e Mauro, que gritavam aos prantos. "Veja se estão feridos", disse Domingo a Josefina, e ela levantou a roupa deles e apalpou seu ventre e o peito e as costas, e Domingo fez o mesmo com Olga. "Está tudo bem, está tudo bem", disse então Domingo. "Fiquem aqui, eu volto logo." E alguns minutos depois lhes trouxe notícias: os aviões italianos que atacaram Barcelona passaram, e uma das bombas caíra por casualidade sobre um caminhão carregado de dinamite que estava estacionado dobrando a esquina. Josefina escutou com paciência e depois saiu de debaixo da mesa, limpando o vestido.

"Muito bem, agora estamos sabendo", disse. "Vamos terminar de comer, então, pois ainda sobrou sopa."

Poucos dias depois, a família se reuniu para tomar decisões. A guerra estava sendo perdida, e Barcelona era o alvo predileto dos fascistas. Os italianos, a bordo dos bombardeiros Savoia, não iam deixar de atacar a cidade. O tio Felipe tomou a decisão por todos: "É hora de partirem da Espanha. Aqui não posso protegê-los". De modo que botaram suas coisas no Hispano-Suiza e uma manhã saíram rumo à fronteira francesa. Fausto, espremido entre os irmãos num carro projetado para menos pessoas, fez a viagem pensando em várias coisas: na mãe morta, em poemas de Bécquer e de Géraldy, em francesas de quinze anos; e também no pai, que ficou para trás a fim de proteger o tio Felipe. Mas sobretudo ia pensando no tio: o coronel Felipe Díaz Sandino, republicano, conspirador e herói de guerra. A partir desse momento, Fausto veria o tio Felipe e pensaria: eu serei assim. Pensaria: *Viva a vida de sorte que viva fique na morte.*

A cena parecia o *atrezzo* de uma peça de teatro ruim: uma esrada, algumas árvores, um sol que clareava as coisas. Ali, naquela cenografia ridícula, estavam Josefina e os Cabrera, espremidos num Hispano-Suiza a cinco quilômetros da fronteira francesa, em meio a lugar nenhum. Mas não estavam sozinhos: como eles, outros muitos ocupantes de muitos veículos, e outros homens e mulheres que tinham chegado a pé com seus baús no ombro, esperavam a mesma coisa. Fugiam da guerra: deixavam sua casa para trás; deixavam para trás, sobretudo, seus mortos, com essa ousadia ou desespero que permite a qualquer um, até ao mais covarde, lançar-se às incertezas do exílio.

39

A fronteira estava fechada e não restava outro remédio a não ser esperar, mas enquanto esperavam, enquanto passavam as horas morosas do primeiro dia e depois do segundo, a comida ia acabando e as mulheres se punham mais nervosas, talvez conscientes de algo que os filhos ignoravam. Certas esperas são horríveis porque não têm conclusão visível, porque não estão à vista os poderes capazes de lhes dar fim ou de fazer que aconteça aquilo que voltaria a pôr o mundo em movimento: por exemplo, que as autoridades — mas quem são, onde estão? — deem a ordem para abrir a fronteira. E nisso estavam Fausto e o irmão Mauro perguntando-se quem poderia dar a ordem e por que havia se negado até agora a dá-la, quando se ouviu um murmúrio no ar, e em seguida o murmúrio se converteu em rugido, e antes que a família percebesse, um avião de caça passava lá no alto, disparando neles com sua metralhadora.

"Escondam-se!", gritou alguém.

Mas não havia onde fazer isso; Fausto se refugiou atrás do Hispano-Suiza, mas, logo em seguida, quando o avião passou ao largo, suspeitou que o ataque não tinha terminado, e se deu conta de que a parte traseira, quando um avião vem de um lado, era a dianteira quando vem de outro. E foi assim: o avião fez um giro no ar e voltou da direção contrária. Fausto se meteu então debaixo do Hispano-Suiza, e ali, com a cara contra o chão de terra e sentindo as pedras na pele, ouviu de novo o rugido e as metralhadas e reconheceu o grito de Josefina, que era um grito de medo e de raiva: "Filhos da puta!". E então se fez de novo o silêncio. O ataque passou sem deixar mortos: caras de medo por toda parte, mulheres chorando, crianças recostadas nas rodas dos carros, buracos de bala — olhos escuros que nos observam — em algumas carrocerias. Mas não mortos. Nem feridos tampouco. Era inverossímil.

"Mas se não fizemos nada!", dizia Fausto. "Por que estão atirando na gente?"

Josefina respondeu: "Porque são fascistas".

Dormiram com medo de outro ataque. Fausto, em todo caso, teve medo, e era um medo diferente por ocorrer à intempérie. No dia seguinte, decidiram que a pior decisão era não tomar decisão nenhuma, de modo que se moveram: foram margeando a fronteira, posto de controle após posto de controle, até que encontraram movimentos na multidão, esses movimentos reconhecíveis porque são o contrário do desespero ou da derrota: por se ver neles algo que identificamos com a vontade de seguir vivendo. Alguém da família perguntou o que estava acontecendo, e a resposta foi a que esperavam:

"Acabaram de abrir a fronteira."

"Então a abriram", disse Fausto.

"Sim, abriram", disse Josefina.

Então viram o problema que tinham diante de si. Os gendarmes abriram a passagem, mas estavam separando os homens das mulheres e das crianças.

"O que está acontecendo?", perguntou Fausto. "Para onde os estão levando?"

"Para os campos de concentração", disse Josefina. "Franceses de merda."

Então pediu a Fausto que se aproximasse. Falou com os olhos no ar e as sobrancelhas erguidas, e Fausto compreendeu que não devia fitar seu olhos, mas suas mãos: as mãos que agora lhe entregavam uma carteira como se revela um segredo.

"Tente falar com eles", disse-lhe.

"Com quem?"

"Com os gendarmes. Você fala francês, não fala? Então."

Fausto e Mauro abriram passagem entre as pessoas e encontraram a porta de alguns escritórios. Tentaram entrar, pensando, com razão, que do outro lado da porta eram emitidas as autorizações de que precisavam, porém os gendarmes os empurraram com maus modos. "Tratam a gente como uns lazarentos", disse Mauro. "Filhos da puta." E então Fausto notou um homem de terno elegante que caminhava com o chapéu na mão, e havia algo na sua maneira de sustentar o chapéu que lhe dava autoridade. Fausto agarrou seu irmão pelo braço e começaram a caminhar atrás do homem do chapéu, próximo dos seus calcanhares, tanto que podiam tropeçar nele. Dois gendarmes tentaram detê-los. "Aonde vão?", questionou um. Fausto respondeu em francês impecável.

"Como assim, aonde? Aonde for meu tio."

O gendarme, confuso, olhou para seu companheiro.

"Bem, se estão acompanhando monsieur...", disse para o outro.

Fausto apressou o passo na direção do homem do chapéu, e não se importou quando o perdeu de vista: tinham ultrapassado o obstáculo. "E agora?", disse Mauro. "Agora procuramos um escritório", disse Fausto. Não foi difícil: um burburinho, uma movimentação de corpos se acotovelando no fundo da construção. Um dos corpos tinha uniforme: era um homem grandalhão, de cabelo branco e bigode menos branco que o cabelo, e Fausto se dirigiu a ele. "Nos disseram", assegurou com toda a desenvoltura de que foi capaz de encontrar na voz de adolescente, "que falássemos com o senhor." E lhe contou seu caso.

Falou do tio, herói da resistência ao franquismo. Falou da família republicana desesperada para sair daquele país onde os fascistas bombardeavam as mulheres e as crianças. Contou-lhe que estudara em Paris e que os valores da república eram os seus. "Não podemos fazer exceções", disse o oficial. E depois de dizer essas palavras, cujo único resultado foi conseguirem entrar num escritório e terem uma espécie de audiência brevíssima com um funcionário, Fausto tirou do bolso a carteira de Josefina, e da carteira, o maço de notas. Deixou-o ali, sobre sua mão estendida, flutuando no ar. O oficial olhou para o funcionário.

"Façamos uma exceção", disse.

Fausto entregou o dinheiro e em troca recebeu uma autorização para entrar na estação ferroviária. Em minutos estavam todos reunidos diante do guichê de passagens, perguntando com um sorriso qual era o próximo trem. Josefina pagou as passagens.

"Para onde vamos?", perguntou Fausto a Josefina. "Para onde esse trem vai?"

"Parece que vai para a Sibéria", disse ela.

Mas não era para a Sibéria: era para Perpignan. Fausto não guardaria nenhuma lembrança da cidade, pois os dias passaram com os Cabrera escondidos num hotel de quinta categoria, angustiados por terem notícias de Domingo ou do tio Felipe. Mas não podiam fazer nada além de avisar do seu paradeiro e dar notícias. Lembraram que usariam um endereço de Orléans, a casa de uma família que conheceram quando Fausto estudava no Liceu Pothier, como lugar de correspondência. Vários dias depois receberam notícias: os homens tinham sido presos no campo de concentração de Argèles-sur-Mer, mas o tio Felipe, usando seus contatos dos tempos de adido militar em Paris, conseguiu que os libertassem. Na carta, o tio Felipe dava instruções à família para que se reunissem em Bordeaux. Lá, reunidas as duas famílias, decidiriam o que fazer.

E o que fizeram foi a mesma coisa que faziam todos os que podiam se permitir a isso: fugir da Europa. Pela única vez, não foi decisão do tio Felipe, que tinha a convicção profunda de que Hitler perderia a guerra e a esperança de que Franco caísse mais cedo que tarde. Os demais não estavam de acordo: talvez fossem mais pessimistas, talvez mais realistas ou simplesmente sentiam mais medo. Pela razão que fosse, dessa vez terminaram por se impor. E foi assim que Fausto voltou a estar com seu pai depois de meses que pareceram séculos, e a família de vermelhos lazarentos começou a percorrer as ruas de Bordeaux à procura de quem os aceitasse. Visitaram todos os consulados da América Latina e suportaram recusa após recusa até que um país de que pouco sabiam lhes abriu as portas, e em questão de dias estavam chegando ao porto no estuário e se juntando a uma pequena multidão de passageiros desconhecidos para um fotógrafo a bordo, um homem pequeno e bigodudo, que lhes venderia a foto antes de terminarem a travessia. Em primeiro plano, mais próximos da câmera, estão as mulheres e as crianças, mas também um padre sorridente e um homem uniformizado. Atrás, nas últimas fileiras, de casaco de tecido abotoado e a mão apoiada no barco, aparece Fausto Cabrera, satisfeito de estar entre os homens, muitos deles espanhóis como ele, que se despedem da Espanha com a certeza de voltarem logo, que comentam as notícias de uma Europa incendiada pela guerra próxima, que brindam pela fortuna de terem escapado da morte e se perguntam dia e noite, nos camarotes e no convés, como será a vida, a nova vida, na República Dominicana.

3.

Era tudo estranho em Ciudad Trujillo, o novo nome da velha Santo Domingo. Fausto era um branquelinho espanhol que usava calções folgados, e os trabalhadores do porto, ao vê-lo descer do barco, começaram a gritar: "Judeu! Judeu!". Era estranho que uns comunistas como eles, perseguidos por Franco, fugidos dos campos de concentração da França colaboracionista, fossem acolhidos por uma ditadura militar. Não sabiam disso naquele momento, mas o presidente Franklin Delano Roosevelt havia pedido um favor ao general Rafael Leónidas Trujillo: receber os refugiados que a guerra europeia estava produzindo aos montes. Assim fez Trujillo: no seu regime, ao menos nesses momentos, os desejos dos Estados Unidos eram ordens. Domingo estava contente, pois suspeitava que era melhor chegar a um país onde as coisas estavam para ser feitas. Tinha razão. O tio Felipe, depois de estudar com cuidado a cidade, encontrou um pescador galego, propôs a ele que se associassem, e em questão de semanas estava montando um negócio.

Chamava-se Peixarias Caribe. Um barco a vela, algumas redes que eram de uma brancura luminosa no princípio e foram amarelando com os dias, uma caminhonete em cuja carroceria aberta luziam os peixes e um local na cidade velha: com essas ferramentas o tio Felipe pensava em tocar a família para a frente. Fausto se levantava todos os dias antes das primeiras luzes, e um jovem sem camisa o levava na caminhonete a uma aldeia de pescadores: lá, no molhe, o esperava o barco da família, e Fausto usava um carrinho resistente para carregar a caminhonete e depois fazia o trajeto de volta, parando em cada povoado para anunciar a pesca do dia. Chegava a Ciudad Trujillo com os braços cansados e escamas grudadas na pele, mas quando tomava um banho no mar, quando olhava das ondas o cais e imaginava, mais além, o parque Ramfis e o casarão da família, pensava com satisfação que estava fazendo sua parte para levar todos adiante. E durante um tempo pareceu que iriam conseguir: que os exilados tinham encontrado um lugar no mundo.

Certa manhã, chegou à peixaria um homem de terno claro e gravata e lenço de seda no bolso do peito, e perguntou se podia falar com Felipe Díaz Sandino. Trazia uma proposta do general Arismendi Trujillo, irmão do ditador, que estava interessado em se associar aos espanhóis: com seu apoio e o do seu sobrenome, disse, o êxito das Peixarias Caribe estaria assegurado. O tio Felipe o despachou com bons modos, mas lhe dizendo que o negócio não necessitava de novos sócios. Ao fazê-lo, contudo, já sabia que o assunto não terminaria ali, e disse isso aos demais. E depois de alguns poucos dias o homem elegante voltou, repleto de razões renovadas e de ofertas sedutoras, enchendo a boca com os benefícios que a sociedade traria à peixaria e ao país, e enumerando as vantagens que um estrangeiro podia ter ao se associar à primeira família da República Dominicana. O tio Felipe voltou a recusar. O passo seguinte foi uma reunião nos escritórios do general Trujillo.

"Entendo que o senhor foi coronel", disse Trujillo.

"É verdade", disse o tio Felipe. "De carreira."

O general Trujillo sorriu: "Da carreira, meu coronel, não resta nada além do cansaço".

Depois lhe disse que queria ajudar: que apreciava os militares, que gostava de negociar com eles, que a pesca era parte essencial do futuro da república e que as Peixarias Caribe eram o mais promissor dos comércios do ramo. A partir desse momento, anunciou o general Trujillo, seriam sócios. Anunciou isso com um sorriso e uma ligeira inclinação do corpo detrás da escrivaninha robusta, e o tio Felipe compreendeu que não somente era inútil voltar a se recusar, mas que seria até mesmo perigoso. Na reunião, não se discutiram os termos da sociedade, mas isso não era necessário. Resultaram ser muito simples: a peixaria daria ao general Trujillo uma soma mensal e generosa; o general Trujillo, por sua parte, não daria nada. Em questão de meses, a família do ditador ficou com as Peixarias Caribe. O tio Felipe resumiu a situação com três palavras que Fausto recordaria pela vida toda: "Salve-se quem puder".

Poucos dias depois, o tio Felipe anunciou que iria para a Venezuela. Olga, que não havia encontrado trabalho em Ciudad Trujillo, decidiu viajar com ele, mas Fausto preferiu ficar com Mauro e seu pai: o tio Felipe se convertera para ele num homem derrotado. Sim, tinha sido um herói, mas agora parecia que a vida passara por cima dele. Saía da ilha sem levar nada: nem dinheiro suficiente, nem projetos nem esperanças. Felipe Díaz Sandino era um homem destruído pelo desterro, ou pela sorte do desterrado. Para todos os efeitos práticos, Fausto, que tanto o admirara quando garoto, sentiu que o perdia para sempre. Contudo, não teve nem sequer tempo para sentir falta do tio Felipe, pois logo os Cabrera embarcaram em outra tentativa, mais uma, para sobreviver no exílio. O tio já partira quando Domingo anunciou o projeto:

"Vamos plantar amendoim", disse.

Era um terreno vizinho à fronteira haitiana: uma selva espessa e úmida onde parecia que o calor nunca diminuía e onde flutuava, sobre cada charco, uma densa nuvem de mosquitos. Vinte famílias de refugiados espanhóis cultivavam os terrenos em que o governo dominicano queria produzir seu próprio óleo, e cada uma delas recebia uma doação generosa do Ministério da Agricultura: arado, parelha de bois, uma mula e uma casa de dois cômodos, se é que dava para chamar de cômodos aqueles caixotes separados por pranchas de madeira que ameaçavam cair na primeira ventania. Os Cabrera tiveram que fazer suas próprias latrinas. Fausto falaria depois da satisfação que alguém pode sentir ao ver a própria merda tão bem canalizada.

A companhia de outros espanhóis era um consolo. Um deles era Pablo, um asturiano que saíra da Espanha com aquela mesma boina que Fausto via nele todos os dias, e que não tiraria, justificava, até a queda daquele estúpido do Franco. Com ele se reuniam nas manhãs de domingo para a reza matinal, e com frequência para cantar a plenos pulmões "El Ejercito del Ebro". Era o único momento em que Pablo arrancava a boina. Jogava-a no ar e gritava:

"Que morra Franco!"

E todos, mas sobretudo Fausto, respondiam:

"Que morra!"

Foi com ele, ou a seu pedido, que Fausto começou a recitar poesia. Gostava de fazer isso desde garoto, havia lido nos livros da sua mãe e escutado da boca do seu pai, mas um golpe do acaso converteu o passatempo em vocação. No barco que os trouxera da Espanha, nos camarotes de primeira classe, veio Alberto Paz y Mateos, um dos atores mais reconhecidos do seu tempo, que havia introduzido nas escolas espanholas as teorias de Stanislavski e que estava botando de ponta-cabeça todas as ideias que existiam no seu país acerca da interpretação dramática. Fausto mal se separara dele durante a viagem. Procurava-o para falar de Lorca, cujos versos conhecia de memória, e de Tchékhov, cujo nome escutava pela primeira vez; e depois, em Ciudad Trujillo, tinham continuado a se ver ocasionalmente. Graças aos conselhos de Paz y Mateos, Fausto começou a experimentar com a voz e os gestos para colocar o método Stanislavski a serviço da poesia. Uma colônia de exilados metida na selva, onde as pessoas adoeciam de malária a três por quatro, não parecia ser o melhor lugar para pôr em prática seus aprendizados, porém Fausto não arredou pé. Durante as tardes, quando os negros das aldeias vizinhas se reuniam para cantar suas canções, gostava de aproveitar os silêncios esporádicos, e lá, junto da fogueira cujo fumaceiro espantava os mosquitos, diante do tédio mortal dos locais, soltava um poema inteiro de Machado ou de Miguel Hernández. A "Canção do esposo soldado", por exemplo:

Para o filho será a paz que estou forjando.
E ao fim num oceano de irremediáveis ossos,
teu coração e o meu naufragarão, ficando
uma mulher e um homem consumidos pelos beijos.

Pablo, o asturiano, gostava de "Mãe Espanha":

Dizer mãe é dizer terra que me pariu;
é dizer aos mortos: irmãos, levantem-se.

Eram os versos que Fausto praticava na manhã do acidente. Tinha se acostumado a recitar enquanto colhia amendoim, para ter a sensação inventada de que aproveitava o tempo, e naquela tarde, enquanto se movimentava pela plantação debaixo de um sol que lhe pesava na nuca, dizia aos seus botões *Terra: terra na boca, e na alma, e em tudo.* Mais tarde, relatando o que tinha acontecido aos adultos, notou que sua desgraça só arrancava risada deles, pois as palavras não podiam ser mais apropriadas. Apenas a um deus cruel e zombeteiro ocorreria que Fausto, no momento de dizer aquelas palavras — e as que seguem: *Terra que vou comendo, que ao final há de me tragar* —, tivesse se enfiado sem perceber num formigueiro vivo. Eram, segundo soube depois, formigas-de-fogo, e todo mundo estava de acordo que Fausto tivera sorte: a sanha das picadas e a intensidade do veneno lhe fizeram perder a consciência, mas eram lembrados casos de pessoas que não sobreviveram. Tarde da noite, quando despertou de um sonho febril e deparou com o pai e o irmão Mauro, a primeira coisa que fez foi dizer que queria ir embora dali.

"É preciso esperar", disse o pai.

"Até quando?", disse Fausto. "Esperar até quando? Vou perder a vida nessa selva. Acha que quero ficar a vida toda aqui?"

"E o que quer, então?"

Com um fio de voz, ainda tremendo de febre, Fausto disse: "Ser ator. E aqui não vejo muito futuro".

Era a primeira vez que dizia isso. Em vez de zombar dele ou dar alguma satisfação, seu pai lhe entregou uma toalha molhada com água gelada e disse:

"Duas colheitas, não mais que isso. E depois vamos embora."

Não foram nem sequer duas. O inverno — isso que os dominicanos chamam de inverno — chegou sem avisar, com seus aguaceiros e suas temperaturas desequilibradas, e uma noite Mauro despertou com a cama ensopada de suor e a cara ardendo. O quinino que tinham começado a tomar semanas antes não foi remédio suficiente, e a febre era tão alta que Mauro deixou de reconhecer a família. Quando isso aconteceu, quando Domingo um dia chegou e viu que seu filho caçula o confundia com o mago Mandrake, souberam que precisavam voltar para Ciudad Trujillo. Venderam a última colheita e se espremeram todos no primeiro caminhão que podia tirá-los da selva, uma besta caindo aos pedaços com carroceria de madeira na caçamba. Ali viajou Fausto, encostado em sua bagagem, observando ao avançar como se faziam visíveis, no fundo de nuvens brancas, as nuvens de mosquito portadores da malária.

Durante os meses que seguiram em Ciudad Trujillo, Fausto foi passando de trabalho em trabalho — operário de gráfica e depois ascensorista e finalmente auxiliar de farmácia — para sobreviver em más condições. Enquanto isso, nas horas livres, visitava o Centro Republicano Espanhol. Lugares parecidos foram fundados em toda a América Latina, da Cidade do México até Buenos Aires, o que podia fazer com que muitos pensassem que os verdadeiros ganhadores da

Guerra Civil Espanhola eram os latino-americanos: centenas de exilados de guerra — artistas ou jornalistas, atores ou editores ou romancistas — trouxeram seu trabalho e talento, e o continente nunca foi o mesmo. Paz y Mateos estava no Centro Republicano de Ciudad Trujillo, e ali, em meio a conferências e recitais, entre uma discussão sobre o possível regresso da república e uma leitura dos *Poemas humanos* de um tal César Vallejo, Fausto começou a formação de ator, ou continuou o que havia começado por sua conta e quase sem sabê-lo. Sob a tutela dos exilados, descobriu poetas que não conhecia e aprendeu a dizer seus versos de tal maneira que seu público, estranhamente, pensava que os estava descobrindo também. Ninguém declamava Lorca melhor que Fausto, embora declamar fosse um verbo débil para o que realmente ocorria naquelas sessões: Paz y Mateos se deu conta de que Fausto, com sua voz de barítono e seu corpo fibroso, com alguns truques aprendidos nas aulas dos sábados, era capaz de converter o mais pacífico dos versos num chamado à subversão. O nome de Fausto Cabrera começou a aparecer com frequência nos cartazes do Centro, e depois de um daqueles recitais, o pai de Fausto se aproximava para cumprimentar Paz y Mateos quando o ouviu dizer:

"Um dia esse garoto vai arranjar encrenca."

A fantasia de ser ator ocupava cada vez mais espaço na sua cabeça. O trabalho na farmácia, de longas horas, começou a se converter num estorvo. Fausto fazia a faxina interna, algo que não lhe incomodava, mas também se encarregava da vitrine, e isso já não o agradava tanto assim: ficar ali, em roupa de serviço, um balde d'água com sabão numa das mãos e um trapo na outra, quando passavam as garotas do colégio vizinho, era como ser submetido ao escárnio público. Tinha se dado conta, além do mais, de que o administrador, um dominicano amargurado, prematuramente calvo e de pança proeminente, para quem um jovem espanhol era a mais temível das ameaças, não gostava dele. Fausto percebeu isso tarde demais, porém, quando já fornecera ao administrador o pretexto de que precisava para demiti-lo.

O equívoco ocorreu pouco a pouco. No fundo da farmácia havia um recipiente de vidro cheio até a boca de cápsulas translúcidas: era óleo de fígado de bacalhau, e Fausto começou a tomar uma cápsula toda vez que passava por ali. O efeito era imediato: sentia-se mais desperto, mais concentrado. Naquelas cápsulas, pensou, estava o remédio para sua família. Pois com certeza os Cabrera, submetidos a meses de privações e aos trabalhos forçados da colheita do amendoim, tinham chegado a Ciudad Trujillo com vários quilos a menos e a convicção de viverem desnutridos. Depois de vários dias seguidos tomando impunemente uma cápsula, sua mão agarrou um punhado generoso e o enfiou no bolso das calças. "Eles dão para mim lá na farmácia", disse ao pai.

"Muito bem", respondeu ele, sustentando a cápsula ambarina entre os dedos. "Chegam em boa hora. Traga mais quando puder."

"Claro que sim", disse Fausto. "Assim que puder."

Contudo, não pôde. Estava enfiando um monte de cápsulas no bolso, sem nem ao menos se preocupar com a que tinha caído sob a mesa, quando percebeu que o administrador vira a operação inteira: do outro lado do balcão, onde uma cliente esperava uma caixa de Gillette, o homem fez para Fausto o sinal de cortar a garganta com um dedo, mas esperou a cliente ir embora para lhe avisar que estava despedido. Fausto, por vergonha, nem sequer se atreveu a enfrentar o proprietário. Naquela tarde, durante a janta em casa, anunciou: "Não estou mais trabalhando na farmácia".

"Ah, não?", disse seu pai. "E vai fazer o quê, então?"

"Não sei", disse Fausto. "Não aguento mais, papai. Quero fazer outra coisa." Algo se iluminou na sua cara. "Quero ir para a Venezuela", disse Fausto. "Como Mateos. Parece que está levando a vida dos deuses."

Paz y Mateos tinha viajado a Caracas por aquela época. Deixara o Centro Republicano nas mãos de outro ator, mas sem ele já não era a mesma coisa.

"E vai fazer o quê?", perguntou Domingo.

52

"Pois vou me dedicar ao que gosto", disse Fausto. "Vou me dedicar à interpretação, me dedicar de verdade. E não seguir perdendo tempo. Se outros espanhóis foram, por que eu não posso ir também?"

"Porque você não tem grana", disse seu pai. "Mas, se conseguir o dinheiro, vá. Não sei como vai fazer isso sem trabalho, mas é problema seu."

Fausto conseguiu um trabalho como recepcionista no consultório de um médico dominicano, mas teria aceitado qualquer outra coisa. Já vinha pensando sobre aquilo da interpretação e não havia quem lhe tirasse a ideia da cabeça. Uma vez por semana caminhava até a emissora de Ciudad Trujillo e gravava um programa sobre poesia; fazia isso a troco de nada, mas ouvir a própria voz no ar, tão transformada que parecia uma voz alheia, e receber os cumprimentos das poucas pessoas que o identificavam como o leitor do rádio, era uma satisfação que não tentava explicar a ninguém, pois ninguém o entenderia. Seu irmão Mauro, garoto de recados do armazém de um espanhol, o ajudava com garrafas de leite e porções de lentilhas que pegava no trabalho, e Fausto, apoiando-se na sua escassa celebridade, se pôs a marcar encontros com ricos espanhóis para pedir auxílio. Às vezes o reconheciam, porém era mais comum nunca terem ouvido seu nome nem sua voz. De todo modo, ao cabo de alguns meses conseguiu a soma de que necessitava. Contudo, ao tentar comprar a passagem, se deu conta de que os voos tinham mudado: o direto de Ciudad Trujillo para Caracas não existia mais, e era necessário fazer escala em Curaçao. Isso, é claro, aumentava o preço. Não tinha mais o dinheiro necessário.

Naquela noite, falando com seu pai, chorou como não chorava desde que era menino. "Nunca vou sair daqui", dizia. "Vamos todos apodrecer aqui." Foi então que seu pai desabotoou o cinturão. Entre as mãos dele apareceu uma faixa; atrás da faixa, algumas notas escuras e umedecidas.

"As economias do amendoim", disse seu pai. "Quanto falta para essa passagem?"

"Esse dinheiro é para emergências", disse Fausto.

"Esse dinheiro é para o que eu quiser", disse seu pai. "E, neste momento, é você quem precisa dele."

Aconteceu que ele tinha passado por algo parecido. Quando quis partir das Canárias, com dezesseis anos, um bom amigo lhe emprestou as pesetas que faltavam.

"E agora", disse o pai para Fausto, "eu quero ser esse amigo para você."

Muito depois, com a perspectiva que o tempo dá, Fausto compreenderia que a Venezuela nunca foi um destino, mas apenas uma escala. Durante os meses seguintes, enquanto dividia seu tempo entre um trabalho absurdo — enrolar tecidos no armazém El Gallo de Oro — e a procura, sempre frustrante, da vida cultural de Caracas, seu pai e seu irmão chegavam à Colômbia, onde já se instalara o tio Felipe. Quando Olga decidiu se unir aos demais, Fausto permaneceu sozinho em Caracas, estabelecendo contatos com grupos de teosofia e lendo Khalil Gibran, e recebendo notícias que produziam nele um misto de nostalgia e inveja. "Todos estamos trabalhando", contava-lhe o pai nas cartas. "Olga é secretária no escritório de um refugiado espanhol. Mauro é agente de vendas — um título elegante — de uma fábrica de perfumes. E posso lhe dar uma notícia de que gostará: seu tio Felipe também está aqui. Não está em Bogotá conosco, mas em Medellín. É a segunda cidade do país. Lá um equatoriano abriu uns laboratórios farmacêuticos e Felipe é o gerente. Eu, da minha parte, administro um hotel no centro de Bogotá. O país nos trata bem. Só falta você."

Só falta eu, pensou Fausto. Mas pensou também naquelas vidas que a carta resumia. Eram as vidas de quem perdera seu país, para quem a felicidade era precária: um salário de dar pena fazendo trabalhos que no seu país não teriam feito. Fausto disse a si mesmo que com ele seria diferente: faria o que queria fazer ou morreria na tentativa.

Nos meses seguintes recitou poesia, muita poesia, e construiu uma reputação com a voz e o talento, mas também com outras armas. No Salón de Arte Pegaso montou sem ajuda de ninguém um recital de García Lorca, e era muito consciente de que seu sucesso se devia em parte à pequena mitologia que construíra: tinha contado a todos que era discípulo do poeta. A verdade era que Fausto, quando muito pequeno, estava na casa da família em Madri quando seu primo Ángel trouxe Lorca de visita. "Federico, este é meu primo Fausto", disse Ángel. "Gosta muito de declamar." E Federico o parabenizou, botou-lhe uma mão firme na cabeça e lhe deu um beijo. Isso foi tudo, mas agora, anos depois de Lorca ter sido assassinado, não lhe parecia ilícito abrir passagem com ajuda dessa anedota exagerada. Não, não era discípulo de Lorca, e sim algo melhor ou mais profundo. E aproveitaria isso como fosse possível.

Fausto tinha vinte anos quando chegou a Bogotá, depois de entrar pela fronteira venezuelana e fazer quinze horas de viagem pela estrada, mas sentia que várias vidas lhe haviam passado pela alma. Era o mês de junho de 1945: Hitler tinha se suicidado no seu bunker poucas semanas antes, dois dias depois de Mussolini ter sido pendurado pelos italianos, mas Franco estava vivo, muito vivo, e nada parecia indicar que a Espanha voltaria a ser uma república. A família vivia numa casa da rua 17, a poucos passos do parque Santander. Não era uma casa pequena, mas os demais já tinham ocupado todos os quartos disponíveis, e para acomodar Fausto foi necessário abrir espaços que não existiam na despensa — tirar caixas de alimentos, mover tamboretes de madeira — e neles acomodar uma cama de campanha na qual alguém mais alto que Fausto, ou mais corpulento, não conseguiria passar nem uma noite. A despensa era um lugar de clima esquizofrênico: durante o dia, quando a cozinha estava em funcionamento, fazia mais calor que no resto da casa, mas à noite os fogões se apagavam e as correntes de ar entravam pelo pátio e o frio se colava às paredes de azulejos, e Fausto se enfiava na cama com a certeza de que algum sacana tinha borrifado os lençóis com água gelada. Depois de Caracas e Ciudad Trujillo, pareceu-lhe inverossímil que um dos seus compatriotas tivesse decidido fundar uma cidade sob esses céus cinzentos, nesse inverno permanente onde chovia todos os dias, sem exceção, onde os homens das ruas andavam com luvas e guarda-chuvas e cenhos franzidos, e onde as mulheres raramente saíam de casa, quase sempre para comprar comida e procurar um raio de sol como gatos perdidos.

Começou a caminhar pela cidade com seu álbum na mão, mostrando-o a qualquer um. Eram os recortes de jornal que contavam sua história de ator incipiente, as notícias marginais, às vezes com fotos de má qualidade, que tinham aparecido em publicações da Venezuela ou da República Dominicana, nas quais Fausto figurava em poses histriônicas diante de um microfone ou vestido de maneira extravagante sobre um fundo preto. As legendas eram muitas vezes ridículas, e os textos, paternalistas: mas o importante era que a notícia tinha sido dada, e agora Fausto, em Bogotá, não era um filho de exilados que cultivara amendoim na selva da fronteira, nem sequer um empregado de armazém que dobra tecidos para venda e recita poemas nos seus tempos livres, mas um jovem ator espanhol, sobrevivente da derrocada europeia, que vem agraciar com seu talento a vida cultural da cidade. Talvez, pensou, aqui tivesse enfim a oportunidade de ser outro, de deixar para trás o que havia sido antes: aqui chegava leve de bagagem, sem a carga incômoda do seu passado recente. Havia escapado da vida de outro e estava aqui, inventando-se de novo, e quando teve um golpe de sorte, pensou que não era tão estranho: a sorte favorece os ousados.

Um dia, caminhando pelo centro sem qualquer objetivo, topou com uma placa de pedra onde se lia: *Ministério da Educação*. Ele foi o primeiro surpreendido quando um tal Darío Achury Valenzuela, diretor de alguma coisa chamada Departamento de Extensão Cultural, o recebeu sem fazê-lo esperar. Fausto suspeitou que o confundira com outro, mas logo a suspeita se dissipou: Achury era um homem de uma curiosidade voraz, e sim, com certeza naquele dia estava especialmente desocupado, mas falar de poesia era uma das coisas que mais lhe agradava fazer na vida. Tinha cerca de quarenta anos, porém a dicção e os modos de um velho: estava vestido com terno de três peças, e seu chapéu e o guarda-chuva pendiam de um mancebo, atrás da escrivaninha. Fausto havia conhecido alguém assim: era como falar com Ortega y Gasset numa manhã de outono. Achury citava Schiller em alemão e podia dizer de memória páginas inteiras do *Dom Quixote*, e permaneceu um quarto de hora monologando contra os críticos que chamaram Cervantes de leigo engenhoso. Seu espírito não tremeu para logo esculhambar Unamuno e Azorín, nem para decretar que Ganivet era um incompetente, e Varela, um despreparado.

"Mais leigos são eles", disse.

A conversa durou mais de duas horas. Falaram de poetas espanhóis e latino-americanos; Achury mencionou Hernando de Bengoechea, um poeta colombiano que morrera combatendo pela França na Grande Guerra de 1914, e daí passaram à Guerra Civil, e falaram da morte de Machado. Quando chegaram — como era evidente que chegariam — a García Lorca, Fausto não perdeu a oportunidade.

"Ah, sim, Federico", disse. "Eu o conheci, sabe? Ainda recordo o beijo que me deu na cabeça."

Saiu do ministério com a promessa de um recital no Teatro Colón. Era um desconhecido de vinte anos, mas lhe haviam dado um espaço no teatro mais importante do país. Não poderia ter começado melhor. O teatro não estava cheio no dia do recital, mas o público na plateia se concentrou nas primeiras filas, de maneira que as ausências ficavam na sombra. Fausto nunca havia atuado num lugar cujos assentos fossem fixados no solo, e aquelas cadeiras eram de veludo vermelho, e sob o cristal das luminárias adquiriam a cor do sangue na areia. O recital começou com algo fácil: uma música sedutora e uma meditação inofensiva para as pessoas se aquecerem.

Nunca persegui a glória
nem deixar na memória
dos homens a minha canção.

Eram os *Provérbios e cantares* de Antonio Machado, e ali, no palco, Fausto se convertia em Machado e era ao mesmo tempo o homem que amava os mundos sutis, sem peso e gentis, e o perseguido que morreu na fronteira francesa, não muito distante de onde ele, Fausto, podia ter morrido sob os bombardeios dos fascistas.

Ao andar se faz o caminho,
e ao olhar para trás
se vê a senda que nunca
se há de voltar a pisar.

O público aprovou no auditório, e nos camarotes as faces escassas, todas num nível mais abaixo, assomaram um pouco mais sobre a grade, círculos de pele emergindo da penumbra. Não parecia haver alguém ocupando o camarote presidencial, e isso, absurdamente, decepcionou Fausto. Era demasiado pedir que viesse uma autoridade, é claro, mas ao menos poderia ter emprestado o camarote à família e aos amigos. Os rostos atentos não tinham se distraído; depois dos aplausos, dispersos com uma ameaça de chuva, Fausto continuou com outro poeta morto:

A cebola é geada
cerrada e pobre:
geada de teus dias
e de minhas noites.
Fome e cebola:
gelo negro e geada
grande e redonda.

No entanto, não era um poema sobre a cebola, entendeu o público nos assentos de veludo vermelho, e sim sobre um menino: um menino com fome, filho de uma mulher morena, amamentando-se com sangue de cebola.

Voa menino na dupla
lua do peito.
Ele, triste de cebola.
Tu, satisfeito.
Não desmorones.
Não saibas o que se passa
nem o que acontece.

E agora Fausto era o poeta Miguel, escrevendo no cárcere os versos para seu menino: o poeta Miguel, homem do campo como ele havia sido, encarcerado pelos fascistas como o tio Felipe. Fausto era o tio Felipe e também o menino de seis anos que o visitara na cadeia, com medo e tristeza, e era o jovenzinho com fome que havia roubado cápsulas de óleo numa farmácia de Ciudad Trujillo. Um ruído calado chegou desde a primeira fila, e ao terminar o poema (com as mãos coladas ao corpo e um vibrato potente na voz) Fausto percebeu que alguém estava chorando. Não era uma mulher apenas, mas várias: duas, quatro, dez; os assentos de veludo soluçavam. Em seguida começaram os aplausos.

4.

O triunfo do Colón foi ao mesmo tempo modesto e extraordinário, e pôs Fausto no mapa do teatro bogotano. As pessoas começaram a falar do ator espanhol que acabara de chegar — o discípulo de García Lorca, sim, o parente de heróis republicanos — e as companhias nascentes se interessaram por ele. Ao voltar de uma turnê breve cheia de pátios de Sevilha e meninos e cebolas, deparou com um convite para recitar seus poemas no Teatro Municipal. Não era um teatro como os outros. Nessa época, o líder liberal Jorge Eliécer Gaitán, um político de origem humilde que se convertera num temível líder das massas e era visto pelas elites como uma ameaça palpável, dava ali seus discursos de fim de semana — as Sextas Culturais, como as chamava —, algumas peças magistrais de oratória que atraíam mais gente do que Fausto jamais tinha visto num mesmo lugar, e que eram transmitidas por rádio para um país seduzido pelas ideias esquerdistas e a retórica mussoliniana daquele homem de traços indígenas e brilhantina empastada. Fausto começou a ensaiar ali seu repertório de sempre — Machado, Lorca, Hernández —, e numa sexta-feira, ao perceber que Gaitán tinha permanecido depois da sua transmissão para escutar seus poemas, aproximou-se dele e começaram a conversar. Gaitán falava com propriedade de poesia colombiana, citava Silva e Julio Flórez e sugeriu a Fausto que incluísse Neruda. Quando se despediram, Fausto ouviu que mais alguém dizia:

"Como assim não vão se entender, se os dois são comunistas? Com gente assim, esse país vai acabar indo para o buraco."

Não era verdade: Gaitán não era comunista, Fausto, muito menos. Até o momento, nem sequer havia tido tempo para se fazer tais perguntas, pois ainda estava lidando com coisas maiores: Deus, por exemplo. Na breve passagem por Caracas se relacionara com grupos ocultistas para tentar esclarecer alguma coisa, e se aproximou da teosofia de Madame Blavatsky, e depois foi rosacrucianista e depois maçom. Chegou a se graduar dentro do templo, um primeiro passo importante na maçonaria, mas pouco a pouco se desencantou de tudo: dos maçons, dos rosa-cruzes e dos teosofistas. Mas não da procura: a procura continuava viva, pois ninguém soubera lhe dar as respostas de que precisava. E algo no tom de Gaitán lhe sugeria que talvez aquele líder popular soubesse coisas de que precisava. Gaitán perguntou a Fausto se nunca tinha pensado em botar uma faixa na cintura, como ele fazia, para que a pressão sobre o diafragma produzisse nele uma voz mais forte. Fausto sabia que aquele homem, que não era imponente, tinha capacidade de falar sem microfone na praça Bolívar, e não desdenhou de nenhum dos seus conselhos. Impressionou-o, sobretudo, o que Gaitán elogiou da sua declamação. Não era a qualidade dos versos, claro, nem as emoções, mas a convicção.

"Você odeia os tiranos", dizia a Fausto. "É aí que nos encontramos, você e eu. Estão matando os camponeses a uma hora daqui, a duas horas, e nós estamos recitando poemas. Digo a você, jovem: se esses poemas não servem para combater, o mais provável é que não sirvam para nada."

Gaitán estava lhe falando de uma realidade muito distante. Do campo e das montanhas chegavam a Bogotá notícias de cenas horríveis nas quais os homens morriam a machadadas e as mulheres eram violentadas diante dos olhos dos filhos; Fausto Cabrera, declamador de poetas mortos do outro lado do Atlântico, tinha vivido até agora com outras preocupações, mas as conversas com Gaitán lhe sugeriram uma realidade mais ampla. Talvez não tenha sido uma coincidência que por aqueles dias começasse a frequentar o Ateneu Republicano Espanhol, um lugar de encontro de artistas e escritores onde se desejava a morte de Franco e se dava uma mão aos exilados mais famélicos, mas também se falava em voz baixa do Partido Comunista e das guerrilhas nas Planícies Orientais. No Ateneu não havia lugar para teosofias nem ocultismos: ali, descobriu Fausto, a realidade real era mais real que nunca. As discussões giravam ao redor da União Soviética e de fazer a revolução, embora os mesmos que davam murros na mesa passassem, sem trepidação, a recitar versos. Um dos assíduos, um colombiano de sotaque cantado chamado Pedro León Arboleda, falava a Fausto de nomes que ninguém nunca lhe mencionara, de Porfirio Barba Jacob a León de Greiff, e depois explicava que eram todos grandes poetas e, sobretudo, poetas antioquenhos.

"Está perdendo tempo aqui, Cabrera", dizia Arboleda. "Os poetas, na Colômbia, estão em Medellín."

É possível que pouco depois, quando Fausto decidiu passar alguns dias naquela cidade, tenha pesado tanto o desejo de ver sua família como as palavras de Arboleda. Fausto chegou com a ideia de permanecer alguns dias, fazer um recital e passar algum tempo com o tio Felipe, gerente dos Laboratórios Farmacêuticos Equatorianos. Medellín ficava entre belas montanhas e seu clima acariciava a pele: era fácil entender por que o tio havia ficado. Quando chegou para vê-lo, Fausto deparou com um homem que era obstinadamente o mesmo. O tio não perdera nem uma letra do seu sotaque peninsular, ainda mantinha ilusões com o orgulho espanhol e era capaz de rejeitar as subvenções que demasiado tarde lhe oferecia, a partir do México, o governo republicano no exílio. A memória da Espanha, ou do seu passado na Espanha, lhe doía como se tivessem acabado de expulsá-lo. Tudo se referia à pátria perdida. Numa daquelas noites, depois do jantar, mostrou a Fausto um número recente da revista *Semana*, aberto numa página de três colunas com o cabeçalho "A nação". "Leia", disse. E Fausto leu.

Há, como parece se desprender dos jornais, uma onda de violência? Alguém comprovou qual relação têm os feitos sanguinolentos e atos criminosos desta época com os de tempos normais? Não. Mas, sem dúvida, um estrangeiro que queira se informar sobre a situação atual da Colômbia, ao passar em revista a imprensa daquele país, a veria à beira de uma catástrofe ou no limite de uma revolução. Nós colombianos, por outro lado, não nos alarmamos. Por quê? Ficamos indiferentes ao fato de que a cada vinte e quatro horas se registre um novo feito de sangue, atribuído às lutas políticas? Não. Não podemos ter chegado a esse grau de insensibilidade. Algo deve acontecer, contudo, para nós, cristãos-velhos, não darmos a importância que merece uma situação semelhante. É que não aceitamos essas versões como são apresentadas. Nem os conservadores assassinados pelos liberais nem os liberais assassinados pelos conservadores provocam nosso alerta ou nossa indignação, pois todos esses informes são recebidos com um considerável desconto inicial. Vamos esperar, dizem as pessoas, para ver como as coisas acabam. E isto — como as coisas acabam — nunca se sabe.

"Você não tem idade para se lembrar", disse o tio Felipe. "Mas era assim. Era exatamente assim."

"O que era assim?"

"Ué, a Espanha", disse o tio. "A Espanha daqueles anos."

"A de antes da guerra", disse Fausto.

"Tudo se parece demais, entende. Há um clima no ar. Aqui vai acontecer algo pesado."

Fausto fez cinco recitais em Medellín, porém o mais importante não lhe aconteceu como ator, e sim como espectador. Foi no Instituto Filológico: um poeta lia sua própria obra, uma série de sonetos que parecia não terminar nunca; e depois, quando chegou ao final inverossímil, uma mulher loura de olhos grandes, cujo pescoço de cisne saía com elegância de um vestido de flores, aproximou-se de Fausto, sempre acompanhada da mãe e da irmã, e lhe estendeu um caderno fino que carregava entre as mãos: "Eu o ouvi dias atrás, sr. Cabrera. Me dá um autógrafo?". Fausto teve a presença de espírito para saber que nunca voltaria a vê-la se aceitasse de imediato; respondeu que precisava pensar bem, que não lhe escreveria qualquer coisa, que ligaria logo para visitá-la num momento menos atribulado. E assim fez: visitou-a uma e duas e três vezes numa casa da avenida La Playa, sempre na presença de alguma das suas irmãs e às vezes com outros poetas, mas nunca levou para ela o livro autografado; e alguma coisa deve ter feito melhor que os demais visitantes, pois em poucos meses já recebia da moça convites exclusivos.

Chamava-se Luz Elena. Era uma das quatro filhas de dom Emilio Cárdenas, um *paisa* de família acomodada que fizera sua própria fortuna ao inventar sem ajuda de ninguém um laboratório farmacêutico ao encargo do tio Felipe: Ecar. Apesar dos seus escassos dezessete anos, Luz Elena era muito menos previsível do que sugeriam seus vestidos de flores, suas acompanhantes onipresentes e sua família burguesa. Fausto nunca conseguiu entender em quais horas ela lia tanto, mas aquela mocinha falava com propriedade insolente de sor Juana Inés de la Cruz e de Rubén Darío, e na família se dizia que haviam lhe oferecido o diploma de bacharelado antes do tempo para que não continuasse a expor ao ridículo seus professores. Inés Amelia, a caçula das irmãs, contava que uma vez, quando a professora de espanhol adoeceu em cima da hora, Luz Elena deu uma aula inteira sobre o romanceiro velho sem olhar um só apontamento. Dom Emilio se sentia tão orgulhoso dela que não se importava em receber algumas reprimendas por deixá-la em evidência. Fausto foi testemunha disso pela primeira vez num domingo, depois de uma longa sobremesa na qual lhe coube uma cadeira que bem podia estar marcada: *Pretendente*. Num momento de silêncio, a propósito de nada, dom Emilio disse:

"Você que conhece o assunto, jovem Cabrera, não ouviu minha filha recitar? Vamos ver, garota, mostre então ao seu convidado o poema do soldadinho."

"Agora não, papai."

"Esse é o que mais gosto", disse dom Emilio a Fausto. E depois: "Não se faça de rogada, Luz Elena, isso é falta de educação".

Ela aderiu ao jogo, não para deixar o pai satisfeito, mas para sentir o olhar daquele espanhol que entendia de poesia e recitava tão bem. Ficou de pé, alisou o vestido e disse com boa dicção:

— *Soldadinho, soldadinho — de onde veio você?*
— *Da guerra, senhorita — o que ofereceram a você?*
— *Você viu meu marido — na guerra alguma vez?*
— *Não senhora, não o vi — nenhum sinal dele.*
— *Meu marido é alto e louro — alto, louro e aragonês*
E na ponta da espada — carrega um lenço que bordei
Eu o bordei quando menina — quando menina o bordei.
Outro que estou bordando — e outro que para ele bordarei.
— *Pelas pistas que você me deu — seu marido já morreu,*
E o levam a Saragoça — para a casa de um coronel.
— *Sete anos o esperei — outros sete o esperarei.*
Se aos catorze não vier — freirinha eu acabarei.
— *Cale-se, cale-se, Isabelita — cale-se, cale-se, Isabel.*
Eu sou seu querido esposo — você é minha querida mulher.

A mesa aplaudiu e Luz Elena, diante do olhar de Fausto, voltou a se sentar.

"Acho encantador", disse dom Emilio. "O esposo finge não ser ele para botar à prova o amor da esposa. Como é bonito, não?"

"Belo poema", disse Luz Elena em voz baixa. "No entanto, acho que isso não é coisa que se faça com uma esposa."

Em questão de poucos meses já estavam comprometidos, e em poucos meses mais tinham programado o casamento como se tivessem alguma urgência *non sancta*. Concordaram que no dia das bodas não queriam cerimônias cheias de gente desconhecida e de fotógrafos das colunas sociais, de modo que Luz Elena escolheu a igreja do Sagrado Coração, que tinha uma vantagem sobre as demais: em Medellín havia duas igrejas com esse nome. Uma ficava num bairro residencial de ruas limpas e famílias prestativas, e os curiosos deram por certo que ali se levaria a cabo a cerimônia; enquanto isso, os noivos quase clandestinos se casavam na outra, mais obscura e mais modesta, construída num dos bairros baixos da cidade. Quando Fausto assinou a certidão de casamento, Luz Elena olhou para ele com sarcasmo:

"Até que enfim", disse. "Nunca tive tanto trabalho para conseguir um autógrafo."

Era o mês de dezembro de 1947. Durante os dois anos seguintes, enquanto a Colômbia naufragava no sangue da violência partidária, os recém-casados viajaram pela América Latina numa turnê de recitais que era como a lua de mel que nunca haviam se permitido ter. As notícias do país chegavam tarde e mal, porém Fausto nunca se esqueceu onde estava quando soube do assassinato de Gaitán. Era 9 de abril de 1948, e ele acabava de recitar em Quito um poema de Lorca. Segundo as notícias, Juan Roa Sierra, um jovem rosacrucianista, desempregado e paranoico, esperou Jorge Eliécer Gaitán na saída do seu escritório, na rua Sétima com a avenida Jiménez, e descarregou nele três tiros que não apenas acabaram com a vida do próximo presidente da Colômbia, mas também foram os tiros de pistola que dispararam uma guerra que em pouco tempo devorou o país. Fausto disse para Luz Elena:

"Do jeito que o tio avisou."

Fausto não viu a cidade de Bogotá incendiada pelos protestos populares nem os franco-atiradores postados nos tetos da rua Sétima, nem os padres que também disparavam do terraço do colégio San Bartolomé, nem os saqueadores que arrebentavam vitrines para levar luminárias ou geladeiras ou caixas registradoras, nem os bondes virados e em chamas diante da catedral, nem os milhares de mortos que no curso dos três dias seguintes se acumularam nas galerias sem que nenhum familiar pudesse nem sequer sair na rua para identificá-los. O centro de Bogotá ficou em ruínas e só um aguaceiro pôde apagar as chamas quando já haviam consumido edifícios inteiros, e era como se aquelas chamas acendessem o pavio da violência no restante do país sublevado. Enquanto Fausto e Luz Elena viajavam pelo Peru e pela Bolívia, os policiais conservadores entraram no povoado de Ceilán, no Valle del Cauca, e deixaram cento e cinquenta mortos, muitos deles incinerados. Enquanto viajavam do Chile para a Argentina, vinte e dois espectadores de uma palestra na Casa Liberal de Cali foram assassinados por conservadores sem uniforme, e os primeiros comitês de resistência, que não eram mais que camponeses armados para se defender da melhor forma que podiam, começaram a ser criados em lugares remotos. A repressão era feroz: também em Antioquia, pelo que diziam as cartas que os perseguiam durante a turnê. Por isso pareceu tão estranho para Fausto que um dia, em Buenos Aires, Luz Elena tenha lhe dito que já era hora de voltar para a Colômbia. Mas a razão era incontestável: estava grávida.

Sergio Fausto nasceu em 20 de abril de 1950, o meridiano do século, no hospital San Vicente de Paúl; dois anos depois nasceu Marianella. Fausto gozava pela primeira vez na vida de algo parecido com segurança econômica: tinha um trabalho em La Voz de Antioquia, um programa de rádio que todo mundo ouvia — *Harmonia e Devaneio* era seu nome —, e lhe sobrava tempo inclusive para fundar companhias de teatro experimental numa cidade onde poucos tinham ouvido falar de algo semelhante. Não tinha amigos, mas verdadeiros comparsas. Eram um médico, Héctor Abad Gómez; um jornalista, Alberto Aguirre; um pintor, Fernando Botero; e um poeta, Gonzalo Arango. Todos tinham vinte e poucos anos; todos tinham ganas de fazer coisas importantes. Reuniam-se para tomar aguardente, falar de política e recitar versos enquanto ganhavam a vida de qualquer maneira. Com a ajuda e o talento da sua esposa, Emilio Cárdenas, seu sogro, montou uma pequena fábrica de massas na cozinha de casa, uma espécie de negócio lateral que era quase um passatempo, e Fausto ganhava alguns trocados dirigindo um furgão desconjuntado por toda Medellín, entregando talharins e recebendo pagamentos. Assim, acabou juntando o suficiente para comprar um dos primeiros gravadores portáteis que chegaram à Colômbia. Gonzalo o batizou com três gotas de aguardente: "Gravador, você se chama 'A Voz dos Deuses'", disse com solenidade. Os amigos estavam fascinados com o aparelho. "É minha voz, é minha voz", dizia Alberto depois de gravar. "Essa bobagem vai mudar o mundo." Estrearam-no gravando poemas de Miguel Hernández, pois Franco impusera contra ele uma censura implacável: seus versos não eram declamados em nenhuma parte do mundo, e isso bastou para se converter numa espécie de totem do grupo.

Quando não estava dirigindo o furgão das massas, Fausto se dedicava a recitar poemas diante de pequenas audiências fascinadas nas quais sempre estava Luz Elena, sentada na primeira fileira, movendo os lábios enquanto Fausto dizia que o caminho se faz ao caminhar e que ao olhar para trás se vê o caminho que nunca se há de voltar a pisar. Dedicou-se também a fundar grupos de teatro com peças clássicas das quais poucos tinham ouvido falar, mas que estavam começando a conseguir públicos fiéis e curiosos. Enquanto isso, os massacres tinham ficado demasiado numerosos e estavam começando a sair nos jornais. Fausto recordava o artigo da revista que o tio Felipe lhe mostrara, e se perguntava se não seria ele aquele estrangeiro que olhava a realidade colombiana, e em seguida se perguntava também por que ninguém se importava com o que estava acontecendo. Ou talvez só importasse às pessoas que estavam no campo: para as da cidade, todos aqueles mortos estavam longe demais. A situação se agravou durante tanto tempo que aconteceu o que muitos esperavam. Em maio de 1953, um militar, o tenente-coronel Gustavo Rojas Pinilla, deu um golpe de Estado com a intenção ostensiva de que o país deixasse de sangrar.

"Tinha que acontecer algo assim", disse o tio Felipe. "Vou morrer de ditadura em ditadura."

Algumas semanas mais tarde, ele anunciou que ia embora para o Chile. Ninguém o entendeu: o tio Felipe se casara com uma mulher de Medellín, seu trabalho continuava a ser o mesmo e gostava da cidade: para que partir? Também os pais de Luz Elena, que haviam se afeiçoado a ele, lhe perguntaram: tinha perdido alguma coisa no Chile? Somente Fausto o compreendia, apesar de não saber explicar muito bem, pois o tio Felipe levava com ele o vírus do exílio, a compulsão de se mudar para todos os lados, já que a vida lhe proibira de ficar na própria terra. Assim, de Ciudad Trujillo se mudara para Bogotá e de Bogotá para Medellín; agora, bem instalado com uma mulher de quem gostava e que cuidava dele, iria embora para o Chile. "Se gostar, eu fico", disse, "e se não gostar, volto. É como minha mulher diz: a pior volta é a que não se faz." No ano seguinte, quando começaram a sair as propagandas do governo, já tinha partido.

As propagandas falavam de grandes celebrações organizadas pela ditadura para comemorar seu primeiro aniversário. Ninguém sabia no que consistiriam, mas não inspiravam a menor confiança em Fausto. "Todas as ditaduras do mundo são iguais", dizia. "Quando começam a fazer festas de aniversário para si mesmas, é que a coisa vai durar." Mas não podia ter imaginado a natureza dessas celebrações: Rojas Pinilla anunciou a chegada da televisão na Colômbia. Em longos discursos no rádio, explicou que a descobrira em Berlim, no fim dos anos 1930, e nunca tinha tirado da cabeça que aquela invenção tinha de vir para o país. Explicou que não havia sido fácil, porque nesse país montanhoso o sinal encontrava demasiados obstáculos, mas dera a ordem para levarem o projeto adiante sem limites de gastos. Uma comitiva de luxo viajou aos Estados Unidos para fazer os estudos, comprar os equipamentos e importar as tecnologias. Rojas mandou instalar uma antena de trinta metros no Hospital Militar, um dos lugares mais altos de Bogotá, outra no Nevado del Ruiz e uma terceira no Páramo de la Rusia, em Boyacá. Assim todo o país receberia cobertura, pelo bem da pátria. O que não disse, mas se descobriu com o passar dos dias, foi que então, depois que as antenas estavam bem erguidas nos seus locais e os aparelhos prontos nas suas estações, não existia ninguém na Colômbia que soubesse fazê-los funcionar. Nem sequer se sabia quais imagens seriam transmitidas, nem quem iria recebê-las: os colombianos não tinham televisores em casa, pois cada aparelho custava três vezes o salário mínimo. Em questão de semanas o governo trouxe de Cuba vinte e cinco técnicos de um canal que acabara de quebrar, e inventou financiamentos generosos para que os colombianos comprassem mil e quinhentos aparelhos Siemens, e lotou as vitrines das lojas com televisores para que ninguém, nem sequer os que não podiam comprar o seu, ficasse sem desfrutar da invenção.

Em 13 de junho de 1954, quando se completava um ano da tomada do poder, o ditador apareceu naquela caixa luminosa observada pelas pessoas e disse que estava falando do Palácio de San Carlos, em pleno centro de Bogotá, e deu um discurso emocionado no qual declarava inaugurada a televisão na Colômbia. Quando soou o hino nacional, os colombianos souberam que desta vez não era como das outras, pois agora podiam ver a Orquestra Sinfônica da Colômbia no mesmo instante em que tocavam a música: vê-la sem estar onde estava a orquestra. A primeira transmissão durou três horas e quarenta e cinco minutos, e Fausto, que a acompanhou com fascinação em Medellín, soube que o mundo, desta vez sim, havia mudado para sempre, e pensou que talvez houvesse um lugar para ele nesse mundo. Depois, quando ouviu dizer que um homem chamado Fernando Gómez Agudelo, o mesmo que trouxera os equipamentos dos Estados Unidos e os técnicos de Cuba, agora recrutava as pessoas de teatro mais talentosas do país para que escolhessem as histórias que os telespectadores iriam receber nas suas caixas, não hesitou. Disse para si mesmo que o tio Felipe se fora para o Chile e que Fernando Botero, o amigo pintor, tinha ido para Bogotá. Na capital também estava Domingo, o pai de Fausto, que continuava gerenciando um hotel no centro — Roca, se chamava — e fazia sua própria vida como se fosse colombiano da gema.

"Por que não vamos também?", Fausto perguntou à esposa.

"Sim, vamos", disse ela. "Não vamos ser os únicos a ficar em Medellín."

A família Cabrera Cárdenas se instalou num apartamento de dois níveis na rua 45, um lugar de espaços exíguos mas cômodos onde uma tela luminosa ocupava o centro da sala, e nela se moviam homens em branco e preto que se perdiam num buraco de luz e estática quando se pressionava um botão. Por aqueles dias, um homem baixote que arrastava uma perna aparecia com frequência na casa dos Cabrera. Fausto explicou aos filhos que o homem se chamava Seki Sano, que era japonês e acabara de chegar do México, contratado pelo governo colombiano para ensinar aos atores e diretores como fazer as coisas na televisão. Tinha uma testa ampla e usava óculos de armação grossa que não deixavam ver seus olhos, e sempre tinha à mão um cachimbo que pendurava nos lábios mesmo apagado. Perdera o movimento da perna graças a uma artrite tuberculosa que sofrera quando menino, mas alguém contou a esse respeito uma história de guerra, e ele nunca se incomodou em esclarecer as coisas. Depois de sair perseguido do Japão, refugiou-se na União Soviética, e dali foi expulso pelos stalinistas, do mesmo modo que expulsaram Trótski. Vinha agora até a Colômbia para aplicar o método Stanislavski no teleteatro; entre os diretores teatrais de Bogotá, Fausto era quem melhor sabia do que o japonês estava falando quando mencionava Stanislavski, e havia entre os dois uma sintonia de gostos que se confundia facilmente com suas simpatias políticas, de maneira que foi natural que Fausto se convertesse no seu discípulo predileto.

Foram meses de descobertas. Enquanto os operadores de câmeras aprendiam novas maneiras de usar seus aparelhos (novos enquadramentos, novos ângulos), e o governo ia descobrindo as possibilidades do novo meio para difundir a mensagem da ditadura e das Forças Armadas, Seki Sano começou a treinar uma geração inteira de homens de teatro. Era intransigente com os medíocres e rigoroso até a crueldade, e não admitia dos seus alunos uma dedicação ou um entusiasmo inferiores aos seus. Enfurecia-se com facilidade quando os alunos não lhe davam o que pedia; mais de uma vez arremessou o cachimbo e o isqueiro na cabeça deles, e chegou a agarrar pela gola da camisa um ator sem talento para retirá-lo à força do cenário enquanto lhe gritava frases humilhantes. Sua relação com Fausto foi se tornando mais íntima. Almoçava todos os fins de semana na casa dos Cabrera, e suportava que Sergio e Marianella se empoleirassem na sua perna falsa para brincar de cavalinho. No tempo livre, convidava Fausto para ver peças dos outros, mas às vezes começava a resmungar pouco depois das primeiras cenas, e na metade da apresentação sua paciência já tinha se esgotado.

"Vamos, jovem Cabrera", dizia para Fausto sem se preocupar em ser ouvido até pelos atores. "Não aguento mais essa porcaria."

Sob a observação atenta de Sano, Fausto abria passagem na selva dos espaços televisivos como um explorador de facão na cintura: adaptava velhos romances e clássicos do teatro para apresentar ao vivo, suportando as queixas dos atores que não conseguiam imaginar seu público invisível. A emissora exigia uma peça semanal, mas para um diretor já era milagroso montar algo decente em quinze dias; de modo que acabaram projetando um sistema em que Fausto dividia as tarefas com outros diretores, homens com vários anos de experiência a mais que Fausto, figuras tão importantes na vida cultural da cidade que ninguém os teria considerado suscetíveis a se sentir intimidados. Contudo, a presença de Seki Sano os incomodou: talvez fosse a reputação do japonês, ou talvez tenham sido os juízos críticos e às vezes sarcásticos que o professor podia emitir acerca das peças das vacas sagradas colombianas, mas Sano se converteu num problema, uma verdadeira ameaça para a posição de autoridade ou proeminência que os outros tinham.

E foi assim que o regime recebeu — de um dia para o outro — a notícia de que o diretor japonês estava levando a cabo atividades proselitistas. Seki Sano tinha se refugiado na União Soviética e depois no México, aquele foco de esquerda, e nada disso podia cair muito bem num país que já mandara um batalhão à Guerra da Coreia para se unir à luta internacional contra o comunismo. Suas convicções eram marxistas e em seus métodos, para grande escândalo de muitos, assomava à cabeça uma certa visão materialista de mundo, mas a verdade era que Sano nunca militara na política. O pequeno Sergio nunca entendeu muito bem por que um dia Sano deixou de aparecer para almoçar, mas recordaria os esforços que seu pai fez para lhe explicar: Seki Sano não foi embora porque quis, mas porque foi expulso da Colômbia pelo ditador Rojas Pinilla; e o expulsou graças às denúncias de um grupo de artistas, ou ao menos essa sempre foi a teoria de Fausto. "Por uma conspiração de invejosos", disse. Uma nota oficial deu a Sano quarenta e seis horas para sair do país, e o que mais tristeza lhe causou foi ter que abandonar uma montagem de *Otelo* na tradução do poeta espanhol León Felipe.

Algo estava acontecendo: o ambiente já não era o mesmo na Colômbia. Os veteranos da Guerra da Coreia trouxeram histórias horríveis sobre os comunistas e suas práticas, sobre companheiros torturados de modo selvagem em covas profundas ou abandonados à própria sorte no meio da neve para morrer de hipotermia ou, se tivessem sorte, sofrer a amputação dos dedos dos pés. Dos Estados Unidos chegavam notícias sobre um homem chamado McCarthy, que enfrentava sozinho a ameaça vermelha. A expulsão de Seki Sano era parte disso, sem dúvida, mas Fausto não conseguia ver o quadro inteiro, sem dúvida por estar metido nele; sim, aquelas coisas estavam acontecendo, mas ele não ia mal. Era como se seu destino fosse na contramão do da Colômbia, pois agora a violência se apaziguara e os dois partidos, que estavam havia uma década se assassinando mutuamente, pareciam capazes de sentar para dialogar, como se seus líderes em Bogotá tivessem se cansado de jogar o jogo da guerra com soldados alheios.

Enquanto isso, a temperatura no mundo do teatro estava subindo, e queixas longamente mastigadas começavam a surgir à superfície. Fausto virou porta-voz. O pessoal do teatro, começou a dizer, não tem direitos na Colômbia; o teatro é para a lei um lugar de vagabundagem e boemia. Por conselho de Luz Elena, incluiu uma reclamação explícita por parte das atrizes, pois uma mulher que quisesse atuar tinha que pedir permissão ao pai ou ao marido. Em poucas semanas havia nascido, sob o olhar desconfiado das autoridades, o Círculo Colombiano de Artistas, e também em poucas semanas já se organizava a primeira greve.

Os atores tomaram as instalações da televisão e as transmissões foram suspensas durante uma semana. Pessoas ligavam a tevê e não encontravam nada, e os colombianos descobriram uma nova emoção: o medo do vazio televisivo. Mas então o governo reagiu, e Rojas Pinilla mandou a polícia até as instalações da emissora com uma ordem: retirar o caminhão da unidade móvel e levá-lo a qualquer lugar para fazer qualquer programa, para furar a greve mediante o simples recurso de encher as telas. Fausto organizou os atores grevistas, e uma tarde compareceram diante da garagem da emissora e formaram uma corrente humana para impedir que a unidade móvel saísse. Luz Elena, que se unira desde o primeiro momento aos esforços de greve, estava na primeira fila, e foi ela quem ouviu com mais clareza as palavras que um capitão do Exército, convocado para controlar a situação, gritou a plenos pulmões. Ordenava ao chofer engatar marcha a ré sem dar atenção aos atores.

"Se não levantarem", gritou, "passamos por cima deles."

As primeiras na fila de contenção eram as mulheres. Luz Elena contaria como chegou a sentir num dos braços a queimadura brutal do cano de escapamento no mesmo instante em que Fausto e os demais se erguiam para se render. Mas não se renderam: quando o pelotão tentou arrastá-los, os atores se defenderam na porrada, e Fausto aproveitou um momento para escapar dali e se esconder com Luz Elena num saguão vizinho. Sempre recordaria como, na penumbra do esconderijo, a face da sua mulher, emocionada pelo incidente, parecia dotada de luz própria.

Fausto ganhou uma nova autoridade na emissora. Ninguém entendia como ele se safava com tantos projetos arriscados. Um deles era *La Imagen y el Poema*, no qual Fausto declamava no ar, ao vivo, um poema do seu repertório infinito, e ao mesmo tempo o pintor Fernando Botero fazia um desenho habilidoso sobre uma folha de papel. Em outro, eram transmitidas partidas de xadrez entre praticantes esforçados e mestres de verdade: havia sido uma proposta do ditador Rojas Pinilla, que era um jogador exímio, e ninguém pôde lhe dizer não, mas o que não podiam imaginar é que o programa seria um sucesso. Talvez tenha sido por aqueles dias que o tio Felipe regressou do Chile. Trazia más notícias: estava doente. O câncer já o obrigara a passar pela sala de cirurgia e tudo indicava que sua recuperação iria adiante, mas a enfermidade surrara seu espírito. Instalou-se num hotel do centro de Bogotá com a mulher e uma cachorrinha pequinesa, e assim passava os dias, recordando seus melhores anos para quem o suportasse, queixando-se do frio bogotano e dizendo que na primeira oportunidade voltaria para Medellín. Mas os tratamentos médicos não teriam permitido isso nem sequer se tivesse obtido os meios para fazê-lo. Todas as vezes que Fausto ia vê-lo, cumprindo uma rotina semanal que ele se impusera sem que ninguém lhe pedisse, encontrava-o mais encurvado e menos eloquente, mas sempre com um resquício de orgulho no olhar, como se estivesse certo de que os demais, ao vê-lo, continuavam a enxergar o herói de guerra.

"E aí, rapaz?", perguntava o tio. "Como vão as coisas no teatro?"

"Vai tudo bem, tio", dizia Fausto sem variações. "Vai tudo muito bem."

Num daqueles dias, Fausto encontrou o tio Felipe cansado e triste, sentado numa cadeira de balanço de vime junto aos seus recortes espalhados. A conversa não resultou em muita coisa, embora o tio

Felipe tenha pedido a Fausto informações sobre o que estava acontecendo na Colômbia agora que enfim parecia ter chegado a paz: mas o que o jovem viu foi um homem cheio de dor, e não apenas dor no corpo, mas uma espécie de melancolia quase física que lhe banhava a expressão. Fausto soube depois que o tio Felipe havia pedido que lhe servissem o jantar no quarto, pois não sentia vontade de ver ninguém, e comeu bananas fritas e o arroz e a carne moída. Depois pediu que recolhessem a bandeja, tirou os recortes das pastas e os espalhou pela colcha da cama. Ali estava a notícia da sua captura e seu encarceramento por conspirar contra o rei; ali estava a notícia falsa da sua morte, disseminada pelos fascistas durante a guerra, com sua foto e seu nome bem legível. Um recorte era mais amarelado que os demais: nele aparecia seu pai, Antonio Díaz Benzo, com o uniforme de gala, numa imagem da época em que fora enviado à Guatemala. Em seguida começaram as dores. Levaram-no com urgência para o hospital, e com certeza o teriam operado de novo — pela terceira ou quarta vez, sempre acreditando que essa nova operação funcionaria — se não fosse evidente para os médicos que o homem estava além dos benefícios da cirurgia.

Felipe Díaz Sandino morreu no meio da noite, com a consciência apagada pelas drogas e com a mão adormecida entre as de sua mulher colombiana. Fausto acompanhou o caixão no carro fúnebre com seu irmão Mauro, e seguiu acompanhando-o no Cemitério Central até que os escassos participantes tivessem ido embora. Voltou em seguida para casa. Sergio o ouviu chegar e soube que tinha se trancado na garagem. Desceu a fim de procurá-lo depois de uma espera prudente, ou ao menos assim o recorda, e sempre diria que ali, mais que chorar, o viu desmoronar pela primeira vez.

5.

O mundo parecia se transformar da noite para o dia. Sergio guardaria na memória as tardes em que o pai chegava cedo em casa para ouvir as notícias do rádio, coisa estranha porque o aparelho dos Cabrera — um daqueles monstrengos que juntavam rádio e toca-discos e que não passavam de mais um móvel, e um bastante notável — era usado habitualmente para escutar música. Fausto andava entusiasmado e tentava contagiar os filhos com seu entusiasmo. "A única tristeza é que o tio Felipe não esteja mais aqui para testemunhar", dizia. Luz Elena estava de acordo. Caminhava pela casa com passo ligeiro, falando dos barbudos como se os conhecesse e pressentindo que algo parecido iria acontecer no resto do continente. Desde o 1º de janeiro em que Fidel Castro entrou em Santiago de Cuba e a Segunda Frente Nacional entrou em Havana, era como se a história tivesse recomeçado.

Fausto não conseguia acreditar no que estava acontecendo. Oitenta e dois revolucionários cubanos, expulsos da sua terra por uma ditadura, tinham regressado à sua ilha no iate *Granma*, alimentados por um anti-imperialismo feroz; apesar de terem perdido dois terços dos seus homens, conseguiram seguir adiante na Sierra Maestra; enfrentaram um exército de oitenta mil homens sob ordens sanguinárias do ditador Batista; e agora estavam no legítimo poder e reconhecidos pelo mundo todo, incluindo o *New York Times*, e conseguiram convencer toda uma geração de latino-americanos de que o homem novo tinha chegado para ficar. A Revolução Cubana contava com simpatizantes convictos na Colômbia, onde os movimentos camponeses de meados do século, inclusive os que se converteram em guerrilhas violentas, receberam uma limpeza na imagem, e onde uma geração inteira de jovens universitários começou a se reunir em grupos clandestinos que liam Marx e Lênin e falavam em como trazer para cá o que acontecera por lá. Tudo o que estava acontecendo na América Latina era o que Fausto sonhava para sua Espanha republicana, sua Espanha de derrotados, a Espanha que parecia incapaz de fazer com Franco o que Castro e Guevara tinham feito com Batista. Fausto sentiu, pela primeira vez desde que o chamaram de judeu no porto de Ciudad Trujillo, que sua vida de exilado não era uma vida perdida: que a história, depois de tudo, podia ter uma missão ou um propósito. *Ventos do povo me levam*, recitou com seus botões, *ventos do povo me arrastam*. E que vontade, que vontade Fausto tinha de se deixar arrastar.

Uma tarde qualquer, Luz Elena pediu aos meninos que viessem até seu quarto, e sem rodeios lhes contou que a tia Inés Amelia estava com câncer no estômago. Sergio, que assistira à distância a morte do tio Felipe, não precisou de maiores informações a respeito, mas Marianella quis saber o que era o câncer e por que tinha dado na tia e o que aconteceria agora. Inés Amelia tinha apenas vinte e dois anos. Era uma jovem solteira e feliz, de inteligência viva, e parecia ser muito afetuosa. Nos últimos anos se convertera numa figura querida para Sergio e sua irmã, que iam vê-la em Medellín como se fosse uma mãe alternativa, e ninguém poderia pensar que ela adoeceria com a mesma doença de velhos que matara o tio Felipe. No rosto de Luz Elena, que foi testemunha e acompanhante da deterioração, lia-se uma angústia viva, ou quem sabe Sergio a lesse assim, pois gostaria de fazer algo para aliviar o sofrimento da mãe. Com a tia Inés Amelia, porém, assim como com o tio Felipe, não houve nada que os médicos pudessem fazer.

Luz Elena viajou a Medellín para acompanhá-la nos seus últimos dias, e quando voltou a Bogotá, destroçada pela tristeza, trazia nas mãos um presente para cada um dos filhos. "É como uma herança", dizia. O que Sergio recebeu não foi um presente, mas uma verdadeira porta de entrada a outro mundo: a Kodak Brownie Fiesta que a tia levara a todo lugar nos últimos meses. As câmaras eram para os adultos, pois os aparelhos eram caros, os rolos de filmes eram caros, a revelação era cara, e tudo era uma novidade tão grande que a Kodak publicou instruções para seus compradores, não era preciso gastar dinheiro num monte de fotos falhadas. Cada rolo tinha doze: ir ao laboratório era uma aventura, pois ninguém podia imaginar o que sairia no papel, nem adivinhar quantas fotos teriam sido estragadas pela imperícia. Então os folhetos procuraram ser claros, e a mesma frase foi repetida neles e nas propagandas de rádio, revistas e jornais: *Dois ou três passos de distância da pessoa amada, o sol às suas costas e clique.*

Sergio, porém, não estava de acordo: ninguém — nem um folheto de instruções nem um anúncio na revista *Cromos* — ia lhe dizer como tirar suas fotos. Começou a fazê-las com o sol de um lado, com o sol de outro, à contraluz e até de noite, diante do olhar curioso de Luz Elena, que não somente o estimulava a fazer fotos que saíam veladas, com superexposição ou quase sem luz, mas lhe sugeria novas formas de violar as instruções sagradas. Talvez fosse por carinho, ou talvez porque a câmera era uma herança da irmã morta, mas Luz Elena suportou aquelas experimentações com a luz usando de uma paciência pedagógica, e às vezes parecia que a espera — a semana eterna que se passava entre a entrega do rolo ao laboratório e a recuperação das fotos impressas — a atormentava mais que ao filho. "Uma semana!", dizia. "Não, isso é mais do que um menino pode esperar." Durante aqueles dias de espera, Sergio rezava: rezava para que as fotos saíssem como as imaginara, e anotava as decepções no mesmo caderno onde até agora listava a conta meticulosa das suas leituras, suas sopesadas opiniões sobre Dumas e Júlio Verne e Emilio Salgari. A de Marianella na janela não saiu boa. A de Alvaro e Gloria sim, ficou boa. A da porta do condomínio não saiu boa. A do gato preto saiu preta.

Uma tarde em que se entediava ligou o televisor, apesar de não ter permissão para fazer isso sozinho, e deparou com seu pai e sua mãe, que atuavam juntos numa peça de teleteatro. Bateu a foto com a sensação de estar roubando um momento alheio e esperou que sua mãe não se desse conta quando as mandasse revelar. Não teve sorte: Luz Elena chegou do laboratório, chamou-o e o convidou a ver as fotos, e devia ser a primeira vez que as via, pois ao chegar na foto da tela começou a chorar.

"Que foi, mamãe?", perguntou Sergio.
"Nada, nada", ela disse. "Não foi nada."
"Que foi?"
"É que esta foto ficou muito boa." Depois: "Não foi nada, tranquilo".

Assim teve a primeira intuição de que algo estava saindo da ordem no mundo nos adultos. No entanto, logo voltou a acompanhar seus pais aos estúdios da emissora e tudo parecia ter voltado à tranquilidade. Por aqueles dias estavam fazendo *Aucassin y Nicolette*, uma espécie de comédia de amor cortês que Fausto adaptara livremente, e Sergio, quando via os dois nos ensaios, disfarçados de amantes da França medieval e se entreolhando como apenas os amantes se olham, pensou que não, que tinha se equivocado: tudo estava bem.

Nesse meio-tempo, o país se instalara com pés firmes na Guerra Fria. No ambiente flutuava o medo da ameaça vermelha; no mundo político, a cor azul do Partido Conservador parecia, mais que uma tendência, uma espécie de antídoto contra os piores males. Por aqueles dias ocorreu algo eloquente. Sergio havia começado a atuar com seriedade; a atuação se converteu num espaço de felicidade palpável, pois se mover sob ordens do pai era ganhar uma entidade, uma materialidade, que não existia fora do cenário, e também era ter sua atenção total. Diante das câmeras, nos sótãos da Biblioteca Nacional onde instalaram os primeiros estúdios, e depois nas novas instalações da emissora, Sergio começou a receber um treinamento incipiente nas virtudes do método Stanislavski e a aplicá-las em produções importantes.

Luz Elena teria preferido que não fossem tantas peças nem tão exigentes, pois o menino já era um estudante desinteressado antes de ter o pretexto da televisão, e agora os ensaios não faziam mais que agravar o assunto. Eram de um rigor que Sergio nunca havia conhecido, pois o teleteatro era transmitido ao vivo e um erro diante das câmeras podia ser catastrófico. Os primeiros ensaios se realizavam num estúdio vazio cujo piso preto era preenchido com marcações e sinais para orientação dos atores, e no dia anterior à transmissão — já diante das câmeras, já com o cenário montado e os móveis no lugar — acontecia o último ensaio, quando o ar se enchia de eletricidade e cada ator entregava a vida nas interpretações. Imprevisivelmente, Sergio respondia bem aos desafios. Foi assim que recebeu seu primeiro trabalho sério: o papel de menino em O espião, de Bertolt Brecht.

O diretor era Santiago García, um arquiteto convertido em homem de teatro. Tinha passado pela escola de Seki Sano, como Fausto, e era (como Fausto) um dos poucos que o professor observava com respeito. Era um homem generoso que parecia viver para o teatro, como se nada mais existisse no mundo, e tinha o raro dom de uma modéstia genuína: podia contar, por exemplo, que acabara de chegar de Paris, de ver a estreia de Esperando Godot com a presença de Beckett em pessoa, e nem sequer assim despertava inveja ou soava presunçoso. Gostava de aguardente e gostava de comer e gostava de perguntar da vida dos outros aos demais, não apenas da que gostariam de lhe contar, mas também a secreta. Fausto se entendeu de imediato com ele, e em questão de semanas estavam montando suas primeiras colaborações para a televisão. Depois de meses de trabalho juntos, de descobrir que admiravam os mesmos dramaturgos e que tinham a mesma ideia do que devia ser o teleteatro, montar Brecht era uma questão de honra. Luz Elena só concordou quando os Cabrera tiveram uma conversa sobre uma cena inteira acerca de Hitler, do nazismo e da suástica que Sergio teria que usar no braço. Na peça, os pais de Sergio, um casal com problemas, entravam em pânico ao descobrir que o filho havia desaparecido: talvez tivesse ido delatá-los. O filho

chegava depois com uma sacola cheia de guloseimas, mas a tranquilidade dos pais fictícios não foi a de Sergio, que quis saber por que um filho faria algo semelhante: por que entregaria seus pais às autoridades de um país. Luz Elena disse para ele:
"Existem lugares assim."

O que não poderiam ter previsto foi a reação da imprensa. "A televisão colombiana caiu nas mãos dos subversivos", escreveu sob pseudônimo um colunista do jornal *El Tiempo*. "Brecht é um comunista aqui e em qualquer parte, e o é mesmo que disfarce seu argumento marxista com outra coisa. Nós colombianos estamos dispostos que a mente do povo ignorante seja envenenada com as teses revolucionárias que estão destruindo os valores cristãos em outras partes do mundo? Onde estão os responsáveis por essas propagandas nocivas, e por que as autoridades lhes permitem continuar a fazer o que fazem com bens que são de todos?" Era como se o país, esse país que o acolhera generosamente dezessete anos atrás, se transformasse num lugar hostil. Fausto recebeu sua certidão de naturalização — um papel repleto de marcas-d'água, assinado pelo presidente de próprio punho e letra, que o comoveu até as lágrimas —, contudo a Colômbia parecia fechar com uma das mãos as portas que lhe abria com a outra. Na Televisora Nacional, onde Fausto encabeçou aquela primeira greve vitoriosa em que Luz Elena quase foi atropelada por um caminhão, agora tinham convocado uma segunda greve para defender o que Fausto chamava de a "programação cultural". Nos últimos tempos, as agências de publicidade tinham começado a fazer lobby no ministério a fim de anunciar mais produtos em mais espaços, porém não continuariam a investir seu dinheiro se os programas não interessassem a ninguém. Quem quer ver um ator recitar um poema que ninguém entende enquanto um pintor pinta linhas que não se parecem com nada? Quem quer ver dois desconhecidos, estrangeiros ainda por cima, jogando xadrez durante uma hora? Não, não: a televisão colombiana necessita se modernizar, ser comercial, sair do seu nicho de intelectuais que falam para intelectuais. A televisão colombiana precisa viver no mundo das pessoas de verdade, da gente da rua.

Suas pressões logo começaram a ter êxito, e pouco a pouco foram saindo do ar, caindo como vítimas de franco-atiradores, os espaços que Fausto tinha inventado e defendido como herdeiro de Seki Sano. Um belo dia Fausto despertou para se dar conta de que não lhe restava nada: o trabalho de toda uma vida parecia ter sumido sem deixar rastros. A emissora lhe ofereceu novos programas, mais comerciais ou dirigidos para um público mais amplo, em especial melodramas. "Por que não fazer algo de Corín Tellado?", alguém lhe disse. "O mundo todo está fazendo essas coisas. Sabe por quê? É fácil: porque todo mundo gosta dessas coisas." Nunca se sentira deslocado na Colômbia, mas agora descobria que também para isso havia uma primeira vez. Fausto diria depois que no momento de tomar a decisão tinha pensado apenas numa pessoa: o tio Felipe. O tio Felipe teria dado o braço a torcer? Uma guerra civil não é o mesmo que uma batalha cultural, com certeza, mas princípios são princípios. Fausto rechaçou as propostas com uma frase que sobreviveu na família:

"Então aguentaremos como der", disse. "Mas baboseiras eu não vou fazer."

Em meados de 1961, Sergio tinha onze anos e se achava desorientado numa adolescência precoce, ignorante do mundo político, vagamente inteirado de que um astronauta norte-americano havia sido colocado em órbita pela primeira vez. Os Cabrera tinham se mudado para uma casa na rua 85 com a avenida 15. Era um condomínio fechado para famílias em situação confortável, e seus vizinhos eram burgueses cultos que conheciam vinhos italianos e sabiam história medieval e cujos filhos caminhavam com os Cabrera as poucas quadras que os separavam do mesmo colégio: o Liceu Francês. Não era a mais evidente das opções para seus pais, mas Sergio entenderia depois quanto tinham pesado nessa decisão as memórias que Fausto conservava do Liceu Pothier, lá pelos anos 1930, quando o tio Felipe era diplomata em Paris. Também nisso se fazia presente aquele fantasma, que em algum sentido estava mais vivo que nunca.

Sergio não estava à vontade no seu mundo. Começara a se encarapitar nos muros do colégio para escapar das aulas em horas indevidas, e mais de uma vez também se separou do grupo antes de chegar ao colégio para se perder pelo bairro em missões arruaceiras. Descobriu a emoção de vandalizar, um animal que se fazia presente na boca do estômago antes e depois que Sergio quebrasse com pedradas as janelas das casas vizinhas e dos apartamentos mais baixos dos edifícios novos. Os amigos do liceu o ensinaram a fumar. Sergio começou a comprar seus próprios maços, dizendo ao vendedor que eram para seus pais, e voltava ao pátio do colégio para compartilhar generosamente seus cigarros. A popularidade nunca tinha sido tão barata. Os rapazes saíam juntos para fumar numa esquina, e nesses momentos não importava que os demais fossem uma cabeça mais altos que Sergio, nem que a voz deles já tivesse engrossado enquanto Sergio continuava a falar em tom de menino. Com um maço de Lucky Strike na mão, Sergio era mais um: era um deles. E estava assim uma tarde, fumando numa esquina, perdido no grupo com um maço na mão, quando seus pais o surpreenderam. Sua mãe lançou a ameaça mais portentosa que lhe passou pela cabeça.

"Se continuar a fazer isso", disse, "não vai ter mais televisão."

Essa frase, que tantos garotos ouviriam nos anos seguintes, no seu caso queria dizer algo diferente: não apareceria mais diante das câmeras. Sergio não poderia conceber um castigo pior. Era um último recurso da parte dos pais desesperados, mas havia bons motivos: fora dos ambientes controlados da televisão, a vida de Sergio estava se descontrolando. Começara a carregar no bolso uma chave de fenda que roubou do pai, e armado dessa forma percorria aquelas ruas residenciais arrancando escudos dos carros luxuosos. Um dia qualquer estava recolhendo seu quinto escudo de Mercedes (uma marca difícil de encontrar na Bogotá daqueles anos, e portanto muito valorizada pelo colecionador noviço), quando foi surpreendido pelo dono. "Entre no carro", disse o homem, "e vamos ver o que seu pai acha disso." E o levou até sua casa. Fausto achou que aquilo sem dúvida era péssimo e repreendeu Sergio de tal maneira que o dono da Mercedes foi para casa com a sensação de que a justiça tinha sido feita: mas na realidade Sergio sabia que para seu pai nada, nem sequer aqueles vandalismos, importava grande coisa: tinha problemas piores em que pensar. Depois da partida do dono furibundo, Fausto exigiu que Sergio mostrasse tudo o que tinha roubado. Não imaginou que encontraria um verdadeiro buraco cheio de escudos. Eram mais de trinta: Volkswagen, Renault, BMW, um ou outro Chevrolet sem valor, os preciosos Mercedes. Dava para ver a decepção na cara de Fausto, mas Sergio não antecipou a violenta bofetada. No meio da bruma das lágrimas, ainda sentindo o calor do tapa na bochecha, Sergio ouviu o pai lhe dizer:

"Você vai pagar isso com seu dinheiro."

Não teve que perguntar a que se referia. Seu pai o levou pelo bairro como se o arrastasse pela orelha: visitaram, uma por uma, as vítimas do pequeno vândalo, e Sergio pediu perdão a todas, e a todas prometeu que aquilo não se repetiria, e a todas, nos dias que se seguiram, pagou os danos com o dinheiro que havia ganhado pelo papel como o garoto delator de Brecht. Eram quantidades consideráveis que Sergio recebia na Caja de Ahorros, e que costumava usar para pagar a revelação de suas fotos experimentais. Depois de pagar pelo conserto dos escudos roubados, a conta ficou praticamente no zero. Quando Luz Elena soube do ocorrido, preocupou-se tanto que uma tarde esperou Sergio depois do colégio com uma notícia: iam falar com uma psicóloga.

Não era algo comum naqueles tempos, mas Luz Elena entendeu que o filho precisava de ajuda e que nem ela nem seu marido conseguiam fornecê-la. De modo que ali, três vezes por semana, sentado num sofá confortável diante de uma mulher com óculos de armação de plástico, saia escocesa e sapatos de salto alto, Sergio falou das janelas quebradas a pedradas, dos cigarros, dos escudos roubados, e depois recebeu uma caixa de giz de cera e uma folha de papel. "Pinte um pássaro para mim", disse a mulher. Sergio soube de alguma maneira mágica que ela esperava ver corvos ou abutres, e o que fez foi desenhar pardais e pombas e inofensivas andorinhas e sair da sessão antes de terminar. Certo dia, teve uma iluminação. "É como falar com um padre", disse para sua mãe. E era verdade: ninguém se parecia mais com a psicóloga que o padre Federico, o qual tinha sido o responsável pelo catecismo na escola alguns anos antes, na época em que Sergio deveria ter feito a primeira comunhão. Tinham informado aos alunos do terceiro ano que passariam por algo chamado "Preparação", uma série de protocolos prévios ao rito, e que a primeira das obrigações seria fazer uma lista, tão detalhada quanto possível, de todos os pecados que tinham cometido até o dia da confissão. "Desde quando?", perguntou Sergio. "Desde que começou a fazer uso da razão, meu filho", disse o padre. E o advertiu de que a lista precisava ser muito rigorosa e incluir tudo, desde o mais grave até o mais banal, pois Deus não gostava de mentiras.

"Sabe o que acontece se esconder seus pecados do Senhor?", disse o padre Federico. "A hóstia se converte em sangue quando você for tomá-la. Na frente de todo mundo. Quer que isso aconteça com você?"

Sergio, que já nessa época se sentia um pecador sem remissão, dono de uma lista de pecados interminável e vergonhosa, sentiu-se pego em uma armadilha. Imaginava-se vestido com seu terno de missa de domingo e participando de uma fila disciplinada para receber a comunhão, e se imaginava sentindo a hóstia que o padre Federico lhe punha na boca ficando líquida, e o sabor de metal enchia sua boca ao mesmo tempo que a primeira gota de sangue escorria do canto dos lábios. Imaginava a cara de horror dos colegas e a cara de satisfação do padre Federico: estão vendo o que acontece quando dizem mentiras ao Senhor. Então chegou em casa e disse:

"Não quero fazer."

"O quê?", disse Fausto.

"Não quero fazer a primeira comunhão. Não vou fazer." E acrescentou: "A não ser que me obriguem".

Mas ninguém o obrigou: não houve constrangimentos nem castigos de nenhuma natureza, apenas explicações ambíguas que pareciam falar de outro assunto. Seu pai lhe explicou que a palavra *ateu*, na sua origem grega, não se refere aos que não acreditam em Deus, mas aos que foram abandonados pelos deuses. Teria sido isso que aconteceu com ele? Pouco a pouco, Sergio foi aceitando que não havia outra explicação: seu Deus, o Deus a quem ele tinha rezado para que saíssem boas as fotos que não saíam boas quase nunca, o abandonara. Sergio se convertera num estorvo para Ele, pensou, ou Ele tinha encontrado outras coisas mais importantes ou mais urgentes com que se preocupar.

A família passava por dias críticos. Talvez a raiz de tudo estivesse nos problemas de trabalho de Fausto, as portas que tinham se fechado nos últimos anos, entretanto era certo e evidente que algo se rompera na sua relação com Luz Elena. Ao menos era o que Sergio sentia, ainda que em princípio ninguém confirmasse isso, pois com demasiada frequência os ouvia irromper em brigas amargas que duravam até altas horas da noite: era como estar de novo em *O espião*. Sua irmã Marianella era pequena demais para entender alguma coisa, mas Sergio sabia que algo andava mal. Começara a suspeitar disso uma tarde, depois de uma longa jornada de ensaios na emissora, quando acompanhou o pai para levar uma atriz à casa dela. Sergio achou que a despedida era demasiado carinhosa, e prestou atenção ao cigarro que a atriz apagou no cinzeiro do carro. Naquele cigarro — naquela bituca manchada com o vermelho de um batom que não era o da sua mãe — Sergio viu uma ameaça. E durante as semanas seguintes criou o hábito de descer até a garagem pelas manhãs, antes que os demais despertassem, para esvaziar o cinzeiro do Plymouth das bitucas fedidas. Essas infidelidades, ou quem sabe os esforços difíceis do seu ocultamento, se converteram para Sergio em uma parte das suas tarefas domésticas, e ele tardou muito tempo para perceber que todos os seus esforços eram em vão, pois mais cabeça-dura que a promiscuidade do pai era o talento da mãe para descobri-lo. Numa daquelas manhãs

Sergio desceu tarde demais, ou Luz Elena decidiu madrugar mais cedo que de costume, e, enquanto ele se aproximava da garagem, a guerra já tinha começado. Contudo, o que Sergio jamais imaginou, nem nos seus piores pesadelos, foi que chegaria um dia em casa para a notícia de que a mãe não estava mais lá.

"Foi para Medellín", explicou Fausto. "Vai passar um tempo com seus avós. Mas você irá visitá-la, não se preocupe. De tempos em tempos."

"De quanto em quanto tempo?", perguntou.

"Digamos que de seis em seis meses", disse seu pai. "Viajar para Medellín sai caro."

"E minha irmã?"

"Marianella também foi", disse Fausto. "Assim é melhor para todos."

Sergio não entendeu que essa mudança brutal na família implicaria para ele uma mudança de vida, mas assim foi: depois de uma série de decisões secretas dos seus pais, das quais ele nunca participou nem sequer como audiência, Sergio deixou de um dia para o outro de viver na sua casa e de estudar no Liceu Francês para ser aluno do Internato Germán Peña. O lugar ficava a cinco ruas da sua casa, mas isso não era um alívio, e sim uma fonte de ansiedades: por que o pai não quis que ficassem juntos, vivendo na mesma casa? Por que, se havia uma crise entre seus pais, preferiram que a família inteira implodisse, em vez de permitir ao filho o consolo de continuar a viver com algum dos dois? Seria possível que Sergio os atrapalhasse? Depois do abandono de Deus, o seguinte era o da família? Bastava uma conferida ligeira para se entristecer. O tio Mauro, que se convertera em vendedor da indústria farmacêutica Shering, passava o tempo viajando: o avô Domingo decidira fechar o Hotel Roca e se mudar para Cali; a tia Olga, recém-casada com o dono de uma beneficiadora de café, raras vezes vinha a Bogotá. O clã estava se desintegrando.

Os alunos internos do Germán Peña eram sempre mais velhos que Sergio, garotos da costa caribenha — de Montería, de Sahagún, de Valledupar — que vinham para a capital terminar seus estudos do colegial. Sergio, para eles, era uma curiosidade, e não só por ser filho de um ator célebre. À noite, antes de dormir, seus colegas de quarto lhe faziam a pergunta que ele mesmo vinha se fazendo desde o primeiro dia: por que, se sua casa ficava a cinco quarteirões, seus pais o haviam posto no internato? Não seria mais provável que ele tivesse feito algo terrível e estivesse proibido de voltar? Sergio foi obrigado a convidá-los para irem à sua casa e apresentá-los ao pai para que acreditassem nele de uma vez por todas. Essas saídas viraram um costume: várias vezes por semana, na hora da merenda, Sergio saía do internato com sua gangue, fumava alguns Lucky Strikes na esquina, antes de chegar em casa, e depois entrava pela porta da cozinha e saqueava a geladeira. Naqueles momentos, enquanto seus amigos do internato comiam tudo que encontravam, Sergio subia até seu quarto — ao quarto vazio, onde a irmã não se encontrava mais — e se deitava na sua cama por alguns minutos, e folheava seus livros e enfiava a cabeça no travesseiro que tinha o mesmo cheiro de sempre, apenas para recordar as breves alegrias da normalidade.

Assim foi durante meses. Depois, no mesmo atropelo com que tinham partido para Medellín, a mãe e a irmã regressaram a Bogotá. Ali estavam num fim de semana, quando Sergio chegou em casa vindo do internato para uma das suas saídas programadas, sentadas na sala como se nunca tivessem ido embora. Sergio confirmou o ocultamento ou a vocação clandestina com que seus pais manejaram a crise. Sim, sua mãe estava de regresso: mas não havia maneira de saber quais monstros ocultos se moviam debaixo da superfície, nem havia certeza alguma de que tudo não fosse explodir a qualquer momento, nem era certo que ao voltar do internato Sergio não encontraria uma casa fechada de onde todo mundo partira. Naqueles momentos teria gostado de contar com Deus, pois Sergio não sabia o que estava acontecendo, mas tinha uma certeza: tudo estava vindo abaixo e ele não podia fazer nada a respeito.

Foi então que, de um dia para o outro, um novo assunto de conversa se fez presente na mesa da sala: a China. Inesperadamente, a sobremesa da família começou a girar ao redor do budismo, da Grande Muralha, de Mao Tsé-tung e do tai chi chuan. Sergio e Marianella aprenderam que China quer dizer "nação central", e Pequim, "capital do norte". Aprenderam que, num país de sessenta línguas, todos podem se entender graças à escrita, pois os ideogramas funcionam como os números funcionam para nós. Não é verdade, crianças, que alguém pode entender os números que saem no *Le Monde* apesar de não falar uma palavra de francês? Sim, papai. Não era muito interessante? Sim, papai. Sergio não tinha como saber naquele momento, mas existia uma causa precisa para tudo aquilo. Havia chegado uma carta de Pequim e sua vida acabava de dar uma reviravolta.

O remetente se chamava Mario Arancibia. Fausto e Luz Elena o haviam conhecido anos atrás, em Santiago do Chile, durante a lua de mel convertida em turnê de recitais de poesia (ou vice-versa). Arancibia era um barítono chileno de muitos talentos e convicções de esquerda; por volta de 1956, viera até a Colômbia junto com a esposa, a atriz Maruja Orrequia, para dar alguns concertos que nunca chegaram a acontecer, e acabou fazendo um par de libretos para Fausto Cabrera. A televisão não era seu meio natural, mas seu talento de escritor lhe abriu espaço e, depois, outros horizontes. Ficou muito amigo dos técnicos cubanos que Rojas Pinilla trouxera para botar a televisão colombiana em funcionamento, e depois de alguns meses na Colômbia, Arancibia e Maruja Orrequia estavam viajando para Havana. Ele entrou para a equipe da Rádio Havana; ela encontrou trabalho como atriz e locutora. E lá estavam, em Havana, no dia da entrada vitoriosa dos barbudos nas cidades. Decidiram ficar em Cuba e ser testemunha de primeira mão da Revolução, que era a coisa mais maravilhosa que já tinham visto, mas não conseguiram ver muito, pois em questão de semanas foram procurados e encontrados pelo agregado cultural da Embaixada da República Popular da China.

O homem tinha uma missão no mínimo exótica: conseguir professores de espanhol para o Instituto de Línguas Estrangeiras de Pequim. A procura era parte do grande esforço chinês para entender o resto do mundo, ou para levar ao resto do mundo sua propaganda ou mensagem, mas até agora seus professores haviam sido espanhóis exilados da Guerra Civil que, depois de passarem um tempo na União Soviética, foram enviados para a China pelos russos como parte do esforço para construir um novo socialismo. Agora havia problemas nessa frente: de lá para cá, as relações entre China e União Soviética tinham se deteriorado; e uma das muitas consequências dessas tensões foi a lenta retirada dos professores de espanhol. Agora, as autoridades olhavam preocupadas para a América Latina. Mas não para qualquer país. Sem nenhum pudor, o agregado cultural explicava que, apesar de estar em Cuba, não queria cubanos, pois todo mundo lhe dizia que o sotaque da ilha não era bom para aprender a língua. A única razão pela qual levava a missão a cabo em Havana era simples: entre os países de fala hispânica, apenas Cuba tinha relações diplomáticas com a China comunista. Chegou aos estúdios da Rádio Havana à procura do barítono chileno para convertê-lo em professor de língua, e as condições eram tão boas que Mario não precisou de nenhum esforço para aceitá-las. Depois de um longo ano, quando as autoridades chinesas lhe pediram que recomendasse mais alguém (com sorte um colombiano, pois se dizia que o espanhol era o melhor), um só nome lhe veio à mente: Fausto Cabrera. Era espanhol de nascimento, mas não estava contaminado pelos preconceitos soviéticos; o que era mais importante, falava a língua como os deuses, estudara a grande literatura do seu século e sabia transmitir entusiasmo. Era o candidato perfeito.

Tudo isso era explicado pela carta de Mario Arancibia. Fausto recordou uma carta anterior em que Arancibia mencionava o mesmo assunto, mas só de passagem e apenas num par de linhas; e essa carta havia chegado em Bogotá antes da segunda greve na emissora, quando parecia que as coisas ainda podiam se acertar, de maneira que Fausto não lhe deu no momento atenção suficiente. Agora tudo tinha mudado. Fausto respondeu de imediato: tinha interesse, claro que sim, tinha muito interesse. Teria que falar com a família, como podiam imaginar, mas tinha certeza de que também se interessariam. As instruções para Arancibia eram claras: botar o assunto em andamento. Em poucas semanas chegava à casa da rua 85 um envelope com selos variados e ideogramas coloridos.

O convite oficial, mais que um salva-vidas, era uma declaração de amor ao homem em baixa que era Fausto Cabrera. O governo chinês lhe oferecia um salário generoso em moeda estrangeira, as viagens de toda a família e alojamento privilegiado; além de tudo, prometia a Fausto e a Luz Elena, mas não às crianças, uma viagem de visita à Colômbia de dois em dois anos. As condições pareciam imbatíveis. Para Fausto, a ideia de tirar a família da crise em que estava mergulhada, a promessa de mudança de ares que podia talvez renovar sua relação com Luz Elena, não eram menos sedutoras que a possibilidade dupla de estudar teatro na China enquanto via de perto a revolução de Mao Tsé-tung. O tio Felipe já lhe falara de Mao, naqueles anos remotos da Guerra Civil Espanhola, e o fizera com admiração: e quanto ao teatro, não havia sido o tio Felipe, mas um artigo de Bertolt Brecht, que lhe enfiara na cabeça a ideia de que o drama tradicional chinês guardava lições infinitas, e entendê-las era entender uma parte do teatro — das suas possibilidades políticas — que ainda não havia sido explorada na América Latina.

De modo que, numa noite de junho, Fausto convocou uma reunião familiar na sala de casa, e solenemente explicou o que tinha acontecido. Chegou uma carta, disse: eram convidados a ir para a China, ao outro lado do mundo, àquele lugar exótico e apaixonante de que falaram durante semanas. Apresentou a situação como se não tivesse nenhum interesse, entusiasmando seus filhos com frases que não eram frases mas convites à aventura, dizendo-lhes que aquilo seria igual a dar a volta ao mundo, igual a pertencer à tripulação do capitão Nemo. Mas a família não era obrigada a aceitar desde já: podiam recusar aquela possibilidade maravilhosa que mais ninguém tinha na Colômbia, e eles, Sergio e Marianella, tinham todo o direito de se negar a fazer o que nenhum dos seus colegas podia nem sequer sonhar, mas nem nos seus sonhos mais ousados. Todo mundo era livre para perder oportunidades únicas, claro que sim, e ele, Fausto, não obrigaria ninguém a nada. Mais para o fim do jantar, Sergio e Marianella estavam implorando ao pai que aceitasse, que não deixassem passar aquela oportunidade, que fossem todos para o outro lado do mundo. E Fausto, como se os filhos acabassem por convencê-lo, ou como se estivesse fazendo aquilo apenas para lhes dar alguma satisfação, tomou Luz Elena pela mão e anunciou com a cerimônia de quem perdoa um ladrão:

"Está bem. Nós vamos para a China."

Pouco antes da partida, os Cabrera viajaram a Medellín para se despedir dos avós. Lá, todos concordaram que estavam loucos: tinham perdido o que na China? Fausto, por sua parte, deu-lhes instruções, pois era fundamental que não contassem a ninguém, por nenhum motivo, que os Cabrera tinham ido para um país comunista. E se alguém perguntar?, quis saber a avó. "Então diga a eles que estamos na Europa", disse Fausto. "Isto: que me contrataram para dar aulas na França." Logo em seguida tirou da mala um passaporte reluzente e pediu aos avós que o olhassem. Impresso em meia página, um carimbo peremptório indicava com clareza: este documento era válido para qualquer país do mundo, exceto países socialistas. "Falta algo neste passaporte", disse Fausto. "Sabem o que é? O visto. Não tem o visto chinês. E sabem por quê? Porque a Colômbia não tem relações diplomáticas com a China. Isso é o que preciso que compreendam. Que não vamos para o outro lado do mundo: vamos a um mundo proibido. Que a China, para todos os efeitos, é um país inimigo."

6.

A família Cabrera voou de Bogotá a Santo Domingo, de Santo Domingo a Lisboa, de Lisboa a Paris. Para Sergio e sua irmã, tudo era uma descoberta e cada novo embarque era uma aventura sem precedentes; nunca tinham saído da Colômbia, e agora, em questão de dias, precisavam imaginar com desenhos a travessia de um oceano e as três escalas em países distintos. As instruções que Fausto levava eram claras: em Paris teria que se apresentar nas oficinas da Xinhua, a agência de imprensa chinesa, onde lhe diriam o que fazer para chegar a Pequim. Durante dois dias vagaram por Paris como turistas, mas sabendo que não eram. Para Sergio, era como fazer algumas lições dos livros do Liceu Francês, mas a clandestinidade agregava certo valor ao turismo. Era como se a família vivesse uma vida nova. Luz Elena era outra mulher aqui, longe de Bogotá e de tudo o que em Bogotá ameaçava seu casamento. Fausto falava o suficiente de francês e contava anedotas da vida nos anos 1930, e Sergio descobria que ele também era capaz de se comunicar com as pessoas, livre do que era antes. Aqui não precisava mais ser aquele rapaz desorientado, aquele péssimo estudante que desiludia os pais com seu comportamento problemático. Aqui podia ser alguém diferente.

A agência Xinhua era um escritório estreito, não muito distante dos Champs-Élysées. O correspondente que os recebeu, um homem de modos requintados que falava um francês perfeito, convidou-os a sentar ao redor de uma mesa baixa para lhes servir chá verde. Não economizou cerimônias: lavou o chá na chaleira, aqueceu as xícaras com água que depois jogou fora e serviu o chá com as duas mãos, tudo no mais rigoroso silêncio. Enquanto isso, Sergio batia fotos com sua Kodak Brownie Fiesta. Seu pai esquecera sua câmera em Bogotá; Sergio, com sua câmera de plástico, se viu encarregado de documentar a viagem. Já tinha feito isso com a Torre Eiffel e com o Arco do Triunfo, onde, por indicação da sua mãe, bateu uma foto do nome de Francisco de Miranda, o venezuelano que lutou pela independência dos Estados Unidos e depois da Venezuela e que teve tempo, entre duas guerras, de pôr sua vida a serviço da Revolução Francesa. Sergio documentou o nome ilustre; agora fazia o mesmo com a cerimônia do chá. O correspondente era um tipo de pessoa que aprenderia a reconhecer mais tarde: o burguês chinês que, educado em Paris, vira comunista, mas nunca consegue perder os modos da burguesia, certa sensibilidade, uma conversa requintada.

"Isso é como À *procura do tempo perdido*", disse Luz Elena. "Só que em chinês."

Foi aquele homem quem lhes explicou que viajariam para Genebra, pois ali ficava a embaixada chinesa mais próxima, e em Genebra receberiam os vistos (em papéis separados, para não contaminar o passaporte) que lhes permitiriam chegar a Pequim. A viagem, informou o homem, seria feita por Moscou. No entanto, a Aeroflot só voava duas vezes por semana, de modo que seria necessário fazer uma escala de três dias. Tomara que isso não fosse um problema. Tomara, disse o homem, que isso não seja um incômodo.

Para chegar a Moscou foi necessário voar até Praga e depois tomar o avião da Aeroflot que os levaria ao outro mundo, ao mundo marciano. Marianella passou o voo com o nariz grudado na janelinha, perscrutando as nuvens, pois ouviu os pais dizerem que iriam atravessar uma Cortina de Ferro e não estava disposta a perder um acontecimento desses. ("Mas não existe", disse Luz Elena. "É um modo de falar." "Mentira", disse Sergio, "claro que existe. O Muro de Berlim existe, a Muralha da China existe. Já vi isso tudo em fotos. Não vejo por que não pode existir uma cortina de ferro. É lógico." "Sergio, não diga mentiras para sua irmã." "Mamãe", disse Marianella, "não são mentiras. Eu acho que meu irmão está certo.") A certa altura, o capitão cumprimentou os passageiros pelo alto-falante e disse algo em russo, e Sergio viu os as pessoas tirarem os cintos de segurança e ficarem de pé. Alguns erguiam o punho para cima, outros punham a mão direita no coração, e todos, ao ouvir uma música falhada graças à estática, começaram a cantar. Fausto olhou para os filhos.

"É a *Internacional*", disse. "Todo mundo de pé."

"Ai, Fausto, não diga bobagem", disse Luz Elena. "Crianças, não prestem atenção. O papai às vezes se finge de louco."

Fausto estava emocionado, apesar de não ter se unido ao coro dos passageiros. Os soviéticos foram seus heróis na Guerra Civil, e sempre acreditou que tudo que foi contado — as intervenções stalinistas, as intrigas contra os rivais marxistas do Partido Operário de Unificação Marxista, o assassinato de Andreu Nin pela polícia secreta stalinista — não era mais que uma calúnia bem orquestrada pelas campanhas de propaganda do inimigo; e apesar de não ter querido entrar para o Partido Comunista colombiano, aproximou-se várias vezes dos seus membros, e invejou sua camaradagem e seu senso de compromisso. Agora veria a praça Vermelha, veria o Kremlin; pois, segundo dissera o correspondente da Xinhua, as autoridades dariam a todos uma permissão de trânsito para conhecer a cidade, e Fausto pretendia aproveitá-la.

A realidade foi muito diferente. As relações entre a China e a União Soviética atravessavam um mau momento, e o movimento comunista internacional, naqueles dias em que Fausto e sua família chegavam a Moscou, já estava bastante rachado. Mao e companhia defendiam a pureza do marxismo-leninismo, enquanto os soviéticos tinham preferido baixar a guarda e procurar o que chamaram de coexistência pacífica, que para Fausto não era mais que uma sutil aproximação do mundo capitalista. Em pouco tempo, o adjetivo *revisionista* tinha se convertido no pior dos insultos. E mesmo que Fausto, ao chegar a Moscou, já estivesse consciente das tensões e se declarasse seguidor de Mao, não poderia ter imaginado a intensidade da beligerância que já existia entre os dois países. Para ele, ficou muito clara ao sair do aeroporto de Moscou, quando as autoridades conduziram a família a um hotel vizinho que mais parecia um campo de prisioneiros do que hotel, e lhes informaram que ali, num quarto de merda, trancados a sete chaves — um cadeado de estábulo impedia que abrissem a porta —, passariam os três dias da sua escala. Não tinham visto soviético, e sem visto soviético não poderiam sair do hotel. Simples assim.

"Mas por quê?", perguntou Sergio.

"Porque estamos indo para a China", disse Fausto. "E não gostam disso."

"*Mas por quê?*", perguntou Sergio. "Também não são comunistas?"

"Sim", disse Fausto. "Mas de outro tipo."

Foram três dias intermináveis de confinamento forçado. As únicas distrações eram esperar o carrinho de comida, que vinha empurrado por camaradas de uniforme militar, e sair na sacada para ver os edifícios soviéticos. Perto do fim do segundo dia, a provisão de cigarros Pielroja que tinham trazido da Colômbia estava esgotada, e Fausto teve que implorar aos carcereiros que lhe trouxessem tabaco. Na última noite, depois que todo mundo tinha adormecido, Sergio roubou um daqueles cigarros e saiu para fumá-lo às escondidas no terraço do hotel, sob o ruído dos aviões que decolavam, vendo a noite moscovita com os olhos irritados pela fumaça. Era o tabaco mais asqueroso que provara na sua curta vida de fumante.

"Revisionistas", disse para si mesmo.

Apagou o cigarro e o jogou na rua. E depois foi dormir.

* * *

Chegaram a Pequim no começo da tarde, em meio a um calor úmido que fazia as roupas grudarem na pele. Sergio estava acabado. O voo de Moscou fizera escala em Omsk e em Irkutsk, onde, por uma falha técnica que ninguém explicou, tiveram que passar uma noite longa e fria. Os homens da Aeroflot lhes ordenaram que descessem do avião; cada um dos passageiros recebia na porta um casaco e um chapéu de cossaco, e depois podia descer as escadas e seguir a fila para chegar a um galpão onde o vento frio se movimentava livre sobre uma centena de camas de campanha. Os cem passageiros daquele voo infernal tinham dois banheiros para compartilhar; Sergio se trancou o quanto pôde num deles, não para fumar tabaco russo, mas para se perguntar, depois do tabaco e do hotel de merda e daquele galpão gelado, onde passaria a noite, quais eram as verdadeiras virtudes do socialismo à la soviética.

Dormiu todo o voo que os levou a Pequim. Não sabia que aquele sono fora de hora que lhe pesava nos olhos tinha um nome, jet lag, mas se sentia como se tivesse sido drogado. Despertou a tempo para ver pela janelinha um campo de trigo que se perdia além do horizonte. Além do seu, havia apenas mais um avião na plataforma. No terminal do aeroporto, um edifício que não era maior que o internato Germán Peña, não havia ninguém que não olhasse para eles como se pertencessem a outra espécie. Perto da escadinha do avião eram esperados por um grupo cheio de cumprimentos e sorrisos. Uma mulher deu um passo adiante e se apresentou em espanhol: podiam chamá-la de Chu Lan, disse; era a intérprete que os acompanharia nos dias seguintes. Os demais eram funcionários do Instituto de Línguas Estrangeiras, explicou Chu Lan, e tinham vindo para dar à família do especialista as cálidas boas-vindas. (*Especialista*, sim: era o cargo oficial de Fausto, essa era a palavra mágica que aparecia no seu contrato e abria todas as portas.) Então se deram conta de que os Arancibia também tinham ido recebê-los. Isso mudou tudo.

Maruja foi a primeira a se aproximar, deu a Luz Elena um ramo de flores perfumadas envoltas num papel translúcido e pediu a Chu Lan que batesse uma foto deles com a câmera de Sergio. Depois, sem esperar que todos terminassem de se cumprimentar, disse:

"Muito bem, agora vamos para o hotel. Vão enlouquecer com o hotel, e quero que o vejam de dia."

Tinha razão. Depois de meia hora de viagem por uma estrada reta e sem interseções, flanqueada de ambos os lados por uma paisagem monótona de campos de trigo, a cidade se fez presente sem avisar, e enfim, quando apareceram os tetos de porcelana verde do Hotel da Amizade, Sergio entendeu que chegara a um lugar de fábula. O hotel tinha duas entradas, ambas protegidas por guardas armados cuja presença nunca fez muito sentido. Era composto de um grande edifício principal e quinze menores que não eram vistos da rua, mas no conjunto, que parecia ter o tamanho de uma pequena cidadela, só viviam setecentos estrangeiros.

Foram muitos mais em tempos melhores, sim, pois o hotel havia sido construído nos anos 1950 para alojar os empreiteiros russos que

vieram transformar o país da revolução maoista. Depois do esfriamento das relações entre Mao e Khruschóv, os dois mil e quinhentos enviados russos voltaram ao seu país com a mesma pressa com que chegaram, deixando seu trabalho pela metade e as fábricas abandonadas, e o Hotel da Amizade mudara de hóspedes da noite para o dia.

A explicação era muito simples. O governo não permitia aos estrangeiros terem casa própria, portanto os que chegavam a Pequim como empregados oficiais iam parar imediatamente ali. Os únicos estrangeiros que viviam fora do Hotel da Amizade eram os diplomatas e aqueles que, depois de chegarem ao país nos tempos da Revolução, se casaram com cidadãos chineses e fizeram sua vida ali, naquele mundo mais pobre e mais árduo que começava na porta do Hotel da Amizade: aquele mundo sem piscina olímpica nem quadras de tênis nem amáveis atendentes com o dom da onipresença nem táxis na porta prontos para levarem os hóspedes aonde quisessem. Tudo isso fornecia ao hotel um ambiente de irrealidade que Luz Elena, como tantas outras vezes, percebeu com mais clareza que os demais.

"Isto é como um gueto ao contrário", disse. "Ninguém quer sair e todo mundo quer entrar."

E era verdade que lá fora, na Pequim da vida real, o mundo era hostil. O Grande Salto Adiante, a opressiva campanha econômica com que Mao Tsé-tung empreendera a transformação do antigo sistema agrário numa sociedade de comunas, fez exigências tão desmedidas aos camponeses, e os obrigou a esforços tão insensatos e a resultados tão irreais, que milhões acabaram morrendo de fome, enquanto os oficiais do partido culpavam o mau tempo pela escassez. Mao ordenou a coletivização dos cultivos, proibiu as tentativas privadas e perseguiu aqueles que insistiram nisso com a pior das acusações: contrarrevolucionários. Os resultados foram desastrosos. Milhares de proprietários de terra que se rebelaram contra aquela insensatez foram executados sem pestanejar; centenas de milhares de chineses morreram em campos de trabalho forçado. Quando os Cabrera aterrissaram em Pequim, a China inteira ainda sentia as chicotadas de uma das fomes mais letais de sua história, e Marianella sofreu as consequências de imediato: durante o café da manhã do seu segundo dia em Pequim, atreveu-se a dizer que não gostava dos ovos, e seu pai lhe rugiu na cara:

"Pois são estes que o país nos oferece, e coma mesmo que não goste deles", disse. "E vai comer tudo o que puserem no seu prato, pois já fazem muito em te acolher."

Marianella não conseguiu entender que aquele mundo de comida asquerosa e gente incompreensível fosse o paraíso para seu pai. Sergio, por sua parte, aprendia muito rápido as novas regras. Aprendia, por exemplo, que eram necessários cupons para se comprar tudo: cereais, algodão, óleo, combustíveis. Até se podia ter dinheiro, mas sem cupons não servia de grande coisa: uma camisa, por exemplo, custava cinco iuanes mais quatro cupons de algodão. Cinco iuanes era o mesmo que custavam três dias de alimentação no hotel, que levava em conta o que seus pais ganhavam: seiscentos e oitenta iuanes por mês era uma cifra mais que generosa. "Vocês ganham o mesmo que Mao", disse certo dia a Fausto um dirigente do partido que conheceram num banquete de boas-vindas, e Fausto, que não tinha nenhuma razão para duvidar da sua palavra, preferiu não lhe confessar que naquele momento em sua casa não havia um salário, mas dois: pois bastou ao camarada do Instituto de Línguas Estrangeiras conhecer Luz Elena para entrevistá-la, e bastou essa entrevista para lhe oferecer trezentos e cinquenta iuanes e contratá-la também. A partir de então, enquanto Fausto dava aulas na área universitária, Luz Elena lecionava para os estudantes do ensino em Línguas Estrangeiras, todos filhos dos altos escalões do partido. Os dois chegavam juntos ao instituto, um bloco de edifícios horríveis com salas desconfortáveis, despediam-se sem se tocar no centro de um pátio e voltavam a se ver no mesmo lugar depois de terminarem as aulas, tudo sob o olhar curioso de centenas de rostos.

Era uma vida de luxos que nunca tiveram na Colômbia. O instituto os alojou em duas suítes: numa delas dormiam os pais e Marianella; na outra dormia Sergio, junto à sala onde a família se encontrava à tarde para contar suas experiências. Havia uma cozinha pequena na suíte dos pais, mas era usada muito raramente, pois o hotel tinha três restaurantes — um oriental, outro ocidental e um muçulmano, que por razões misteriosas não entrava nas outras duas classificações — e nunca havia uma boa razão para cozinhar. De modo que Sergio passou assim os primeiros dias, antes de começarem os estudos: jogando pingue-pongue com Marianella no clube do hotel, aprendendo por sua conta os rudimentos da sinuca de bilhar, reunindo-se com os amigos que ia conhecendo — filhos de professores argentinos ou bolivianos, de poetas uruguaios que andavam sempre com seu livro sob o braço, de intelectuais peruanos que tinham chegado por acaso e agora não se mudavam por nada — para jogar xadrez ou *wei-chi* ou para chutar uma bola no campo de futebol. Logo deixou de ser possível nadar, pois o verão terminou oficialmente e a piscina do hotel fechou. Sergio não se importou. Às vezes lhe parecia, ao fim dos dias exaustivos, que não tinha tempo suficiente para tudo que gostaria de fazer naquele lugar de fantasia.

Não muito depois da chegada, os quatro saíram para fazer sua primeira visita ao centro. Um velho carro polonês os levou à rua Wangfujing, a mais concorrida; o homem que os esperava lá, um colega de Fausto no Instituto de Línguas Estrangeiras, desculpou-se antes de mais nada pelos incômodos que iriam passar. "Você se refere a quê?", perguntou Fausto. "Tem gente demais", disse o outro. Seu espanhol era de palavras precisas, mas era difícil entendê-lo. "Por favor, não parem. Não há nada para olhar nas vitrines. Se paramos nas vitrines, formam-se aglomerações. Caminhar, caminhar, não parar." Mas não tinham avançado mais que duas quadras quando Sergio, que não entendeu as instruções ou preferiu não as obedecer, deixou-se distrair por um espetáculo de rua. Era uma espécie de circo ambulante, pobre e rudimentar, no qual um homem musculoso fazia malabarismos segurando com a boca arcos de aço enquanto uma mulher cantava uma canção estridente. Ao se aproximar um pouco, Sergio percebeu que o homem tinha os dentes revestidos de metal. Comentou isso com os pais, que também tinham se aproximado apesar do que dissera o intérprete, e seus pais observaram a cena durante alguns instantes. Então Fausto disse:

"Pronto. Vamos continuar."

Mas não conseguiram continuar. Uma multidão os rodeou em questão de segundos. Eram mais de duzentas pessoas que não estavam vendo os acrobatas, contudo acabaram se aproximando ao vê-los parar. Olhavam para eles de perto, porém Sergio não conseguia interpretar suas expressões; alguns estendiam uma mão tímida para tocá-los, e um deles teria botado a mão no rosto de Sergio se ele não se afastasse com rudeza. "O que está acontecendo, mamãe?", perguntou Marianella com medo. O intérprete falava aos curiosos, fazendo gestos com as mãos que podiam ou não ser apelos de calma; e algo correto deve ter feito, pois pouco a pouco se abriu um corredor entre a multidão através do qual os Cabrera conseguiram avançar. Um grupo de crianças apontou para Sergio e começou a gritar palavras incompreensíveis. Nos braços da mãe, uma menina pequena começou a chorar. Isso foi a última coisa que Sergio viu antes de conseguirem, afinal, deixar a multidão para trás.

"O que estavam dizendo para mim?", Sergio perguntou ao intérprete.

"Quem?"

"As crianças", disse Sergio. "Quero saber o que estavam gritando para mim."

O homem demorou alguns segundos para responder.

"Demônio estrangeiro", disse. "Sinto muito. É o que ensinam para eles."

Mais tarde, já de regresso ao carro que os levaria de volta ao hotel, passaram caminhando perto de uma longa fila que dobrava a esquina.

Com o tempo, Sergio se acostumaria àquela vida em que todos faziam fila para tudo, mas naquele dia não deixou de se surpreender com a razão pela qual as pessoas aguardavam. Carregavam na mão uma pequena vara de bambu; Sergio pediu explicações, e o intérprete disse: "São escovas de dentes. Estão consertando. Tem muitas coisas que não chegam mais por causa do bloqueio. As escovas de dentes, por exemplo". Com o uso, as cerdas tinham caído; aquela era uma fila para que pusessem cerdas novas nelas. Sergio caminhava tão próximo das pessoas que conseguia sentir o cheiro de suas roupas úmidas. De repente, percebeu que todos olhavam para ele. Era um olhar de curiosidade, mas havia nisso algo de descontentamento. Alguém disse algo em mandarim e outro respondeu. Sergio baixou seus grandes olhos verdes, como se soubesse que eram incômodos, e se afastou em silêncio, tentando se perdoar uma impertinência imaginária. E quando chegaram ao Hotel da Amizade, e apresentaram sua caderneta na porta e todo mundo se sentiu protegido, Marianella disse para ele:

"Estou entendendo agora por que as pessoas não querem sair. A China é horrível."

"Isso aqui também é a China", disse Sergio.

"Então é a China de fora", disse Marianella. "Não sei por que não pode ser como a nossa."

Depois disso, Marianella se reuniu com os filhos dos Arancibia e falou: "Ensinem para mim todos os palavrões". Alguns dias mais tarde já podia lançar ao pai vários insultos sem que ele os entendesse. O conflito com Fausto era constante, pois o mundo do especialista era o contrário: a China do lado de fora era um modelo — "um paraíso", dizia e repetia — e a do hotel era um substituto, um simulacro ou, pior ainda, uma hipocrisia. Não lhe faltava razão. No hotel viviam pessoas de todas as nacionalidades, raças, crenças e idades, mas, sobretudo, de todas as ideologias. Alguns eram enviados pelos seus governos e não tinham maior interesse no país ou em sua cultura, no entanto outros, muitos, eram comunistas de diversas linhas ideológicas. No hotel conviviam os maoistas com os pró-soviéticos, os pró-cubanos com os pró-albaneses, os iugoslavos com os comunistas europeus, e todos com os estrangeiros antichineses, que era como chamavam todo aquele que criticasse o governo da República Popular. É claro que também havia anticomunistas; na sequência se encontravam os piores, a tenebrosa mistura de anticomunistas e antichineses. A coisa não terminava aí, claro, pois também havia anarquistas espanhóis, trotskistas italianos, um ou outro louco de manicômio e não poucos oportunistas que estavam ali apenas por dinheiro. Todos chegaram contratados pelo governo chinês para ajudar no ensino de idiomas, mas alguns acabaram se dedicando à tradução de livros e revistas, a dublagens cinematográficas, a transmissões de rádio em idiomas estrangeiros. Todos trabalhavam no seu respectivo idioma. Nenhum, ou quase nenhum, falava chinês. Nenhum, ou quase nenhum, queria aprender. E Fausto dizia:

"Isto não é a China."

Em meados de setembro começaram as aulas particulares. A sala de aula foi organizada num dos salões do Hotel da Amizade; alguém pôs ali uma lousa para que dois professores particulares, um homem e uma mulher que intercalavam turnos, viessem dar aulas intensivas de língua e cultura chinesas às duas crianças colombianas. Era um lugar desolador, com luz demasiado branca e espaços grandes demais; Sergio e Marianella se sentiram diminuídos e solitários, mais sozinhos do que tinham se sentido até agora, até que outros alunos novos foram chegando com os dias e uma turma pequena, de menos de uma dezena de alunos, acabou por se formar. Assim passavam o dia inteiro; as aulas eram dadas das nove ao meio-dia e das duas às cinco da tarde, seis horas rigorosas que ocorriam numa língua de que nem Sergio nem sua irmã entendiam uma palavra. Seis horas escutando ruídos incompreensíveis, tentando fazer com que os ruídos correspondessem aos desenhos que o homem traçava na lousa e fracassando na tentativa; assim eram seus dias, que terminavam não sem frequência com dor de cabeça e protestos e ensaios de rebelião.

"Não sei por que viemos para a China", disse Marianella uma vez. "Não dá para entender nada do que dizem. Eles não entendem a gente."

"Isso é aos poucos."

"Eu quero me devolver para a Colômbia", disse Marianella.

"Eu também", disse Sergio.

Seu pai olhou para ele, não para sua irmã, e uma fúria repentina apareceu na sua face.

"Ninguém vai a lugar nenhum", disse. "Ficaremos anos aqui, para sua informação. Então é muito simples: ou você aprende ou se ferra."

Para Fausto, a viagem tinha sido um acerto. Sua relação com Luz Elena parecia ter começado de novo, ou ao menos deixado para trás os empecilhos e os conflitos que os ameaçaram na Colômbia. Depois das suas experiências no Instituto de Línguas Estrangeiras, contavam uns aos outros o que tinham visto na rua como se fizessem um relatório; um povo valente que suportava os infortúnios com dignidade e nunca permitiu que a pobreza se convertesse em indigência, e onde a Revolução satisfez as necessidades mais urgentes do povo. Aqui todo mundo tinha comida, todo mundo tinha moradia, todo mundo tinha com que se vestir todos os dias. Isso não justificava cada esforço revolucionário, não era essa a prova de que qualquer sacrifício valia na procura do socialismo? Bastava ver as distâncias enormes que o país percorreu desde os primeiros anos, quando as pessoas morriam de fome sem que ninguém pudesse evitá-lo. Sim, o Grande Salto Adiante havia cometido erros, topara com acidentes imprevisíveis e com a oposição das direitas sabotadoras que existem em todos os processos revolucionários do mundo, mas tinha os olhos postos em objetivos mais altos. Nisto Fausto e Luz Elena estavam de acordo: ali havia muito que aprender. Para eles, é claro, mas também para seus filhos.

As conversas — na mesa dos restaurantes, ao meio-dia e de noite, enquanto a orquestra do hotel tocava absurdamente alguns boleros que fascinavam Luz Elena — eram repletas de ensinamentos. Fausto falava aos meninos da sua visita recente a um curso de expressão corporal no Instituto de Drama Moderno; contava a eles como tentou identificar o diretor da peça, mas sem sucesso, pois na montagem todo mundo trabalhava da mesma maneira, e levou um bom tempo para descobrir que o diretor era aquele homenzinho que, vestido com o mesmo macacão azul dos técnicos, ajustava um refletor. Cada encontro da família era preenchido por essas parábolas. Fausto comprou uma moto tcheca de um especialista que iria embora da China: um dia, ao voltar da periferia de Pequim, a moto parou de funcionar. Em questão de segundos ele foi rodeado por dezenas de chineses dispostos a qualquer coisa para consertar a moto, e, ao não conseguirem, pararam um caminhão, subiram a moto com seu proprietário e os levaram ao hotel. No dia seguinte, Fausto levou a moto para consertar numa oficina próxima. Nunca conseguiu que lhe cobrassem os reparos, pois de um estrangeiro, em particular se esse estrangeiro tivesse vindo para construir o socialismo, não se cobrava nada.

"Uma sociedade solidária é assim", dizia Fausto. "Está bem?"

Todos os trabalhos que fazia lhe apontavam uma nova maneira de entender sua arte. No Instituto de Drama sentiu que lia Brecht pela primeira vez, como se até então nunca o tivesse compreendido, e pouco a pouco deixava de parecer possível para ele que alguém pudesse fazer teatro de câmara; quando voltasse para a Colômbia, pensava, seu teatro seria feito pelo povo e para o povo. Agora entendia o que Brecht havia sentido ao descobrir o ator Mei Lanfang. Conhecera-o em Moscou, em meados da década de 1930, e de imediato foi seduzido pelas possibilidades daquela maneira de entender a cena: a revelação dos mecanismos artificiais do teatro, os personagens que apresentam a si mesmos e inclusive trocam de figurino à vista do público, o esforço do ator para fazer com que o espectador, mais que se identificar com o personagem, mantenha-se distante dele... Cada gesto era parte do distanciamento brechtiano, e agora Fausto descobria de onde tudo saíra. Sentia-se como um elo a mais na corrente da tradição teatral: Chaplin falou de Mei Lanfang para Serguei Eisenstein, e Eisenstein falou de Mei Lanfang para Brecht, e agora Brecht falava de Mei Lanfang para Fausto Cabrera.

Faltavam horas aos seus dias. Além do seu trabalho como professor de espanhol, além das visitas ao mundo do teatro chinês onde aprendia mais do que ensinava, Fausto aceitou ser diretor de dublagens numa cabine de gravação enquanto do outro lado do vidro, diante do microfone, os atores preenchiam com palavras espanholas as bocas dos chineses que atuavam na tela. Fausto nunca trabalhara com dublagens, mas nada era novo para ele: sabia dirigir um ator e ensinar a dicção e a locução e transmitir segredos para não ficar sem ar antes de chegar ao fim da frase, e mais de uma vez recebeu um ator medíocre e o converteu, no curso de uma rodagem, numa voz nova capaz de fazer um discurso em tempos de guerra.

Um dos filmes que foram dublados por aqueles dias foi *Campanita*, uma produção chinesa cujo protagonista era um menino. Fausto não duvidou: Sergio era o indicado para o papel. Durante doze dias trabalharam nos estúdios, chegando juntos e voltando juntos para casa, e durante aqueles dias Sergio voltou a sentir o olhar de orgulho do seu pai e a conviver com ele como fizera nos estúdios televisivos em Bogotá. Eram dias longos com muitos tempos mortos e muitas repetições exaustivas, mas Sergio entendeu de imediato como funcionava aquele sortilégio: entendeu que se tratava de uma atuação completa, mesmo que sua figura nunca fosse vista na tela, e havia algo no processo que satisfazia sua timidez: atuar sem que ninguém o visse às vezes parecia uma situação ideal.

Um dia, notou que o pessoal do estúdio esvoaçava mais que o normal. Sergio estava tentando averiguar o que estava acontecendo quando seu pai o chamou com a mão da porta do estúdio, pegou-o pelos ombros assim que ele se aproximou e disse em francês: "Este é o meu filho". O homem que o acompanhava se apresentou como Franco Zeffirelli. Era italiano, mas falava francês com desenvoltura; estava em meio a uma turnê pela China, cortesia do Partido Comunista; conhecera Fausto por aqueles dias, e os dois se deram bem de imediato, pois tinham a mesma idade, vinham de países com uma história fascista e, o mais importante, eram homens de teatro. Zeffirelli se interessou por aquele espanhol que vivia na América Latina mas andava dublando filmes na China de Mao; insistiu que fossem jantar, e no jantar contou anedotas de tradutor de soldados ingleses durante a guerra, e Sergio gostou de contar para ele que fizera o papel de menino em *O espião* de Brecht, e gostou que o italiano lhe perguntou se iria ser ator de cinema. Talvez, disse Sergio, mas também gostaria de ser diretor, como seu pai. Zeffirelli soltou uma gargalhada, mas Sergio percebeu que acabava de botar em palavras algo que já havia sentido. No mundo do cinema, tudo lhe resultava familiar: era como uma casa em que tivesse nascido, da qual nunca saíra. Ser diretor: isso deixaria seu pai satisfeito, sem dúvida. Que melhor razão poderia ter para se decidir por isso?

Sergio não soube em que momento começou a entender o que os chineses diziam, mas a experiência foi como sair do fundo de uma piscina. Era milagroso: ele falava e os demais também entendiam. Deixou de apontar para as fotos nos cardápios dos restaurantes; quando projetavam um filme no teatro do Hotel da Amizade, podia ler o anúncio na sua versão chinesa; o dia em que os jornais deram a notícia do assassinato de Kennedy, apenas Sergio pôde contar aos pais ansiosos o que acontecera em Dallas, e, nos dias que se seguiram, manteve-os a par do que se ia descobrindo sobre o assassino e sua relação com a União Soviética. As informações chegavam tarde, mas chegavam, e estava nas mãos de Sergio (ou na sua voz) arrancá-las do *Diário do Povo*. Foi assim que contou para eles que o novo presidente, Lyndon Johnson, manifestara a decisão de defender o Vietnã do Sul. Para a imprensa chinesa, cada uma das suas palavras era uma agressão ou uma ameaça.

Marianella passava pelas mesmas descobertas. Adaptou-se tão bem à nova língua, ou sua boca soube acomodar tão bem as exigências das consoantes impossíveis e as vogais cantadas, que antes de se dar conta já estava mais à vontade em chinês que no seu espanhol precário. Na mesa, enquanto jantavam juntos, pegava sua caderneta do hotel e lia em voz alta os caracteres, apenas pelo prazer de ter os sons roçando sua língua. (Quanto aos caracteres cirílicos, resquícios de outras épocas políticas, não havia nada a fazer.) Logo deixou de responder ao seu nome de batismo, pois os chineses, que consideravam impossível ou incômoda sua pronúncia, a batizaram à sua maneira: Lilí. Ela gostou do seu novo nome, e assim começou a assinar as cartas que mandava aos avós colombianos, e assim se apresentava quando conhecia uma amiga nova ou os pais do Hotel da Amizade: "Lilí Cabrera", dizia. "Muito prazer." Sergio, enquanto isso, se aproximara dos filhos de outro sr. Cabrera, o poeta uruguaio, que se converteram em cúmplices e seus companheiros de jogos. Seu pai respeitava o poeta, o que já era algo positivo, mas era impossível saber se o respeito se devia às afinidades ideológicas ou ao sobrenome compartilhado. Os rapazes se chamavam Dayman e Yanduy; os dois eram meia cabeça mais altos

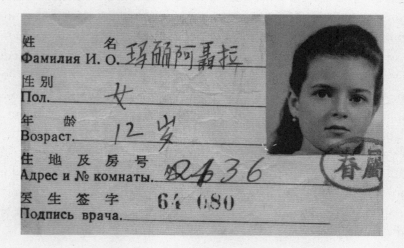

112

que Sergio, no entanto não falavam chinês tão bem como ele, nem nunca falariam. Os quatro Cabrera celebraram o Natal com os demais alunos, e com eles receberam o Ano-Novo, sempre conscientes de que tudo aquilo tinha sentido somente ali, dentro do mundo à parte — dentro daquela realidade paralela — que era o Hotel da Amizade.

No começo de 1964, isso passou a incomodar Fausto. Os professores deram sua aprovação para que Sergio e Marianella entrassem na escola, mas Fausto tinha a impressão inevitável de que a vida no hotel, irreal e artificiosa, estava aburguesando os filhos. As influências daquela vida demasiado cômoda, pensou, podiam contaminar sua pureza ideológica, e isso não podia ser transmitido de nenhum modo. De maneira que começou a lhes falar desses perigos; fez um retrato aterrorizante do quanto o Hotel da Amizade se parecia com o mundo capitalista; e uma tarde perguntou a Sergio e a Marianella se não prefeririam, vistos os perigos que corriam no hotel, ir estudar como internos na escola Chong Wen. Lá receberiam uma educação de verdade, como a dos demais chineses, não a distorção da realidade na qual estavam metidos os que frequentavam os colégios para ocidentais. Sergio, que já sabia o que era a vida dos internos, que já passara pela sensação de ser um estorvo na própria casa, pensou em resistir, mas não o fez: porque Fausto já tinha convencido Luz Elena, e quando os dois estavam de acordo, não havia nada que fazer. Marianella tentou se rebelar de todas as formas, e a altercação foi tão séria que poucos dias depois, quando caiu uma nevasca e a família saía para ver a neve pela primeira vez, Fausto disse a ela:

"Você, não. Você fica recolhida no seu quarto. Não viemos até aqui para viver como porcos."

Naqueles momentos, Marianella desejava que seu pai batesse nela, como fazia de vez em quando com seu irmão, em vez de castigá-la; uma bofetada, uma bela bofetada, e sair para ver a neve. Teria preferido mil vezes isso.

* * *

Uma tarde, pouco antes que a escola começasse, o amigo uruguaio Yanduy foi buscá-lo, a fim de convidá-lo para caçarem pardais. Carregava espingardas de ar comprimido uma em cada mão. Do lado de fora fazia três graus abaixo de zero, mas Sergio já sabia que os pardais eram uma praga: comiam as sementes de trigo e arroz que eram do povo. Dizia-se que alguns anos antes, por volta de 1959, a praga fora tão intensa que as pessoas das aldeias se organizaram para sair todos os dias, ao meio-dia em ponto, com a missão única de fazer barulho. Soltavam foguetes e soavam as matracas e os gongos e os sinos, e conseguiram fazer tanto alvoroço durante tanto tempo que os pardais começaram a morrer de infarto, esgotados por não poderem descansar. Naquele ano as colheitas foram salvas dos pardais; mas as minhocas (das quais os pardais se alimentavam) as invadiram e as destroçaram, e os aldeões tiveram que regressar ao velho sistema dos espantalhos. Agora, no parque dos bambus, dispostos junto às plantações das comunas populares, Sergio eliminava os pardais com tiros certeiros. Havia tirado as luvas para disparar melhor e o frio fazia com que as mãos doessem, no entanto sentia que estava realizando uma missão revolucionária. Ali, perto dos pastos gelados, treinava para um futuro mais árduo, e ao voltar caminhando para o hotel, quando um inglês anônimo começou a jogar pedras nele enquanto o chamava de assassino e gritava para que ele deixasse os pássaros em paz, voltou a sentir, e o peito se encheu de algo parecido com o orgulho.

7.

"Vamos ver", dizia Sergio enquanto folheava um livro, "vamos ver se encontro a página."

Estavam no restaurante da cinemateca, tão lotado de gente — homens e mulheres que provavelmente assistiriam em alguns minutos à abertura da retrospectiva — que mal dava para conversar. O lugar era tão alvoroçado quanto agradável, presidido pelo fantasma de Marilyn Monroe, cuja imagem estilizada observava a partir do cardápio. Sob os tetos baixos atravessavam cinco tubos pintados com anéis coloridos que os deixavam parecidos — pensava Sergio com conhecimento de causa — com uma cobra-coral. Sergio e o filho Raúl estavam sentados nas cadeiras de alumínio diante de uma mesa longa de madeira que mais parecia um balcão que uma mesa; mas, em vez de ter um bar à frente, davam de cara com a ampla janela para o Raval noturno, onde o aguaceiro mal começara a diminuir e poucas pessoas caminhavam com medo de escorregar. Raúl estava entretido com seu próprio livro, que Sergio lhe dera na loja da cinemateca. "Escolha o que quiser", tinha dito a ele, e Raúl passou ao largo dos livros de arte, apesar de o interessarem, e dos de história do cinema, apesar de ter crescido ouvindo falar em filmes, e escolheu uma *graphic novel*: *Clube da luta*, de Chuck Palahniuk, em cuja capa, inquietantemente, uns olhos abertos observavam em cima de outros fechados. Sergio, por sua vez, encontrou nas estantes um exemplar de *Mitologias*, de Roland Barthes, um livro que lera com entusiasmo na juventude, e de imediato, como que entre nuvens de fumaça, veio à sua memória uma passagem. A ideia de Barthes, parecia recordar, era que o mundo comunista, mais que um lugar inimigo, era *outro mundo*: distinto e sobretudo incompreensível. E isso era o que queria compartilhar com Raúl.

"Deve estar por aqui", disse, virando as folhas.

Olhou seu filho para procurar saber, lendo seu rosto de adolescente hermético, o que estava achando do livro. Mas Raúl, aos dezoito anos, não era mais um adolescente; e o que Sergio sentiu ao vê-lo, depois de meia hora sentado ao seu lado nas cadeiras duras do La Monroe, foi uma felicidade tão intensa que o pegou de surpresa: felicidade por estar com ele ali, em Barcelona, depois de quase dois anos de afastamento, e felicidade por vê-lo convertido nesse homem bonito, mais alto que ele, de voz firme e olhar certeiro, cheio de opiniões sobre tudo que já acontecera e estava por acontecer. Era verdade que essas opiniões estavam um pouco mais à direita do que Sergio gostaria, mas desejar que seu filho pensasse exatamente como ele parecia uma das possíveis definições de conservadorismo.

Raúl tinha chegado no voo das quatro e quarenta da tarde, em meio a um aguaceiro que escurecia os céus de Barcelona e entorpecia o tráfego de entrada pela Gran Vía. O pessoal da cinemateca foi recebê-lo no aeroporto e o levou ao hotel, enquanto Sergio terminava de dar uma entrevista num estúdio de televisão, de modo que Raúl estava sozinho no saguão, tomando uma coca-cola, quando seu pai chegou, os ombros da jaqueta escurecidos pela chuva e o cabelo branco molhado como se acabasse de tomar banho. Mal teria tempo para tomar um banho de verdade e vestir roupa seca para ir à abertura da retrospectiva, então propôs a Raúl que o esperasse ali sentado até que ele descesse de novo. Contudo, antes de dizer que sim, que não tinha nenhum problema, que ficaria jogando video game no celular, Raúl disse:

"Sinto muito, papai. Sinto muito pelo Tato."

Fausto nunca teve uma relação intensa com Raúl, pois não se viram com frequência suficiente, mas gostava dele com devoção, e sempre se alegrou em saber que seu neto podia ter na Espanha a vida que para ele foi impossível. Quando se viam, Fausto costumava recordar, não importa quem estivesse presente — família ou amigos ou perfeitos desconhecidos —, o que tinha ocorrido com Sergio e Raúl no Valle de los Caídos. "Deixe-me contar o que aconteceu a esses dois", dizia; Raúl revirava os olhos e Sergio se prestava a completar com alguma informação ou um detalhe o relato do pai, que falava como se tivesse estado presente. Os protagonistas da história eram Sergio, Lilí — a mais velha das suas três filhas, a primeira que teve — e Raúl, que andava prestes a completar nove anos. Sergio já se separara da mãe de Raúl, mas ainda vivia na Espanha, de modo que recebia a visita do seu filho em alguns fins de semana: nada mais simples que ir de trem de Málaga até Madri. Naquele fim de semana tinham decidido sair da cidade para passar o dia de barco, numa daquelas represas que os madrilenhos chamam de pântanos. Da rodovia, Raúl viu a cruz enorme do Valle de los Caídos e perguntou que lugar era aquele e se podiam ir visitá-lo.

"Não", disse Sergio. "Franco está enterrado ali."

"E qual o problema?", disse Raúl.

"Como assim, qual o problema?", disse Sergio. "Depois de tudo que a família sofreu, esse é o problema. Franco é culpado por termos ido embora da Espanha. Tudo o que o Tato sofreu, tudo o que o tio Felipe sofreu, foi culpa de Franco. Nossa família se desfez por culpa de Franco. Não, Raúl: lá a gente não vai."

O dia no pântano transcorreu sem que se tocasse mais no assunto: Raúl deve ter percebido alguma coisa na voz do pai. Mas, durante o trajeto de regresso, ao voltar a ver de longe a cruz na montanha, Raúl insistiu que queria visitar o lugar. Antes que Sergio reagisse com outro sermão sobre a família desfeita e a Guerra Civil, Lilí falou:

"Vamos, papai, que é que tem? A gente vê o lugar por dois segundos. Raúl fica satisfeito e voltamos para Madri. Não há nada de ruim nisso. Você pode até explicar algumas coisas para ele."

Minutos depois, lá estavam: pela primeira vez na história, a família Cabrera visitava o túmulo de Franco. Era um lugar imponente, lá isso era, e Sergio teve que lembrar a história da família — do comandante Felipe Díaz Sandino, do avô Domingo, do próprio pai — para manter suas emoções à devida distância; por outro lado, entrou com a convicção de que estava traindo a memória de sua família, e não conseguiu se livrar desse sentimento, por mais que tenha tentado. O túmulo do ditador era um retângulo branco no chão de pedra cinzenta, e no centro do retângulo repousavam três ramos de flores e uma fita com a bandeira rubro-amarela. Sergio passou de lado e caminhou para as escadarias do altar, subiu dois ou três degraus e ficou olhando o Cristo ao fundo, procurando recordar a última vez que entrara numa igreja. Então ouviu um ruído às suas costas, algo como um sapatear escandaloso, e quando deu a volta, preparado para reprovar com o olhar o culpado, deparou com a figura do filho, que pisoteava com força o retângulo branco enquanto cuspia obscenidades.

Sergio o pegou por um braço e o levou para um lado. "Mas o que está acontecendo com você?"

"É um idiota!", gritou Raúl. "É tudo culpa dele! Por culpa dele tivemos que ir embora da Espanha! Por culpa dele minha família se desfez!"

E Fausto contava tudo aquilo com detalhes precisos; a depender da companhia, no seu relato Raúl cuspia em cima do túmulo ou soltava impropérios que, é lógico, não pertenciam a um menino de quase nove anos, mas a um exilado de noventa: os impropérios que Fausto teria dirigido a Franco se o tivesse visto na sua infância remota. A única coisa que Sergio podia acrescentar era o relato, meio sem graça, aliás, do que aconteceu depois. Como pegou Raúl no pulo e o arrastou da igreja antes que alguém se desse conta, como não se falou mais no assunto no trajeto de regresso a Madri, como souberam depois que

Raúl andara contando a anedota aos familiares espanhóis, pois achou engraçada a reação do pai. Sergio recebeu a chamada de uma tia preocupada com os maus modos que ele andava ensinando ao filho, pelo desrespeito com o sagrado, pela intolerância com as ideias alheias. Sergio pensou que o franquismo, segundo sua experiência, tinha pouco de sagrado. Mas não disse nada.

Ao sair do hotel para a cinemateca, suportando o aguaceiro que despencava na Rambla del Raval, desejou perguntar a Raúl se ele voltara a lembrar daquele episódio de que Tato tanto gostava, ou, ao menos, se tinha voltado ao Valle de los Caídos, entretanto intuiu de alguma forma que a anedota divertida deixara de ser divertida para Raúl fazia muito tempo. Depois se distraíram com os livros da livraria, e dali passaram a procurar um lugar livre na abarrotada Monroe, e tudo que aconteceu anteriormente deixou de ser urgente. Pretendiam beber alguma coisa enquanto esperavam; os organizadores tinham lhes oferecido o escritório para ficar, mas Raúl preferiu ficar com ele. E agora, na Monroe, Sergio procurava uma passagem de *Mitologias*, e já começava a suspeitar que não existia.

"Ah", disse então. "Até que enfim. Ouça isto."

MARCIANOS

O mistério dos discos voadores foi, antes de tudo, totalmente terrestre: supunha-se que o disco vinha do desconhecido soviético, desse mundo com intenções tão pouco claras quanto um outro planeta. E essa forma do mito continha já o germe do seu desenvolvimento planetário; se o disco deixou tão facilmente de ser artefato soviético para se converter em artefato marciano, é porque, na verdade, a mitologia ocidental atribui ao mundo comunista a alteridade de um planeta; a URSS é um mundo intermediário entre a Terra e Marte.

"Isso era a China de então", disse Sergio. "Para nós, quero dizer. *A mitologia ocidental atribui ao mundo comunista a alteridade de um planeta...* Bom, não? Eu devia ter uns vinte anos quando descobri este livro. E pensei que sim, que era isso. Era assim estar na China naquela época."

"Todos marcianos", disse Raúl.

"Sim, um pouco."

"Pois eu tinha outra impressão", disse Raúl. "Você tinha me falado outra coisa."

"Outra coisa?"

"Não sei. Falou da China como se fosse sua própria terra."

"No começo, não", disse Sergio. "Enfim, não importa."

"Mas é que Marte...", disse Raúl. "Sim, claro que importa. Marte, papai. É forte demais."

Como de costume, Sergio estava sentado na última fila do auditório. Sempre fizera assim, não apenas para poder sair sem que ninguém se desse conta, mas também para conferir as reações do público e anotar os que abandonavam a sala. *Todos se vão*, o filme que abria a retrospectiva, avançava na telona com essa rara autonomia que o cinema tem, alheia aos seus observadores ou testemunhas. Agora, enquanto espiava as reações de Raúl — sua risada, seu interesse ou seu tédio —, aconteceu com Sergio o que sempre lhe acontecia; o que sucedia ali, na telona da Cinemateca da Catalunha, deixava de ser um filme de sua autoria, cujos movimentos ele havia dirigido e cujos diálogos tinha escrito ou aprovado, e se convertia para ele num mistério insondável. Na telona apareciam aquelas imagens e se ouviam aqueles diálogos que eram os mesmos para todo mundo, mas Sergio tinha a certeza de que depois, acabado o filme, não haveria duas pessoas neste teatro que tivessem visto a mesma coisa. Nem sequer Sergio tinha visto sempre o mesmo filme: às vezes era a metáfora de um país, às vezes era uma tragédia doméstica, às vezes era a forma meticulosa com que homens e mulheres eram esmagados sem piedade sob o rolo compressor da história: da história cubana, nesse caso, salvo que a história cubana não era nunca apenas a história cubana; era também a história dos

Estados Unidos, a história da União Soviética, a história de uma guerra que chamamos de Fria apesar de ter espalhado incêndios por todo o continente; em Cuba e na Nicarágua, na Guatemala e no Chile e também na Colômbia. E de certa forma continuava a espalhá-los, é claro. Não, a história não era um rolo compressor na América Latina: era um lança-chamas, e continuava incendiando o continente como se o operário houvesse enlouquecido e ninguém tivesse tido coragem de detê-lo.

Todos se vão era uma adaptação, parcial e caprichosa, de um romance triste e bonito de Wendy Guerra. A ação ocorria nos anos 1980, em momentos nos quais a Revolução Cubana passava por uma nova crise. A garota Nieve era filha de pais separados: um revolucionário convicto, que podia ter sido um bom autor de teatro mas se convertera num mero panfletário, e uma mãe cética que agora vivia com um sueco e sentia falta dos tempos em que a Revolução tinha mais liberdade e menos autoritarismo. Sobre o fundo de uma Cuba que não sabia bem o que queria ser, os pais de Nieve empreendiam uma batalha pela sua custódia, mas logo ficava evidente que o confronto era menos familiar que ideológico, e só o que restava quando tudo havia terminado era um punhado de vidas destroçadas e uma imagem comovente: a do rosto do pai, perdido entre as centenas de cubanos que saíram rumo aos Estados Unidos do porto de Mariel.

O filme esteve cercado de controvérsias desde o princípio. Sergio recordava bem sua estreia em Havana, em dezembro de 2014. Teria dado na mesma estreá-lo em qualquer cidade? No momento de tomar essa decisão, Sergio confessaria que era movido também pela curiosidade de ver como reagiria um público ainda revolucionário, ou em meio ao qual certamente haveria revolucionários convictos, diante dessa história conturbada. Tentara rodar o filme em Cuba, mas as autoridades, talvez por se tratar de um romance de uma escritora que eles nunca acharam divertida, talvez por informes desfavoráveis sobre o retrato que o romance faz da vida revolucionária, guardaram um obstinado silêncio quando Sergio pediu as permissões necessárias: de maneira que sua equipe teve que botar para funcionar todas as magias do cinema para convencer os espectadores de que aconteciam em Havana ou nas montanhas cubanas cenas que na verdade tinham sido filmadas num bairro de Santa Marta, na costa caribenha da Colômbia ou em algum lugar perdido dos Andes.

Aquele retrato de vidas destruídas não satisfez a todos no teatro de Havana. Do seu assento na fileira, sempre na parte dos fundos da plateia, Sergio conseguia ouvir as reações do público, pois em Havana, por alguma razão, o público de uma sala de cinema se comportava como o de uma peça de teatro em outro século: estimulava os personagens, insultava-os, avisava ao herói que o vilão o esperava ao dobrar a esquina. De modo que chegavam até Sergio as risadas e os elogios, mas também os protestos isolados e uma ou outra vaia desavergonhada que entrecortava os diálogos; e uma vez, a partir da penumbra banhada pela luz branca da telona, viu uma silhueta que se levantava indignada, com grandes movimentos de chapéus ou jornais dobrados no punho, e saía pelo corredor entre resmungos e batendo os pés, a luz refletindo nas suas costas, recortando-as sobre o fundo claro. Antes de sair, uma daquelas silhuetas exclamou para que a sala inteira ouvisse:

"Puta que pariu! Isso é propaganda do império!"

Quando o filme acabou e as luzes do auditório se acenderam, Silvia olhou para Sergio com seus grandes olhos muito abertos e um sorriso tímido: "Que público mais complicado, não é?". Sergio dedicou um tempo para conversar com as pessoas que se aproximavam. Assinou cada filme que seus seguidores lhe traziam (a caixa de plástico ou o disco que desprendia um brilho sob as luzes); sorria timidamente com os elogios, apertava cada mão que saía da massa de gente para cumprimentá-lo, sempre com essa cortesia que parecia pedir desculpas pelo fato de seus filmes não existirem sozinhos. Foi então que recordou que aquela estreia, que já lhe parecia estranha pela relação entre a história do filme e a cidade onde estavam, também era única por outras razões: na projeção de *Todos se vão* compareceram, sentados em lugares separados do teatro, os homens e as mulheres que durante os últimos dois anos estiveram procurando ali, em Havana, sob auspícios do governo cubano e o olhar atento do mundo inteiro, uma saída negociada para meio século de guerra colombiana. Ali estavam os chefes guerrilheiros, ou ao menos um grupo deles, e também alguns dos negociadores do governo; tinham comparecido sob o mesmo teto a uma história que falava, com os modos e a linguagem da ficção, de uma realidade humana que se tocava de modos indiretos com as realidades das suas conversas e seus enfrentamentos e desentendimentos irreconciliáveis. E agora os guerrilheiros estavam se aproximando de Sergio para cumprimentá-lo, e era quase cômico vê-los procurando palavras para elogiar o filme, quando era evidente que não haviam gostado de modo algum: que lhes parecera injusto, ou mentiroso, ou contrarrevolucionário.

Tinham se visto no dia anterior pela primeira vez. Os comandantes da guerrilha souberam que Sergio Cabrera estava na cidade e quiseram se reunir com ele para conhecê-lo. Começou uma conversa casual na qual confessaram a Sergio que achavam seus filmes encantadores, que assistiam a eles nos acampamentos, mas que todas as cópias que tinham eram piratas. Falaram de *Golpe de estádio*, uma comédia que imagina uma trégua entre o Exército e a guerrilha apenas com um objetivo — ver um jogo da seleção colombiana —, e um comandante protestou em zombaria pelo retrato que se fazia ali da guerrilha. "É uma guerrilha de brincadeira", disse. E a reunião poderia ter transcorrido assim, naquele ambiente leve, se não tivessem perguntado a Sergio o que achava do que estava ocorrendo com os diálogos em busca de paz. Sergio considerou que seria uma irresponsabilidade ter os comandantes diante de si e não lhes dizer a verdade completa, de modo que fez isso. Disse que tinham se equivocado; que sua imagem, para aquele povo pelo qual diziam lutar, não podia ser pior, e que era obrigação deles fazer o que fosse necessário para que os colombianos simples não continuassem a pagar com seu sofrimento por aquela guerra.

"Vocês causaram muita dor", disse a um dos comandantes. "A única coisa que as pessoas querem é vê-los na cadeia."

"Então vamos para a cadeia", retrucou o homem. "Mas vamos todos. Pois uma guerra não se faz com um lado só."

Sergio sabia disso, é claro, e sabia o quão difícil é explicar isso a quem sofrera apenas as violências de um dos lados. Em todo caso, era estranho apresentar seu filme sobre um socialismo fracassado ali, na Havana das negociações de paz. Também ali tinham se apresentado os fantasmas da Guerra Fria; também naquele teatro onde estreava *Todos se vão* estavam os rancores, os ressentimentos, as dores e a memória dos medos de um país inteiro, pois aqueles guerrilheiros que iam ver filmes a poucos assentos daqueles negociadores não estariam lá, em Havana, se a história optasse por ter seguido um caminho distinto (se Fidel Castro não tivesse triunfado em 1º de janeiro de 1959), e nesse caso tampouco estaria ele, Sergio Cabrera, cuja vida fora marcada por aquela Revolução caribenha. Os fantasmas, sempre os fantasmas. Para os colombianos que viveram o meio século dessa guerra, que cresceram em meio aos seus terrores, enterrando seus mortos ou abraçando aqueles que os enterram e às vezes desejando a morte de um outro, de quem matou ou de quem zombou dos mortos, para os colombianos que não atravessaram impunemente as chamas que a história lançava, os fantasmas estavam em toda parte: não havia maneira de se esconder deles. Tinham chegado até ali: até uma sala de cinema no meio do Caribe e no ano de 2014. Como a história era voluntariosa, pensou Sergio: aparece quando menos a esperamos, como se brincasse conosco.

A estreia oficial de *Todos se vão* aconteceu no ano seguinte, em Bogotá e numa noite chuvosa. As quatro salas de um centro comercial na avenida Chile projetaram o filme ao mesmo tempo, e de todas elas os espectadores saíram comentando o assistido, e Sergio os esperou no saguão dos cinemas, entre cachorros-quentes e máquinas de refrigerante, para receber apertos de mão e beijos na bochecha e responder a algumas perguntas diante da luz ofuscante de uma câmera de televisão. Nenhuma das pessoas que o cumprimentavam, nem os jornalistas que o entrevistavam, podia imaginar o esforço imenso que lhe custava passar por essa situação, pois sua cabeça estava noutro lugar. Mal se passaram seis meses desde Havana, mas aquela viagem parecia parte de outra vida: uma vida na qual Sergio se encontrava à vontade. Em que momento deixara de ser assim?

Com a passagem das semanas, à medida que *Todos se vão* ia saindo de cartaz como uma espécie de ressaca, Sergio também foi se retirando da própria vida. Silvia acreditou que se tratava da mesma melancolia que o tocava depois de terminar um projeto importante, agravada dessa vez pela maneira com que o público colombiano recebeu o filme. Mas não era assim. E quando lhe perguntava qual era o problema, se podia ajudá-lo em algo, Sergio dizia com dor que ela não podia ajudá-lo, pois nem sequer ele conseguia entender onde estava o problema, quais fantasmas ou demônios o consumiam por dentro.

Certo dia, foi visitar o pai. Talvez por não o ter feito desde a celebração dos seus noventa anos, que surpreendeu Sergio completando os preparativos para apresentar seu filme em Havana, ou talvez por não lhe ter dado atenção suficiente, Sergio o encontrou macilento e hostil. A reunião foi um memorial de queixas. Fausto se queixou de que Marianella não o visitava mais: deixara de fazê-lo anos atrás. "Como se eu também não tivesse sofrido. Droga, é como se ela botasse a culpa em mim. Não sei o que fiz para ela." Sergio sempre se espantou com o talento do pai para não ver o que não queria ver, e deixou passar em silêncio quando isso era possível, mas dessa vez não conseguiu ficar calado.

"Pois pense um pouco", disse. "Com certeza vai encontrar alguma coisa."

Perto do fim da tarde, depois de Fausto se queixar de que seus próprios filhos o tratavam como inimigo, Sergio, numa tentativa desesperada de mudar de assunto e terminar a visita com cordialidade, falou o que estava acontecendo com *Todos se vão*. O tempo em cartaz tinha sido decepcionante, era verdade, mas o filme fora bastante apreciado desde a pré-estreia em Havana. "Que bom", disse Fausto. "Deve ser porque não atuo." Disse isso como piada, mas Sergio detectou um fundo de ressentimento na sua voz, uma reclamação disfarçada. A ideia de que seu filho não lhe dava o crédito que merecia nunca abandonou Fausto. "Você nunca fala de mim nas entrevistas", dizia às vezes, e Sergio chegava a enrouquecer de tanto tentar explicar que fazia isso, mas os jornalistas escolhiam outras coisas. "Não edito as entrevistas, papai." Agora, com sua voz envelhecida que já não recitava poemas (pois a memória não recordava mais os versos), Fausto fitou Sergio com uma serenidade que era pior que o antagonismo e lhe disse:

"Pois lhe dou parabéns, mas você sabe a verdade."

"Qual verdade, papai?"

"Que esse seu filme trai tudo aquilo em que acreditamos", disse Fausto. "É um tapa na cara, Sergio Fausto. Em tudo que você e eu fizemos na vida."

Quando Sergio falou para Silvia sobre aquele episódio, a única coisa que conseguiu dizer foi: "Meu pai está velho". E era lícito pensar que a tristeza o levou a essa constatação, a lenta deterioração do homem que tanto havia admirado durante um longo tempo, e graças a quem vivera coisas de que muito poucos podiam se vangloriar. Mas Fausto tinha botado em palavras algo que outros opinaram desde que o roteiro do filme começou a passar pelas mãos de sempre: as dos amigos, as dos cúmplices, as dos produtores, as de quem eram as três coisas ao mesmo tempo. Um desses amigos era Juan, um médico que o acompanhara em mil outras batalhas e que um dia, depois de uma consulta, lhe explicou por que não o acompanharia naquela. "Me parece", disse, "que este filme não deve ser feito." Disse que o filme faria o jogo anticubano e imperialista, que macularia a imagem de Cuba a troco de nada, que para criticar os problemas do socialismo já bastavam os inimigos que tiveram a vida toda. "Não vai conseguir nada com esse filme", disse. "Seus amigos não vão entender o motivo de estar fazendo isso, pois parecerá a eles demasiado crítico, e seus inimigos não vão entender tampouco, porque vai parecer a eles demasiado complacente. Melhor dizendo, você está fodido." Soltou uma conclusão contundente: "Roupa suja se lava em casa". Sergio já tinha ouvido essa frase muitas vezes, e ele mesmo a pronunciou uma e outra vez. Mas agora algo se revolveu no seu peito e ele teve que perguntar:

"E o que acontece quando a casa não tem tanque de lavar?"

Houve mais de uma conversa parecida. Nelas, Sergio procurava sem êxito uma maneira de explicar que *Todos se vão* não era uma denúncia, e que nem sequer quis ser um questionamento de nada, era apenas a história da menina Nieve, cuja vida saiu dos eixos graças às intromissões de um Estado enxerido que se metia na vida privada do seu povo, e se parecia demasiado com aquilo que ele mesmo tinha vivido para deixar passar. Nieve em Cuba era o que ele fora na China: um menino à mercê... Mas de quê? Não conseguiu explicar nada disso, em parte porque a única maneira de fazer justiça às suas memórias chinesas tinha sido dirigir o filme, em parte porque a única maneira de entender o filme era conhecer a fundo sua vida: conhecê-la como ninguém a conhecia, nem seus amigos, nem seus filhos, nem sua esposa.

Contudo, a opinião do médico Juan deixou uma queimadura. Sergio se deu conta de que esses desacertos com o mundo não teriam tanta importância, ou seriam mais toleráveis se ele tivesse um projeto em mãos. Mas inclusive seu trabalho, que sempre fora um lugar no qual era possível sentir que estava no comando das coisas, agora parecia conspirar contra ele. Depois de terminar a rodagem de *Todos se vão*, no começo de 2014, fez o que sempre fazia entre dois filmes: uma série para a televisão. Era a história do infame dr. Mata, um advogado que nos anos 1940 cometeu vinte e oito assassinatos impunes e mais um pelo qual foi condenado. Um assassino em série: o sucesso estava garantido. Porém, a série custou mais que o previsto, e o canal culpou o diretor pelos excessos e o diretor culpou o canal, e da disputa, que em ocasiões chegou a elevar seu tom, só restou um esfriamento das relações. De maneira que Sergio deixou de receber ofertas de trabalho, e seu orgulho o impediu de pedi-las ou reclamá-las. Foi como estar morto em vida.

Os dias perderam estrutura. Em vez de se levantar às sete da manhã para cuidar de Amalia, como de costume, Sergio ficava dormindo até tarde, recuperando-se de uma noite vendo filmes na salinha com dois sofás, na parte do apartamento que ficava longe dos quartos. Dizia para si mesmo que voltar a ver todo o Bertolucci, por exemplo, era uma maneira de manter abertos os canais criativos, mas no fundo sabia que tinha as mãos vazias. Silvia, por sua parte, se encarregava de deixar no jardim uma Amalia sorridente antes de chegar ao seu trabalho na embaixada portuguesa, e algumas vezes, ao voltar para casa no começo da tarde, depois de pegar Amalia (que continuava a sorrir, inexplicavelmente satisfeita), percebia que Sergio não abrira nem sequer as cortinas do quarto. Começaram a viver em horários cruzados, pois ele estava desperto quando ela dormia e vice-versa; nessas noites insones, ele via filmes ou lia os livros que tinham sido da sua mãe ou ia ao quarto de Amalia e permanecia sentado na cadeira de cores vivas, ao lado da caminha com cercado, vendo-a dormir com a convicção de que poderia passar assim o resto dos seus dias. Uma tarde, depois de vários meses vivendo na estranha solidão desses horários trocados, naquela espécie de jet lag dentro da mesma casa, Silvia lhe disse:

"Acho que deveríamos falar com alguém."

Silvia, socióloga, começara a estudar psicologia desde a chegada à Colômbia. Não se tratava de um interesse diletante: havia descoberto a escola da Gestalt muito antes de conhecer Sergio, mas apenas em sua vida bogotana conseguiu as horas que esses estudos exigiam. Seu mentor ou guia, o terapeuta Jorge Llano, se convertera em pouco tempo em amigo de ambos, e isso era o que levava Silvia a botar essa proposta na mesa: que Sergio falasse com ele. Sergio não conseguiu compreender do que lhe serviria, e Silvia não ficou com rodeios: não precisava ser Llano, disse-lhe, podia ser qualquer um, pois tampouco era preciso dominar Wertheimer para saber que Sergio estava atravessando uma depressão de manual.

"Vamos procurar alguém", disse Silvia. "Quem você quiser. Mas precisamos fazer algo, amor. Você não está bem."

"Sei que não estou bem", disse Sergio. "Não preciso pagar alguém para me dizer isso."

"E eu sei que você sabe. Mas não sabe por quê. Ou sabe? Diga: você sabe por que não está bem?"

"Não", disse Sergio.

"Pois então. E acredito que alguém pode nos ajudar a saber."

Mas os dias passaram sem que Sergio fizesse a ligação nem agendasse a consulta, ou desse qualquer passo na direção combinada. Continuaram os horários trocados, e era verdade que ao meio-dia, quando conseguiam encontrar o espaço em comum para almoçar juntos, Silvia gostava de ouvi-lo falar dos filmes chineses que tinha visto durante a noite — "essas coisas não eram feitas quando eu vivia lá", dizia —, mas aqueles territórios de encontro à metade do dia eram raros e breves, e depois, ao regressar à rotina exigente do seu trabalho, seus estudos e sua filha de três anos, Silvia podia ter acreditado que estava vivendo no próprio país e não na Colômbia, como mãe solteira e não mulher casada. Os dias se tornaram longos e, o que era pior, iguais. Silvia foi caindo pouco a pouco na própria tristeza até não saber onde terminava a sua e começava a de Sergio. Assim explicou a ele numa noite, depois de um jantar com amigos no apartamento. Todos já tinham ido embora e Sergio lavava a louça, distraído, como se os jogos de luz da espuma nas mãos o deixassem absorto. Silvia, que entrara na cozinha com uma bandeja de garrafas vazias e restos de comida, o viu e teve a sensação estranha de que Sergio se ausentara. Minutos depois, deitados numa cama que naquele dia ele nem ao menos arrumara, Silvia disse que andava pensando já havia vários dias, e talvez fosse melhor ela ir embora para Lisboa.

"É o melhor para a menina, amor", disse. "Mas também é o melhor para nós."

Sergio considerou seu argumento tão preciso, tão eloquente sua tristeza calada, que nem sequer tentou se opor.

"Por quanto tempo?", perguntou.

Ela o fitou com infinito carinho, mas com o olhar — e com o ricto da sua boca, que teria sido apenas zombeteiro se não fosse doloroso — lhe disse: *você não entende nada*.

"Não é questão de tempo", disse. "Vou voltar para Lisboa e depois veremos o que fazer para que você veja a menina. Gosto de você, Sergio, e sei que você gosta de mim, mas não posso continuar com isso. Não posso continuar assim." E concluiu: "Não seria bom para ninguém".

Foi um acordo amigável, mais parecido com um tratado diplomático que uma ruptura de casal. Atravessaram as semanas seguintes como se fossem partir juntos, recebendo despedidas em casas de amigos e fazendo preparativos para a pequena Amalia, e talvez Sergio tenha chegado a pensar que naquela espera aconteceria um milagre. Não foi assim: o dia da partida acabou por chegar. Sergio ajudou Silvia a preparar a bagagem, fez o inventário das coisas de Amalia e se surpreendeu de novo que calças pudessem ser tão pequenas, que um corpo inteiro pudesse caber naquela camiseta com seu laço rosa no contorno do peito. Levou-as ao aeroporto e não as perdeu de vista enquanto elas despachavam suas muitas malas, e durante uma hora que os três passaram nos balcões desconfortáveis do Café Juan Valdez, enquanto Amalia sujava a cara com um muffin grande demais, não afastou o toque delas, como se somente assim, em contato com os dois corpos que partiam para longe, pudesse acreditar que talvez não partissem para sempre.

A manhã de sexta-feira amanheceu radiante em Barcelona. Os ventos carregaram as nuvens e limparam o ar, mas eram tão fortes que, ao saírem do hotel, deslumbrados pela luminosidade do dia, Sergio e Raúl tiveram que se deter na Rambla del Raval, sob a sombra de uma palmeira, para vestir as jaquetas. Sergio compreendeu a medida da distração que o esgotara naqueles dias, pois nesse instante percebeu pela primeira vez a escultura de Fernando Botero que adornava o centro do calçadão como um totem: era um enorme gato de bronze feito de forma a ter ao mesmo tempo os olhos vazios e um olhar pícaro. Sergio o apontou com a mão.

"Foi amigo do seu avô", disse.

"O gato?", perguntou Raúl.

Sergio sorriu. "Quando eram jovens", disse. "Fizeram coisas juntos."

Contou a ele de *La Imagen y el Poema*, o programa de televisão em que Fausto Cabrera recitava versos enquanto o jovem Botero os convertia num desenho a carvão. As obras ficaram em poder de Fausto, ou melhor, Botero as esqueceu nos estúdios de televisão e nunca se preocupou em recuperá-las. Um dia do novo século, quando Sergio perguntou ao pai onde estavam aqueles trabalhos de juventude do homem que agora era o artista vivo mais caro do mundo, Fausto respondeu que os vendera muitos anos atrás, na época em que o Partido Comunista andava necessitado de fundos. E enquanto evocavam aqueles momentos, ou enquanto Sergio os evocava, começaram a caminhar no sentido da estação do metrô. De manhã, durante o café, Sergio perguntara ao filho o que gostaria de fazer em Barcelona. Estava bastante consciente de que a pergunta era uma prova da sua desorientação: Raúl já não era mais o mesmo que havia sido dois anos antes, da última vez que se viram, e era preciso prever e respeitar sua independência, não cometer algum descuido de pai que pusesse o fim de semana a perder.

"Como assim?", disse Raúl.

"É sua primeira vez aqui", disse Sergio. "Tem dois dias inteiros. Pode ir conhecer a cidade. Tenho certeza de que alguém pode te sugerir alguma coisa."

"Vim para ficar com você", disse Raúl. "Isso é o que eu quero fazer. Melhor você me mostrar sua Barcelona."

"A minha?", disse Sergio. "Não sei se isso existe."

Viera à cidade muitas vezes, mas sempre por razões de trabalho; e isso, no seu caso, significava ir de um hotel a uma sala de cinema e de uma sala de cinema a um restaurante. Nunca havia sido turista na cidade: nunca, diga-se, desde o verão de 1975. Foi o ano em que estava voltando para a Colômbia: depois das épocas difíceis nas quais não queria pensar, depois de sair fugindo do seu próprio país como um delinquente. Vinha de Londres, o navio aportou em Barcelona antes de cruzar o Atlântico, e Sergio entrou em conflito: queria conhecer a cidade, mas tinha prometido, por respeito à memória da família, não pisar em terra espanhola até que Franco morresse. Afinal decidiu descer do navio e conhecer, pelo menos, a célebre Sagrada Família, de que seu pai havia lhe falado. E nunca, em todos aqueles anos de visitas de trabalho a Barcelona, voltara àquela recordação de juventude.

"Está perfeito", disse Raúl. "Comecemos por lá."

PARTE II
A REVOLUÇÃO NOS HOTÉIS

8.

Era uma vida dupla a que levavam em Pequim: o inferno na escola e o céu no hotel. Na escola só podiam tomar banho às quartas-feiras, e no resto dos dias se limpavam como podiam com toalhinhas umedecidas numa bacia. Luz Elena conseguira o favor de que lhes servissem um copo de leite, e Sergio e Marianella tinham que suportar as provocações dos colegas que olhavam para eles sem dissimular o nojo e lhes diziam: "Mas você sabe de onde vem isso que está tomando?". Sergio viveu aqueles começos com verdadeiro espanto, como se a experiência da rua Wangfujing tivesse se convertido no estado natural das coisas, pois os companheiros da escola não apenas olhavam para ele com estranheza e alguma repulsa (a propaganda do partido lhes ensinara que os ocidentais eram o inimigo), mas também se divertiam fazendo dele objeto de zombaria. "Olhos de sapo!", gritavam. Sergio se instalava nas carteiras do fundão, escondendo-se na própria solidão, e se punha a ler romances. Estava entusiasmado com os de Georges Simenon, e um dia ficou tão absorto com *Maigret e o homem do banco* que o abriu durante a aula, e, tentando esconder o livro com seu caderno, começou a ler. Ao cabo de certo tempo se fez um silêncio estranho ao redor. Sergio levantou a cabeça e deparou com toda a classe olhando para ele em desaprovação: o professor tinha saído deixando a porta aberta. Seu vizinho de carteira informou: "Disse que se você quiser assistir à aula, e que tenha aula para nós, terá de ir buscá-lo". O professor lhe pediu que apresentasse suas desculpas por escrito e que incluísse nelas a ofensa que causara aos colegas, cuja educação pusera em perigo com o egoísmo do seu gesto.

A Chong Wen era, ao seu modo, uma escola de elite montada para os filhos de pais ausentes: altos quadros do Partido Comunista, por exemplo, ou estrangeiros assimilados que tinham trabalhos importantes. Uma vintena de alunos provinha, como Sergio e Marianella, do Hotel da Amizade, mas eles dois eram os únicos internos: os demais voltavam ao hotel todas as tardes, para desfrutar dos seus três restaurantes, das acomodações luxuosas e da companhia dos pais. Marianella os invejava sem dissimulação. "Mas o que fizemos de mal?", dizia para Sergio. "Por que não podemos ficar com nossos pais? Por que estão castigando a gente?" Sergio, enquanto isso, desenvolveu com os internos uma sólida camaradagem, feita de ressentimentos e também de linguagem política: eles eram os verdadeiros proletários; os que saíam, pequeno-burgueses desprezíveis. A magia estava em que Sergio se converteu no vínculo entre os dois mundos, e logo se deu conta das vantagens que isso lhe proporcionava. Se algum colega chinês queria sapatos finos, Sergio podia consegui-los nas lojas do Hotel da Amizade; um aluno dos últimos anos se aproximou dele um dia, no intervalo entre duas aulas, e perguntou em voz baixa se era verdade que ele podia conseguir Maotai. Tratava-se do licor chinês mais procurado; era produzido em poucas quantidades, ou em quantidades demasiado pequenas para um país tão grande, e nunca chegava ao mercado (dizia-se que os líderes do partido bebiam tudo), mas aquele sujeito com olhos de sapo sabia como comprá-lo. Era como estar de volta ao Germán Peña e ser aquele que compartilhava os cigarros Lucky Strike.

Nos fins de semana, quando Sergio e Marianella recebiam permissão para sair, Luz Elena os levava para caminhar pela cidade. Gostavam de passear juntos pelos antiquários da rua Liulichang, onde as velhas famílias burguesas que a Revolução despachara deixavam seus tesouros, os signos da sua opulência já caduca. Cada loja era um inventário de outros tempos, um memorando de riquezas desmedidas e um testemunho melancólico da igualdade que a Revolução impusera. Luz Elena olhava as vitrines com tristeza, pois a imaginação a levava a pensar naquelas famílias destroçadas, mas não queria contrariar a mensagem que Fausto passava todas as vezes que podia: não era maravilhoso esse mundo onde todos eram iguais? Não era maravilhoso um mundo onde, caminhando pela rua, não se pudesse distinguir o rico do pobre, porque todos se vestiam igual?

"Igual só que feio", dizia Marianella quando percebia que o pai não estava escutando. "Qual é a graça?"

Mas isso era verdade: lá, na rua dos antiquários, todos — homens e mulheres e crianças e velhos — usavam as mesmas roupas tingidas do mesmo azul anil. Era impossível saber se tinham sido ricos noutros tempos, ou tão pobres como eram agora, e daqueles aristocratas só restavam sinais perdidos: certa elegância indisfarçável ao caminhar, uma inflexão da voz ao pedir as coisas, o comentário que deixava entrever um cosmopolitismo culpado. Certo dia, tiveram um encontro de perto com aquele mundo desaparecido, que Sergio não esqueceria nunca mais. Todos os domingos, o Bureau de Especialistas, a organização encarregada de acolher os hóspedes do Hotel da Amizade, lhes propunha um percurso pela cidade. Para Sergio e Marianella, que haviam passado a semana espremidos na Chong Wen, aquelas poucas horas em que voltavam a ser turistas ocidentais eram um bálsamo. Sergio sabia que eram dias de contaminação burguesa, é claro, um risco para a mentalidade de um jovem revolucionário, mas vestia um suéter de lã e saía para visitar a Grande Muralha, ou a Cidade Proibida, ou o Palácio de Verão, e lá, abraçado à mãe, posando para uma foto junto do pai, vendo-os unidos de novo e afastados do fantasma da separação, não conseguia evitar um repugnante sentimento de felicidade.

Num daqueles domingos burgueses e culpados, foram ao Jardim Botânico. De manhã, Luz Elena reuniu as crianças e lhes disse: "Hoje vão conhecer alguém especial". Falou para eles de Pu Yi, o último imperador da China. Sergio se entusiasmou com a ideia de conhecer um homem que havia sido mais poderoso que um rei, e chegou ao jardim com os olhos arregalados. Foram recebidos na sala principal por um funcionário idêntico a todos, com o mesmo traje azul de todos, com a mesma hospitalidade nas suas maneiras, mas que se movia pelos domínios com as costas eretas e a cabeça esticada ao alto, como se procurasse algo no horizonte. Portava óculos redondos e um esgar na boca que só podia ser entendido como de orgulho, ainda que parecesse extraordinariamente desajeitado (mais de uma vez nesses breves minutos tropeçou em alguma coisa, e numa oportunidade, ao fazer um gesto com a mão, bateu nos próprios óculos e os mandou pelos ares). Falou do lugar e suas maravilhas, e assim Sergio descobriu que o homem não era um funcionário qualquer, mas o responsável pelo jardim. E então entendeu: o homem, apesar do traje e ofício, não era somente um jardineiro. Era Pu Yi.

O antigo imperador não disse uma só palavra acerca do passado nem ninguém lhe fez uma só pergunta, apesar de todos saberem quem ele era e como havia sido sua vida anterior: aquela sessão de turismo e jardinagem tinha sido o mais parecido a um pacto de silêncio sobre um passado vergonhoso. Sergio teve a urgência inexplicável de voltar a vê-lo, então se separou do grupo e regressou correndo ao lugar onde tinham se despedido. E ali o viu, acocorado entre flores, com a tesoura de jardinagem na mão direita. Na outra mão carregava os óculos, e Sergio se deu conta de que os tirara para limpar o rosto. Estava de perfil e distante, de modo que não era possível vê-lo claramente, mas Sergio imaginou que o antigo imperador estava chorando. No dia seguinte, de volta à escola, falou a um professor da visita. O professor fez uma careta de nojo.

"Um traidor", disse. "Mas se aposentou, a Revolução o aposentou. Ele reconheceu seus crimes, reconheceu que sua vida passada não tem valor e se arrependeu de tê-la vivido. E Mao o recebeu, pois Mao é generoso."

Enquanto Marianella batia de frente com a escola — enfrentando sua professora e recebendo severas reprimendas, negando-se metodicamente ao aprendizado daquelas matemáticas enviesadas —, Sergio se convertera num aluno-modelo. Perto do fim do ano, quando chegou a época dos exames, conhecia a vida dos heróis como se as tivesse presenciado, podia repetir as palavras de ordem revolucionárias e o fazia com orgulho, mesmo que nada disso lhe servisse nos exames, pois apenas duas matérias eram examinadas: matemática e língua. Sergio superou o de matemática com relativo êxito, mas ninguém esperava que seu rendimento no de língua estivesse à altura do dos colegas. Foi informado que na sua condição de estrangeiro receberia certas vantagens — o privilégio de um dicionário, por exemplo —, e depois soube que o exame contemplava apenas uma prova: a composição, em duas horas, de um ensaio com o título indicado pelo professor na lousa. Era um exame nacional, no qual milhões de chineses em todo o país escreveriam sobre o mesmo tema. O professor se aproximou da lousa com o giz na mão, perguntou a todos se estavam prontos e começou a escrever. Sergio levantou a cabeça e leu:

Nasci sob a bandeira vermelha das cinco estrelas douradas.

Sua primeira reação foi: isso não é justo. Eu não nasci aqui, nasci noutro lugar, não podem me pedir isso. Pensou em protestar, queixar-se, pedir clemência. E logo viu uma oportunidade.

Corrigiu o título: *NÃO nasci sob a bandeira vermelha das cinco estrelas douradas.* Escreveu: "Não, eu não nasci sob a bandeira vermelha das cinco estrelas, mas agora ela me abriga e por isso a sinto tão minha como a minha própria…". Em seguida contou que havia nascido sob uma bandeira amarela, azul e vermelha: a bandeira de um país muito distante chamado Colômbia. Explicou as razões da ida ao país, que o acolhera com amor e lhe permitira o privilégio de continuar sua educação numa escola como a Chong Wen.

O ensaio, uma versão juvenil do que significava para Sergio o "internacionalismo proletário", obteve nota máxima na escola. O professor o leu diante da classe. O *Diário do Povo* o publicou junto de outros ensaios escolhidos de outros alunos de toda a China, e a Rádio Nacional o transmitiu palavra por palavra. Na escola Chong Wen, Sergio, que já era popular como traficante de objetos desejados, agora se convertera num troféu. O olhar dos demais, alunos e professores, não era mais o mesmo. Sergio já não era aquele que tinha olhos de sapo, mas viera para construir o socialismo. Ninguém mais lhe perguntava, tocando seu cabelo, se tinha de colocar bobes nele de noite para encaracolar daquela maneira. Ninguém mais lhe perguntava de que cor via o mundo com seus olhos verdes, pois era evidente que o mundo, para ele, era da cor da Revolução.

Desde os incidentes do mês de agosto, quando dois barcos norte--americanos foram atacados no golfo de Tonkin, o presidente Johnson havia anunciado a escalada na Guerra do Vietnã. Os bombardeios começaram depois do ataque a Camp Holloway, uma base para helicópteros que o Exército dos Estados Unidos tinha construído perto de Pleiku, e seu objetivo era duplo: conseguir que o Vietnã do Norte deixasse de apoiar os vietcongues e melhorar a depressão moral do Vietnã do Sul. Assim, começou uma nova etapa da guerra. Os bombardeios foram tema de muitas discussões na escola Chong Wen, se organizaram encontros e manifestações de apoio ao Vietnã do Norte, e a escola ficou cheia de cartazes que denunciavam as agressões do imperialismo ou exigiam solidariedade dos alunos com os camaradas, vítimas dos exércitos capitalistas. Sergio compartilhava da mesma indignação dos colegas. Assim que foi criado na escola o Batalhão Juvenil de Apoio ao Vietnã, inscreveu-se nele, e pouco depois participava na primeira missão do batalhão: chegar marchando a Hanói. Era um ato simbólico, sem dúvida, no qual os jovens cobririam com seus passos a distância que separa Hanói de Pequim, mas o fariam na pista de atletismo da escola: com seis quilômetros diários, calcularam, necessitariam de mais ou menos treze meses para chegar. E assim fizeram.

Durante esse ano todo, a vida cotidiana na escola mudou. A turma de Sergio — rapazes que andavam todos pelos quinze anos — começou a receber treinamento militar. Duas vezes por semana, Sergio passava por um treinamento exigente no uso de armas de fogo e granadas, e aprendia a lutar corpo a corpo e a atacar com baioneta. Praticava tiro ao alvo num campo de treinamento próximo, onde, dependendo do clima político que se respirasse na cidade e na escola, os alvos eram caricaturas grotescas ou fotografias ampliadas de Lyndon Johnson ou de Brejnev ou de Chiang Kai-shek. Durante aquele ano — quer dizer, durante a longa caminhada entre Pequim e Hanói —, Sergio descobriu um fervor que não havia sentido até então. Era um deles? Sim, se convertera num estudante destacado, e passava longas horas concentrado na gramática e na caligrafia da nova língua, escrutinando seus segredos, investigando sua história; e sua história era também a da cultura que o recebera, que pouco a pouco deixava de ser impenetrável. Sim, isso tudo era verdade, mas Sergio se dava conta de que os estudos e as manobras, a gramática e o campo de treinamento, eram apenas meios para outra coisa. Por aqueles dias escreveu algumas anotações privadas: *O futuro é tangível. Nós o respiramos e o sonhamos, damos um nome a ele. O futuro é de todos e entre todos o fazemos. O futuro começa agora.*

Pouco antes do verão, quando os estudantes já tinham chegado a pé a Hanói, Fausto e Luz Elena viajaram para a Colômbia. Era um dos privilégios estabelecidos no contrato do professor: o especialista podia voltar ao seu país a cada dois anos, e além de tudo fazer isso

141

com a cônjuge, mas não com os filhos. De modo que Sergio e Marianella acabaram inscritos num acampamento de verão nas praias de Beidahe, que foram noutros tempos balneários de burgueses e agora eram a sede de verão do Comitê Central do Partido Comunista. A ausência dos pais não foi longa: apenas três semanas. Mas foram três semanas ativas que marcariam toda a família para sempre.

A primeira coisa que Fausto fez ao chegar à Colômbia foi entrar em contato com os fundadores do partido. Evidentemente, o que ele chamava de "o partido" tinha àquela altura um nome mais longo: Partido Comunista Marxista-Leninista Pensamento Mao Tsé-tung. Seus fundadores eram, entre outros, dois velhos conhecidos: Pedro León Arboleda, aquele homem alto que elogiara o talento poético das pessoas de Medellín (e que era de alguma maneira responsável pelos quatro anos felizes que Fausto passara lá), e um tal Pedro Vásquez, que se unira a um grupo de dissidentes do Partido Comunista quando as diferenças ideológicas entre Pequim e Moscou começaram a deixar a convivência impossível. Uma brecha se abriu entre a linha moscovita, os chamados *mamertos*, e a linha pró-China, da qual Fausto se convertera num embaixador involuntário. Fausto tinha vivido a vida revolucionária durante dois anos, sim, e viu de perto os êxitos da Revolução (e estava disposto a não mencionar os fracassos), mas além disso trazia duas missivas de importância: por um lado, um convite para que Camilo Torres, o sacerdote da Teologia da Libertação que se aproximara das guerrilhas guevaristas, visitasse a China comunista e a visse em primeira mão; por outro, um documentário sobre a China cuja dublagem em espanhol ele mesmo, Fausto Cabrera, fizera. No documentário, Fausto se encarregava também de ler com sua voz profunda os escritos do camarada Mao — a célebre carta de 1934, por exemplo: "Uma só chispa pode incendiar toda uma pradaria" — e de recitar seus poemas com os mesmos tons comovidos que anos antes aplicara aos versos de Machado e Miguel Hernández.

Muito em breve nascerá no oriente a alvorada.
Não digam que ainda não é hora de marchar.

Não envelhecemos percorrendo tantas verdes colinas:
bebemos esta linda paisagem sem igual.

Ou aquele outro, "Monte Liupan", que Mao escreveu depois de chegar com o Exército Vermelho ao final da Grande Marcha:

Vinte mil léguas já percorremos.
Chegaremos à Grande Muralha ou não somos heróis!
Sobre o cume de Liupan balançamos
ao vento do oeste nosso rubro pendão.

Depois de várias entrevistas com os dirigentes, o partido encomendou a Fausto uma missão especial: desenvolver um material didático, artístico e literário, que usasse os princípios da sua ideologia (o marxismo-leninismo-pensamento Mao Tsé-tung) e os aplicasse à realidade colombiana. Assim começou sua militância. Contatou Camilo Torres. Explicou-lhe as intenções dos chineses e conseguiu que Torres o recebesse na sua própria casa, no lado sul do Parque Nacional. Fausto chegou a vê-lo na companhia de um jornalista, correspondente de um veículo chinês na Colômbia, pois sua intenção era gravar uma reportagem com o padre e levá-lo na volta para a China. Falaram de marxismo e de cristianismo e de Fidel Castro e de Mao Tsé-tung, e Torres esteve sempre à altura do que Fausto lhe pedira: uma entrevista *despido da batina*. "Sim, já sabia que você estava na China", disse-lhe Torres depois da gravação. "Precisa me contar como é isso aí." Mas acrescentou que não podia aceitar o convite, lamentavelmente: seus compromissos na Colômbia, tanto com os fiéis como com a Revolução, eram urgentes e inescapáveis. "Proponho outra coisa", disse. "Seja meu contato em Pequim. Tenho muito interesse em manter contato com a China. Mas agradeça a eles pelo convite e diga que eu gostaria muito de ir visitá-los. Que será depois, quando as coisas avançarem um pouco por aqui. Sim, diga isso a eles", terminou. "Que irei visitá-los assim que puder."

Mas não chegou a fazer isso. Fausto e Luz Elena tinham regressado a Pequim e retomado a vida no Hotel da Amizade, e Fausto já estava enfiado de cabeça nas missões que o partido lhe incumbira da Colômbia, quando receberam a notícia: Torres tinha morrido em combate — uma emboscada guerrilheira a uma patrulha do Exército — em San Vicente de Chucurí. Foi no dia 15 de fevereiro de 1966. Sergio recordaria bem disso, pois mal ouvira falar do padre guerrilheiro, e o desconsolo do seu pai o pegou de surpresa. Não o vira tão triste desde a morte do tio Felipe, e essa foi a pista de que algo invisível, mas muito poderoso, tinha ocorrido na Colômbia.

Fausto voltara com a vocação revolucionária mais forte que nunca. Sergio o viu começar um curso político-militar, como o chamavam os dirigentes chineses, e passar o dia estudando a história da revolução do pensamento de Mao. Nos sábados de noite, costumava esperar Sergio com um texto na mão. "Preciso que você me traduza isso", pedia, e Sergio notava no seu olhar uma intensidade que nunca tinha visto. Não havia almoço de sábado ou de domingo em que não se falasse do que estava acontecendo na Colômbia, da guerrilha das Farc, da guerrilha da FLN e de Camilo Torres, e também dos desacertos do Partido Comunista Marxista-Leninista Pensamento Mao Tsé-tung com a guerrilha. Sim, seu pai continuava se levantando às cinco da manhã para sua sessão de tai chi chuan, e continuava a se reunir com os amigos no Hotel da Amizade — os Arancibia, o poeta Cabrera e o velho Castelo, um espanhol rabugento cuja profissão de fé era se perguntar quando Franco cairia —, contudo era evidente que sua cabeça estava noutro lugar. Depois, quando ele anunciou aos filhos a decisão que Luz Elena e ele acabavam de tomar, Sergio disse a si mesmo que deveria ter previsto.

Era um domingo de março. Luz Elena recebera no Hotel da Amizade alguns dirigentes da escola de idiomas da Universidade de Pequim. Sergio estava presente no hotel, como todos os domingos, e também sua irmã. Luz Elena ofereceu café aos convidados e eles o recusaram com mais ênfase do que era preciso, e em seguida explicaram que o café era um estimulante e portanto uma droga, e que um comunista verdadeiro não se drogava nunca. Um deles, mais jovem que os demais e com aspirações literárias, falou do escritor Lu Xun, cuja obra admirava, e contou que Lu Xun havia sido um camarada muitos anos antes da Revolução, um socialista genuíno, e apesar disso era famoso por ter consumido café.

"Uma prova", dizia o jovem, "que as influências burguesas chegam até aos mais comprometidos."

Sergio ficou com eles, ouvindo-os falar e participando da conversa de vez em quando, e os viu se despedirem e se despediu deles no mais perfeito chinês. E, quando os convidados tinham partido, Sergio disse a Luz Elena que ia sair um pouco para procurar seus amigos e jogar pingue-pongue. "Bem, deixe isso para mais tarde", disse sua mãe. "O papai quer falar com vocês." Foram buscar Marianella, que ouvia música no seu quarto, e alguns segundos depois estavam no andar de baixo, num dos muitos jardins, onde Fausto os esperava com alguns papéis na mão. Disse para eles que havia chegado o momento de tomar uma decisão; que naqueles últimos meses as coisas tinham mudado, tanto na China como na Colômbia; e que eles, Luz Elena e Fausto, chegaram à conclusão de que era hora de voltar.

"Mas não se preocupem", esclareceu Fausto. "Chegou o momento para nós, não para vocês. Vocês ficam na China."

"É melhor assim", disse Luz Elena. "Aqui tem a escola, que é muito boa, e oportunidades que vocês não teriam por lá. Aqui tem segurança, além disso. Todos estaremos melhor."

"Caso estejam de acordo", disse Fausto, "posso conseguir uma bolsa para vocês. Para que estudem no melhor lugar."

"Onde?", disse Sergio.

"Para que continuem a ter a educação que tiveram até aqui. Ficarão aqui e continuarão a estudar. É claro que teremos de fazer algumas mudanças."

"Mudanças?", disse Marianella. "Que mudanças?"

"É um privilégio o que vocês têm", continuou Fausto. "Nem todo mundo pode escolher o que gostaria de estudar, não é verdade?" Então olhou para Sergio. "Se quer estudar cinema, se é isso o que quer de verdade, têm uma vaga aqui, na Escola de Cinema de Pequim. Isso está confirmado. Não acha que é um privilégio?"

"Um privilégio", disse Sergio. "Mas que mudanças?"

Souberam com certeza algumas semanas depois, quando Fausto anunciou com um sorriso que conseguira, com muitos esforços, a bolsa prometida. Sergio e Marianella terminariam sua educação na China, disse, tal como tinham pedido; e pareceu a Sergio uma ingratidão recordar que eles, na verdade, não tinham pedido nada, nunca, que tudo fora ideia do pai. Mas Fausto apresentava toda a questão como se fosse um presente que dava aos filhos. A Associação de Amizade Sino-Latino-Americana, contou a eles, concedera uma bolsa que não era exagerado chamar de excepcional. "Que sorte vocês têm!", disse. "Até eu iria gostar disso!" A bolsa incluía direito ao estudo na escola Chong Wen, um tutor encarregado que os visitaria uma vez por semana para ver como as coisas estavam indo, uma mesada de cem iuanes para alimentação e gastos menores e um quarto para cada um no Hotel da Amizade. Mas antes que tivessem tempo de se alegrarem a troco de nada, Fausto disse:

"Só que não podemos aceitar o quarto. Este lugar tem coisas boas, mas também muitas influências negativas. A vida não é assim. Não se vai pela vida assinando um papel a cada vez que se quiser alguma coisa, como se o dinheiro não existisse. De modo que movi céus e terra, todas as influências e todos os contatos, e consegui que os aceitassem noutro lugar. É muito melhor. Muito, muito melhor."

Alguns dias depois estavam visitando o Hotel da Paz. Era um edifício imponente de dezessete andares de altura que ficava na rua Wangfujing, em pleno centro da cidade, a poucas quadras da praça Tian'anmen. O Partido Comunista o construíra depois da Revolução, para que abrigasse o Congresso Internacional da Paz de 1950, e os administradores deviam ter feito algo errado, pois o partido os sancionou com o fechamento do hotel ao público. Naquele momento o hotel estava desabitado, mas ali Sergio e Marianella morariam quando seus pais voltassem para a Colômbia. Sergio não soube quais dívidas seu pai cobrara ou quais fichas movera, mas assim foi: aquele era o lugar que as autoridades concederam para seus filhos morarem enquanto ele não estava. "Ainda faltam semanas para isso acontecer", disse Fausto. "Vamos embora no final de maio. Mas há muitas coisas para arrumar. Queríamos que soubessem o quanto antes."

"Não entendo", disse Sergio. "Não vai ter mais ninguém aqui?"

"Ninguém mais", confirmou seu pai. "Vocês serão os únicos hóspedes. O hotel inteiro será para vocês."

Marianella continuava sem entender. "Mas quem vai ficar com a gente?"

"Ninguém", repetiu Fausto. "Os trabalhadores, claro. Vocês já são moços, não são crianças. Se precisarem de algo, se for necessário resolver algum problema, para isso terão o tutor. E de todo modo, seguiremos em contato."

Então recordou a eles o procedimento para escrever cartas para a Colômbia. Tinham-no usado desde o primeiro dia: posto que viviam uma vida ficcional na Europa (seu passaporte não os autorizava a estar onde estavam agora), Fausto conseguira a cumplicidade de um italiano, um violonista chamado Giorgio Zuchetti, que naqueles dias estava acabando sua temporada na China e regressava ao próprio país. Giorgio concordara em receber no seu endereço de Roma as cartas que os Cabrera escreviam de Pequim, trocar os envelopes e reenviá--las para a Colômbia. Continuariam a fazer isso dali em diante, explicou Fausto, e agora a estratégia era duplamente necessária, pois Fausto já estava integrado ao Partido Comunista e as comunicações não podiam cair em mãos equivocadas.

"Escrevam para Giorgio", disse Fausto, "e tenham cuidado com o que dizem. Tudo vai ficar bem."

"E vocês vão fazer o quê?", perguntou Sergio.

Luz Elena tinha se afastado um pouco e observava os jardins, como se já conhecesse a resposta e escutá-la fosse dolorido. Sergio achou que chorava e que tentava ocultar o choro.

"Vamos nos unir ao povo", disse Fausto. "Vamos fazer a revolução." Fez uma pausa e acrescentou: *"Viva a vida de sorte"*. Mas não terminou a frase.

A piscina do Hotel da Amizade abriu cedo aquele ano; como em cada um dos anos precedentes, Marianella foi uma das primeiras hóspedes a experimentá-la. Tinha catorze anos e era dona de uma rebeldia que só encontrava alívio na atividade física, e a piscina do hotel, com seu trampolim olímpico de sete metros, converteu-se no seu lugar favorito. De modo que ali estava, não nadando exatamente mas se contorcendo num canto, quando os Crook entraram. Isso também era um acontecimento previsível de toda primavera, pois David Crook, o pai, era um exímio nadador. Fausto, que não dava nada a ninguém, dizia que ele era capaz de atravessar o rio Jarama com um braço amarrado nas costas. Sua esposa, uma loura canadense de olhar doce que nascera na China, não ficava para trás, e os dois haviam contagiado seus três filhos com o vício da natação. Por isso frequentavam o Hotel da Amizade: apesar de a mãe ser chinesa de nascimento e de seus três filhos serem chineses, sua aparência de ocidentais lhes permitia usar as instalações, e não havia outras melhores na cidade. Naquela tarde de sábado, entraram na área da piscina como uma família de patos, primeiro David e depois Isabel, e atrás deles os filhos em ordem de estatura: Carl, Michael e Paul. Era sempre assim: chegavam, faziam suas cem braçadas e iam embora, e era evidente a intenção de não se misturarem além do necessário com os estrangeiros daquele oásis aburguesado onde tudo parecia estar à venda: eles vinham de um mundo à parte, mais puro e mais digno. Sobre David se contavam todo tipo de lendas, mas nem sequer Fausto fora capaz de confirmá-las em conversas ocasionais. Sabia-se, sim, que estivera na Guerra

Civil Espanhola, e isso bastava para que ganhasse um prestígio que quase ninguém tinha. Mas David não falava da sua vida nem os Cabrera se atreviam a pedir que o fizesse.

De qualquer forma, lá estavam os Crook naquela tarde cálida de primavera. Marianella os viu chegar — assim como os vira no ano anterior, em cada fim de semana que a piscina estivesse aberta —, mas dessa vez sentiu que acontecia algo novo ou diferente. Não era, desde já, a simples curiosidade pela vida dos pais. Então o que era? Carl, que estava para completar dezoito anos, convertera-se numa criatura de uma beleza insolente, ou talvez fosse Marianella que percebia isso pela primeira vez, e vê-lo subir ao trampolim, lá de baixo vê-lo saltar e dar voltas de mergulhador versado no ar, deixou no seu peito uma dor que não conhecia. Tentou falar com ele depois, quando Carl se deitou na beira para descansar, mas a experiência, pensou mais tarde, pareceu demais com a invisibilidade. A tarde acabou antes do previsto.

Com o avançar dos dias, Marianella notou que não conseguia deixar de pensar nele. Carl era uns três anos mais velho e umas duas cabeças mais alto, e além do mais demonstrara um desinteresse ofensivo por ela, mas nada disso era razão para desistir. Marianella o vira ler livros inteiros num fim de semana com horas de ócio, passando os olhos pelas páginas não como quem lê, mas como se visse um álbum de fotografias com desinteresse, e depois embarcar em discussões em inglês com os demais adolescentes do hotel, que acabavam fartos de tudo que não sabiam e saíam para jogar pingue-pongue. Pouco antes do encontro na piscina, Fausto tentara convencer Marianella a ler o *Manifesto do Partido Comunista* numa tradução argentina, pois não parecia possível que seus filhos continuassem a viver sem ter entendido Marx e Engels; Marianella tentou com a teimosia de sempre, mas era como se a língua espanhola tivesse ficado extraviada em Bogotá ou, o que era pior, na Bogotá dos seus onze anos. Agora, intuindo que podia lhe ser útil, voltou a insistir no livro e voltou a fracassar. Então teve uma revelação: o espanhol não era seu idioma, mas o chinês. De modo que passou uma semana lendo Mao pelas noites, sem dizer a ninguém, e sem muito menos dizer para que queria lê-lo, e no sábado seguinte chegou com passo confiante até onde Carl descansava das suas cem braçadas e disse:

"Preciso que você me explique algumas coisas."

Assim começaram a passar tempo juntos. Enquanto David fazia cem braçadas em estilo crawl, Carl explicava a Marianella a diferença entre fazer a Revolução com os camponeses e fazê-la com o proletariado, entre a teoria ideológica e a práxis revolucionária, entre a linha de massas e o modelo bolchevique de participação popular no partido. Pouco a pouco foi descobrindo que a colombiana de catorze anos, irmã caçula daquele rapaz com o qual não ia muito com a cara, era na verdade uma força da natureza, e que vivia num enfrentamento permanente com o mundo: com o pai, que a protegia como se fosse seu proprietário; com sua mãe, que agia como se preferisse seu irmão; com o Hotel da Amizade, cujos residentes tinham começado a lhe parecer meros capitalistas vivendo numa contradição imperdoável. Aquilo era uma amizade? Sim, pensava Marianella: as distâncias tinham diminuído e Carl já não acreditava que os Cabrera fossem uma família de burgueses como as outras. Ele a convidava para passar tempo com seu grupo de amigos. Recomendava-lhe livros e ela os lia mal e com pressa, memorizando o suficiente para impressioná-lo. Mas foi a primeira a se surpreender quando percebeu que estava lendo Mao por interesse genuíno e não somente para conquistar algumas horas de papo com Carl.

Fausto não gostou nada da nova relação. "Está se desviando", dizia para ela. "Não foi por isso que viemos para a China." Ela fazia todo o possível para que sua rebeldia não passasse despercebida. Num daqueles fins de semana, Carl a convidou para remar no Palácio de Verão, os dois sozinhos, naquela amizade que lentamente se convertia em outra coisa. Lá estavam, remando num barco no meio do lago, quando viram Fausto chegar, remando no próprio barco, maior, acompanhado de três alunas da sua turma de espanhol.

"O que você está fazendo aqui?", disse Fausto.

"Remando, papai", respondeu ela. "Igual a você."

Fausto não fez uma cena, e Marianella nunca soube se o fato de ele ter se contido se deveu à presença das alunas ou por causa do respeito que tinha por David Crook. Contudo, no jantar — no restaurante internacional do Hotel da Amizade, enquanto a banda de boleros soava ao fundo —, Fausto aproveitou que Sergio e Luz Elena ainda não tinham descido para se pronunciar sobre o ocorrido.

"Você não tem idade para entrar nessa."

"Para entrar nessa *o quê*?", respondeu Marianella com desfaçatez. "Não posso entrar nessa *o quê*?"

"Na sua idade as pessoas têm amigos, nada além. E estou vendo que está acontecendo algo mais, e não gosto disso."

"É que não é para você gostar", disse ela. "Se eu gostar, já é mais que suficiente."

"Não seja descarada", disse Fausto. "A idade de namorar é aos dezoito. Então não quero que você continue a ver aquele garoto."

Marianella baixou a voz. "O que fica claro é que aprendo mais com ele que com você."

"O que você disse?"

"Que não perco tempo com ele, papai. Que ele é a única coisa emocionante que aconteceu comigo em três anos de vida aqui. Vocês vão para a Colômbia. Por que tenho que viver segundo as suas regras, se está do outro lado do mundo? Você já falou que a gente vai ficar aqui. Já disse que a Revolução chinesa vai nos educar melhor que vocês. E quer saber? Eu concordo. Sim, a verdade é que sim, não posso estar mais de acordo. Tudo de que preciso está aqui. A China pode me ensinar tudo que preciso aprender."

Então disse um palavrão. Mas o pronunciou em chinês, e Fausto não o entendeu.

Muito distante dali, longe do Hotel da Amizade e da piscina onde Marianella conheceu Carl Crook, longe de Fausto Cabrera e suas pelejas com a filha adolescente, o país estava convulsionado. O fracasso do Grande Salto Adiante, que deixou milhões de vítimas, arrancou de Mao Tsé-tung a liderança do partido. As posições de poder ficaram nas mãos de seus inimigos políticos: o presidente, Liu Shaoqi, e o secretário-geral do partido, Deng Xiao Ping. Mao, porém, que ainda contava com o apoio de militares como Lin Biao, do Exército Popular de Libertação, destituiu aqueles que o criticaram e lançou uma estratégia para recuperar o poder. Os ideais da Revolução, disse, estavam em perigo: os revisionistas e os traidores os ameaçavam, e era preciso protegê-los. Em 1963, Lin Biao recompilou os discursos mais importantes de Mao e os publicou num pequeno livro vermelho que chegou às mãos de todos os fiéis. Mas não foi suficiente, ou ainda não era. No verão de 1965, enquanto Sergio e Marianella iam às praias de Beidahe, Mao tomava a decisão de se refugiar em Shanghai, pois a hostilidade contra sua figura em Pequim começara a ser demasiado evidente. De Shanghai, chamou a resistência: os burgueses e os reacionários ameaçavam a Revolução. Era preciso protegê-la. Seria necessário passar à ofensiva.

Foi uma estratégia milagrosa. Em abril, com as primeiras flores, o *Diário do Exército de Libertação* conclamou revolucionários a defender o pensamento de Mao e a participar de forma ativa na Grande Revolução Cultural Socialista. Assim ficou batizado o movimento. Uma sessão do Politburo em meados de maio se converteu em declaração de apoio a Mao Tsé-tung, que já estava de volta a Pequim, e nela pronunciaram acusações contra os inimigos de classe que colaram no partido, que foram chamados de revisionistas e contrarrevolucionários, e o povo foi alertado de uma ameaça latente: uma ditadura da burguesia. Agora o povo precisava se defender, e para tal era necessário identificar os traidores, trazê-los à luz e castigá-los sem misericórdia.

9.

Sergio soube que algo grave estava ocorrendo quando seus colegas lhe passaram a determinação daquele dia: não ficariam em pé para saudar o professor. Aquilo era romper um costume sagrado: o protocolo em que o professor cruzava a porta da sala e um monitor da classe lançava um grito com voz de comando militar para que os alunos se erguessem da carteira como que galvanizados, cumprimentando com o olhar fixo à frente. O professor verificava uniformes, cortes de cabelo e o asseio no rosto, e confirmava que a turma estava adequada para comparecer à aula. Duas coisas surpreenderam Sergio no dia da rebelião: primeira, que aquele ritual de respeito fosse para as cucuias logo de início; segunda, que o professor em questão não se atrevesse, nem sequer com uma sobrancelha levantada, a mostrar contrariedade ou protesto. Por aqueles dias, um colega disse a Sergio:

"Dá para sentir no ar. Vai acontecer algo sério aqui."

Não se equivocava. Todos falavam do mesmo assunto em Pequim: na rua, no Hotel da Amizade, no Instituto de Línguas Estrangeiras. Alguns dias depois de Marianella se encontrar com o pai no lago do Palácio de Verão, os Cabrera chegaram juntos ao Hotel da Paz. Sergio e sua irmã se acomodaram nos seus quartos, um para cada um, e voltaram a se maravilhar por serem os únicos hóspedes de um hotel de dezessete andares: como o pai deles teria conseguido aquele privilégio? Fausto os apresentou a Li, a mulher que seria sua tutora: uma jovem militante convencida das bondades do partido e garantia de defesa ou proteção contra qualquer influência burguesa. Quando perguntaram o que estava acontecendo, a cara dela se iluminou:

"Mais um passo adiante", disse.

A despedida aconteceu alguns dias depois. Sergio e Marianella foram ao Hotel da Amizade para abraçarem o pai e verem a mãe chorar e escutarem seus conselhos e suas recomendações. Luz Elena entregou a Marianella uma bolsinha com os iuanes que sobraram — uma quantia generosa — e Fausto tirou do bolso da jaqueta um envelope de correio. Era um maço de folhas de papel fino, quase translúcido, que Sergio recebeu com as duas mãos, como uma oferenda.

"Não é para lerem agora", disse Fausto, "e sim depois. Prometido?"

"Prometido", disse Sergio.

"Quero que saibam disto", disse Fausto. "Estou orgulhoso de vocês."

Das escadarias do Hotel da Amizade, parados sob os tetos verdes, os irmãos viram os pais entrarem num táxi que os levaria ao aeroporto de Pequim, e souberam que o avião não levaria seus pais para a Colômbia, mas a Cantão, e que lá tomariam um trem para Hong Kong e embarcariam num transatlântico italiano. Não os perderam de vista enquanto o táxi se distanciava pela trilha de grandes azulejos brancos que conduzia à avenida, entre ciprestes enormes e alguma cerejeira perdida e as magnólias que Luz Elena adorava. Depois voltaram ao Hotel da Paz, à sala de refeições com eco e aos seus corredores desertos e seu silêncio espectral. Naquele período tinham começado a conversar em chinês, e Marianella disse em chinês:

"Que estranho, não acha?"

Naquela noite, depois de jantar, Sergio tirou as folhas do envelope. "Prometemos ao papai", disse para Marianella. "Você que prometeu", ela disse. "Eu não fiz nada." Abriram as portas da sacada, para o ar circular, e Sergio começou a ler.

Escrevo-lhes estas linhas com a seguinte finalidade: quando tiverem algum problema, alguma dificuldade ou contratempo, quando se apresentarem as naturais condições que sempre se apresentam, quando não souberem muito bem a linha a seguir diante de um fato acontecido, ou não souberem qual atitude tomar, ou se sentirem alguma indecisão ou alguma dúvida e pensarem o que o papai diria sobre esse problema ou qual deve ser seu critério acerca desse ou daquele assunto, então recorram a estas linhas, leiam a parte que fala sobre determinadas coisas e que tenham relação com o problema em questão. Assim, pois, isto lhes servirá como uma simples ajuda, como material de consulta, porém nada além disso. Não é a varinha mágica, nem de longe, não tem resposta nem nada disso, não tem resposta para todas as coisas, nem é o lugar para se encontrar resposta para todas as coisas, nem é onde se encontra solução para os casos concretos ou onde tudo está previsto. Não. Nada disso. Escutem bem: VOCÊS PRECISAM SE APOIAR NAS SUAS PRÓPRIAS FORÇAS. Terão toda a ajuda de que precisarem, todos os conselhos, todas as orientações que sejam necessárias. Mas isso não deixará de ser uma simples AJUDA. Serão vocês que resolverão seus próprios problemas, seus próprios assuntos, suas próprias decisões, de acordo com os princípios básicos tanto morais como políticos.

Vejo em Sergio Fausto decisão revolucionária, ideais revolucionários, numa palavra, certa consciência revolucionária, ainda que não esteja madura. Também vejo nele o grande desejo de progresso e investigação. Um sentido, em geral, do que é justo e injusto, certa maturidade. Tudo isso unido a uma grande bondade. E nos demonstrou tais aspectos com fatos. Tem defeitos com os quais precisa lutar com firmeza para poder superá-los — isso devido especialmente à sua formação burguesa —, tendências a às vezes abandonar a luta, acessos de pessimismo, comportamentos individualistas, certo egocentrismo de classe e a se sentir às vezes um pouco superior. Uma série de costumes pequeno-burgueses muito enraizados.

Marianella: sensível e firmemente decidida a rechaçar a maldade, a injustiça e portanto a exploração e a crueldade. Essa sua natureza a torna basicamente revolucionária, sempre e quando houver uma orientação política e de classe. É viva, inquieta, bondosa e, quando se propõe a algo, firme. Não transige com o que não é justo. Sempre pensei, e em especial nos últimos tempos, que Marianella nos dará uma grande surpresa. Deve superar sua falta de segurança e confiança em si mesma, o que já vem fazendo de forma muito clara e evidente. Tem que superar outros problemas nos quais deve pôr em jogo toda a sua vontade. Esses problemas são os resultados lógicos da sua formação e mentalidade pequeno-burguesa, como são seu excessivo idealismo e também seu individualismo e subjetivismo. Esse romantismo burguês, decadente e degenerativo. (Aqui devo lhe aconselhar a abandonar todos esses livros e revistas de que gosta, mas que são verdadeiras "ervas venenosas" que causaram e continuam causando um prejuízo incalculável. Não se esqueça deste conselho, pois enquanto não conseguir abandonar tudo isso seu progresso será muito difícil, assim como sua transformação ideológica.) Para dizer a verdade, no último mês você também progrediu muito nisso.

Somando o positivo por um lado e o negativo pelo outro, de ambos soma e pesa mais o primeiro que o segundo, tendo em conta naturalmente seus antecedentes e a formação que tiveram, totalmente pequeno-burguesa. Vendo os progressos e a mudança ocorrida desde sua chegada à China e pelo mencionado antes, posso concluir que se pode confiar em vocês, que vocês poderão se apoiar nas próprias forças.

Agora tentarei falar a vocês de diferentes aspectos que, como lhes disse, podem servir como simples ajuda.

Eram doze páginas, doze longas páginas em tamanho ofício e com quarenta e cinco linhas cada uma, que Sergio leu em voz alta junto a Marianella e levou depois para seu quarto para voltar a lê-las em seguida. Sua irmã não gostou nada delas: "Não conte comigo para voltar a ler isso". Ali estava tudo, desde como lidar com os problemas familiares até uma longa discussão sobre o objetivo da sua estadia na China, passando por assuntos financeiros e os bons costumes na hora de escrever. Eram vinte pontos exaustivos que Sergio conservaria como um manual de instruções, e aos quais voltaria incontáveis vezes durante aquele verão tão estranho, enquanto do lado de fora a cidade começava a ferver.

Qual é o objetivo de ficarem na China? Podem ser dois: a) Estudar e se preparar intelectualmente para dessa forma ser no dia de amanhã um "homem de proveito", como se diz. Isso significa tentar se destacar, ganhar dinheiro, fama etc. Tudo isso, naturalmente, ao custo da miséria e do sofrimento dos demais, da exploração do homem pelo homem. b) O outro objetivo é conseguir uma transformação ideológica e sentimental proletária e se preparar para servir à sociedade, ao povo, à Revolução. Não conseguir entrar no caminho da transformação significa ficar na metade do caminho. Ser um "revolucionário" com mentalidade burguesa significa no fim das contas ser um revisionista na prática. Chegar à Colômbia antes de ter entrado de maneira firme nessa transformação me parece simplesmente ter perdido o tempo na China, e não conseguir o objetivo. Na minha opinião, à medida que se entre nessa transformação autêntica, bem cimentada, se está pronto para um possível regresso.

Os primeiros a reagirem ao chamado de Mao foram os estudantes. Um dia, depois da aula, um grupo percorreu as salas com folhas de papel e tinta para escrever. Os *dazibaos*, cartazes de propaganda agressiva com letras grandes, tinham começado a aparecer nas paredes da cidade alguns meses antes, quando os estudantes da Universidade de Pequim denunciaram que a instituição caíra sob controle da burguesia contrarrevolucionária. Mao, que já compreendera a força que o apoio dos estudantes lhe dava, elogiou-os na imprensa e contribuiu com seu próprio cartaz, um ataque tácito a Liu Shaoqi e a Deng Xiao Ping. Depois disso, os *dazibaos* se tornaram onipresentes. E agora haviam chegado à escola Chong Wen. Os estudantes escutavam as palavras de ordem dos líderes e as dispunham em traços grossos, às vezes em argumentos com uma dezena de linhas, às vezes em alguns poucos ideogramas. Sergio fez vários cartazes naquela tarde e foi colá-los ele mesmo nas paredes. Depois soube que Marianella também fizera os seus. Na escola se vivia um ambiente elétrico. Mas o mais grave aconteceu no dia seguinte.

O professor de desenho, um homem magro e de óculos de quem todos os alunos gostavam, começara a discutir na sua aula o conceito de aerodinâmica. Estava falando disso quando comparou espontaneamente o MiG soviético, um avião de combate concebido em 1939 e produzido depois da guerra em pequenas quantidades, com o F-4 Phantom II, que McDonnell Douglas pusera em funcionamento em 1960. Os dois aviões, o soviético e o norte-americano, haviam participado da Guerra do Vietnã, mas o professor não tinha por que pensar nessas implicações quando elogiou o desenho do Phantom II e se atreveu a dizer que era melhor. Na sala se fez um silêncio incômodo. "Mas é o avião do inimigo", disse um aluno ao cabo de um instante. Sergio não soube se o professor se dera conta do erro, mas tratou brevemente de se defender: "Sim, é. Mas o desenho é melhor. Por exemplo, é mais rápido. Por que é mais rápido?". Contudo, suas tentativas caíram no vazio. A turma estava indignada. Um murmúrio de desaprovação se fez cada vez mais forte. E foi então que um aluno disse: "Se prefere as armas do inimigo, inimigo será".

"Sim, é o inimigo", disseram outros. "Traidor!", gritou uma voz, e depois: "Contrarrevolucionário!". Diante do olhar de Sergio, os alunos avançaram ameaçadores contra o homem, que pegou suas coisas como pôde e saiu da sala. Mas o grupo o alcançou no corredor e o acossou contra uma parede. "Você despreza nosso Exército", disse alguém para ele. "Não, não é isso, não é verdade", começou o homem, mas sem sucesso. "Sim, é verdade!", gritavam para ele. "Você despreza nossos heróis!" Sergio, que saíra seguindo os demais, viu no rosto do professor uma expressão de medo quando recebeu as primeiras cusparadas. "Revisionista!", gritavam para ele. "Burguês!" O professor cobria o rosto, tentava dizer algo, mas sua voz era inaudível em meio aos insultos. Então alguém deu a primeira porrada, e os óculos do professor voaram pelos ares. "Não, não", gritava o homem. Outros bateram também: no corpo, na cara. Então, diante do olhar aterrorizado de Sergio, o professor desabou. Sergio gostaria de ter intervindo, de dizer aos demais que já chegava, que já era suficiente, mas a força da multidão o levava adiante e as palavras não se formavam na boca. Era inverossímil: seus colegas, suas colegas, os alunos com quem compartilhara horas e dias e conversas, tinham se convertido numa besta feroz de muitos pés que chutavam o corpo vulnerável do professor de desenho. Do corpo caído saíam gritos entrecortados, queixas e gemidos, mas os chutes não cessavam. E foi então que Sergio, que se mantivera atrás dos outros, viu-se a si mesmo abrir passagem entre os colegas e também aplicar um chute. Foi um chute tímido, não nas costas, mas nas pernas, e não foi sucedido por outros. Sergio se retirou e ao cabo de um tempo viu que os demais começavam a se retirar também, deixando o professor jogado no piso, inerte, cobrindo a própria cabeça com os braços.

Sentiu-se tão culpado que no dia seguinte pendurou nas paredes do colégio seu próprio *dazibao*, com uma mensagem de arrependimento: *Não se deve fazer isso*. Descobriu que apenas sua condição de estrangeiro lhe permitia um pouco de tolerância, e que de outra maneira teria sido considerado dissidente ou traidor dos seus, e humilhado e espancado como o professor. Sim, isso não se devia fazer; mas Sergio o fez. Seu cartaz foi ignorado. De qualquer modo, a culpa permaneceu; e a recordação da injustiça cometida foi tão dolorosa, e a da impotência diante da injustiça foi tão incômoda, que Sergio não falou sobre o assunto com ninguém: nem com os pais, que por sorte não estavam, muito menos com a irmã, que talvez tivesse testemunhado tudo de longe. Sergio confirmou isso depois. Marianella acabou sabendo, como todos na escola, do acontecido com o professor de desenho, e quando Sergio se lamentou em voz alta do ocorrido — "Pobre sujeito", disse —, sua irmã fechou a cara.

"Pobre?", disse quase com nojo. "Pobre por quê? Era um inimigo e mereceu."

Marianella começara a passar os dias de fim de semana na casa dos Crook. Saía no meio da manhã e percorria de bicicleta as ruas abarrotadas de simpatizantes de Mao, e chegava às residências do Instituto de Línguas Estrangeiras como quem volta para casa. Era conhecida por ser a filha de um especialista que tinha ensinado lá mesmo, mas todo mundo sabia que Fausto Cabrera vivera no Hotel da Amizade, e nem todo mundo escondia sua opinião negativa a respeito. Os Crook, por sorte, não a julgavam. Acolheram Marianella não como a amiguinha do seu filho mais velho, mas como se fosse a filha que nunca tiveram, e abriram para ela um espaço junto aos irmãos de Carl, de modo que aquele apartamento se converteu no seu lar dos fins de semana. Ficava no primeiro andar dos quatro do edifício quadrado, escuro e feio, onde viviam os professores. Era um lugar estreito demais para uma família de cinco pessoas, ou talvez essa fosse a sensação que despertavam as paredes completamente cobertas por estantes. Marianella nunca vira tantos livros juntos em tão pouco espaço, e em tantas línguas, e a primeira coisa que pensou foi que seu irmão seria feliz ali: para ela, entretanto, os livros tiveram interesse apenas até o momento em que Carl começou a levá-la a sério.

As paredes só deixavam espaço para uma janela pequena, mas isso bastava para David. Ele contava que antes, durante os primeiros anos da sua cátedra, pela janela se via uma paisagem campestre que refrescava a vista, mas agora tinham construído um edifício que mal deixava ver o céu. A janela dava para oeste, e nas tardes de verão entrava por ela o último sol por algumas horas, como se tivesse sido feita para ele. "Não preciso de mais nada", dizia. Sentado perto da janela, numa cadeira russa, cumprimentava Marianella: "Ah, a filha do republicano". Às vezes a deixava livre para que Isabel lhe ensinasse a bordar; outras vezes, sobretudo se fosse domingo, convidava-a a ocupar a cadeira livre para perguntar da sua família e da Guerra Civil Espanhola. Marianella falava do tio Felipe, de quem ignorava tudo, exceto o que seu pai contara a Sergio, não a ela, em conversas de sobremesa, e David a escutava com uma fascinação que não parecia fingida nem paternalista. Num daqueles dias, um domingo de meados daquele verão violento, começou ele mesmo a falar dos seus anos na guerra. Na verdade, não falavam da Espanha, mas David fez a Marianella a primeira pergunta que era feita a todos os ocidentais em Pequim.

"E o que os trouxe até a China?"

Marianella explicou o que sabia, e fez isso com plena consciência de que não contava com toda a informação. Falou do trabalho do pai em Bogotá: sua vida no teatro e depois na televisão, seu choque com o mercado ou com o que Marianella chamava de mercado: as forças que quiseram converter um meio artístico numa máquina de vender detergentes. Falou da rebeldia do pai; de sua recusa a se rebaixar fazendo telenovelas baratas; das acusações de comunismo num país de alma reacionária, vítima do imperialismo norte-americano. Falou, enfim, dos Arancibia, instrumentos do acaso, e do trabalho que seu pai fizera em Pequim até o momento em que decidiu voltar para a Colômbia. Foi então que Isabel interveio.

"Espere um momento. Eles os deixaram aqui? Seus pais não pensam em voltar, e os deixaram sozinhos aqui?"

Marianella nunca suspeitara que a decisão dos pais poderia ser questionável, muito menos vista com maus olhos. Voltar ao próprio país e fazer a revolução: o que poderia ser mais compreensível para uma família de comunistas convictos como os Crook? Contudo, no ar do apartamento permaneceram os juízos silenciosos de Isabel, e foi tão incômodo o momento que Marianella procurou agilmente a forma de falar de outra coisa. O que estava mais à mão foi a pergunta recíproca.

"E você, David? Por que está aqui? Por que veio para a China?"

"Ah, creio que você, a filha do republicano, gostaria disso", disse David. "Vim por culpa da Espanha."

"Da guerra?"

"Papai, isso não interessa a ela", disse Carl.

"Claro que me interessa", disse Marianella. "Me interessa muito."

"Em todo caso, são velhas histórias", disse David.

"Iguais às do meu pai", disse Marianella. "Tenho escutado velhas histórias desde que nasci."

"Bem", disse David. "Quem sabe um dia a gente fale sobre isso. Temos tempo, não é? Acho que você vai continuar aparecendo por aqui."

Naquela noite, a conversa se transferiu do apartamento e de suas cadeiras russas ao restaurante do instituto. Marianella entendera — o instinto comunicou isso a ela — que se interessar por David na frente do seu filho era como recitar Mao, como ter lido o *Manifesto do Partido Comunista*. Percebeu que o olhar de Carl já não era o mesmo de antes: era como se tivesse mudado de temperatura. Pensava nisso quando, ao regressar ao hotel, andando na sua bicicleta pelas ruas noturnas onde dormiam os guardas vermelhos, deparou com Sergio a esperando no vestíbulo como um pai preocupado e, como um pai preocupado, disse a ela que isso não poderia acontecer de novo.

"Vai acontecer quando eu quiser", disse Marianella.

"Mas é perigoso", disse Sergio. "Estão cortando as tranças das mulheres. Tiram os sapatos dos ocidentais se não gostarem deles."

Referia-se aos guardas vermelhos, uma extensa organização de estudantes que reconheciam Mao como seu comandante supremo e carregavam nos ombros a defesa ou a estrita aplicação da Revolução Cultural. Mao lhes dera as boas-vindas algumas semanas antes, na praça Tian'anmen, quando apareceu para cumprimentá-los com um uniforme verde-oliva que não exibia fazia muitos anos. Dizia-se que naquele dia cumprimentou pessoalmente mais de mil dos seus guardas, e inclusive deixou que lhe pusessem um bracelete vermelho que se convertera na insígnia do movimento. Em Pequim, os guardas vermelhos eram uma serpente de muitas cabeças, e nunca era fácil para os jovens — impulsivos, inexperientes — saber a quem obedecer. Não importava: obedeciam a Mao; carregavam sempre no bolso os discursos do líder, que começaram a chamar simplesmente de Livro Vermelho. Sucumbiam facilmente à violência quando se tratava de castigar um dissidente, a qualquer um que fosse acusado de revisionismo ou de comportamentos contrarrevolucionários; e, sobretudo, eram muitos, e começaram a chegar a Pequim vindos de todos os cantos da China, levados pela ideia de ver Mao, mesmo que fosse de longe. E quando se reuniam na praça Tian'anmen, seus cantos revolucionários e o som dos seus passos na rua eram tão fortes que Sergio, se abrisse a janela, conseguia ouvi-los do Hotel da Paz.

"Não vão fazer nada comigo", disse Marianella.

"E por que tem tanta certeza disso?"

"Porque eu sou como eles. Não tenho cabelo comprido, não uso tranças, porque sou como eles. Não uso sapatos burgueses porque sou como eles. Sou daqui, apesar de não parecer. Como meu namorado, por exemplo, como os irmãos dele, como o pai dele."

"Como é? Seu namorado?"

"Claro que sim", ela disse. "Carl vai ser meu namorado." E acrescentou: "É que ele vive no meu mundo. O mundo onde ele vive, esse mundo também é meu".

Num ambiente capitalista, na idade de vocês é comum e até natural ter namorados e namoradas. Por quê? Em primeiro lugar, a juventude não tem nenhum ideal, nenhuma inquietude verdadeira, só vive pensando nisso, à espera disso. É seu foco de interesse. É uma sociedade corrompida que aplica seus maiores anseios na paixão e no sexo. Os resultados já conhecemos, a desgraça, a solidão, a angústia, o temor etc. Qual é o passo seguinte? Ou meter os pés pelas mãos e se casar jovem sem nenhuma maturidade, obrigando-se a deveres que os impedirão de realizar sua vida, seus ideais, além de problemas posteriores já conhecidos, ou entrar num ambiente ao redor do qual o básico na vida é isso, até cair pouco a pouco numa degeneração onde a única coisa importante na vida seja o sexo.

Os dias passaram e a escola Chong Wen não recuperava a normalidade. Depois do professor de desenho vieram outras vítimas da Revolução, ou, em outras palavras, outros contrarrevolucionários que receberam seu merecido castigo. Primeiro foi a doutora-chefe da enfermaria, que, segundo as acusações dos estudantes, tinha levado nos últimos tempos uma pequena provisão de remédios com a única intenção de dar aos burgueses. Depois chegou a vez do reitor, um homem de idade cuja lealdade ao partido nunca havia sido questionada, mas entre cujos papéis alguém — nunca se disse quem — encontrou títulos de propriedade. Eram títulos antigos de terras que já haviam passado a ser do Estado e não tinham qualquer valor. O reitor alegou que os guardava como recordação, mas os estudantes compreenderam que o homem aguardava o regresso do sistema capitalista e feudal, e foi expulso da escola. Os estudantes não o deixaram simplesmente ir embora. Fizeram para ele um chapéu de papel em forma de cone onde se lia *amo o feudalismo*, obrigaram-no a vesti-lo para sair da escola e o acompanharam durante várias quadras, para que outros guardas vermelhos o apontassem, rissem na sua cara (mas era um riso contraído, cheio de ódio) e se aproximassem para insultá-lo.

Àquela altura, Sergio já era um deles. No princípio da Revolução Cultural, a escola Chong Wen chegara a contar com três grupos distintos de guardas vermelhos, separados por leves diferenças ideológicas, mas um deles — mais numeroso e cujos líderes eram jovens mais respeitados ou temidos — acabou devorando o segundo, e a rivalidade com o terceiro se acentuou gradativamente. Em meio a essas lutas de poder, Sergio compreendeu que não podia ficar à parte: escreveu uma longa carta entusiasmada solicitando o ingresso na organização mais potente; ao cabo de uma semana recebeu a notícia da sua aceitação e foi convocado para uma breve cerimônia numa sala de aula coberta de *dazibaos*. Lá entregaram para ele um bracelete de seis números, seu código pessoal, sob o nome do grupo. Sergio o prendeu ao braço (ficou grande demais para ele: seria preciso fazer ajustes) e sentiu-se magicamente poderoso, ou respaldado por um poder invisível mas onipresente.

Em junho, os cursos foram suspensos. Sergio começou a ir à escola Chong Wen apenas para fazer algum *dazibao*, redigir algum anúncio ou se juntar a alguma manifestação de rejeição a qualquer coisa. O centro de Pequim era outra cidade, mais ruidosa, mais agitada, onde era comum encontrar marchas de guardas que rodeavam um grupo de acusados, homens e mulheres tristes que caminhavam olhando o piso rachado com gorros em forma de cone e cartazes pendurados no pescoço. *Sou um inimigo de classe. Sou um capitalista infiltrado. Carrego este cartaz por viver a serviço da burguesia.* Soube-se que os guardas estavam entrando nos museus para saqueá-los, que também saqueavam os templos e as bibliotecas para avançar na destruição do que chamavam "os quatro velhos": velhos costumes, velha cultura, velhos hábitos, velhas ideias. As ruas por onde Sergio passava para ir à escola Chong Wen (sempre montado na sua bicicleta, quase sempre com seu uniforme verde-oliva) começaram a se encher de retratos de Mao e de cartazes com frases do Livro Vermelho. Às vezes, o nome que estivera a vida toda numa esquina era substituído por um novo e revolucionário, e Sergio precisava ficar bem atento para não pegar uma rota equivocada.

Num daqueles dias, Sergio se dirigia à escola quando escutou tiros que vinham claramente da vizinhança. Apeou da bicicleta para ouvir melhor e decidir se era perigoso avançar. Sim, eram disparos, e sim, vinham da rua da escola Chong Wen, mas Sergio seguiu adiante para procurar calcular a situação mais de perto. Ao dobrar uma esquina, encontrou um grupo de soldados do Exército chinês que o detiveram com maus modos e ordenaram que os acompanhasse. Sergio, semelhante ao que lhe acontecia noutras situações, demorou um instante a recordar que não era chinês, e compreender que aos soldados podia parecer suspeito que um ocidental andasse por ali com tanta tranquilidade e, além de tudo, vestido de guarda vermelho. "É aluno da escola Chong Wen?", perguntaram. "Por quê? Desde quando?" Pediram sua identificação e perguntaram onde ele vivia e com quem, e por que estava na China, e Sergio respondeu como foi possível.

"No Hotel da Paz?", disse um soldado. "Mas aquele lugar está vazio."

"Não está vazio. Nós estamos lá."

"Mas lá não há hóspedes."

"Somos dois. Minha irmã e eu. Podem me acompanhar se quiserem e verificar por vocês mesmos."

Contudo, não conseguia fazer com que acreditassem nele. E Sergio, por sua parte, não conseguia entender o que estava acontecendo na escola, além dos evidentes distúrbios. Foi só depois, ao falar com seu grupo de guardas vermelhos, que conseguiu montar um panorama completo do que acontecera. Naquela manhã, seus companheiros de organização haviam decidido tomar o poder na escola: levar a cabo um golpe de Estado contra o terceiro grupo, que consideravam meros títeres que defendiam as velhas hierarquias. Tudo não teria passado de uma escaramuça entre adolescentes se os dois grupos de guardas vermelhos não tivessem assaltado o quartel-general de milicianos da Revolução, levando de lá mais de cem fuzis e munição suficiente para vários dias. Assim, armados, começaram uma batalha sem misericórdia no campo de futebol. As balas voavam em todas as direções. E por isso o Exército estava nas cercanias: vieram tentar *pacificar* a escola. E Sergio, é claro, lhes pareceu suspeito. Ele alegava não ser espião nem infiltrado, não passava de um guarda vermelho como os demais, mas os militares pareciam se esforçar a fim de não compreender nada. Sergio ficou detido durante horas, sem saber onde Marianella estava e sem poder avisar onde se encontrava. Foi necessário terminar o enfrentamento e os guardas rebelados entregarem as armas para que um grupo se aproximasse deles, reconhecesse Sergio e explicasse aos militares de quem se tratava. Era um revolucionário internacionalista, disseram-lhes, igual aos pais dele. Os guardas ligaram para a associação. Só então o deixaram livre.

Aquela foi a última vez que esteve nos prédios da sua escola. Naquela tarde, quando voltou de bicicleta ao Hotel da Paz, sua tutora, a srta. Li, o esperava com uma notificação: a partir de agora, devido à sua condição de estrangeiro, estava proibido de ingressar na escola Chong Wen. O mesmo ocorria, claro, com sua irmã. Sergio protestou, no seu nome e no de Marianella; perguntou onde estava o internacionalismo proletário, de que servia então portar o uniforme dos guardas vermelhos, e se queixou de que as autoridades não levavam em conta sua integração perfeita na sociedade chinesa, seu domínio da cultura e seu conhecimento da língua. "Bem, é precisamente isso", disse a tutora Li. "É seu domínio da língua que lhe fecha as portas."

"Não compreendo", disse Sergio.

"Você é um ocidental que fala chinês. É um vazamento de informação com rosto e olhos. E aqui todo mundo sabe que o mais importante é proteger a mensagem."

Tinha razão, é claro. Sergio se perguntou se alguma vez deixaria de ser suspeito, se era possível realmente pertencer àquele lugar que não era seu. Começou a se retrair, escondendo-se também da hostilidade da cidade convulsionada. Passava o tempo trancado no quarto, examinando os livros que Fausto havia deixado. Assim, leu as duas mil e duzentas páginas das obras completas de Shakespeare na tradução de Luis Astrana Marín: leu uma atrás da outra, desde *Trabalhos de amor perdidos* até *A tempestade*, em seguida *Vênus e Adônis*, *O rapto de Lucrécia* e cada um dos sonetos, e depois de tudo voltou ao princípio para ler "Introdução ao mundo de fala castelhana". Os dias eram longos. Em agosto, o Comitê Central do Partido Comunista anunciou os famosos "Dezesseis pontos", cujos mandamentos se disseminaram pelo país por todo veículo de comunicação que abraçou o maoismo, do *Diário do Exército Popular de Libertação* ao *Diário do Povo*, passando pelos microfones da rádio popular, as histórias em quadrinhos e até prospectos distribuídos de mão em mão. A burguesia havia perdido a guerra, mas ainda era preciso infectar o povo com seus costumes e hábitos mentais. Era necessário mudar a mentalidade e esmagar o inimigo ideológico infiltrado entre nós; era necessário transformar a literatura e a arte, bastiões da ética burguesa; era necessário banir as autoridades acadêmicas da reação e defender a morte dos antigos modelos intelectuais. Mas isso acontecia lá fora, na rua, enquanto Sergio desfrutava a obra de um inglês morto fazia três séculos e meio. Com a escola fechada, deixando que os dias passassem ociosamente no Hotel da Paz, Sergio começou a intuir que estava perdendo tempo valioso na sua formação como revolucionário.

As refeições do Hotel da Paz, nas quais Sergio e Marianella se sentavam sozinhos num refeitório gigantesco para receber as atenções sufocantes de um pequeno exército, eram a única coisa que se repetia todos os dias. Ou quase: pois Sergio, todas as noites antes de dormir, lia algum trecho da carta de Fausto como uma espécie de ritual privado, procurando dar alguma forma aos dias, em busca de respostas para sua atual situação. Saía pouco. Visitava o Armazém da Amizade (que não tinha nenhuma relação com o hotel, mas a ideia de amizade era importante para a Revolução), um lugar do bairro diplomático onde os estrangeiros costumavam se encontrar para comprar coisas que não poderiam adquirir de outra maneira, ou convidava Marianella para fazer incursões furtivas pelos antigos domínios do hotel, por cujos corredores ainda se movimentavam seus amigos latino-americanos, todos instalados na sua realidade paralela, alheios às verdades mais duras da Revolução Cultural. O espanto dos amigos não tinha limites quando Sergio lhes mostrava os jornais internos das organizações de guardas vermelhos, onde se contava o que realmente estava acontecendo no país, e lhes traduzia o conteúdo palavra por palavra.

"Está acontecendo tudo isso?", perguntavam-lhe.

"E mais coisas que vocês não sabem", dizia-lhes Sergio.

Sergio entendia perfeitamente que os militares preferissem manter aqueles assuntos em segredo, pois tudo que traduzia para seus amigos era um ataque direto aos oficiais mais destacados do Partido Comunista e um testemunho das profundas divisões que o rompiam por dentro. Tudo isso era mel para a propaganda anticomunista de qualquer parte do mundo, e lá, no Hotel da Amizade, as paredes tinham ouvidos. Foi por aqueles dias que Marianella começou a olhar com olhos de reprovação a vida naquele mundo irreal de piscinas olímpicas e de lojas nas quais se comprava licor e de orquestras que tocavam boleros para latino-americanos nostálgicos. Repetia os conselhos que o pai deixara: o hotel era uma má influência, as pessoas de verdade não viviam assim. Mas o Hotel da Paz tampouco a deixava em paz, não somente pelos luxos, que não eram tantos, mas pelo fato de que, entre tanta gente, eles fossem os únicos clientes. "É como ter uma criadagem", dizia. Certo dia, Sergio notou que ela chegava, vinda da rua — tinha começado a sair sozinha com mais frequência —, e, quando foi cumprimentá-la, a encontrou vestida com o uniforme dos guardas vermelhos. Em que momento havia pedido para entrar, qual grupo a aceitara? Tinha recebido autorização da camarada Li? No seu bracelete se lia uma data: 15 de junho. O nome do grupo, o momento da sua constituição? Vendo sua irmã agora, Sergio pensava num poema de Mao de que seu pai gostava. Chamava-se "Milicianas":

Sublimes aspirações têm as filhas da China.
Desdenham ouropéis, mas amam seu uniforme.

De um dia para o outro, Marianella havia aderido à Revolução Cultural, ou a Revolução entrara em Marianella. Tornou-se cada vez mais crítica com a vida que levavam, e nunca faltava o momento em que ela punha na mesa o exemplo de Carl. "Esse, sim, é uma pessoa coerente. Ele e toda a sua família. Poderiam viver como burgueses no Hotel da Amizade, David recebeu ofertas do instituto. Mas eles preferiram continuar a viver como os demais chineses, sem privilégios.

Temos muito a aprender com eles, nós que estamos aqui, com um hotel inteiro para nós dois, como uns nababos. A gente devia ter vergonha." A única coisa que Sergio podia responder era: "E então por que não estão aqui? Por que vão partir no momento mais importante, em vez de permanecer aqui para lutar como todos nós?".

Era verdade. No princípio do verão, Carl dera a notícia a Marianella: a família ia viajar para a Inglaterra e o Canadá. Desde 1947, quando regressaram do longo périplo da guerra para se instalar na China de maneira definitiva, David e Isabel só tinham saído do país uma vez. Agora o Instituto de Línguas havia oferecido a David férias remuneradas, e os três filhos, em idade de aproveitar melhor a viagem às suas origens remotas, receberam a ideia com tanto entusiasmo que ninguém teria levado a sério a possibilidade de recusar a oferta. Para Marianella, foi um golpe. "E vai ficar fora por quanto tempo?", perguntou.

"Não sei", disse Carl. "Quatro, cinco meses. Não dá para viajar para tão longe e ficar apenas alguns poucos dias."

"Mas e o que está acontecendo aqui?", disse Marianella. "Aqui estamos mudando o mundo. Não se importa com isso?"

"Claro que sim", disse Carl. "Mas a viagem é agora."

Marianella chorou lágrimas de adolescente apaixonada, mas disse a si mesma que não havia nada mais contrarrevolucionário do que se deixar distrair pelo amor.

10.

No começo de setembro, depois de mais de dois meses de vida desordenada no Hotel da Paz, Sergio entrou em contato com a Associação da Amizade Sino-Latino-Americana. Disse que sua vida estava quieta, que a Revolução Cultural os deixara de lado. Pediu que os mandassem, ele e a irmã, para trabalhar numa comuna até que a normalidade se restabelecesse na escola, mas não conseguiu outra resposta além de uma série de evasivas; pediu que os deixassem participar de uma das grandes marchas revolucionárias com os guardas vermelhos, mas as autoridades lhe responderam que aquilo, por razões de "segurança pessoal", era impossível. Em geral, a resposta da associação foi o mais parecido a uma sabotagem, mas Sergio não possuía ferramentas suficientes para se rebelar ou protestar. Derrotado, começou a buscar formas de ocupar seus dias. Foi então que pensou que era o momento de recuperar a língua francesa.

A Aliança não ficava distante do Hotel da Paz. Não era dos lugares que tinham começado a fechar por medo dos guardas vermelhos, de modo que Sergio se inscreveu em alguns cursos baratos que iniciavam às quatro da tarde. Seus companheiros eram filhos de diplomatas, sobretudo, mas também chineses de além-mar, que costumavam ser gente privilegiada e levar vida de estrangeiros, e nunca estranharam demais as frases que na China comunista eram absurdas ou impossíveis: *Les enfants regardent la télé*, por exemplo, ou *J'achète des surgelés avec maman*. Logo duvidaria se se inscrevera realmente nos cursos de língua, que estavam abaixo do seu nível, ou para ter direito de assistir à projeção semanal de filmes. Aquele virou um dos momentos mais esperados da sua rotina. Lá, na sala de projeções da Aliança, Sergio viu À *bout de souffle* [*Acossado*] e *Tirez sur le pianiste* [*Atirem no pianista*] e *L'année dernière à Marienbad* [*O ano passado em Marienbad*], que passavam e voltavam a passar de tempos em tempos, e viu também *Ascenseur pour l'échafaud* [*Ascensor para o cadafalso*], de Louis Malle, não uma, mas várias vezes. Depois de uma daquelas sessões, ao sair do vestíbulo da Aliança, pareceu ter reconhecido uma jovem que vira somente uma vez, mas aqueles segundos lhe bastaram para ficar com a impressão da sua beleza.

Chamava-se Smilka. Era uma iugoslava de quinze anos que Sergio conhecera em 1º de junho, quando se celebrava na China o Dia da Criança e em todos os lugares se organizavam encontros e celebrações. O grande evento da cidade era levado a cabo no Coliseu dos Desportos: uma festa abundante para a qual todo mundo era convidado, e onde havia uma área especial para os estrangeiros, dos hóspedes do Hotel da Amizade aos filhos dos diplomatas. Sergio não era um menino, tampouco Smilka, mas ali estavam os dois, fazendo parte das festas com a imperícia e também a ousadia dos adolescentes. Smilka estava com sua irmã, Milena, e Sergio era acompanhado por dois latino-americanos do Hotel da Amizade. A timidez não o deixou falar com ela: passou o dia inteiro olhando para a garota de longe, e depois, quando chegou a hora de voltar ao hotel, nem sequer teve a coragem de se despedir. Depois vieram meses difíceis — a partida dos pais, as tensões políticas na escola, a mudança ao Hotel da Paz — e a garota iugoslava desapareceu dos seus pensamentos. Até a tarde em que viram juntos, sem saber, um filme de Louis Malle.

Sergio criou coragem, aproximou-se dela e lhe perguntou, com o coração palpitante, o que ela achara do filme. Assim começou uma conversa repleta de pequenas trapalhadas e de sorrisos tímidos. E tudo ia muito bem: Smilka era risonha, e seu francês, impecável; falava com apreço dos mesmos diretores que Sergio admirava e parecia disposta a vê-lo novamente. Mas então, naquele momento em que o flerte chega ao ponto de um contar a vida ao outro, Sergio perguntou o que ela fazia na China, e Smilka, sem saber o que estava causando, contou que o pai era correspondente de uma agência de notícias iugoslava. Um alarme soou na cabeça de Sergio.

"Tanjug?", perguntou.

"Essa mesma", disse Smilka. "Você a conhece?"

Como parte da juventude proletária, Sergio já tinha ideias muito bem formadas sobre o controle da propaganda e os perigos de fornecer informação a quem pudesse usá-la para cometer danos. As grandes agências ocidentais — a France-Presse, por exemplo, ou a AP — não tinham correspondentes na China, de maneira que a grande maioria das notícias saía por dois meios: a Tass, a agência soviética, ou a Tanjug iugoslava. Naqueles dias de tensão entre chineses e soviéticos, tudo que aparecia na Tass era considerado propaganda, desinformação ou francas mentiras, e em troca a Tanjug parecia encarnar certa neutralidade, de modo que Sergio não se preocupou muito. Mas em seguida Smilka contou que o pai dela não somente era jornalista, mas que também fazia parte do corpo diplomático.

Isso mudava tudo. A Iugoslávia tinha sido o primeiro país do bloco socialista a romper com Stálin e a tentar um socialismo independente, e não só tivera um êxito parcial, chegando inclusive a receber ajuda econômica dos Estados Unidos, mas também estivera entre os fundadores do movimento de países Não Alinhados. Sergio não conhecia todos os detalhes geopolíticos, todas as intrigas e todos os devaneios, mas sabia o essencial: os iugoslavos eram maus socialistas e cúmplices do capitalismo. Os iugoslavos, em resumo, eram um inimigo venenoso.

Na semana seguinte, quando Sergio voltou às aulas, sentou-se longe de Smilka e a cumprimentou com estudada tibieza. Se ela estranhou ou ficou entristecida com aquele comportamento, não deixou transparecer no rosto. Pouco depois, durante os dias altaneiros da presença dos guardas vermelhos, Sergio recebeu a notícia de que a Aliança fecharia as portas e suas aulas seriam suspensas. Demoraria longas semanas para voltar a ver Smilka, e isso aconteceria em circunstâncias muito distintas.

É muito importante, decisivo, escolher boas amizades. O refrão "diga com quem andas e te direi quem és" é muito sábio. A influência que uma amizade exerce é decisiva. Portanto, é preciso escolher amigos e amigas positivos, no aspecto político, moral e intelectual. Isso não quer dizer que tenham que ser perfeitos, não, mas é indispensável que tenham um nível político aceitável, que sejam saudáveis moralmente e tenham uma mentalidade proletária, mesmo quando, é claro, tenham defeitos, nos quais vocês podem ajudá-los a se corrigir, e eles a vocês. Qualquer um dos dois que tenha um amigo ou amiga contrário ao que foi dito, deve ser criticado e fazê-lo ver o quão prejudicial e o quão perigoso é. Se persistir, deve ser ajudado de todas as formas para que desista dessa companhia.

A rua do Hotel da Paz, a Wangfujing, ficara difícil. O tráfego de pedestres era tão denso que Sergio e sua irmã podiam levar uma hora inteira para percorrer cada quadra. A razão era muito simples: os guardas vermelhos de todo o país, milhões de jovens vestidos de verde-oliva, estavam chegando a Pequim para ver seu líder e, se não conseguissem vê-lo, para estar perto da praça Tian'anmen e de Zhongnanhai, onde ficava a sede do Comitê Central do partido. Os jovens não tinham onde dormir, e isso não havia sido um problema no verão, mas agora o outono terminava e de noite fazia frio. Os guardas vermelhos se impacientavam, e se dizia que tinham tomado um edifício desocupado das cercanias. Sergio averiguou que era verdade, e não apenas isso: que também tomaram escolas e hospitais para ter um lugar onde passar a noite enquanto declaravam lealdade a Mao. Uma tarde na qual Sergio e Marianella regressavam do seu mundo ocidental, com a cabeça enfiada num gorro de lã grosso a fim de esconder seus traços, descobriram que a multidão tinha chegado às portas do Hotel da Paz. Sergio fez que não entendeu quando ouviu um dos guardas vermelhos dizer que o lugar estava vazio e que deveriam tomá-lo também. Se não o faziam, entendeu Sergio, era porque o Hotel da Paz pertencia ao partido, e isso ainda era respeitado. Teve medo, porém, pois ali podia acontecer qualquer coisa qualquer dia. Falou com sua irmã e os dois chegaram a uma conclusão inapelável: não estavam bem onde estavam.

Visto que não podiam contar com as autoridades da associação, que pareciam mais interessadas em proteger os jovenzinhos que lhes foram delegados do que permitir que se convertessem em revolucionários, Sergio e Marianella tomaram a iniciativa. Seus esforços deram resultados. Averiguaram que o Bureau de Especialistas, que antes da Revolução Cultural se dedicara ao turismo de estrangeiros, agora havia organizado uma excursão a uma comuna. Propuseram fazer parte da viagem, e durante dias falaram com as pessoas, dispostos a conseguir o que queriam ainda que fosse mediante o esgotamento do adversário. As comunas eram o coração do Grande Salto Adiante e, portanto, da visão que o camarada Mao tinha da China comunista. Eram imensas granjas coletivas, lugares tão enormes que se organizavam como pequenos países, mas em vez de províncias tinham cooperativas. Sergio deve ter mostrado tanto entusiasmo, ou tanta convicção na importância de que sua irmã e ele conhecessem aqueles cenários da revolução proletária, que acabaram por vencer as resistências da associação. Em meados de novembro, chegaram à Comuna Popular da Amizade Sino-Romena. A organização deixou Sergio dormindo com os homens e mandou Marianella para uma casa camponesa. O território era tão grande, tão distantes estavam um do outro, que Sergio não voltou a ver a irmã o restante da estadia.

O trabalho consistia em recolher as couves da grande colheita do ano. Começava às sete da manhã, em meio a um frio tão intenso que as couves amanheciam cobertas de geada. Eram cortadas com cuidado para não danificar, e então, usando os dedos indicador e médio como uma pinça, arrancavam as folhas externas, que a intempérie e os insetos tinham estragado. O que restava era uma figura estilizada e bela que era jogada num carrinho, e o carrinho a levava à gigantesca despensa onde eram guardadas as couves aos milhões. Sim, era verdade que os dedos congelavam e que era necessário lavá-los com água quente de um lavatório especial para que a pele não rachasse com o frio ou as mãos inchassem a ponto de ficarem inutilizadas, mas Sergio nunca se sentira tão útil. De repente, diante daquela realidade que podia ser tocada e experimentada com as mãos desnudas, o mundo do cinema se distanciava como um artifício. Pelas noites, reunido com os demais coletores numa salinha aquecida, falando com os latino-

-americanos do Hotel da Amizade que também estavam lá ou fazendo turnos para ler, entre outras coisas, excertos do Livro Vermelho, Sergio sentia uma camaradagem inédita, e durante aqueles momentos esquecia que a comida era horrível, ou que a pele das suas mãos iria cair.

Já para Marianella os dias na comuna foram muito mais que o satisfatório cumprimento de um dever; foram uma verdadeira transformação. A experiência foi tão potente que a primeira coisa que fez ao regressar ao Hotel da Paz foi escrever uma carta para a Associação da Amizade Sino-Latino-Americana. Eram dez páginas escritas em papel transparente e com tinta verde que descreviam a vida na comuna, e nelas cada vírgula era uma vírgula comovida, e cada erro de ortografia tremulava de fervor. *Não há palavras para expressar*, começava dizendo, *toda a felicidade e gratidão à grande comuna popular onde me acolheram como se fosse um membro da família.* Era uma das seis jovens hóspedes de uma mulher de idade que vivia sozinha com seu menino de dez anos, pois o marido e o filho mais velho tinham se alistado no exército popular. Levantavam-se às seis da manhã, e meia hora depois já estavam saindo para o frio cortante do amanhecer. Desde o primeiro dia foi evidente que não tinha roupa adequada para se proteger do frio, mas não lhe ocorreu se queixar nem pedir ajuda: notava *a vontade das outras companheiras fazendo* lao tun, *sem medo de se sujarem ou de cansar, e era preciso ver para crer o entusiasmo nas horas mais difíceis da manhã.* Naqueles momentos, buscava refúgio nas sábias palavras de Mao: *"Sem temor ao sacrifício e às dificuldades, esforçar-se pela vitória final".*

Às oito, voltavam para o café da manhã (*brigávamos para fazer os talharins ou cortar a couve-flor, mas como nem todas podíamos fazer tudo, varríamos o pátio e nos revezávamos para escrever na lousa as citações de Mao*), almoçavam ao meio-dia e à uma da tarde estavam de volta ao campo, cantando canções revolucionárias, reunindo-se com as pessoas da comuna, estudando o Livro Vermelho nas pausas do trabalho esgotante. De noite, depois de comer, as seis jovens visitavam a sogra da sua anfitriã. A *vovozinha* era uma mulher encurvada e quase cega que se sentava num canto para contar como era o mundo antes da Revolução, e eram tão tristes suas histórias que Marianella, mesmo se esforçando para não chorar, sentia *um grande ódio daquela classe exploradora que se nutre da dor e do sangue dos homens*. Duas vezes por semana, às terças e quintas-feiras, a comuna as levava para ver um filme ao ar livre. Não guardou nenhum enredo nem recordou um só personagem, mas sabia que nunca esqueceria o ato de se sentar no chão de terra, *em cima de esteiras que antes acharia incômodas* mas que ali, compartilhando-as com suas camaradas, lhe pareceram *almofadas de plumas*.

Naquele mês de trabalho extenuante, a despedida foi o mais difícil de tudo. Na ocasião, quando a vovozinha pegou a mão de Marianella entre as suas (pequenas, macilentas, enrugadas como argila ressecada), as duas se permitiram chorar sem dizer uma palavra. Marianella, do seu lugar no ônibus que a levaria de volta a Pequim, viu a velha tirar um lenço sujo para secar as lágrimas. *Me dei conta de que a classe mais sincera, mais limpa, é a classe camponesa*. No ônibus tentou explicar isso ao irmão, mas não encontrou as palavras que agora, diante do papel, brotavam tão rapidamente que sua mão não era capaz de manter o ritmo. Graças aos trabalhos daqueles dias, ela pudera ser outra pessoa. *Que tipo de pessoa? Aquela que se prepara para servir fielmente a seu povo. Como Mao nos ensina: "As coisas ruins, se não foram atingidas, não caem. Isso é igual a varrer o chão; por regra geral, onde não chega a vassoura, a poesia não desaparece sozinha".* Assinou a carta com seu nome em caracteres chineses, e debaixo, também em chinês, estas palavras: *O povo e somente o povo é capaz de criar o movimento que poderá mudar o futuro da humanidade.*

No começo de *Minhas universidades*, o terceiro tomo da sua autobiografia, Maksim Górki está a caminho da Universidade de Kazan, depois de uma meninice e de uma adolescência de trabalhos e apertos. A culpa é de Nikolai Evreinov, um estudante que alugara durante um tempo o sótão da avó e acabara virando seu amigo. Evreinov, certo de que Górki tem uma mente privilegiada, convencera-o a viajar com ele até Kazan, sua terra natal, para fazer os exames de admissão na universidade. Dias depois Górki está lá, vivendo com a família Evreinov, numa casa térrea no fundo de uma rua pobre. Os Evreinov são três: a mãe, que vive da magra pensão de viúva, e os dois filhos. "Da primeira vez que ela voltou do mercado", escreve Górki, "entendi sua difícil situação. Enquanto estendia suas compras sobre a mesa da cozinha, vi no seu rosto o problema a ser resolvido: como converter os pedaços de carne que havia comprado em comida suficiente para satisfazer três jovens em idade de crescimento, para não falar dela mesma."

Certa manhã, poucos dias depois da sua chegada, Górki aparece na cozinha para ajudá-la a cozinhar os vegetais. Falam das intenções de Górki; ela faz um talho no dedo com uma faca. Entra Nikolai, o amigo de Górki, e pergunta à sua mãe por que não faz uma das suas deliciosas guiozas. Górki, para impressioná-los, diz de imediato: "Mas essa carne não é suficiente para fazer guiozas". O comentário insensível incomoda a sra. Evreinov, que começa a soltar todo tipo de impropérios, joga as cenouras sobre a mesa e sai batendo a porta. "É um pouco temperamental, só isso", diz Nikolai; e Górki, que se arrependeu no mesmo instante, se dá conta de que nenhum dos filhos está consciente dos perrengues que sua mãe passa para botar comida na mesa. É uma realidade de fome, ou melhor, a fome é o grande problema de todos os dias. "Eu compreendia as façanhas químicas e as economias desesperadas que a mãe conseguia levar a cabo na cozinha", escreve Górki. "Eu entendia a inventividade com que diariamente enganava o estômago dos seus filhos e as aplicava também para encontrar comida para mim." E em seguida: "Tal consciência fazia que cada pedaço de pão que me correspondia caísse como uma pedra na minha alma". Logo começa a sair mais cedo da casa, só para evitar a refeição dos Evreinov, e para não morrer de fome frequenta o cais do Volga, onde pode comer por vinte copeques ao dia.

Largado na sua cama do Hotel da Paz com as obras escolhidas de Górki entre as mãos, lendo *Minhas universidades* com a mesma paixão com que antes havia lido *Infância* e *No mundo* e também *Bas-fond* e também *A mãe*, Sergio se deu conta de que nunca, nos seus dezesseis anos de vida, conhecera a fome. Como era aquele mundo que Górki lhe apresentava com tanto realismo? Não era preciso conhecer de perto essas sensações para ser um revolucionário genuíno? Ou melhor, era possível ser revolucionário genuíno sem conhecê-las? "E longos períodos de fome e anseios me faziam sentir capaz de cometer crimes", lia, "e não apenas contra as sagradas instituições da propriedade." Sergio pensou que seu pai conhecera a fome e chegara a roubar cápsulas de óleo de fígado de bacalhau. Ele, por outro lado, levara uma vida satisfatória. Isso era bom?

Na manhã seguinte, Sergio não desceu para o café da manhã. Não disse nada à sua irmã e não avisou o restaurante, só ficou lendo no seu quarto. Tampouco desceu na hora do almoço. Ao cair da tarde, o telefone tocou: era o recepcionista, que ligava para averiguar se o camarada Cabrera se sentia bem. "Estou perfeitamente bem", disse Sergio, e foi dormir sem jantar. Marianella estranhou. Fez perguntas e ele respondeu com evasivas. Mas algo deve ter entendido, porque não insistiu mais, nem naquela noite nem na manhã do segundo dia, quando Sergio ficou novamente no quarto. Naqueles dias desestruturados que Sergio e sua irmã viviam desde o começo do seu confinamento, dias sem escola nem obrigações nem horários, não era muito incomum que Sergio passasse a noite inteira lendo e depois trocasse o café da manhã por mais horas de sono; mas quando tampouco desceu para almoçar, os encarregados do hotel se preocuparam de verdade. Deviam ser duas da tarde quando um deles subiu, acompanhado de um médico, e foi tanta inquietação que Sergio viu na cara dele que decidiu lhe explicar a verdade: estava lendo um livro que descrevia a fome na sociedade capitalista, e sentiu a urgência de conhecer na própria carne uma sensação que nunca tivera na vida. O médico e o encarregado escutaram com paciência, e Sergio pensou que tinha sido claro e direto. Mas uma hora depois voltaram a bater na porta.

Desta vez era a tutora Li. E não estava sozinha: era acompanhada pelo camarada Chou, secretário-geral da Associação de Amizade Sino-Latino-Americana.

"Queremos lhe pedir", disse o secretário, "que acabe com sua greve."

"Não entendo", disse Sergio. "Estou lendo um livro, e queria sentir…"

"Sua greve de fome", disse o camarada Chou. "Solicita-lhe a associação com a maior cortesia."

"Mas não estou fazendo uma greve", disse Sergio.

A tutora Li interveio. "Sabemos que vocês fizeram pedidos", disse. "Sabemos que os fizeram várias vezes. Mas não é fácil para nós. Vocês têm de ter paciência. Tudo vai se acertar."

"Entendemos as circunstâncias", acrescentou o camarada Chou. "Tenha paciência, por favor."

Voltaram no terceiro dia. Explicaram que tinham feito uma reunião de urgência, e que o comitê aceitou a dificuldade das condições em que Sergio e Marianella viviam.

"Que dificuldades?", perguntou Sergio.

"Entendemos que a vida no Hotel da Paz mudou devido à situação política", disse o camarada Chou. "Sabemos das suas dificuldades para saírem à rua."

"Sabemos que os guardas vermelhos têm um comportamento hostil", disse a tutora Li. "Estão vendo o hotel quase vazio, claro, e sabem que poderiam se alojar aqui… Sim, compreendemos tudo isso."

"E tomamos uma decisão", disse o camarada Chou. "O comitê tomou uma decisão."

"É melhor que não continuem aqui", disse a tutora. "Irão voltar para o Hotel da Amizade."

Sergio custou um instante a entender o que acontecia: vencera sua primeira greve de fome sem nem sequer saber que a estava fazendo.

Mas então lhe ocorreu o mesmo que a sua irmã: o que seus pais pensariam do regresso ao Hotel da Amizade, foco de todas as más influências?

"A associação é responsável por vocês e seus pais sabem disso", disse a tutora Li. "A associação não pode correr riscos."

"É", concluiu Chou, "uma questão de segurança."

Foi assim que Sergio e Marianella voltaram para o Hotel da Amizade. Os trabalhadores do Hotel da Paz, que os tiveram como hóspedes exclusivos durante quase quatro meses, fizeram para eles uma despedida comovente, e só então Sergio se deu conta de quanto carinho tinham por eles. O camarada Liu, diretor do hotel, prometeu-lhes que seus quartos ficariam à disposição para sempre. "Aqui estarão quando vocês quiserem voltar", disse a eles. "E esperamos que seja em breve." Poucos dias depois, foi ele mesmo vê-los no Hotel da Amizade. Levava uma caixa de papelão cheia de livros que Sergio esquecera no quarto (ali estavam as obras selecionadas de Górki, culpadas por todo aquele mal-entendido), e trazia também uma notícia: os guardas vermelhos haviam tomado o Hotel da Paz, de maneira que os quartos de Sergio e Marianella não estavam mais disponíveis. O camarada Liu sentia muito.

"A ocupação foi pacífica, isso sim", acrescentou. "Que ninguém diga nada diferente disso."

No que se refere ao Hotel da Amizade, evitar ao máximo ir lá. Apenas para o indispensável: se for, é para um objetivo concreto. De nenhuma maneira para se reunir ou entrar em contato com as pessoas que vivem lá e fazer amizades naquele ambiente. Apenas em casos excepcionais de elementos que se sabe com absoluta certeza que são positivos, e neste caso se reúnam em outro lugar. Caso se comprove pelos fatos de que não se deixam levar pelo ambiente nocivo do hotel e integrarem o mesmo, podem ir lá para determinados espetáculos ou à piscina no verão, mas tampouco adotem isso como uma rotina.

∗ ∗ ∗

Em fins de dezembro, Sergio voltou a falar com Smilka. Dessa vez, o encontro telefônico não teve nada de fortuito. Sergio lembrava que no mês de junho, quando a viu pela primeira vez nas celebrações do Dia das Crianças, Smilka trocou algumas palavras com Ivan Cheng, um chinês filho de mãe francesa que vivia no Hotel da Amizade, e não lhe deu trabalho pedir a Ivan que conseguisse o telefone dela. Sergio ligou para Smilka com voz trêmula; surpreendeu-se que ela recebesse a ligação com tanta alegria, e ainda mais que o convidasse para ir à sua casa. Mas se aproximar dela era uma coisa; aproximar-se da sua residência, onde morava seu pai — diplomata de um país traidor que se afastara do socialismo —, era algo muito diferente. Sergio inventou desculpas e foi evasivo até que Smilka acabou propondo algo mais. No sábado da semana seguinte se encontraria com um grupo de amigos no Clube Internacional. "Por que você não vem?", disse-lhe. Ele não podia crer no seu azar. O Clube Internacional era um lugar exclusivo para os chineses mais acomodados e os diplomatas, e apresentava dois problemas: um, Sergio não era sócio; dois, era um lugar maldito, símbolo de valores burgueses, onde os estrangeiros levavam a vida que teriam levado em Londres ou em Paris sem nenhuma vergonha na cara. Fausto sempre o desprezara, por exemplo, e ademais em termos inclusive mais críticos dos que usava para falar do Hotel da Amizade. Em suma, o Clube Internacional onde estaria Smilka representava tudo o que Sergio aprendera a detestar.

Sergio aceitou o convite.

Quando chegou o dia, demorou mais tempo do que nunca escolhendo a roupa. Não tinha muitas à sua disposição, mas algumas peças restavam daquilo que seus pais lhe trouxeram da Colômbia, de maneira que se arrumou o melhor que pôde e foi para o Clube Internacional. Primeiro teve a emoção curiosa de ver seu nome numa lista de convidados; segundo, o estranhamento de chegar a um lugar proibido; era como ter se enfiado num salão de fumantes de ópio. Porém todas as suas preocupações — pela roupa, ideologia, pelas lealdades socialistas — caíram por terra quando viu Smilka, que estava mais bonita que nunca. Tinha um sorriso diáfano e um rosto polido de ares mediterrâneos; estar com ela era fácil e excitante ao mesmo tempo, e para Sergio pareceu evidente que já eram amigos, mas sua timidez invencível não lhe permitiu pensar em nada mais. Smilka estava com sua irmã Milena e com uma garota inglesa, Ellen, que falava um espanhol notável, pois seu pai fora diplomata na Argentina. E o que estava fazendo na China?, perguntou Sergio. Era a filha do embaixador do Reino Unido, respondeu ela. E continuou tão tranquila.

A conversa no almoço girou desde o princípio ao redor dos Beatles. Sergio não podia contribuir muito, e ao cabo de um tempo os demais se deram conta. "Sei que existem", explicou ou se defendeu Sergio, "mas nunca os escutei." O silêncio caiu sobre a mesa. Pensou em Marianella, nos seus amigos ingleses e na música que eles apresentaram para ela: do seu quarto saíam com frequência as canções dos Beatles, e agora Sergio lamentava não ter prestado atenção nelas. Os discos que seus pais deixaram eram os de que gostavam — Chavela Vargas, Atahualpa Yupanqui, Mercedes Sosa —, mas nada coincidia com as preferências da mesa. E então Smilka disse que não era possível, que não se podia ir pela vida sem ouvir um disco inteiro dos Beatles ao menos uma vez. Olhou o relógio e ali mesmo os convidou a todos para irem à sua casa para que Sergio pudesse preencher as lacunas da sua cultura.

A casa dela ficava perto, e foram caminhando. Naquela época, todos sabiam que um ocidental não caminhava impunemente pelas ruas abarrotadas de guardas vermelhos, e que, quando não havia mais remédio, deviam seguir algumas instruções. As mais importantes eram duas: avançar depressa e não chamar atenção. Sergio sentiu falta do seu bracelete; ao mesmo tempo, pensar no seu uniforme lhe deu vergonha. Mas estava resignado: já que tinha passado pelo Clube Internacional, visitar a casa de um diplomata iugoslavo era só descer mais um círculo do inferno. Assim conheceu a casa de Smilka, conheceu seu pai e sua mãe, conheceu os Beatles — "Please Please Me" e "A Hard Day's Night" — e os Rolling Stones, e viu Ellen cantar cada uma das canções. E só então, quando Smilka pôs um disco novo com gestos cerimoniosos e todos deixaram de falar e prestaram atenção àquela música repleta de farpas pontiagudas, àquelas vozes que gritavam letras incompreensíveis, Sergio percebeu que o objetivo da reunião de amigos, desde o encontro no clube até aquele momento, fora chegarem juntos à Embaixada do Reino Unido para ver o filme que tinham feito a partir das canções daquele último disco.

"Quer vir para assistir?", disse Ellen. "É na minha casa. Não quer vir?"

A situação não podia ser mais comprometedora: todos os dias se falava na imprensa chinesa das agressões da polícia inglesa em Hong Kong. Com frequência se armavam manifestações ruidosas dos guardas vermelhos diante da embaixada. Como Sergio podia chegar à embaixada dos repressores capitalistas como convidado da filha do embaixador? Não era descer muito baixo? Sergio podia de consciência tranquila aceitar o convite, apenas para passar algumas horas a mais na companhia de Smilka?

Sergio aceitou o convite.

O chofer da embaixada britânica foi buscá-los na casa de Smilka. Sergio logo se deu conta, com grande alívio, de que a projeção do filme não aconteceria na própria embaixada, mas na residência do embaixador, e isso, pelo menos, evitaria as prováveis manifestações. E lá chegaram todos, a uma casa enorme com luxos nunca antes vistos por Sergio e cuja sala de projeção — com um projetor de trinta e cinco milímetros e assentos cômodos para cerca de trinta pessoas — não deixava nada a invejar à do Hotel da Amizade. Tratava-se de uma recepção a rigor, repleta de homens de smoking branco e mulheres de chapéu e colares de pérolas, com o embaixador e sua esposa recebendo os convidados um por um, ele apertando as mãos e ela deixando beijar a sua. Sergio soube naquele momento que tinha feito um pacto com o diabo. Mas seguiu em frente, ocupou seu assento na sala, tendo cuidado de se sentar ao lado de Smilka, e atravessou o filme como quem guarda um segredo e está a ponto de ser descoberto. Tempos depois compreenderia que gostou muito do filme dos Beatles — gostou das cores e das risadas, tão diferentes do cinema francês que vira até então, e admirou o trabalho de Richard Lester antes de saber quem era Richard Lester —, porém assistiu a ele distraído com a presença de Smilka e a tentação constante de pegar na sua mão.

Não se atreveu. E depois, no jardim, enquanto os demais tomavam uns copos, Sergio aceitou um cigarro 555 e confessou a Smilka: que não tinha se atrevido.

"Que bobo", disse ela. "Então eu é que me atrevo."

Assim começou um romance inocente, feito de beijos roubados e de mãos que se tocam quando ninguém está olhando, mas nada mais que isso. Encontravam-se sempre em grupos grandes onde estavam Milena e Marianella, e com frequência no Armazém da Amizade, que era o mais próximo que tinham de um território neutro. Como todos os filhos de diplomatas, porém, Smilka morria de curiosidade pelo Hotel da Amizade, aquele lugar lendário onde só viviam estrangeiros e se precisava de uma caderneta plastificada para transpor a porta vigiada; bastava Sergio propor a ela uma visita para uma data futura — uma visita para jogar pingue-pongue, por exemplo, ou para ver um filme no teatro, ou ainda para cortar o cabelo num salão mais sofisticado — e os olhos de Smilka se iluminavam como se tivesse sido convidada a um parque de diversões. Eles se viam só aos finais de semana, não apenas porque Smilka tinha quinze anos e pais atentos, mas porque Sergio havia começado, depois de pedir com insistência, um trabalho de verdade, proletário e socialista, na Fábrica de Ferramentas Número 2 de Pequim.

Apesar de ter sido um período breve, de pouco mais de um mês, para Sergio foi um aprendizado fundamental. As fábricas eram as universidades da vida, segundo explicava maravilhosamente Górki, e Sergio por fim estava numa delas. Aprendeu a usar uma fresadora e depois um torno, e descobriu que se dava melhor com o torno: era um monstro de uma cor verde intensa como o ferro dos naufrágios, e Sergio chegou a conhecer tão bem seus cantos e suas manivelas e seus lemes e suas alavancas (cada uma das suas partes móveis e cada um dos seus perigos ocultos) que poderia tê-lo manejado de olhos fechados. Aprendeu a conviver com os trabalhadores, tal como fizera durante menos tempo na comuna, mas sem que as mãos congelassem na madrugada e sem a tortura da gororoba: ali, na Fábrica Número 2, os almoços e as jantas eram preparados na hora e com bons ingredientes. O frio aderia aos ferros do torno naqueles últimos dias de inverno, e Sergio era obrigado a trabalhar de gorro; e se a calefação falhava, como tudo falhava amiúde naqueles dias da Revolução Cultural, não era infrequente que fosse obrigado a dormir com luvas, apesar de as outras presenças humanas aquecerem um pouco o ar da barraca. Nos fins de semana ele regressava à vida ocidental e aos encontros com Smilka, aos beijos inocentes, às brincadeiras ingênuas. E num daqueles sábados, por fim, convidou-a para ir ao Hotel da Amizade. Subiram aos quartos e saíram para as quadras de tênis e passearam pelos jardins falando de bobagens, e terminaram no clube do hotel, que pareceu a Sergio um espaço vulgar comparado com o Clube Internacional. Contudo, foi um dia inesquecível, pelo simples fato de ter visto Smilka — com o sorriso de menina, as mãos alegres — emocionada com os bastidores daquele mundo que imaginara tantas vezes.

Deste modo, devido às muitas circunstâncias e aspectos que analisamos, vemos a inconveniência desse assunto dos namoros. Se se quiser alcançar o objetivo de não perder tempo na China, não tem de se meter nesse problema. Enquanto não se obtiver uma formação madura, esse assunto não é nada conveniente. Repito: amizades, sim, bons amigos e amigas, mas não se complicar. Não se deve absorver as amizades nem ser absorvido por elas. Não se entregar apaixonadamente à amizade, mas sim de uma forma natural.

* * *

No dia seguinte, segunda-feira, Sergio estava de volta à Fábrica de Ferramentas Número 2, trabalhando na oficina, quando um camarada o chamou para dizer que uma mulher o esperava no portão. Conseguiu até fantasiar com a possibilidade de que fosse Smilka, mas ao sair deparou com a tutora Li. "Preciso falar com você", disse ela, pegando-o pela manga e o levando a uma sala de reuniões, pequena e incômoda, idêntica às que havia em todas as fábricas chinesas. "Sente-se", disse a tutora Li, e em seguida lhe perguntou: "Tem algo para me contar?". De imediato Sergio soube do que estavam falando, mesmo que ainda não tivessem começado a falar, mas não estava disposto a revelar mais que o necessário. De modo que esperou. Sentiu pela primeira vez o que seus companheiros do hotel lhe descreveram em mais de uma ocasião sem que ele acreditasse neles: a paranoia, a necessidade de olhar por cima do ombro, a convicção de que alguém escutava as ligações. Não, tinha dito Sergio em todas as vezes que falava do assunto, isso não é possível: ninguém pode vigiar mil e quinhentos estrangeiros que falam todos os idiomas. E pensava nisso quando a tutora Li começou a falar de Smilka, agregou seu sobrenome e a ocupação do pai, e disse a Sergio que aquela garota não podia voltar ao hotel.

"Deveria se envergonhar", disse a Sergio com um tom quase maternal. "O pai dela é um caluniador. Caluniou a Revolução na imprensa. Caluniou nosso presidente."

Sergio procurou aliviar o assunto: "Mas não passa de uma amiga. Veio só uma vez ao hotel".

"Não", disse a tutora. "Isso não vai se repetir. Aguarde aqui."

Sergio a viu sair. Não soube quanto tempo permaneceu sozinho na sala de reuniões, observando a papada generosa do presidente Mao; quando regressou, a tutora Li parecia arrastar Marianella. Sergio compreendeu que a tutora a pegou no hotel e explicou para ela todo o assunto, mas queria que Sergio estivesse presente no momento em que a repreendia de novo pela sua negligência, por não ter vigiado o irmão, por ter permitido que se metesse com pessoas equivocadas. Ordenou que Sergio não voltasse a ver aquele garota; acusou Marianella de faltar ao seu dever revolucionário. Quando ela quis saber sua falta, a tutora respondeu:

"Seu dever era denunciar seu irmão, e não fez isso. E o partido não sabe se pode continuar a confiar em você."

11.

Enquanto cruzavam o parque na direção da rua Mallorca, distanciando-se já da Sagrada Família, Sergio se atreveu a comentar que a visita o decepcionara. A construção que viram não se parecia em nada com a que guardava na memória, e estava disposto a apostar, mesmo que perdesse, que Gaudí, se voltasse à vida, se saísse da tumba com os machucados e as cicatrizes deixadas pelo bonde que o matou, se plantaria com espanto diante do projeto mais importante da sua vida e diria: "Mas o que fizeram com minha igreja?". Sergio sabia que nessa opinião pesava bastante a nostalgia de uma recordação da juventude, daquela visita de 1975 em que pisou pela primeira vez no país que expulsara seu pai. Agora via o lago que parecia saído de um presépio, os camelôs, as ruas do distrito de Eixample e suas filas infinitas de plátanos sombreados; via os turistas tão numerosos que bloqueavam a entrada da igreja e atrapalhavam a passagem dos transeuntes, menos indivíduos que grandes rebanhos cujos ônibus descomunais projetavam na calçada suas silhuetas quadradas. E disse a Raúl:

"É que eu me lembrava de outra coisa."

Lembrava-se de caminhar pelas ruas estreitas de Eixample num dia de 1975 e de topar com a catedral ao dobrar a esquina, uma figura que não parecia com nada que Sergio, aos vinte e cinco anos, tivesse visto antes. Lembrava-se de um dia de céus limpos, muito parecido com o de agora: esse céu que lhes impedia de entrar no metrô e até mesmo de tomar um táxi. Era verdade que tinham que voltar ao hotel, encontrar um restaurante para almoçar — mas não qualquer um, e sim um lugar que celebrasse o fato de estarem aqui, em Barcelona, juntos, um pai e um filho falando de tudo e de nada — e ter um par de horas para descansarem antes da sessão da tarde na cinemateca. Mas a rua Mallorca ainda conservava o olor das chuvas recentes, ou o olor que a chuva arrancara das árvores, e Raúl não parava de fazer perguntas sobre seu avô; e Sergio, ao responder a elas, se dava conta de ter falado muito do pai no curso da vida, de ter contado muitas vezes aquelas histórias fabulosas de uma vida que não havia sido como as outras, e que estranho era fazer isso agora, quando essa vida já não estava mais presente. Assim, falando de Domingo, o pai de Fausto que fora guarda-costas do tio Felipe, e de Josefina Bosch, a esposa catalã de Domingo, e do cão Pilón que se assustava com os bombardeios, chegaram ao Paseo de Gracia e começaram a descer na direção da praça Cataluña. Estavam perto da praça quando Raúl perguntou: "E onde o Tato vivia? Onde sua família vivia?". Sergio lhe disse que não sabia: devia ser num dos bairros bombardeados pelos italianos, pois acontecera muito perto, mas Fausto nunca lhe dissera com precisão onde ficava seu apartamento de Barcelona.

"Dizia que de lá dava para ver Montjuïc", disse Sergio. "Mas não recordava nada além disso. Normal: tinha catorze anos, não passava de uma criança. Os bombardeios devem ter sido os de 1938, acho." Então algo se iluminou na sua memória. "Mas conheci alguém que, sim, esteve envolvido no mais grave. Bem, mal o conheci, sua tia o conheceu bem melhor. Pois era o pai do namorado dela, um namorado que teve na China. A vida dele foi outra vida desse tipo. Como a do Tato: essas vidas que nos contam uma história maior, não sei se me entende. Ou talvez não seja que nos contem uma história, mas que a história as arrasta. Às vezes penso que por isso os dois se aproximaram: serem filhos de pessoas assim marca um bocado. Claro, não sei se alguém entende isso aos catorze anos. Sua tia tinha catorze quando conheceu Carl Crook, eu tinha dezesseis, Carl tinha dezessete: que podíamos saber da vida? Vivíamos sozinhos num hotel, íamos e vínhamos à vontade, e acreditávamos que por isso tínhamos tudo sob controle. Mas não era bem assim."

David estivera aqui. Nos dias dos distúrbios de Barcelona, em 1938, por aqui passou sua longa silhueta desengonçada. De repente, não custava nada para Sergio imaginá-lo por aquelas ruas, descendo pelo Paseo de Gracia, caminhando por aquela praça: um inglês pelejando como tantos ingleses na Guerra Civil. Toda uma geração que viu a sublevação do franquismo, que viu o que acontecia no restante da Europa e chegou à conclusão de que a luta contra o fascismo seria perdida ou ganha segundo a sorte da república. David Crook tinha vinte e seis anos quando aquilo começou, e lhe pareceu evidente que precisava dar uma força. Como poderia saber que isso mudaria sua vida? O estranho, para Sergio, era perceber tudo o que sabia agora e então ignorava sobre David Crook. Tudo o que não soubera vivendo na China, vendo os Crook todas as semanas, vendo Carl e seus irmãos Michael e Paul, ouvindo falar de David, o aventureiro, e de Isabel, a mulher corajosa, a filha de missionários, tudo o que aprendera com os anos, em conversas com Marianella e com Carl, lendo as memórias que David escreveu e publicou na velhice: é muito que se aprende em meio século. O incomum era que agora tudo saísse para a superfície. Seria possível que a mera presença de Sergio em Barcelona, essa banal coincidência geográfica de um corpo e uma cidade, causasse esse regresso ao passado? Não, sem dúvida era algo mais complexo. *No fim das contas, essa vai ser uma retrospectiva de verdade*, Sergio dissera ao diretor da cinemateca. Mas não teria podido imaginar a dedicação com que sua memória se poria a trabalhar aquela gente desaparecida, suas histórias, suas palavras. O pai, se pudesse escutar seus pensamentos, aproveitaria o momento para recitar Machado, *Ao andar se faz o caminho, e ao olhar para trás*, e Sergio tinha que se perguntar se era isso o que estava acontecendo agora, se estava vendo o caminho que nunca voltaria a pisar. Quando se é filho de Fausto Cabrera, a poesia vive se intrometendo nos momentos mais inesperados. E era pouco o que podia fazer a esse respeito.

No verão daquele ano de 1936, David Crook assistiu a uma conferência em Oxford na qual um espanhol fazia um discurso apaixonado sobre o levantamento fascista; em outubro, enquanto trabalhava para uma revista estudantil de esquerda, conheceu um poeta comunista que se apresentou na redação com uma venda na cabeça: acabara de ser ferido na Espanha e tinha voltado agora para recrutar combatentes. Por aqueles dias, Sir Oswald Mosley, o aristocrata que fundara a União Britânica de Fascistas, que negociava acordos comerciais com Hitler e se fazia fotografar com Mussolini, montou com seus camisas-negras uma marcha antissemita no East End. David era judeu, além disso o East End fora o bairro do seu pai antes de ter dinheiro suficiente para se mudar para um bairro de gentios e começar a lenta gentrificação da sua família. De maneira que se uniu às multidões que faziam frente aos fascistas e gritou com elas uma palavra de ordem importada dos republicanos espanhóis, cujo som enchia sua boca, apesar de não entender as palavras: "*No pasarán!*".

O pai de David, um filho de emigrantes da Rússia tsarista, fizera uma modesta fortuna vendendo peles aos soldados que combatiam na frente russa durante a Primeira Guerra, mas a depressão do pós-guerra arruinou seus negócios. De todas as formas, David cresceu com privilégios em Hampstead Heath, um bairro de gentios onde a família contava com uma governanta e três empregadas, onde cada parque escondia uma quadra de tênis, e por cujas ruas havia caminhado noutros tempos Karl Marx, que costumava levar sua família aos piqueniques de domingo. Em março de 1929, chegou a Nova York com a intenção de ir à universidade como um aristocrata britânico, mas sete meses depois, quando a Bolsa caiu, seu mundo sofreu uma reviravolta. Ao cabo de anos vendo a fome no rosto das pessoas, as filas para comprar pão e os desesperados que vendiam maçãs em cada esquina, e de trabalhar lavando peles e empurrando carrinhos pelas lojas de peles dos bairros judeus, uma lenta transformação foi acontecendo nele, feita de leituras e de encontros fortuitos, e ao fim, quando se uniu à Liga de Jovens Comunistas, a única coisa que o surpreendeu foi que isso não tivesse ocorrido antes. Aquele jovem foi o que regressou a Londres, o que participou nas manifestações antifascistas e o que no final do ano se apresentou em Covent Garden, sede do Partido Comunista, para se inscrever na oficina de recrutamento das Brigadas Internacionais.

Não foi tão fácil quanto pensava. Para o encarregado dos recrutamentos, um jovem de origem proletária, David não era mais que um burguês aventureiro, e o partido vinha fazendo grandes esforços para mandar gente preparada: tratava-se, mesmo que muitos só o percebessem quando já era tarde demais, de uma guerra de verdade. Quando soube que os brigadistas partiam de Paris, David empenhou as abotoaduras do seu bar mitsvá numa loja de penhores de Regent Street, e no segundo dia de 1937 estava entrando em território espanhol a partir de Perpignan. Passou algumas semanas em Barcelona e depois se dirigiu ao quartel-general das Brigadas Internacionais, em Albacete, onde obteve treinamento durante mais algumas semanas no manejo de uma bateria antiaérea Lewis, um traste velho que conheceu melhores dias combatendo na Primeira Guerra e depois na Revolução de Outubro. No começo de fevereiro, à época em que o governo republicano decretava a igualdade dos direitos do homem e da mulher, algo lhe aconteceu.

Sua companhia tinha recebido informações de que os fascistas iam cortar caminho entre Valencia e Madri. A intenção era chegarem à estrada de Barcelona, e isso seria uma catástrofe para o bando republicano, de maneira que os brigadistas rumaram para lá, em direção ao vale de Jarama, ao encontro daqueles que procuravam evitá-los.

Quando os aviões passaram, todos estavam prontos, menos David, a quem as rajadas surpreenderam enquanto se aliviava entre alguns arbustos. Pensou que a vida acabaria ali, na Espanha, com as calças arriadas, sem que tivesse tido tempo para mudar o mundo. Teve sorte, naquele momento. Junto de Sam Wild, um camarada de classe operária que era muito mais hábil que ele, posicionou-se numa colina para defendê-la, pois compreendeu que tudo dependia disso. Nunca viu o inimigo, mas alguém gritou em inglês: "São os mouros!". Depois de horas de combate que acabaram com a vida de vários brigadistas e muitos mais sublevados, David e Sam escutaram a ordem de retirada e se arrastaram ao outro lado da colina, recolhendo rifles abandonados e uma caixa de munições no caminho. Então lhe pareceu que algo se movia não muito longe de onde estavam. Antes que pudessem se esconder, uma nova rajada saiu do nada: uma bala feriu Sam, duas atingiram David na perna e outra arrebentou seu cantil.

Foi protegido pela escuridão. Trinta anos depois, falando com Marianella no apartamento de Pequim, a voz de David falhava ao recordar a lua daquela noite, que ainda descrevia como se pudesse ver pela janela: uma lua em forma de foice dependurada no céu limpo e cuja luz tímida conseguia iluminar os corpos dos mortos. Ao amanhecer, depois de passar a noite meio inconsciente, deitado sobre o chão duro da colina, ouviu que os maqueiros vinham para pegá-lo; o amigo Sam havia chegado ao front para avisar. Uma ambulância o levou até Madri; e naquele mesmo dia, enquanto David viajava com uma coxa destroçada pelo chumbo e temendo uma amputação, começava a batalha de Jarama, que durou vinte dias, envolveu cerca de sessenta mil combatentes e matou dois mil e quinhentos brigadistas. Seu ferimento na colina — que muito mais tarde seria conhecida como Colina dos Suicidas — lhe salvou a vida. Dois terços dos seus companheiros morreram lá, e muitos deles eram mais bem treinados que ele. Sempre pensou que, se tivesse entrado em combate, o mais provável é que não teria sobrevivido.

A convalescença em Madri não foi inútil. Leu Dickens e Jack London, e também as *Memórias de Lênin*, de Krupskaia, cuja opinião generosa de Trótski o pegou de surpresa. Alguém lhe falou do Hotel Gran Vía, onde os jornalistas de língua inglesa se reuniam para comer, e tão logo pôde andar — sobre muletas, é claro — dirigiu-se para lá, menos à procura de comida que de conversar na sua língua. No restaurante do sótão conheceu Martha Gellhorn e Ernest Hemingway, em cujo quarto nos últimos andares passou uma tarde bebendo vinho e filosofando sobre a guerra enquanto zuniam os obuses. Conheceu Stephen Spender, que lhe pareceu a definição do intelectual insuportável de Oxford, e uma jornalista canadense pela qual se enamorou de imediato. A mulher vivia com seus compatriotas no centro de transfusões dirigido por Norman Bethune, o médico que delineou um sistema para colher doações de sangue em Madri e levá-las em unidades móveis à frente de batalha. E lá estava David, em pleno romance na guerra, quando um francês que o escutou falar mal de Trótski numa noite qualquer se aproximou para perguntar, em voz baixa, se estaria disposto a levar a cabo uma missão especial. "É pelo movimento", disse.

"Pelo movimento", respondeu David, "farei o que me pedirem."

Marcaram encontro no Hotel Palace com dois camaradas soviéticos, em seguida no Gaylord's, e depois de novo no Palace, até que se convenceram de que podiam confiar nele. David, por sua vez, sempre confiara nos soviéticos: estava certo de que tanto a França como a Inglaterra tinham dado as costas para a Espanha com o argumento covarde da não intervenção, enquanto Moscou soube reconhecer a transcendência do momento. Foi com fuzis soviéticos que se lutou em Jarama, e foram soviéticos os técnicos que chegaram à frente republicana para mostrar aos espanhóis como usar os tanques soviéticos. De maneira que David teria aceitado deles qualquer missão. Os soviéticos eram reticentes, entretanto, e o despacharam com uma frase breve:

"Mandaremos chamá-lo quando for necessário."

De regresso ao seu batalhão, soube da morte de Sam Wild, cuja perna ferida gangrenara, e olhou para o próprio destino como se olhasse um espelho. Enquanto se recuperava, teve tempo de pensar: pensou na jornalista canadense por quem estava apaixonado; pensou brevemente em deixar a guerra e ir viver com ela; envergonhou-se do seu egoísmo. Na grande moldura da derrota do fascismo e da vitória da revolução socialista, não somente não era trágica a morte de um indivíduo, como era a condição necessária para a vitória. Em abril o mandaram para Albacete, a uma escola de treinamento onde aprendeu táticas de infantaria e leitura de mapas enquanto limpava latrinas, e depois a Valencia, a fim de receber ordens do cônsul soviético enquanto ele comia um prato de paella. Era a missão que tinha estado esperando, de modo que recebeu suas ordens e seu dinheiro e em 27 de abril chegou a Barcelona. Era uma cidade em estado de choque.

•

"Foi recebido num hotel no Paseo de Gracia", disse Sergio. Estavam em frente ao Café Zurich, onde os turistas tomavam o sol do meio-dia. Sergio moveu uma das mãos vagamente no sentido da outra esquina da praça. "Os republicanos estavam em confronto em Barcelona, e naquele hotel David se sentou diante de seis pessoas que discutiam em três idiomas a missão de que o encarregariam. Em seguida, explicaram que suas ordens vinham diretamente da KGB."

"E tinha que fazer o quê?", disse Raúl.

"Espionar o Poum", disse Sergio.

O Partido Operário da Unificação Marxista tinha reputação de ser um ninho do trotskismo, e na guerra se convertera numa formidável força antistalinista. David compreendeu ou aceitou que tudo aquilo, somado à aliança com os anarquistas, representava uma ameaça para a vitória dos republicanos. Do lado do Poum estava também um partido britânico, o Independent Labour Party, que se reunia no Hotel Continental das Ramblas. "É onde você entra", disseram a David.

Hospedou-se por lá. Sua missão era se apresentar como correspondente de um semanário britânico, tornar-se amigo dos trotskistas e laboristas e informar acerca das suas atividades e dos seus contatos.

"Vamos, vou mostrá-lo a você", disse Sergio.

Cruzaram a rua, deram a volta na entrada do metrô e passaram diante da fonte de Canaletas. De repente Sergio acelerou o passo, e quando se deteve, poucos metros mais abaixo, estavam em frente ao Hotel Continental. A porta estreita, o toldo de ferro e vidro branco, as sacadas modestas; ao contrário dos demais edifícios da área, com suas lojas de bolsas de luxo e iluminações douradas, a fachada do Hotel Continental parecia parte de outra cidade, mais franca ou menos ostentatória: uma cidade desaparecida. Cruzaram a rua e entraram no vestíbulo, onde pendia um enorme lustre de cristal, como se o prédio ao redor tivesse encolhido de maneira misteriosa.

"Esteve aqui", disse Sergio. "David Crook esteve aqui."

"Quer dizer, não foi exatamente aqui", disse Raúl.

"Claro que não era o mesmo lobby", disse Sergio. "Mas imagine só David entrando, vindo das Ramblas, numa cidade em guerra, num lugar que tinha se convertido numa espécie de quartel-general dos ingleses. Gente indo e vindo, camaradas se cumprimentando, dando notícias boas e notícias más."

Entre os hóspedes estava um escritor alto e desengonçado que parecia suspeito aos camaradas, pois se sabia que seu nome, George Orwell, não era verdadeiro. David o via ir e vir junto da esposa, Eileen Blair, e assim, enquanto anotava seus movimentos, começou a frequentar os escritórios dos laboristas. Em poucos dias conseguiu aproveitar a hora da sesta para roubar documentos, fotografá-los e devolvê-los às suas pastas antes que alguém se desse conta. Em meados de maio, a polícia prendeu um grupo de poumistas entre os quais estavam Georges Kopp, um militar belga que se unira à causa, e a esposa de Orwell. Os soviéticos viram uma oportunidade: armaram a prisão de David, cuja missão no cárcere era conseguir toda a informação possível dos aprisionados.

"Passava os dias na cadeia procurando ouvir algo de interesse", disse Sergio. "David falou com Kopp, mas não conseguiu nada. Falou com Eileen Blair e se surpreendeu que pudesse gostar tanto de uma pessoa tão equivocada. Depois de nove dias o soltaram e David voltou para cá, ao hotel, para observar Orwell de longe enquanto do lado de fora, na cidade, as pessoas começaram a se matar. Aqui, na praça Cataluña. E foi então que David voltou a entrar no quadro."

Os anarquistas tinham tomado o edifício e espionavam ou cortavam ou intervinham nas comunicações entre os comunistas e o governo republicano; quando este tentou recuperar o edifício, eclodiu uma verdadeira batalha campal em plena praça, e em poucas horas as ruas de Barcelona se converteram no cenário de enfrentamentos que pareceriam brigas de bebuns se não tivesse as barricadas e gente morta nas ruas. Depois daqueles dias de violência, um austríaco de nome Landau, líder do anarquismo internacional, conseguiu aproveitar a confusão para sumir em paradeiro desconhecido. David o conhecera: era louro e simpático e culto, um homem que em outras circunstâncias poderia ter sido seu amigo genuíno e não apenas seu objetivo ou sua presa. Encontrá-lo se converteu na prioridade número um para os soviéticos. David nunca soube realmente por que aquele homem era tão importante, mas se viu de um dia para outro contatando os demais anarquistas, cuja confiança havia conquistado no cárcere, para conseguir o telefone do homem perdido.

Não foi difícil. Com a ajuda da central de comunicações, bastou aos soviéticos aquele número para encontrar o endereço da sua vítima, que resultou ser uma vila luxuosa no mesmo bairro do consulado dele. Faltava apenas que alguém o identificasse. David averiguou que Landau saía todas as tardes até o jardim e lia durante horas, à vista de qualquer um que passasse pela rua, e decidiu fazer exatamente isso: de mãos dadas com outra espiã, simulando ser um casal, passou diante da vila, viu Landau e o reconheceu muito além de qualquer dúvida. Em questão de dias, o homem havia desaparecido. Quando David perguntou o que tinha acontecido com ele, seu superior imediato explicou o previsível: fora sequestrado e jogado num dos barcos soviéticos que traziam comida para os republicanos. Nunca mais se soube dele.

"Naquele momento, David não teve dúvidas: os antistalinistas eram o inimigo", disse Sergio. "Demorou muitos anos para perceber que nem tudo era como ele acreditava que fosse."

Ao longo do ano seguinte, David foi testemunha do lento fracasso da república. Às vezes mal lhe parecia perceptível — a água que se retira de uma ribeira — e às vezes chegava em duros golpes, como quando soube que os nacionalistas entraram em Bilbao ou que bispos espanhóis, em carta aberta, se declaravam a favor de Franco e chamavam a sublevação de cruzada. O Poum foi derrotado, e seu líder, Andreu Num, capturado e encarcerado, e a força pública começou em Barcelona a perseguição dos seus membros; enquanto isso, David continuou fazendo serviços de espionagem, quase sempre insignificantes, e suas convicções stalinistas foram se afirmando mais e mais, pois a ele parecia claro que o compromisso da União Soviética era a única maneira de se salvar da derrota. Por aqueles dias caiu nas suas mãos o livro de um tal Edgar Snow, *A longa revolução*, no qual se falava da revolução que estava tendo lugar na China remota. Foi uma verdadeira epifania: durante dias, movimentando-se por Barcelona, David sonhava desperto com o homem chamado Mao Tsé-tung, com sua Grande Marcha comunista, com os vinte e três heróis que enfrentaram o inimigo na ponte de ferro. Lá acontecia algo importante, pensou, enquanto aqui as perspectivas não eram alentadoras. Num daqueles dias, caminhando pelas Ramblas, David viu Sam Wild, seu companheiro na véspera da batalha de Jarama, e lhe pareceu evidente que se tratava de uma alucinação até que Sam também o reconheceu. A notícia da sua morte fora um mal-entendido. David se alegrou, mas a relação estava contaminada: o espião usava máscaras em demasia para falar com naturalidade.

Assim passaram os meses. Em março de 1938, enquanto os aviões italianos bombardeavam Barcelona, David foi convocado à casa segura da rua Muntaner onde os soviéticos concentravam seu serviço de inteligência. Era uma noite chuvosa. Antes que tivesse tempo de se sentar, os soviéticos levaram David a uma limusine que os esperava do outro lado da rua, e ficaram dando voltas sem rumo por uma cidade desabitada enquanto dois russos gordos o cumprimentavam pelo trabalho realizado até o momento. No cruzamento da rua Mallorca, um deles perguntou:

"Não gostaria de continuar seu serviço em Shanghai?"

Desde já, nenhum daqueles homens tinha por que saber que David tinha lido A *longa revolução*, nem que continuava a pensar na capital comunista de Yenan, mas aceitar não lhe custou mais que um quarteirão. Em maio chegava a Paris; passou algumas semanas aprendendo russo na escola Berlitz, pois sua viagem seria feita por Moscou. A ilusão de conhecer a cidade de suas paixões ideológicas não durou muito: os planos mudaram por razões que nunca lhe explicaram bem, e David viajaria semanas além do previsto, e não o faria mais através da União Soviética, mas de barco a partir de Marselha. Teve tempo de voltar a Londres para se despedir da família, e, apesar de não confidenciar a eles as verdadeiras razões para ir ao outro lado do mundo, alegrou-se de ter feito aquela visita, pois foi a última vez que viu a mãe. A mulher morreu pouco depois, aos cinquenta e seis anos, convencida de que o filho tinha sido contratado na China para ensinar literatura na universidade missionária de St. John's.

Assim, como agente a serviço da União Soviética, chegou a Shanghai. Sua primeira missão foi espionar Frank Glass, um jornalista inteligente, simpático e bastante lido, admirador de Trótski e antistalinista convicto, que se reunia com os colegas num pub para ocidentais ao qual todos se referiam pelo nome do beco onde ficava: Blood Alley. Com o tempo, David Crook chegaria a pensar que aqueles dias de residência na YMCA, de serviços de espionagem, de identidade falsa como professor de literatura, tinham sido apenas o acidente que lhe permitiu descobrir sua verdadeira vida. Ter lido Malraux e Pearl S. Buck não era suficiente para vislumbrar esse país que se descortinava diante dos seus olhos, e Glass aproveitou a oportunidade para doutriná-lo. Sugeriu a David que escrevesse um artigo sobre as semelhanças entre a China e a Espanha; David aceitou, antes de tudo para preservar sua cartada, mas no processo descobriu ou acreditou descobrir que aquele país, em meio à guerra com o Japão, não era tão diferente da república; os dois sofriam amargas derrotas nas mãos de agressores fascistas enquanto o resto do mundo parecia olhar para outro lado. Por recomendação (ou doutrinamento) de Glass, leu os escritos antistalinistas de Arthur Koestler e os testemunhos de espiões soviéticos rebeldes ou desencantados. Na vida diária foi se aproximando da China e se afastando da União Soviética, e seus responsáveis devem ter percebido, pois certo dia, ao chegar à casa da Concessão Francesa onde apresentava seus informes, David a encontrou vazia. Os russos tinham partido: abandonaram-no. Nunca ninguém lhe explicou por quê.

Sem o salário de espião, David se viu de repente numa precária situação econômica. Pediu um aumento; o reitor de St. John's disse que só poderia dá-lo caso se unisse à Missão. "Receio que isso seja impossível", disse David. "Compreenda, eu sou ateu." Começou a procurar alternativas: pegou um segundo trabalho na universidade de Suzhou, numa área da cidade que à noite se convertia em prostíbulo, mas depois de alguns meses caiu nas suas mãos a oportunidade que estava esperando: um posto na universidade de Nanquim, no interior do país, que lhe permitiria enfim sair daquela cidade de artifícios que era Shanghai e se aventurar pela China de verdade. Quando a St. John's lhe ofereceu a possibilidade de ministrar um curso de verão, pensou que viria a calhar juntar algum dinheiro para a viagem a Nanquim, e em questão de dias conseguiu montar um seminário sobre literatura satírica. Falou aos seus alunos de Aristófanes, de Rabelais e de *Dom Quixote*, e suportou as queixas dos mais puritanos, que perguntavam, em meio a uma sessão sobre *Gargântua e Pantagruel*, se ler aquilo era obrigatório, se era realmente necessário que o livro fosse tão vulgar.

Ao fim do verão, David chegava a Nanquim. Eram dias estranhos: todas as manhãs, às onze e meia, os japoneses bombardeavam a região, e o horário era tão rigoroso que a universidade implementara um sistema de alarmes para avisar sobre os bombardeios com uma hora e meia de antecedência. As aulas eram dadas em função das bombas, o que não era mais arbitrário que qualquer outra rotina. Por aqueles dias começou a comparecer às reuniões de um grupo de estudos que traduzia para ele a realidade chinesa, e depois saberia que alguns dos integrantes eram membros do Partido Comunista. Também se inteirou de que Norman Bethune, aquele médico que servira com os republicanos em Madri, tinha chegado à província de Shanxi no começo de 1938; ele se unira aos comunistas liderados por Mao, mas no fim de 1939 cortou um dedo enquanto operava um soldado e morreu de septicemia em Yan'an. David considerou a possibilidade de ir ver o que acontecia ali, mas todos os amigos o aconselharam a não fazê-lo: o bloqueio do Kuomintang, o Partido Nacionalista Chinês, era inexpugnável. Teria sido uma viagem suicida.

De modo que permaneceu dando aulas na universidade. Certa tarde, estava corrigindo alguns papéis quando entrou Julia Brown, uma filha de missionários canadenses que era sua colega no departamento de inglês. "Julia, você mudou o penteado", disse David. Mas Julia não era Julia, e sim sua irmã Isabel, uma mulher tão bela que sempre tinha vários pretendentes, mas com personalidade tão forte que todos acabavam se dando por vencidos. David comprou uma bicicleta de segunda mão apenas para dar passeios com ela, e no verão de 1941, junto de outros quatro amigos, fizeram uma viagem pelas montanhas que os levou à província de Xikang, e que durante vários quilômetros correria paralela ao percurso da Grande Marcha de Mao. A viagem durou seis dias. Falaram da religião judaica que ele recusou e do cristianismo que ela começava a questionar. Ela nascera em Sichuan de pais ocidentais, e em seis dias de caminhos montanhosos o conduziu pelos labirintos da mentalidade chinesa melhor que qualquer das pessoas que ele tinha conhecido naqueles três anos. Quando regressaram, David se barbeou e foi atrás de Isabel para pedi-la em casamento. Sempre lhe pareceria inacreditável que ela tivesse dito que sim.

Raúl disse que iria caminhar pelas Ramblas, até a estátua de Colombo: queria ver como o mar batia em Barcelona. Sergio subiu para o quarto a fim de descansar um pouco, pois em questão de meia hora o pegariam para levá-lo a uma entrevista na rádio; mas em vez de fechar os olhos e tentar fazer uma sesta, que era o que lhe pedia o corpo, acabou aproveitando a conexão de internet para ligar para Marianella. Passava um pouco das nove da manhã em Bogotá, e ela já estava trabalhando havia três horas. Naqueles dias tinha começado a dar forma a um velho projeto: um método para aprender chinês. Sergio ficou entusiasmado com a ideia, de modo que falaram disso por um bom tempo, e em seguida Marianella quis saber como andavam as coisas em Barcelona: como estava sendo o reencontro com Raúl; como ia o evento da cinemateca. "Andamos falando dos Crook", disse Sergio. "Os dias têm sido estranhos, sabe? Ando pensando muito no papai, claro, mas acabo falando com Raúl de David Crook. Não imaginei que essa viagem fosse causar isso em mim. Não vim para isso, melhor dizendo. Vim para mostrar meus filmes, vim para ver meu filho, mas não vim para isso. Não vim para falar de coisas que aconteceram oitenta anos atrás com alguém que conhecemos faz cinquenta. Não vim para falar de tudo o que é incômodo, todas essas coisas de que você não gosta de falar. Mas aqui estamos, e papai acaba de morrer, e Raúl está comigo e faz perguntas, e me diga: como poderia não responder a elas? De noite vamos ver *Golpe de estádio*, por exemplo. Impossível que não saia com mais perguntas. Nunca tive medo disso, como você sabe. Mas existem coisas que queremos esquecer, não?"

"E você diz isso para mim", disse Marianella antes de desligar. "Para mim, que passei a vida tentando fazer isso."

* * *

Depois de terminar a ligação para Marianella, abriu o WhatsApp e procurou o contato de Silvia.

Escreveu:

Me sinto incomodado por insistir tanto em recuperar seu amor. Não é meu estilo, e você sabe disso melhor que ninguém. Sinto que estou lhe forçando a agir contrariamente às suas emoções e não me parece correto, e embora saiba que, como você me disse uma noite dessas, poderia dizer para eu deixar as reconquistas e romantismos para lá, sinto que caminho no escuro. E por sorte você não fez isso, pois é verdade que estou disposto a ter muita paciência, mas também é verdade que necessito da sua, para que cada dia, cada noite, cada segundo, cada palavra possam jogar a meu favor.

Escreveu:

Espero não incomodar, que saiba que tudo que faço, faço com toda a emoção que me resta, pois não quero, se essas tentativas de reconquista fracassarem, ficar com o remorso de não ter sido suficientemente convincente, agressivo, dramático. Enfim: não ter feito de tudo antes da rendição. Mas se eu não for insistente, quem vai fazer isso por mim?

Escreveu:

Quero que saiba que há momentos em que perco as esperanças e penso que jamais recuperarei seu amor, suas carícias, seus cuidados... E há outros em que sinto raiva e penso que tudo isso é injusto, que o castigo que recebi foi desproporcional aos meus pecados, e sinto vontade de pedir um desconto. Como se estivéssemos na praça de Paloquemao de Bogotá ou na Rota da Seda de Pequim.

E então enviou.

12.

Os Crook voltaram do Ocidente no fim de novembro: todos, exceto David, que aproveitou a estada no Canadá para fazer uma viagem pelos Estados Unidos, de costa a costa, com a missão de explicar ao mundo capitalista as maravilhas do que acontecia na China. Fora testemunha nos últimos anos da coletivização da agricultura, da morte do feudalismo e do nascimento da República Popular, e queria levar a boa nova de ponta a ponta daquele país tão poderoso e tão necessitado de reformas, tão rico e tão injusto, tão civilizado e tão selvagem. Carl dizia isto a Marianella: "Ninguém entende o que está acontecendo aqui. Isto é parte da nossa missão: explicar ao mundo o que é a Grande Revolução Cultural Proletária". Ela não podia estar mais de acordo. Passou o fim do ano dividida entre o Hotel da Amizade e a casa dos Crook, falando sem parar de Mao Tsé-tung e do Livro Vermelho. Mais tarde, quando David Crook voltou da sua viagem de propaganda, conversava com ele e o admirava cada vez mais.

David se incorporou de imediato à luta, mas se queixava do que encontrara no instituto. Os professores e os estudantes estavam divididos em facções rivais; David e Isabel se viram na obrigação de escolher um dos grupos revolucionários. Todos estavam de acordo na defesa do pensamento de Mao, mas seus inimigos eram distintos. "Os inimigos nos definem mais do que os amigos", dizia David. "Diga quem te ataca e te direi quem és." Um dos grupos havia apontado e denunciado membros do Batalhão da Bandeira Vermelha, que David conhecia bem: eram camaradas honestos e devotos pelos quais tanto ele como a esposa teriam botado a mão no fogo, de modo que David se dirigiu a eles, embora fosse apenas por um sentimento de justiça, e pediu que o aceitassem no grupo. Não foi tão fácil como teria sido noutros tempos, pois a Revolução Cultural trouxera à vida uma desconfiança inédita nos estrangeiros. Pareceu inverossímil a David que essa palavra fosse usada para descrevê-lo: estrangeiro, ele? Fazia vinte anos que vivia na China, seus filhos eram chineses de nascimento e sua esposa também, trabalhara pela causa revolucionária, e quatro anos antes, quando o mundo comunista viveu o enfrentamento — o verdadeiro cisma — entre chineses e soviéticos, ele ficou inequivocamente ao lado de Mao. Como podiam considerá-lo estrangeiro?

Começou a militar com o Batalhão da Bandeira Vermelha. Denunciou os soviéticos por aquilo que em outros anos teria dado a vida; gritou palavras de ordem na rua e recitou o Livro Vermelho de Mao; compôs *dazibaos* que defendiam o Vietnã e atacavam Liu Shaoqi. Colaborou na denúncia de um antigo trabalhador convertido em ministro e, apesar de nunca ter sabido muito bem por que o denunciaram nem de que era acusado, uniu-se disciplinadamente aos ímpetos do grupo. Seu comportamento parecia pouco usual para si mesmo, pois os anos o habituaram a duvidar e a questionar e a se informar antes de tomar uma decisão, não a aderir de imediato ao ativismo: estavam distantes os tempos de fé cega da juventude. Mas ali, arrastado pelas emoções da ação coletiva, pensou que era indigno ou desleal tentar encontrar poréns num acontecimento que estava abalando o mundo. Diante do nascimento de uma cultura nova, quem podia se queixar de que a inexperiência dos jovens cometesse certos excessos?

Sim, eram desagradáveis os discursadores que cuspiam as últimas instruções de Mao durante a noite inteira, mas apenas um velho acomodado se queixaria de que a Revolução estropiasse seu sonho. E ele, aos seus cinquenta e sete anos, não era aquilo. Ainda tinha várias batalhas para lutar.

Enquanto isso, o trabalho na fábrica tinha chegado ao fim. Sergio e Marianella, reunidos outra vez no Hotel da Amizade, se perguntavam se haveria algum destino de trabalhadores proletários ao qual pudessem chegar juntos, pois Marianella não estava disposta a ficar ociosa. A decepção foi enorme. A associação não pôde lhes oferecer nada, e Sergio teve a sensação de que ninguém se esforçava muito por uma solução. Depois de tudo, dois jovens estrangeiros, filhos de um especialista ausente e comodamente instalados em quartos de cinco estrelas, eram a menor das suas preocupações. A única resposta que receberam foi a recomendação de não sair, pois na cidade os ocidentais continuavam a ser perseguidos e a sofrerem o assédio dos guardas vermelhos, e de nada valeu a Sergio lhes recordar que eles fizeram parte de uma organização daquelas, se é que não faziam ainda: ninguém lhes dissera explicitamente que não poderiam continuar militando.

"Muito bem, mas isso teria que ter sido explicado", disse um camarada para eles. "E os guardas vermelhos não são o tipo de pessoas que ouvem explicações com paciência."

Tinha razão. Assim Sergio e Marianella enfrentaram outra temporada de ócio forçado, mas dessa vez, ao contrário do que aconteceu no Hotel da Paz, não estavam sozinhos: como as escolas tinham sido fechadas durante os excessos da Revolução Cultural e todos os rapazes do Hotel da Amizade se encontravam igualmente ociosos, seus pais não viram outra solução a não ser improvisar uma escola para eles numa das salas de conferências. Foi chamada de Bethune-Yenan. Seus professores eram filólogos, historiadores, filósofos e até um matemático; também suas atividades foram interrompidas com a Revolução

Cultural, de maneira que não foi difícil repartir as matérias para continuar com a educação dos seus filhos, como se se tratasse de uma medida de emergência em uma pandemia. Um deles, um historiador colombiano chamado Gustavo Vargas, ocupou por aqueles dias uma das salas do hotel para organizar uma exposição sobre o Exército de Libertação Nacional, a guerrilha na qual havia morrido o padre Camilo Torres. Marianella passou pela exposição com curiosidade, mas não se permitiu mais nada: pois o ELN já escolhera seu lado na Revolução, e não era o de Mao Tsé-tung. Depois, durante uma tarde com os Crook, falou da escola e mencionou seu nome. Isabel o disse a David; David sorriu com o sorriso de quem recorda algo. Aquela noite foi especial para Marianella. Isabel a ensinou a tricotar e David lhe contou piadas; os Crook comemoraram seus quinze anos com raviólis de carne; Carl a beijou e disse que gostava dela, e ela disse que também gostava dele.

Pouco a pouco, os jovens alunos da escola Bethune-Yenan, todos residentes ocidentais do Hotel da Amizade, decidiram levar seu compromisso um passo além. Assim nasceu o Regimento Rebelde, que era, para todos os efeitos práticos, uma organização de guardas vermelhos de origem forasteira, todos vestidos de verde, todos com seus braceletes vermelhos de luminosas letras amarelas, que foram se agrupando sob a autoridade dos pais de família mais radicais ou comprometidos. David Crook, é claro, era um deles. Às vezes com ele e às vezes por conta própria, os jovens do Regimento Rebelde se reuniam numa sala que o Hotel da Amizade lhes arranjou sem obstáculos, um espaço escuro e pequeno mas equipado com um mimeógrafo pronto para produzir panfletos revolucionários, onde o regimento se reunia para planejar o futuro e ouvir música e travar longas discussões ideológicas nas quais Marianella era muito mais impetuosa que o namorado. Numa dessa reuniões, contudo, Carl foi escolhido para representar o grupo num evento massivo de apoio à Revolução Cultural. Todos juntos escreveram um discurso de condenação e repúdio a Liu Shaoqi;

chamaram-no de traidor, contrarrevolucionário e escória capitalista, e o acusaram de se aliar a Deng Xiao Ping para buscar o fracasso da República Popular. Carl fez seu discurso a céu aberto, num estádio onde dez mil pessoas gritaram e aplaudiram e vaiaram quando eram pronunciados os nomes dos inimigos, e Marianella, a poucos passos do microfone, nunca se sentira tão apaixonada por Carl nem tão orgulhosa do seu regimento.

Por aquela época houve uma grande discussão no salão do Hotel da Amizade. O foco do conflito eram as luzes dos semáforos. Tinham mudado; foi uma decisão dos guardas vermelhos, e o Regimento Rebelde não podia se manter à margem. Tratava-se de reconhecer que a cor vermelha, símbolo dos guardas e da Revolução, não podia continuar a determinar que as pessoas parassem, pois para todos eles era a cor do progresso. De agora em diante, o vermelho significaria a ação de avançar: inversamente, o verde seria o sinal para parar. Os grupos dos guardas dividiram as ruas, chaves de fenda na mão, para fazer as mudanças necessárias. Em momentos de tédio, Sergio saía para a rua e procurava uma esquina apenas para ser testemunha daquela inusitada inversão cromática, sentindo um calafrio todas as vezes que um carro acelerava para passar o sinal vermelho, todas as vezes que os jovens revolucionários aproveitavam o verde para erguer suas bandeiras ou atravessar a rua, em meio a uma das suas marchas, rodeando os acusados. Gostaria de sair com uma câmera e registrar toda a celeuma, mas sabia perfeitamente que era uma péssima ideia: no melhor dos casos, um ocidental tirando fotos seria considerado uma provocação e o incidente terminaria com o confisco do filme e até mesmo da câmera; no pior, com perigosas acusações de espionagem e uma noite gratuita em alguma escura delegacia do Departamento de Segurança Pública. Em certa ocasião, chegou a zombar da celeuma diante da tutora Li. Pensou que ela o acompanharia nas risadas, mas deparou com a expressão severa de quem recebeu um insulto.

"Qual é o sentido das cores?", ela perguntou. "Você sabe que o sangue da nossa bandeira simboliza o sangue dos nossos heróis, não é?

O sangue de milhões de camaradas que deram a vida pela república. Pense no que um revolucionário sente quando vê que outra pessoa, em outro país, decidiu por um capricho que a cor vermelha, a cor pela qual estamos dispostos a dar a vida, vira uma ordem de 'pare'. E se aceitássemos isso, se aceitássemos que o vermelho é o sinal para que os carros parem, também teremos que aceitar que os pedestres parem diante do vermelho... nos semáforos para pedestres. E não somos apenas pedestres, somos guerreiros revolucionários! E não podemos aceitar interferências estrangeiras na Revolução!"

Assim passaram três meses. Três meses de discussões teóricas na sala do Hotel da Amizade, três meses de aulas com grandes antropólogos, matemáticos e tradutores que deixavam em Sergio a sensação de que a vida passava à margem, depois de três meses de tempo livre com partidas de pingue-pongue ou de bilhar. Durante esse tempo, Smilka procurou diversas vezes entrar em contato com ele: telefonou (Sergio, porém, pediu à telefonista que não lhe passasse ligações daquela garota), escreveu-lhe uma carta (à qual Sergio não respondeu, apesar de sentir que cometia uma injustiça) e chegou até a ir ao hotel perguntar por ele na recepção. "Diga que não estou", pediu Sergio ao recepcionista. Ao cabo de algumas semanas, Smilka se deu por vencida. A última vez em que se viram foi um momento triste. O Regimento Rebelde Bethune-Yenan tinha organizado um ato de protesto em frente à embaixada britânica, e lá estavam Sergio, Marianella e Carl gritando palavras de ordem contra a Guerra dos Seis Dias (que nos *dazibaos* aparecia como "agressão da Grã-Bretanha, dos Estados Unidos e de Israel aos países árabes"), quando um carro luxuoso passou pelo portão da embaixada e entre o grupo de guardas vermelhos. Avançava em velocidade suficiente para evitar que os manifestantes pensassem em detê-lo, mas ainda assim Sergio conseguiu ver, colado à janela traseira, o belo rosto de Smilka, no qual se misturavam apreensão, decepção e tristeza. Nunca voltaram a se ver. Melhor assim, pensou Sergio, e talvez acreditasse mesmo nisso.

Ao fim de junho, mas não como resposta a tais exigências, a associação organizou uma viagem revolucionária. Os beneficiados eram os filhos dos dirigentes comunistas internacionais — em outras palavras, os filhos do alto escalão guerrilheiro do Laos, Camboja e Vietnã —, mas Sergio e Marianella faziam parte da lista desde o princípio, como se seu pai, do outro lado do mar, continuasse manejando os fios da vida deles. Aquilo não era trabalho proletário nem os ajudava a avançar na intenção de viver como o povo verdadeiro, mas estava mais próximo da Revolução que da rotina burguesa do hotel. Eram dois ônibus que partiram rumo ao sul, cujos passageiros entoavam palavras de ordem e andavam pelo corredor e soltavam gargalhadas grosseiras durante quilômetros, como em qualquer passeio juvenil. Fizeram paradas em Ruijin, no lugar onde em 1934 começou a marchar o Primeiro Exército Vermelho, liderado por Mao e Zhou Enlai, e depois visitaram Shaoshan, a aldeia de Hunan onde o presidente Mao nasceu em 1893, e no percurso tiveram tempo de visitar as bases da Guerra da Libertação.

Não foi uma viagem simples, pois os guardas vermelhos bloquearam a passagem com frequência, alarmados pelo espetáculo de um ônibus cheio de jovenzinhos privilegiados: todos potenciais contrarrevolucionários. Desciam-nos do ônibus com insultos e às vezes chegavam a agredi-los, e as coisas poderiam ter sido piores se os filhos dos dirigentes não tivessem interferido. Pediram a Sergio e a Marianella que descessem do ônibus e os apontaram como se fossem delinquentes numa fila, mas não para acusá-los de nada, mas o completo oposto: usaram-nos para se defenderem. "São camaradas latino-americanos", disseram. E isso, pelo visto, era a prova irrefutável de que aquele não era um passeio de chineses burgueses e sim uma reunião internacional de revolucionários, embora alguns ainda fossem crianças.

A viagem durou pouco mais de um mês. Quando regressaram a Pequim, avançando por ruas com semáforos vermelhos, Sergio e Marianella encontraram um hotel deserto. Era o mês de agosto mais

úmido em muitos anos, e as famílias do Hotel da Amizade tinham ido passar o calor em outro canto. O lugar era uma cidade fantasma. Sergio começou a passar os dias trancado no quarto, lendo e relendo *Assim foi temperado o aço*, um romance de Nikolai Ostrovski que se converteu no único contato com o inalcançável futuro proletário. Marianella reprovava sua quietude. "A Revolução é para gente que age", dizia-lhe. "Que estamos fazendo aqui trancados?" Certa noite o surpreendeu lendo seu livro de Ostrovski e o achou tão absorto, tão alheio ao mundo que o rodeava, que fez uma foto sua como se quisesse conservar a prova de um delito. Sergio nem sequer se deu conta, pois sua música soava a todo o volume: tinha encontrado na loja do hotel uma velha versão de *Don Giovanni* e uma mais recente de *La traviata*, e as comprara sem pensar duas vezes, pois Mozart e Verdi já eram nomes proscritos pela Revolução Cultural.

Trancado no quarto, Sergio deixou de notar as horas que Marianella recebia Carl no quarto dela. Às vezes ficava para passar a noite; Sergio o encontrava quando descia para o café da manhã, e então, em conversas tensas, sabia de tudo o que ocorrera com o Regimento Rebelde durante sua ausência. Enquanto os Cabrera viajavam de ônibus com outros adolescentes revolucionários, o regimento havia organizado

manifestações para protestar pelas prisões de jornalistas chineses em Hong Kong e pelas ações antichinesas do governo da Birmânia, concordara em mandar um telegrama de apoio aos proletários de Wuhan e agora estava preparando a celebração pelos cem anos do *Capital* de Marx, que se cumpririam em setembro. Marianella sentia que tinham perdido muitas coisas por estar viajando e, ao mesmo tempo, que não havia acontecido nada de importante. Em meio às convulsões que começavam na porta do hotel, sua vida ficara paralisada. Carl parecia cada vez mais apaixonado por ela; para Marianella, por outro lado, era como se aguardasse uma vida que não acontecia em lugar nenhum.

Numa tarde quente, o Regimento Rebelde se reuniu para examinar o que fora realizado ao longo do verão. Os adultos não se encontravam lá, mas todos os jovens sim: Carl, Marianella, Sergio, e também os estrangeiros mais ativos: Shapiro, Rittenberg, Sol Adler. Foi Adler quem leu um informe sobre os ataques que o regimento começara a receber de outros guardas vermelhos. Era uma lista precisa que passou, mimeografada, de mão em mão:

A *liderança do Regimento é conservadora*

O Regimento bloqueou a Revolução Cultural entre os estrangeiros durante um ano e meio

O Regimento (velhas autoridades) quer controlar os movimentos de mulheres africanas, asiáticas e latino-americanas

O Regimento escreveu poemas contra si mesmo para angariar simpatia

"Tudo isso é ridículo", disse Marianella. "Lá fora os camaradas estão trabalhando pela Revolução, e nós estamos brigando por idiotices diante de uma piscina olímpica."

"Não são idiotices", disse Carl. "Os ataques são sérios. Estão colocando *dazibaos* nas paredes da universidade, Lilí. Estão atacando judeus, assim, todos os judeus. Não podemos deixar…"

"Mas isso é aqui, Carlos", disse Marianella, que às vezes o chamava pela tradução espanhola do nome dele. "Isso está acontecendo no Hotel da Amizade."

"Mas foi aqui mesmo que atacaram meu pai", disse Carl. "Com nome próprio, além disso."

Referia-se a um *dazibao* que aparecera havia alguns dias na entrada do refeitório internacional do Hotel da Amizade. Os autores, aparentemente, eram um grupo de árabes que não viam com bons olhos a participação de tantos judeus na Revolução Cultural. David havia defendido a presença dos ocidentais, e os árabes responderam com uma pergunta que era um jogo de palavras em cima de um velho refrão inglês: *By Hook or by Crook?* Marianella não o entendeu.

"Querem dizer que meu pai não tem escrúpulos", disse Carl. "Que está disposto ao que for para conseguir o que quer. Não dá para dizer que não sejam engenhosos, mas é um ataque, e é pessoal, e é sério."

"Pode ser", disse Marianella, "mas tanto faz. Aqui estamos nós, num hotel com piscina e salão de baile. As coisas não acontecem aqui. A vida proletária não é aqui, Carlos, a vida de verdade não é aqui."

* * *

No dia 1º de setembro, Sergio perdeu a paciência. Já nem se lembrava de quantas vezes escrevera para a associação, contudo poderia fazer um inventário das visitas dos camaradas, sempre muito simpáticos, sempre muito compreensivos, que tomavam nota atentamente dos seus protestos — sobre os estudos frustrados, sobre o contato com o mundo dos trabalhadores — e depois pediam alguns dias para dar uma resposta que nunca chegava. Agora já não podia mais esperar. Retirou do armário a maleta cinzenta com a máquina de escrever que seu pai lhe deixara, uma Olivetti cujas maiúsculas pulavam para fora, e se acomodou na mesa da sala de estar. Enfiou uma folha em branco no cilindro e escreveu: *Camaradas*. Depois, em outro parágrafo: *Associação de Amizade Sino-Latino-Americana*. E daí prosseguiu.

Em vista das dificuldades que encontramos para poder nos comunicar com vocês, tivemos que optar por escrever uma carta por meio da qual queremos lhes propor alguns pontos que consideramos necessário repetir, assim como também algumas críticas concernentes ao tratamento adotado para conosco. Consideramos que o melhor seria começar pela raiz do problema. Para tal, gostaríamos de lembrá-los do objetivo que perseguimos ao ficarmos na China. Pelo que observamos no que diz respeito a tal problema, vocês têm um ponto de vista equivocado. É possível perceber isso pelo tratamento que nos têm dado.

Sim, creio que é por aí, pensou Sergio. Em seguida, enumerou as razões que os levaram, a ele e à sua irmã, a ficar em Pequim. Eram várias, mas se resumiam em uma: lograr uma mudança radical na sua concepção pequeno-burguesa do mundo e conseguir sua remodelagem ideológica — Sergio usou esta palavra: remodelagem — para adquirir a consciência de classe do proletariado e, ao regressar ao seu país, fazer um maior aporte à luta revolucionária do povo colombiano.

E ficamos para estudar na China, especificamente, porque é o centro da revolução proletária mundial, porque é a vanguarda marxista-leninista do mundo na época atual, e portanto o lugar mais indicado para que jovens como nós possam se educar e nutrir com o pensamento de Mao Tsé-tung, o marxismo-leninismo no seu mais alto nível na nossa era.

Isso também estava bom: "No seu mais alto nível na nossa era". Agora, porém, depois do elogio, tinha que subir o tom.

Somos conscientes do seguinte ensinamento do camarada Mao Tsé-tung, e acreditamos que vocês também devem sê-lo: "Nós povos que conquistamos a vitória na nossa revolução devemos ajudar os que ainda estão lutando. Esse é o novo dever internacionalista". Vocês consideram que com seu tratamento conosco estão cumprindo o ensinamento do camarada Mao? O simples fato de que estamos aqui não significa que estamos cumprindo o objetivo exposto anteriormente nesta carta. O fato de que estamos aqui, sob o cuidado de vocês, é por si próprio um ato internacionalista. Contudo, satisfaz as exigências de ajuda expressada pelo camarada Mao Tsé-tung na passagem mencionada anteriormente? Acreditamos que não. Como adquirir uma formação política? Ela se adquire permanecendo trancados entre quatro paredes, sem participar ativamente da vida e lutas políticas de massas do povo? Não. Em absoluto! Como é possível adquirir uma consciência e uma posição de classe proletária sem se fundir às massas do proletariado?

Depois, continuou a citar Mao: *Para adquirir uma verdadeira compreensão do marxismo, é preciso aprendê-lo não só por meio dos livros, mas sobretudo por meio da luta de classes, do trabalho prático e do contato íntimo com as massas operárias e camponesas. Vocês atenderam a esse desejo? Contribuíram o mínimo a iniciar nossa formação política na forma como ensina o camarada Mao Tsé-tung?* A resposta era negativa. Sergio enumerou os diversos momentos em que apelou à associação para pedir ajuda sem nunca conseguir nada além de negativas, evasivas ou silêncios, e no melhor dos casos o argumento enfadonho da "segurança" (aqui Sergio usou aspas que pareciam se curvar de ironia). *Todas essas negativas da parte de vocês foram esmagando pouco a pouco nossa confiança de que nos ajudassem a conseguir o objetivo procurado na nossa estadia aqui.* Isso já era uma acusação, e bastante séria. Em vez de acalmar a retórica, Sergio decidiu pressionar mais ainda.

Tudo indica que a linha que nos aplicaram é equivocada ao extremo e que não é a linha revolucionária proletária do camarada Mao Tsé-tung. Tudo nos indica uma obstrução na nossa formação política, em vez de ser o contrário. Por acaso não percebem a importância que tem para nós iniciar nossa transformação ideológica e nossa formação política? Não veem a necessidade que a revolução colombiana tem de jovens politicamente firmes na sua posição política de classe proletária? Não se deram conta do desejo de virmos a ser esse tipo de jovens? Por acaso querem que tomemos o caminho errado? Por acaso desejam nos ver degenerar até o revisionismo?

O que pedimos é concreto: que nos deem a oportunidade para que nos integremos às massas revolucionárias chinesas a fim de aprender com elas, seja numa fábrica, numa comuna popular, escola ou instituição que faça traduções, até as aulas começarem. Embora nosso maior desejo — ao qual pedimos que façam todo o possível para ser atendido — é o de receber treinamento político-militar em unidades do Exército Popular de Libertação.

Pronto, pensou, falei tudo. Agora era o momento de sacar a artilharia completa.

Nos rebelamos contra a aplicação da linha reacionária burguesa no nosso tratamento! Protestamos pelo tratamento recebido até agora por parte da associação! Exigimos o cumprimento dos princípios marxistas-leninistas do internacionalismo proletário, assim como ensina o camarada Mao Tsé-tung! Exigimos resposta concreta com a maior brevidade possível!

Sergio assinou a carta com a certeza de ter dado um passo rumo ao vazio. Semelhante memorial de queixas só poderia ter dois resultados: ou os ouviam e davam o que pediam, ou contatavam seus pais para mandá-los de volta para a Colômbia por terem se convertido num fardo. Na visita seguinte da tutora Li, Sergio pôs o envelope na mão dela sem dizer uma palavra, com a solenidade de quem entrega uma urna cheia de cinzas, e ficou à espera.

Quatro dias depois se mudava, junto com Marianella, para a Fábrica de Relógios Despertadores de Pequim.

Chegaram de manhã cedo, quando o ar ainda estava fresco. O camarada Chou, secretário da associação, os recolhera no Hotel da Amizade, e no trajeto lhes explicou duas ou três coisas sobre o lugar onde morariam a partir de agora. Era uma fábrica importante: apesar do nome modesto, ali se produziam sofisticados maquinários de exploração petrolífera e dispositivos de alta precisão para a indústria aeronáutica (e Sergio, ao ouvir isso, pensou brevemente no professor de desenho da escola Chong Wen). Para o partido, dizia o camarada Chou, a Fábrica de Relógios Despertadores era de importância estratégica, e os irmãos Cabrera deviam se sentir afortunados. Nem todo mundo tinha o privilégio de trabalhar num lugar assim.

O Comitê de Direção os recebeu com uma pequena reunião de boas-vindas. Ali estavam os membros da associação, cumprimentando as pessoas com orgulho de mentores, e vários trabalhadores, representantes de cada uma das oficinas. Um fotógrafo documentava o momento: movia Sergio e Marianella como se fossem figuras de papelão, levando-os de grupo em grupo, assegurando-se de fotografá-los junto de todos os presentes. Sergio agradeceu em silêncio a breve cerimônia, cuja única utilidade era dar algum brilho à sua chegada. Mao dizia em algum canto que não deveria existir nenhuma diferença entre os chineses e os estrangeiros revolucionários, e era isso que Sergio esperava. Queria ser um deles. Queria ser mais um.

Em breves discursos, os diretores lhes agradeceram por terem vindo para a China a fim de ajudar na construção do socialismo. Outros elogiaram a solidariedade entre os povos e o espírito internacionalista daquele momento. O camarada Chou se dirigiu aos diretores da fábrica para contar que os jovens Cabrera eram filhos de revolucionários colombianos, que seus pais haviam sido especialistas no Instituto de Línguas Estrangeiras e que já haviam regressado ao seu país para fazer a revolução. "Por isso delegaram ao povo chinês a enorme responsabilidade de educar seus filhos", disse, evidentemente emocionado, o camarada Chou. "E o povo chinês cumpriu a tarefa com dedicação e compromisso." Fez uma pausa e continuou: "Nos próximos dias, os recém-chegados percorrerão toda a fábrica. Peço a todos os chefes de seção, aos responsáveis de todas as oficinas, que os acolham com camaradagem, e que dediquem seu tempo a apoiá-los e a ensinar a eles seu ofício". Encerrada a reunião, Sergio se aproximou de um dos diretores da fábrica e explicou que em outra fábrica tinha aprendido a manejar o torno, que aprendera bem, que isso era o que gostaria de fazer aqui. Pensou que fazia o correto, registrando conhecimento de um ofício e dando mostras de entusiasmo, mas o diretor o olhou com severidade.

"Você não está aqui para fazer o que mais o divirta", disse. "Você está aqui para fazer o que for necessário."

Deu meia-volta e se foi. Era o camarada Wang. Não apenas era um dos diretores da fábrica, mas também um homem respeitado entre os operários: tinha um tipo de autoridade natural que não poderia ocultar mesmo que quisesse, e falava com palavras breves e provérbios sombrios que não repetiam os usos do jargão revolucionário e que despertariam suspeitas ou desconfianças na boca de outra pessoa. Era óbvio que não estava achando engraçada a chegada de dois jovens ocidentais que logo de cara lhe diziam o que fazer, e durante os dias seguintes pareceu evitá-los. Para Sergio, foram dias exaustivos: não só pelo trabalho físico com máquinas que nunca vira nem pela tensão de fazer corretamente o que pediam, mas pelo esforço de entender uma língua que não era a da escola nem a da rua. Não dormia bem, ademais, pois a temperatura dos dias já começava a cair, e as noites ficaram tão frias que era necessário levar para a cama bolsas de água quente. Nos primeiros dias percorreram a fábrica inteira, visitando cada galpão e cada oficina, fazendo uma espécie de missão de reconhecimento. Depois visitaram a seção de projeto e foi como estar de volta à Chong Wen (as pranchetas de desenho, as réguas e os compassos, os lápis de grafite delicado). No fim, chegaram às oficinas de manutenção, onde Sergio se sentia mais à vontade: era um imenso galpão repleto de fresadoras, furadeiras, prensas e tornos onde mal se podia falar por causa do barulho, e em cujo ar se espalhava o odor denso dos metais limados. Sim, aquele era seu ambiente, pensou Sergio, ali se movimentaria como peixe na água. Mas então lhe apresentaram o chefe da oficina: era o camarada Wang.

"Dá para perceber que conseguiu o que queria", disse-lhe. Sergio notou a intimidade; também notou a voz grave, que não era usual entre os chineses. "Gostou do que viu?"

"Gostei", disse Sergio. "Mas prometo que não vou me divertir."

Wang não sorriu. Com olhar sério, mas sem o menor sinal de solenidade ou arrogância, disse:

"Quanto mais alto o bambu, mais flexível deve ser seu tronco para tocar com as folhas as águas do rio."

Abraçou Sergio com um dos braços — e só então Sergio percebeu que era meia cabeça mais alto que o homem — e o conduziu pelos corredores da oficina. Dizia a todos os operários que encontravam que aquele era o camarada colombiano, que seu nome chinês era Li Zhi Qiang, que o dever de todos era converter sua estadia na oficina num tempo feliz, e todos respondiam com vênias mais ou menos pronunciadas e sorrisos que pareciam sinceros. Finalmente chegaram em frente a um torno que não tinha operador: era maior que o da Fábrica de Ferramentas Número 2; também era de mecanismo mais complexo. O camarada Wang apoiou uma das mãos na manivela, grande como o volante de um carro, e com a outra acariciou a máquina como se se tratasse de um cavalo fiel.

"De agora em diante, e até quando você quiser, eu serei seu professor", disse. "De agora em diante, e até quando ele quiser, este será nosso torno. Vamos cuidar dele com carinho."

E em seguida começou a lição.

* * *

A atitude para com a China, no mínimo, deve ser de gratidão. Devem pensar que é a China que está dando tudo que for necessário para que vocês consigam ser revolucionários que possam servir ao seu povo. Fazem isso pelo seu extraordinário espírito internacionalista proletário. Na verdade, vocês não têm direito de exigir mais nada. Solicitar, sim, o que necessitem, mas sempre de forma muito cordial e com grande espírito de camaradagem. Quando comprovarem que alguma coisa não anda bem (e sempre e quando tiverem segurança absoluta de que seja assim) e possam indicar qual é a solução, devem fazer as observações necessárias, pois esse tipo de crítica representa também uma ajuda ao povo chinês. É preciso levar em conta que é natural que ainda existam coisas que não funcionem bem, que tenham defeitos e erros, mas em relação ao principal, ao fundamental, ao básico, existe uma correta política marxista-leninista.

Todas as manhãs, depois do desjejum e antes de começar a jornada, os trabalhadores se reuniam num salão sem móveis, diante de uma enorme foto do presidente Mao adornada com bandeiras e guirlandas de flores artificiais. E então faziam pedidos em voz alta para ele: que os guiasse pelo caminho correto para que a produção fosse boa; que lhes permitisse cumprir os planos projetados pelos diretores; que os protegesse dos acidentes de trabalho. A mesma cena se repetia ao final dos expedientes, antes do jantar, com os mesmos trabalhadores da manhã, e terminava com o mesmo grito combativo: "Viva o presidente Mao!". Um dia, durante o almoço, Sergio falou sobre isso com Marianella. Perguntou se aqueles rituais não lhe pareciam estranhos ou até um pouco inquietantes: se não pareciam demais com a missa católica. Acabou que Marianella já tinha dito algo parecido ao seu professor.

"Como assim?", disse Sergio. "E não se meteu numa encrenca?"

Ao contrário. O professor era um homem mais velho que a acolhera como se tivesse que protegê-la de algo. A princípio, Marianella havia sido destinada à seção que fechava os relógios já montados, e durante dias se especializou em apertar um parafusinho, sempre o mesmo e sempre com a mesma ferramenta, até que se fartou de tudo: do parafusinho, da ferramenta e dos relógios. E disse isso: estou farta. Seu professor, em vez de repreendê-la, transferiu-a de imediato ao galpão onde se fundiam as bases para os relógios. Eram máquinas lentas que não exigiam muita atenção, de maneira que Marianella aproveitou o tempo (e seu atrevimento) para conhecer melhor o professor. Por isso depois, quando se encontrou repetindo de memória as frases de Mao diante do retrato, não teve problema em dizer:

"Isso parece o Sagrado Coração de Jesus."

"Que disse, companheira Lilí?"

"No meu país isso se faz com Deus. E nunca gostei disso."

Graças à resposta inteira, o professor a convidou certa tarde para ir à casa dele, dois quartos pobres num edifício de concreto cinzento. Vivia com a mulher, cuja cara enrugada trouxe à Marianella a imagem da vovozinha da comuna, que cozinhava sem falar enquanto mostrava a Marianella as paredes do lugar diminuto. Nelas não cabia mais um retrato do presidente Mao, e onde não havia um retrato havia uma frase emoldurada, como um *dazibao* menor e venerável.

"Se as paredes caírem por causa do peso, que caiam", disse o professor. "Mao me deu tudo. Tenho trabalho e comida graças a ele. Meus pais foram mortos pelos japoneses na guerra. Isso foi há mais de vinte anos, mas parece outra vida. Eu, por outro lado, sei que não vou morrer noutra guerra, pois agora a China é poderosa. E se tivesse que morrer pelo meu povo, faria isso com gosto. Se Mao me pedisse para morrer pela pátria, eu não pensaria duas vezes. Olhe, senhorita, a diferença é bem clara: vocês, no seu país, têm um Deus morto. Nosso Deus está vivo. Por que não falaríamos com ele?"

Marianella pensou que tinha toda a razão.

* * *

Sergio, enquanto isso, percebia que o camarada Wang não participava com o mesmo entusiasmo nas sessões nem dizia as palavras de ordem com a mesma força. Depois de algumas semanas, notou que a saudação das manhãs tinha mudado: "Viva, viva muitos anos ao presidente Mao!", gritavam agora os trabalhadores; mas a voz grossa do camarada Wang não se escutava claramente. Sergio propôs o assunto numa pausa entre dois trabalhos intensos. Seu professor, que então lhe pedira que o chamasse de Lao Wang (era como dizer "velho Wang": um vocativo de intimidade), respondeu com sinais para que conversassem depois. E ao sair da oficina, quando estava seguro de que ninguém o ouvia, começou a se referir ao que estava acontecendo com o presidente Mao. Falou dos retratos que pendiam em todas as oficinas, em todos os refeitórios, em todos os dormitórios; falou das fotos que todos os trabalhadores carregavam no bolso; quando não carregavam fotos, usavam escudos com a efígie do presidente, e as fotos ou as efígies iam invariavelmente dentro do Livro Vermelho, que os trabalhadores consultavam durante o mais ínfimo momento de descanso. Lao Wang resumiu a situação com poucas palavras:

"Estão convertendo-o num Buda."

Sergio viu os guardas vermelhos dormindo na rua e suportando o frio para terem a possibilidade de ver Mao na sacada da praça Tian'anmen. Ele os viu chegar em milhões de toda a China para estarem mais próximos do líder, mesmo que fosse a cinco quadras de distância e mesmo que o único contato que tivessem com ele fosse o dos hinos que cantavam durante horas. Havia algo de desconjuntado nesses excessos. O próprio presidente Mao tinha criticado duramente o culto da personalidade de Stálin, que contaminou o socialismo soviético durante muitos anos, e apontado o quão nocivo podia ser para o desenvolvimento da revolução proletária. Para Sergio, os rituais da manhã e da tarde despertavam um franco incômodo, contudo nunca deixou que alguém percebesse isso. No início de novembro, a palavra de ordem voltou a mudar: "Que o presidente Mao tenha uma vida infinita e sem fronteiras!", diziam ou gritavam em coro os trabalhadores reunidos diante do retrato colorido do presidente. Um dia, Lao Wang disse a Sergio: "A saudação ao imperador não era muito diferente". Havia na sua voz um lamento genuíno, e Sergio entendeu bem o sentimento. Já percebera que outras coisas funcionavam mal na Revolução, e o culto a Mao não era o único sintoma.

Estivera falando com os operários. Nos tempos de intervalo, na hora das refeições, no trajeto que fazia a pé de uma oficina à outra ou entre os dormitórios e o trabalho lhe contavam coisas que pareciam conversa espontânea, mas que sempre eram ditas em voz baixa. Agora Sergio entendia por que a associação custara tanto a encontrar um lugar de trabalho para os irmãos Cabrera: a fábrica era uma das poucas que não tinham fechado naqueles tempos críticos. Os operários contavam de greves em todos os cantos do país, de sabotagens constantes da parte dos próprios trabalhadores, da escassez de matéria-prima tão drástica que às vezes não havia nem sequer carvão para aquecer as barracas onde as pessoas dormiam, enquanto do lado de fora fazia dez graus abaixo de zero. Ao ouvi-los, era impossível distinguir um tom de queixa: todos falavam como quem conta um acidente da natureza. O que podiam fazer? Sim, camarada Li Zhi Qiang, o país estava sofrendo: sofria grande escassez em Heilogjiang; sofria de injustiças em Daoxian, onde os guardas vermelhos, nossos camaradas, haviam assassinado milhares de compatriotas. Em todo caso, pediam ao camarada Li Zhi Qiang que não repetisse o que tinham acabado de lhe dizer. Por favor, camarada, nunca diga a ninguém que lhe dissemos isso!

Contaram-lhe então do camarada que tinha feito um comentário imprudente criticando as greves; acusaram-no de capitalista, e seu castigo, como o de todos os suspeitos de capitalismo, havia sido limpar os banheiros da fábrica sem ajuda de ninguém.

O camarada Li Zhi Qiang prometeu que nunca diria nada.

* * *

Sergio esqueceu essas conversas algumas semanas depois, quando chegou com sua irmã ao Hotel da Amizade e encontraram um recado da associação: seus pais queriam falar com eles; precisavam ligar para a Colômbia. Pediu a chamada à operadora do hotel na manhã de sábado, por volta das dez, e no dia seguinte o telefone do quarto tocou. Era seu pai. "Como estão?", perguntou Fausto. "Como vão as coisas?" Fausto explicou que andara falando com Luz Elena, e que os dois tinham chegado à conclusão de que já era tempo de Sergio e Marianella voltarem para a Colômbia. "Que fique claro", acrescentou, "que isso será quando tiverem terminado tudo. Mas nos parece que já é hora de voltarem. Está de acordo?" Sergio ficou pensando um instante, escutando a estática da linha. *Quanto tiverem terminado tudo.* A frase era críptica, mas teria sido uma imprudência mencionar pelo telefone o plano que haviam traçado: fazer o treinamento militar do Exército Popular de Libertação. Era um privilégio reservado a muito poucos, e a participação de estrangeiros era mantida em estrito segredo, pois nenhum camarada chinês teria gostado que um ocidental ocupasse o posto que poderia ser de um deles.

"Sim", disse Sergio por fim. "Se não a fizermos já, a revolução será feita por outros."

"Então ficamos assim", disse Fausto. "Comecem a preparar a viagem. Você vai ter que se encarregar de algumas coisas. Tem papel e lápis?"

Então lhe deu uma série de instruções. Nem Sergio nem Marianella tinham documentos para viajar, pois quatro anos atrás, ao chegarem à China, Sergio e Marianella ainda eram crianças que viajavam registrados no mesmo passaporte dos pais; agora precisariam dos próprios documentos, e para obtê-los teriam que proceder com os trâmites num consulado colombiano. As relações entre França e China tinham sido restabelecidas recentemente, e a Air France mantinha um voo semanal entre Pequim e Paris. De modo que Fausto mandaria os passaportes pelo correio, junto com a certidão de nascimento, e Sergio viajaria a Paris para substituí-los por novos. A associação, disse Fausto, se encarregaria da compra das passagens e da reserva do hotel, e contribuiria com as diárias necessárias. Como faltava roupa a Sergio (crescera muito desde sua chegada, e a roupa que tinha adquirido naqueles anos era toda chinesa), Marianella pediu a Carl que lhe emprestasse um par de calças, e Carl chegou um dia no Hotel da Amizade com uns jeans que trouxera da viagem ao Canadá. Levi's, dizia a etiqueta. Sergio achou curioso que uma peça de origem operária estivesse causando furor entre os burgueses do Ocidente. "Feliz Natal", disse Carl. "Com um mês de antecipação."

Lembrariam daquela frase — e daquela data — pelo que veio depois.

Em uma daquelas manhãs de outono, David Crook cruzava o campus do instituto rumo ao escritório onde recolhia sua correspondência. O solo estava coberto de pedras, pois os enfrentamentos entre as distintas facções tinham endurecido por aqueles dias, e um grupo de guardas vermelhos vigiava os arredores da sala de aula que fora adaptada no seu centro de operações. Naquele momento, outros estudantes saíram das sombras, as cabeças cobertas com capacetes que pareciam militares, e agressivamente pediram a David que lhes entregasse sua câmera. "Câmera? Não tenho câmera", ele disse. "Mentira", um deles respondeu. "Você é um espião. Um espião estrangeiro." Levaram-no à sala do segundo andar, tiraram sua pasta, pediram que esvaziasse os bolsos. "Não têm o direito de me deter", David disse a eles. Era de noite quando o desceram, sempre escoltado, e o enfiaram à força no banco traseiro de um carro demasiado pequeno para ele e os dois guardas que o acompanhavam. Depois de meia hora de trajeto, chegaram ao quartel-general da guarnição de Pequim. Naquele momento, David percebeu que aqueles garotos não estavam de brincadeira.

Depois de duas horas, um jovem com aspecto de oficial chegou para lhe dizer que teria de passar a noite detido: tinham encontrado material suspeito na sua pasta. Pensou nos textos que trazia: eram duas das últimas instruções de Mao, que o Batalhão da Bandeira Vermelha havia conseguido mas que ainda não tinham sido transmitidas pelo rádio. Seria aquilo que lhes parecera suspeito? Sim, eram documentos de uso oficial, e sim, estavam nas mãos de um estrangeiro: não era improvável que isso despertasse suspeitas. David protestou, mas foi novamente em vão. O guarda o conduziu a uma cela onde mal cabia um berço. Passou a noite ali, e o dia seguinte, e a noite seguinte também. Quando tentou olhar através da janela abarrotada, o guarda grunhiu para ele: David entendeu que devia olhar apenas para dentro, para melhor meditar sobre suas culpas. No terceiro dia, um jaleco verde o transferiu para outro lugar, cruzando a cidade, e depois de duas semanas, na metade da noite, voltaram a jogá-lo num veículo para que cruzasse a cidade no sentido oposto. O que encontrou ao chegar foi de doer: uma cela diminuta, escura e úmida, adornada apenas por um cartaz que convocava à supressão dos elementos contrarrevolucionários. No dia seguinte, quando pediu permissão para ir ao banheiro, um guarda o acompanhou ao outro lado do pátio de cimento, e assim David descobriu que se encontrava numa espécie de complexo de edifícios de tijolos que evidentemente não tinham sido sempre a prisão improvisada que agora eram. À distância se via a estrela vermelha do Museu Militar, que se iluminava à noite, e David se acostumou a procurar por ela com o olhar toda vez que ia ao banheiro, a toda noite de toda semana de todo mês, para recordar que lá fora o mundo continuava a existir.

13.

Sergio aterrissou em Paris em meados de dezembro. Segundo lhe dissera o camarada Chou, um funcionário da nova embaixada chinesa o esperaria na saída do aeroporto de Orly. Aquilo parecia uma missão clandestina: no passaporte dos seus pais, onde estava seu nome, também havia em letras enormes uma proibição expressa de viajar aos países comunistas, incluída a República Popular da China; em outras palavras, Sergio precisava esconder das autoridades consulares seu aeroporto de origem. Mas a clandestinidade durou pouco, pois um oficial de imigração, ao ver seu passaporte, retirou-o da fila e começou a interrogá-lo, e na primeira troca já havia explicado tudo: que vinha de Pequim, que não tinha passaporte próprio e que sua intenção era obter um novo no consulado colombiano de Paris. Foram três horas intensas, um interrogatório ao pé da letra num escritório sem janelas, durante o qual o oficial francês não conseguia entender por que Sergio se negava a chamar seu próprio consulado. *"Mais pourquoi pas?"*, gritava para ele o gendarme. *"Mais dîtes-moi, Monsieur! Pourquoi pas?"* E Sergio não podia explicar que a instrução mais clara do seu pai tinha sido esta: sobretudo, não dizer aos colombianos que vinha da China. Quando afinal saiu do aeroporto, o funcionário se fora, e Sergio teve que pagar um táxi para chegar à embaixada chinesa. Os camaradas que o esperavam o convidaram para jantar e o levaram ao hotel que lhe haviam reservado. Lá, num quarto estreito, Sergio deixou sua mala pesada e voltou a sair de imediato, pois um conhecido o aguardava.

Chamava-se Jorge Leiva. Tinha trinta e oito anos, apesar de as entradas na testa o deixarem mais velho. Terminara seus estudos de direito, porém, no momento de voltar para a Colômbia para exercer aquilo que tinha aprendido, decidiu ficar na cidade onde seus poetas prediletos escreveram e escrever ali seus próprios poemas. Para sobreviver, vendera hortaliças no mercado de Les Halles e cantara tangos no Bar Veracruz, e agora trabalhava na loja da Fnac, no bulevar Sebastopol. Tinha um vínculo profundo com Sergio: o simples fato de ter vivido em Pequim. De lá vinham suas convicções políticas; seu irmão mais velho também vivia em Paris, e seu nome não era importante por ser o mesmo de um cardiologista de prestígio, mas por seu trabalho clandestino como secretário do Moec, um movimento operário que buscava a melhor forma de se armar para fazer a revolução na América Latina. De fato, se a mala de Sergio pesava tanto era por razões políticas: os camaradas de Pequim tinham enviado a Leiva e ao seu irmão várias dezenas de exemplares do Livro Vermelho. Na noite da sua chegada a Paris, depois de se encontrar com Leiva na Fnac e de caminhar com ele até seu sótão na Rue de Lille, Sergio pensou o mesmo que pensaria durante os anos seguintes. Coubera a ele uma época na qual todo mundo, em todos os lugares, por todos os meios, tinha um só objetivo: fazer a revolução. Que sorte tinha de estar vivo.

Sergio passou a noite ali, no sótão de teto baixo, a meio caminho entre as docas do Sena e o bulevar Saint-Germain. O poeta Leiva lhe ofereceu dois metros quadrados do seu apartamento, e Sergio aceitou de imediato: era melhor economizar as diárias que gastá-las em hotéis. No dia seguinte, muito cedo, dirigiu-se ao consulado da Colômbia. Os nervos o despertaram: enquanto caminhava, ficaram ainda mais tensos. Ao atravessar o rio, um sopro de vento lhe cortou a cara, mas Sergio ia pensando em tudo que dependia daquele trâmite. Iria pedir ao cônsul um passaporte para voltar à Colômbia e se unir ao seu pai, que já trabalhava para o Partido Comunista; acabava de passar anos num país proscrito que seu próprio país considerava inimigo. Nesse estado chegou ao consulado colombiano. Uma recepcionista recebeu seus documentos e lhe pediu que se sentasse. Sergio começou a lamentar aquela viagem: e se lhe negassem o passaporte? E se lhe retirassem o que já tinha, por tê-lo usado para viajar para lugares proibidos? E se Marianella ficasse sozinha na China, sem poder viajar, sem passaporte próprio mas também sem o dos pais? E se a cônsul estivesse a par das atividades de Fausto Cabrera, um ator conhecido que aparecia nos jornais com frequência e não ocultara nunca suas simpatias esquerdistas?

Nesse momento, a cônsul apareceu. Usava uns óculos grandes cuja pequena corrente envolvia um pescoço de tartaruga. Deu as boas-vindas a Sergio com um sorriso e o convidou a entrar no seu escritório, e ali, enquanto alguém trazia uma xícara de café, olhou os documentos que Sergio trouxera e lhe fez uma só pergunta, tão íntima que ele parecia o filho de alguma amiga: "E o que fazia na China?". E quando Sergio ficou em pé para explicar (nunca soube por que sentiu que seria melhor dar suas explicações em pé), o sangue sumiu da sua cabeça, seu mundo escureceu, e a próxima coisa que viu foi um grupo de seis mãos alvoroçadas que tentavam abaná-lo com revistas ou lenços. Alguém sugeriu que devia ser fome; alguém disse que era preciso dar uns francos para aquele pobre rapaz.

Sergio saiu do consulado com a compaixão da cônsul, carregando algumas notas no bolso e uma resposta alentadora. Sim, podia lhe expedir o passaporte, mas para isso não bastava o registro civil de nascimento: era imprescindível ter uma autorização expressa do pai, autenticada em cartório. Telefonou para a Colômbia da primeira cabine que encontrou (e se maravilhou com as facilidades das comunicações do país, comparadas ao tormento de Pequim), pediu o que precisava pedir e deu o endereço do poeta Leiva. Depois foi ao hotel, recolheu suas coisas e as levou para o sótão, e a partir desse momento se dedicou a esperar.

"Minha viagem se alongou", disse a Leiva.

"Melhor", ele respondeu. "Aqui estão acontecendo coisas interessantes."

Passou os primeiros dias caminhando pelo Sena, vendo livros baratos nos quiosques das docas e aguentando uma garoa permanente. Perguntou-se o tempo todo por que todos olhavam para ele com curiosidade, até que percebeu que suas Levi's chamavam a atenção dos parisienses como se um vaqueiro acabasse de se instalar na margem esquerda. Várias vezes caminhou até o Louvre atrás de pintura italiana ou até a Orangerie para ver quadros impressionistas enquanto o frio deixava sua pele. Entrava nas igrejas para se sentar e ler num banco ao fundo, perto de um vitral; e assim, refugiado em Saint-Julien-le--Pauvre, por exemplo, ou em Saint-Germain-des-Prés, lendo um ensaio sobre a China de Simone de Beauvoir ou um de Roland Barthes sobre muitas outras coisas, passava horas inteiras. O livro de Barthes se chamava *Mythologies*. Sergio o leu em quatro horas de uma manhã fria, e ficou tão interessado, e falou dele com tanto entusiasmo, que Leiva lhe disse: "Pois leve-o como presente e não me encha mais". Além disso, o dinheiro que lhe deram por razão nenhuma no consulado colombiano serviu para um par de entradas de cinema, e numa sala da Rue Racine viu *Belle de jour*, de um tal Luis Buñuel. Mas logo descobriu a Cinemateca, que não somente lhe permitiu ver filmes menos recentes que só conhecia de reputação, mas que era a mais barata de todas as formas de passar o tempo. E então recordou o que Leiva tinha lhe dito: "Aqui estão acontecendo coisas interessantes". Quanta razão ele tinha, ainda que as coisas interessantes às quais se referia não fossem necessariamente as que aconteciam a Sergio no fundo de sua consciência.

Em Paris, nas ruas e nas salas de cinema e nas livrarias junto ao Sena, Sergio descobriu um mundo do qual mal chegavam notícias ao país da Revolução Cultural. No meio da manhã, depois que o poeta Leiva fosse para seu trabalho na Fnac, Sergio caminhava pelo bulevar Saint-Germain ou pelo rio, dependendo do frio que fazia, tomava um café em algum lugar e seguia direto para Trocadéro. Logo as colunas do edifício se tornaram tão familiares quanto o teto do sótão. Ali, no Palais de Chaillot, viu vários filmes de Hitchcock (e entre todos preferiu *Janela indiscreta*), viu vários de Kurosawa (*Rashomon, O Barba-Ruiva, Os sete samurais*), viu *Tempos modernos* e *O grande ditador*, viu *Cidadão Kane* e viu *Casablanca* e viu *Johnny Guitar*. Saía da Cinemateca para a esplanada quando a noite já havia caído sobre a Torre Eiffel e fazia o caminho de volta. Esses quarenta e cinco minutos de solidão terminaram sendo imprescindíveis: continuava a sentir uma espécie de excitação mental, de eletricidade que lhe mantinha os olhos abertos, e não queria perder aquela emoção antes do tempo, nem que desaparecessem as imagens luminosas que seguiam vivendo na sua retina enquanto Sergio caminhava, nítidas como se ele mesmo as projetasse sobre o céu ou sobre o rio.

Passou a noite de Natal com Leiva e o irmão dele, o cardiologista, e com um punhado de homens e mulheres de cabelo mais comprido que o seu que queriam saber de tudo, absolutamente tudo, da China e de Mao e da Revolução Cultural, e queriam saber se o proletariado era tão feliz como se dizia, e se era tão heroico. "É verdade?", diziam-lhe. "É verdade que estão rompendo com o passado feudal, com milhares de anos de história? É verdade que isso é possível?" Sergio pensou nos homens e nas mulheres humilhados em público, cabisbaixos, os chapéus de um metro de altura que denunciavam seu portador de cumplicidade com o capitalismo, os cartazes pendendo dos seus pescoços com outras acusações em letras grandes — déspotas, latifundiários, simpatizantes do inimigo, elementos dos bandos contrarrevolucionários —, e recordou os museus e os templos arrasados por multidões violentas e as notícias de fuzilamentos que chegavam do campo, das quais muito poucos sabiam. Recordou tudo aquilo e sentiu por razões misteriosas que não podia falar de nada, ou que não o compreenderiam se contasse o que sabia.

"Sim", disse a eles. "É verdade que é possível."

Voltou a vê-los depois do Ano-Novo, numa reunião política que Leiva havia organizado no sótão. Algo tinha mudado. Daquela vez não lhe perguntavam com curiosidade insaciável sobre a vida na China e as verdades do maoismo, pareciam mais circunspectos, ou talvez fosse porque tivessem bebido menos. Falavam de Robbe-Grillet, cujos romances estavam na boca de todos, e alguém lembrou que em *Longe do Vietnã* Godard dizia que nunca tinha gostado muito de Robbe-Grillet. E deram risada, mas o fizeram de olho num francês calado que observava a cena de uma almofada, sentado numa posição de lótus, recostado na parede. O francês sorriu e disse: "Como Godard é malvado". Era Louis Malle. Sergio reuniu toda a coragem de que foi capaz para lhe contar que havia visto *Ascensor para o cadafalso* na Aliança Francesa de Pequim. O que não lhe disse, por outro lado, foi que tinha voltado a vê-lo pelo menos seis vezes, e que era um dos filmes responsáveis por ele ter levado a sério a ideia absurda de ser — alguma vez, num futuro distante — diretor de cinema.

Talvez fosse estranho, mas a cidade lhe parecia mais familiar porque todo mundo estava falando da Guerra do Vietnã como se estivesse acontecendo com eles. De todos os filmes que viu em Paris, enquanto contava os dias que um envelope poderia levar para chegar da Colômbia, o que o marcou mais foi *Longe do Vietnã*, que foi ver assim que pôde, logo depois de ouvir os comentários e as gozações da noite da reunião. Era um documentário coletivo feito por cinco diretores da nouvelle vague — Godard, Agnès Varda, Alain Resnais, Claude Lelouch e Chris Marker —, um fotógrafo de moda convertido em cineasta — William Klein — e um veterano documentarista holandês que tinha se transformado com os anos num herói da esquerda internacional: Joris Ivens. Sergio foi ver o filme em dezembro e ficou tão impressionado que voltou em janeiro, depois das festas, para sentir a mesma indignação de antes e também o mesmo assombro, pois nunca imaginou que isso pudesse ser feito no cinema, ou que o cinema fosse capaz de nos dar aquelas maravilhas. Escutou

Godard repetir as palavras de Che Guevara, quando pedia que na América Latina houvesse "dois, três, muitos Vietnãs"; viu Fidel Castro sentado na montanha, vestido com seu uniforme verde-oliva e os losangos pretos e vermelhos nas dragonas, dizendo que a luta armada tinha sido a única opção para o povo cubano, e que na sua opinião, dadas as condições da maioria dos povos latino-americanos, não havia para eles outro caminho a não ser a luta armada. O Vietnã demonstrou, dizia Fidel Castro, que nenhuma máquina militar, por mais poderosa que seja, pode esmagar um movimento guerrilheiro apoiado pelo povo. O Exército dos Estados Unidos fracassara contra o povo heroico do Vietnã, dizia Castro. Hoje em dia, ninguém duvidava disso. Aquele era um dos grandes serviços que o povo do Vietnã prestara ao mundo.

Sergio saiu para a noite pensando ainda nas últimas palavras do documentário, que lhe anunciavam exatamente isto: iria sair num mundo sem guerra, distante do Vietnã, onde era fácil esquecer que aquela realidade existia. Nessas breves palavras, na sua melancolia e sua aparente resignação e sua denúncia de um mundo não solidário, Sergio encontrou o protesto mais eloquente que já tinha visto, incluídas as marchas de que participou como estudante da Chong Wen. E pelo que parecia, era também a mais eficaz, se fosse julgada a eficácia de um protesto pelo grau de violência que provocava. A segunda vez que foi ver o documentário, Sergio sentiu algo estranho ao se sentar na cadeira, e percebeu que não apenas a sua, mas todas as que o rodeavam, tinham sofrido um selvagem ataque com arma branca. Em seguida averiguou que os responsáveis eram os rapazes do Occident, um grupo fascista que andava por Paris confrontando os manifestantes, e parte dos seus happenings consistia em entrar nas salas onde era projetado *Longe do Vietnã* e destroçar os estofados a golpes de navalha.

O filme não lhe pareceu menos admirável pelo fato de vê-lo numa tela rasgada, e era evidente que não estava sozinho na sua admiração: as ruas do bairro latino, naquele janeiro frio, se enchiam todos os dias de manifestantes contra a guerra que pareciam recém-saídos da mesma sala de cinema. Gritavam slogans e faziam eco aos protestos. Quase sempre eram estudantes, e com frequência eram da Sorbonne, de maneira que Sergio não se surpreendeu quando, na companhia de Leiva, chegou a uma manifestação em frente à Mutualité e distinguiu, entre as pessoas, vários rostos conhecidos. Ali estavam os amigos franceses que o interrogaram sobre a Revolução Cultural, carregando estandartes que Sergio não conseguia ler, gritando palavras de ordem com seus companheiros. A cena toda tinha algo de familiar. Sergio vira quadros similares em Pequim: jovens furiosos protestando contra as velhas autoridades. Perguntou-se se podia acontecer aqui algo parecido com a Revolução Cultural. Meses depois, quando chegaram as primeiras notícias do ocorrido em maio, sentiria o orgulho confuso de ter detectado o porvir daquela situação, de tê-lo feito graças aos seus anos na China.

O poeta Leiva o convidou depois para outra manifestação. Era exatamente igual à anterior: no mesmo local, com os mesmos estudantes que gritavam as mesmas palavras de ordem, com a mesma polícia observando-os sem piscar detrás dos seus escudos. Acabara de chover e o céu seguia nublado, e na calçada brilhavam charcos que pareciam de mercúrio até que uma bota os pisasse. Os manifestantes sustentavam estandartes no ar: "*Paix au Vietnam heroïque*" e "*Johnson assassin*", lia-se nos lençóis ou cartolinas. Diante da farmácia Maubert, a polícia parecia esperar que os outros atacassem primeiro. E então aconteceu: uma pedra acertou um dos escudos, e depois outra, e depois outra, e um troar de batalha ensurdeceu Sergio. A polícia os atacou e a multidão se moveu num movimento de chicote, e alguém que estava perto de Sergio caiu ferido, talvez atingido pelo fogo amigo. Sergio e o poeta Leiva tiveram a sorte de terem chegado tarde, pois os feridos caíam sobretudo no centro da manifestação. Ambos saíram correndo, procurando cobrir a cabeça, e se perderam na fuga. Voltaram a se encontrar mais tarde, no sótão da Rue de Lille. Sergio notou que os olhos de Leiva brilhavam.

Por aqueles dias em que chegaram os papéis da Colômbia, com milhares de selos e autenticações e até a assinatura do ministro das Relações Exteriores, Leiva mostrou a Sergio um poema novo.

O Grande Sun Tzu comandante da guerra
conduziu seus covardes ao combate
Brava foi sua cimitarra
Um dia
fez com que as concubinas da Dinastia lutassem
até ficarem estáticas
Grande foi sua coragem
ao ser atravessado por uma grossa lança
levantou-se dizendo:
"Deixem que crie raízes em mim"
Depois
uma árvore nasceu de suas entranhas
e agora o guerreiro
dá sombra ao caminhante.

"Não sei que título dar a ele", disse. "Mas vai pelo bom caminho, não acha?"

Sergio voou de volta a Pequim em meados de fevereiro. Parecia um milagre tê-lo conseguido, contudo logo ali, no bolso do seu casaco, estava seu passaporte; ainda mais incompreensível era que a cônsul também tivesse lhe dado o da sua irmã. Além disso, levava dois litros de coca-cola, pretendendo compartilhar com Marianella o que não podia ser encontrado nem sequer no Armazém da Amizade (era a bebida do inimigo). Ao chegar a Pequim, não foi diretamente à Fábrica de Relógios Despertadores, onde as garrafas teriam causado escândalo, antes fez uma parada no Hotel da Amizade com a intenção de botar as garrafas na geladeira do seu quarto. Ia pensando na irmã, que ficara abalada com a prisão de David Crook, e perguntando-se como estaria agora. Pensou que aqueles dias não deviam ter sido fáceis para ela, dividindo com Carl a ansiedade com a incerteza das acusações, e talvez por isso tenha se surpreendido ao encontrar as paredes do seu quarto forradas de cartazes desenhados por Marianella. *Viva o curso militar do Partido Comunista*, lia-se neles. *Viva o Exército Popular de Libertação da China. Viva a revolução na América Latina.*

Deitou-se com a intenção de dormir uma sesta breve antes de ir à procura da irmã na fábrica. Nos últimos meses passara tanto tempo deitado que havia decidido usar o teto como os outros usam as paredes, e tinha colado ali seus mapas da Colômbia, da China e do mundo, para memorizá-los durante suas horas de ócio, apontando com alfinetes coloridos os lugares onde estivera, mesmo que de maneira fugaz. Encontrou Pequim com o olhar e depois Bogotá, e tentou traçar uma linha invisível que percorresse o trajeto que cobririam para chegar aonde seus pais estavam, não pelo oriente, o qual parecia mais sensato sobre o mapa, mas por Moscou e pela Europa. Porém os cartazes desenhados pela irmã dominavam sua atenção dispersa, e Sergio os recordaria dias depois, quando soube do apelido, não de todo amável, que os amigos do Hotel da Amizade tinham dado a Marianella durante sua ausência: a Freira da Revolução.

Do diário de Marianella:

11.1.1968

Soube hoje que o Diário do Povo quer falar comigo sobre minha participação numa produção de um filme com outros estrangeiros. Sinto que não deveria participar, pois meu pai está fazendo um trabalho clandestino na Colômbia e minha tarefa na China é estudar o Pensamento de Mao Tsé-tung para que, ao voltar, possa assumir a tarefa do meu pai e de outros companheiros; na China deveria estar aprendendo sobre o grande povo chinês, para ser leal ao pensamento de Mao Tsé-tung, para levar o pensamento de Mao Tsé-tung até a Colômbia. Meu pai se encontra atualmente numa situação muito perigosa na Colômbia, os americanos estão à procura do meu irmão e de mim, por isso não deveria participar na realização desse filme. Talvez o propósito do filme seja de propaganda, mas acredito que ainda não estudei suficientemente as obras do presidente Mao. Acredito que a razão pela qual tenho uma relação tão boa com os trabalhadores se deva ao fato de ter aprendido com o presidente Mao, mas isso não é suficiente. Todo o progresso que obtive é resultado da ajuda dos meus companheiros. Devo ser sempre honesta, e não demasiado orgulhosa apenas por fazer esse pequeno progresso. Sempre aprenderei com as massas com humildade, sempre serei a pequena aluna das massas e me esforçarei para progredir mais!

28.1.1968

Hoje é meu dia de folga, todos os demais voltaram para o festival de primavera, mas eu não vou, passarei estas férias na fábrica. Acho que o melhor que posso fazer durante esses dias é prestar algum serviço para as pessoas. Vejo que os banheiros estão sujos, portanto decidi passar o período de descanso da tarde para limpá-los. As pessoas zombam e dizem que devo ser uma "capitalista". Mas acho que essa não é uma tarefa somente para os capitalistas, devemos servir às pessoas, somos os guardiões das pessoas, então precisamos fazer esse tipo de tarefa. Disse aos camaradas que se equivocaram ao dizer isso. Tudo que fazemos não deveria estar a serviço das pessoas? No futuro, deveríamos fazer mais dessas tarefas mundanas. Pequenas tarefas, trabalho ordinário, e dizer frases menos floreadas.

Passarei estas férias aqui, na China, onde quer que eu esteja será meu lar. Hoje estou numa sociedade socialista, numa grande família revolucionária, vivendo na época do grande presidente Mao Tsé-tung. Que alegria! No futuro, erguerei no alto o estandarte vermelho do Pensamento de Mao Tsé-tung e servirei às pessoas com o coração e a alma para obter mais e mais conquistas.

，我还要求跟这样的同志经常
些思想 使我能为我祖国和世
，为全世界人民的小学生！

李

1968.2.14.

朋友们亲爱的家来。我的心里非常欢
理在就是这样。心 妈妈说道：我们
这个问题回家再去看爸爸爸是怎样
是我说的。我十分了地感谢我们心
就让这我的爸妈，希望心一个不
，这为我说，为我们祖国人民和世
大的心觉得幸感谢十代天的中国人
民改造我们有艾多大的自由！
啊！您老人家的思想鼓舞了我们
真是我们心中最红最红的红太阳！！！！
！毛泽东的伟大思想 the 到有他
转传它，因为它是最大的真理，就毛
传它！！。毛泽东我最爱您！我们
我想传大思想！我 the 着给传
于。gan 说，因为它是最大心改革
xiang信无吧！我心 hao 信我自己
是 忠贞的人 就方是最坚强的
要为故个这样心革命的工

王金珠

她牛到底！永远做群众的小小学生，

昨天晚上爸爸回到了北京心，我心
她的。信 the 来了爸爸妈妈的信便看眼
泪有点心 看着妈妈的，妈妈是个农户
摇般的人，心你好爸把我们放在中国能
使我们有个无孑所谓思想，为了我们
弟。她更求我们为为的但她自子里更
认为导作 心 亚就容当跟中国这样为方
这了工娘苦... 很娘苦的道路。心哥
现方心 的帮助你就更说：我决定这
心 你苦 和很苦的道路使我以前不
需要的是战争，现在我很高兴很
里战争到底！这个心也很不好说心
我不说 3 次心，但是我还需要帮助
好的平私改我没十的弱点。我帮
产阶级服务，你们的把心 dao 我吧！
好最好的帮助！你们班我们这年
我了，你们想不到多大的帮助！！！
字，这样 我了明白的东西，爸爸很关
地慢之心 前在 明 心 the 地先
auzhe 好 很娘苦的，但是我很

14.2.1968

Acabo de voltar da casa do meu amigo Carl. Fico profundamente entristecida ao ver que meu camarada se encontra agora naquele estado. Me pergunto: foi ele que mudou ou fui eu? E com essa pergunta em mente, voltei para casa para ver o que o presidente Mao tem a dizer. Em última instância, acho que sou eu que mudei. Faço um milhão de agradecimentos aos meus companheiros, os operários da fábrica. Agradeço-lhes por me ajudar a corrigir minha ideologia, eles me ajudaram a estabelecer uma ideologia proletária que me fará servir para sempre ao nosso partido e ao povo do meu país. Com meu maior respeito, agradeço ao povo chinês que me aceitou como companheira de armas na nossa luta comum pelo comunismo.

Oh, grande presidente Mao! Sua ideologia lançou uma luz brilhante no meu coração. Oh, querido presidente Mao! Realmente, você é o sol vermelho mais vermelho do meu coração!!!! Estou decidida a obedecer sempre às suas palavras! Para levar sua grande ideologia à Colômbia. Para propagá-la, pois é a verdade maior, nosso povo colombiano nunca se afastará dela!!! Presidente Mao, te amo muito! Posso prescindir de pai e mãe, mas não posso prescindir da sua grande ideologia!

16.2.1968

Ontem à noite meu irmão voltou a Pequim, e fiquei tão contente de vê-lo… Trouxe cartas de papai e mamãe. Lágrimas de alegria escorreram pelos meus olhos depois de lê-las. Especialmente a carta da minha mãe. Minha mãe é uma burguesa, mas não quis que seguíssemos seus passos, por isso nossos pais nos deixaram na China, para estudar melhor o pensamento de Mao Tsé-tung, para adquirir a ideologia do proletariado, para que possamos servir ao proletariado do nosso país. Ela queria que fizéssemos a Revolução, mas ela mesma não queria fazer a Revolução, acredita que o socialismo é bom, acredita que algum dia a Colômbia *pode ser tão grande quanto a China, mas sempre disse que não queria seguir esse difícil e árduo caminho. Agora, na carta que meu irmão trouxe, disse:*

"A única ajuda que posso lhe oferecer é dizer que decidi seguir você e o povo nesse longo e árduo caminho que antes não queria percorrer. Agora vejo que o que necessitamos é a luta armada, agora estou feliz, muito decidida! Acredito em mim mesma, lutarei até o final! É difícil para mim dizer tudo isso, mas acredito que vai entender. Tomei minha decisão, mas ainda preciso de ajuda, preciso de cuidado e de amor. Ainda tenho de lutar contra meu egoísmo para corrigir meus defeitos. Devo lutar constantemente contra o interesse próprio para servir à classe proletária. Todos vocês podem me ajudar fazendo críticas! Essa é a melhor ajuda que podem me oferecer! Recebemos os livros de citações do presidente Mao que nos enviou. Não vai acreditar no tanto que os achei maravilhosos!!! Eu os estudo com seu pai todos os dias. As partes que não entendo, ele as explica pacientemente. Desse jeito avançamos pouco a pouco. Entendo claramente que esse será um caminho longo e árduo, mas estou progredindo com determinação. Quanto mais vou, mais forte me sinto. Sinto que minha força nunca se esgotará!"

Depois de ver a resolução da minha mãe, senti muita força, me senti feliz! Somos uma família revolucionária, os quatro, quatro "ferramentas" revolucionárias, apesar de sermos tão pequenos. Sinto uma grande alegria no meu coração.

No começo de abril, pouco depois de Marianella completar dezesseis anos, embalaram o mínimo de coisas, segundo as instruções que haviam recebido, e se prepararam para voltar a Nanquim. Mas antes da viagem tiveram tempo de saber que David Crook fora transferido de novo, depois de quase seis meses de confinamento, e que sua situação não parecia ter melhorado nem um pouco. Ainda não eram claras as acusações que lhe imputavam, mas nas suas cartas contava que nem sequer tinham prosseguido com os interrogatórios. Isabel lhe enviou uma tradução ao inglês das obras completas de Mao, uma edição bilíngue do Livro Vermelho e um pequeno rádio para que melhorasse sua pronúncia do chinês, porém era sua única correspondente: nunca, naquele tempo todo, David obteve notícias dos camaradas que eram, supostamente, responsáveis pelo seu caso.

Suas cartas eram corajosas, mas cheias de pesar. Nelas dizia que pensava nos seus filhos e se preocupava com sua segurança; que pensava em Isabel e imaginava que os guardas também a prenderam. Contava o que podia naquelas cartas — fazia isso em chinês, para que o inglês não despertasse suspeitas — e Carl contava isso com lágrimas nos olhos. Marianella soube assim que os interrogatórios tinham começado de novo, e que de novo David se defendia com a verdade, e também que tinha de novo a certeza de que o acusavam (apesar de nunca terem lhe dito isso) de ser um espião inglês. Todas as sessões diante do seu interrogador, um veterano da guerra da Coreia que David nunca deixou de respeitar, terminavam com a mesma frase: "Crook, você foi extremamente desonesto nesta tarde. Volte à sua cela e pense no que disse. E da próxima vez me diga a verdade". Ele perguntava sobre sua vida, sobre sua família, sobre seu emprego, sobre suas convicções. E nas suas cartas David dizia, tanto para seus filhos e sua esposa como para os oficiais que o lessem: "Mas estou dizendo a verdade. Estou dizendo toda a verdade".

"E o que pode fazer se não acreditam nele?", dizia Carl.

Marianella teve naquele instante uma revelação surpreendente: Carl era fraco. Ela gostava dele — mais que isso: havia se apaixonado por ele —, mas tinha que se render à evidência dolorosa de que seu namorado não compartilhava a intensidade do seu compromisso nem seu sentido de missão profunda. De outro modo, saberia que o partido não se equivocava: se David estava na cadeia, alguma boa razão devia ter. Não disse isso para ele com essas palavras, mas entendeu que Carl lhe pedia mais do que podia dar. Em longas conversas sobre o destino de David Crook, Carl se apoiava nela, chorava com ela, queixava-se com ela da profunda injustiça que a Revolução Cultural havia cometido, e ela só podia pensar que seu tempo na China estava chegando ao fim.

* * *

O Partido Comunista tinha um Comitê Central e o Comitê Central tinha uma Comissão Militar e a Comissão Militar tinha um Departamento para a América Latina, e no Departamento para a América Latina havia uma seção que estava em contato com o Partido Comunista colombiano. Esse era o caminho impreciso e tortuoso que os nomes de Sergio e Marianella tinham percorrido até chegar ali, àquele campo de treinamento maior que alguns países europeus, para compartilhar o curso militar com outros cento e cinquenta aprendizes. Tudo era um privilégio. Enquanto Sergio e Marianella treinavam em Nanquim, centenas de latino-americanos que faziam o mesmo em outros lugares — na Albânia, por exemplo — prefeririam secretamente estar na China. Contudo, o processo de seleção era longo e complexo, embora os critérios não fossem exatamente conhecidos.

Cada um deles se instalou em quarto próprio, no segundo andar de uma casa construída na margem de uma estrada. Colado ao quarto, cada aprendiz tinha um estúdio pequeno, e no andar de baixo, muito mais amplo, estavam as barracas de dez soldados profissionais, jovens de vinte anos que seriam seus acompanhantes e com o tempo se converteriam na sua pequena guerrilha: camaradas pelos quais Sergio estava disposto a correr qualquer risco, ainda que se tratassem dos riscos fictícios do adestramento controlado. No seu quarto, cada aprendiz tinha um armeiro com oito tipos diferentes de armas de fogo: M1 Garand, rifles Mauser, fuzis automáticos FAL. Ao terminar o curso, segundo souberam os irmãos Cabrera, deveriam ser capazes de armar e desarmar os oito fuzis de olhos vendados.

Durante duas semanas se levantaram ao amanhecer, vestiram o uniforme militar da República Popular e pegaram seu lugar numa sala de aula, diante de uma lousa e um instrutor, para encher a cabeça de conhecimentos teóricos. À medida que passavam os dias, as teorias se tornaram mais complexas e os instrutores de estratégia, mais exigentes. Era um aprendizado técnico; sim, falava-se de política às vezes, mas era só para recordar as campanhas do presidente Mao ou o que o presidente Mao escrevera sobre estratégia militar, e o doutrinamento que Sergio conhecera na escola havia desaparecido por completo. A lousa se encheu de mapas onde as tropas decidiam movimentos e onde a questão era que os pontos de uma cor rodeassem os de outra, e era chocante pensar que aquelas figuras geométricas representariam alguns dos presentes numa realidade feita de morte. Entre as aulas, se aguçasse a audição, Sergio conseguia ouvir sotaques latino-americanos — chilenos, argentinos, mexicanos —, mas nunca entrou em contato com eles. Com sua irmã falava em chinês; também com os instrutores. Gostavam daquela clandestinidade.

Pelas tardes, dedicavam-se mais a treinamentos físicos. Sergio e Marianella passavam duas horas por dia no polígono, familiarizando-se com todos os fuzis que tinham no seu armeiro, além de granadas de fragmentação, morteiros e bazucas, e até metralhadoras .50, capazes de disparar duzentas e cinquenta balas. Os chineses estavam a par da guerra vietnamita de guerrilhas, e o curso incluía aqueles ensinamentos rudimentares: como fazer armadilhas com galhos e folhas, como usar um rio para uma emboscada, como fabricar uma baioneta sem outras ferramentas além de uma faca e a selva. Sergio aprendeu a se camuflar, a correr sobre troncos soltos, a atravessar rios caudalosos sem molhar a arma e sem que a correnteza tirasse seu equilíbrio; aprendeu a diminuir sua própria silhueta para reduzir o alvo do inimigo e aprendeu a saber quantos inimigos tinha à frente apenas observando os sons; aprendeu a identificar em combate, onde não existem insígnias, o oficial inimigo de maior posto, pois seu valor estratégico é muito maior que o de um soldado. Aprendeu a secar serragem para retirar a umidade e a misturá-la com nitrato de amônio para fabricar explosivos que não eram menos fortes que a dinamite, e aprendeu a tomar um tanque, a levá-lo aonde quisesse e a usar seu canhão, e a destruir armamentos de que não necessitasse ou pudesse levar, para evitar que caíssem em mãos inimigas. E no meio daquilo tudo aprendeu que a covardia é, mais que um defeito de caráter, um erro estratégico: aquele que tem medo não dispara, e portanto permite que o alvejem. Em outras palavras, quem dispara evita que os demais o alvejem. Essa mentalidade era crucial: mais de um tinha morrido por chegar ao combate sem tê-la assimilado.

Mas logo vieram os operacionais, e vieram sem avisar. Uma noite, por volta das nove, Sergio encontrou na porta do seu quarto uma nota que dizia em caracteres chineses: *Apresentar-se às três horas para patrulha. Rota 32.* Não dormiu bem, em parte por saber que algo ia acontecer com ele, em parte pela preocupação de não despertar. Na hora determinada estava lá, na rota 32, uma trilha de terra flanqueada por árvores e mal iluminada. Sabia que estava no meio de um treinamento e que sua vida não corria perigo, mas isso não evitou que a angústia ancorasse no seu peito: algo lhe aconteceria, mas era impossível saber de onde viria o que estava por vir, nem que forma teria. Cada sombra era uma ameaça e cada ruído na folhagem o obrigava a dar meia-volta com violência, apontando o fuzil para a escuridão. A lua era um pedaço de vidro e o tempo se aquietara. Sergio também preferia não continuar avançando, pois seus próprios passos, ele achava, podiam abafar um ruído mais importante. Odiou a penumbra e odiou a brisa e odiou sua própria inexperiência.

Não soube quanto tempo havia passado — podia ser uma hora, podiam ser duas — quando algumas árvores lhe caíram por cima de ambos os lados da estrada, armadas e de capacetes e com as caras pintadas de verde e marrom. Conseguiu disparar num dos inimigos, mas os outros o encurralaram rápido demais, e as regras daqueles exercícios operacionais eram claras quanto a distância mínima para disparar: muito de perto, as balas de festim podiam ferir. Sergio se viu rodeado por quatro aprendizes que apontavam para ele, e teve que se entregar. Era verdade o que tinha ouvido: que as balas de festim não matam, mas seu barulho destroça os nervos como se fossem de verdade.

Na véspera da sua partida, quando já haviam terminado o curso e se consideravam graduados, seus instrutores organizaram um jantar em homenagem a eles. Ali estavam os seis homens que lhes deram aulas ou se responsabilizaram pelos treinamentos, e também alguns dos seus companheiros de geração. Houve um discurso de despedida e Sergio e Marianella agradeceram, e em seguida um dos chefes os conduziu a uma mesa lateral: ali, em caixas de madeira, havia duas granadas que eles mesmos fabricaram nos dias em que aprenderam a trabalhar com ferro fundido. O instrutor pediu a cada um deles que assinasse a sua. Gostariam de guardá-las como recordação.

Depois os convidaram a ir até uma oficina. Sob um retrato do presidente Mao, entregaram-lhes documentos separados: eram números que deviam decorar. Um dos instrutores explicou que aqueles códigos lhes permitiriam entrar em contato com a Comissão Militar a partir de qualquer embaixada chinesa do mundo inteiro. Sergio não entendeu muito bem qual seria sua utilidade nem quando usaria aquele código, pois seu horizonte imediato era voltar para a Colômbia para se pôr a serviço da revolução, mas memorizou os oito números e destruiu o papel. E depois foi embalar suas coisas, pois lhes disseram que no dia seguinte, muito cedo, um carro militar os levaria ao aeroporto para voltarem a Pequim. Sergio abriu as janelas do quarto e deixou que entrasse o ar morno de julho. O ruído dos soldados que se preparavam para dormir chegava até ele vindo lá de baixo. Pensava, enquanto arrumava a mesma roupa com que havia chegado quatro meses atrás, que o que estava acontecendo tinha o sabor do inevitável: em certo sentido, Sergio não decidira sozinho: era como se tudo aquilo tivesse sido escrito por mais alguém.

Os últimos dias em Pequim foram repletos de nostalgias antecipadas, mas também de uma sensação de propósito que nenhum dos irmãos conhecera até agora. As noites eram para despedidas tristes com os amigos do Hotel da Amizade e com os da escola Chong Wen, e durante os longos dias de verão Marianella ia às residências do instituto para visitar os Crook. Às vezes encontrava Isabel resolvendo coisas por telefone ou conversando com autoridades do partido para conseguir a libertação do seu marido; outras vezes não a encontrava, porque Isabel estava em alguma parte da cidade imensa apresentando documentos ou implorando diante de um homem uniformizado sem mais provas além da sua biografia nem mais armas além da preocupação, e ainda assim tinha a presença de espírito para perguntar sobre a vida de Marianella e até lhe sugerir que trouxesse seu irmão num dia daqueles, pois gostaria de conhecê-lo. Marianella inventou alguma desculpa. Não queria que Sergio entrasse na casa dos Crook, como se ao fazer isso fosse roubar algo dela ou contaminar algo puro.

Numa daquelas tardes, Isabel contou o que acontecera enquanto Marianella estava em Nanquim. Nos dias prévios ao Primeiro de Maio, a festa dos trabalhadores, Isabel e David entreviram a esperança de que uma solução apareceria, pois era a data em que os líderes do partido celebravam todos os anos a presença na China dos especialistas estrangeiros. "Se seu pai estivesse aqui", disse Isabel, "seria convidado para banquetes e desfiles e coisas do tipo. Com certeza isso acontecia com ele todos os anos, mas você não se recorda." Contudo, o Primeiro de Maio se aproximava sem que surgissem quaisquer convites para os Crook: nem para banquetes, nem para desfiles, nem para cerimônias de nenhum tipo no Salão do Povo. Os dias vieram sem que os pedidos de clemência recebessem atenção, e antes da data festiva, numa noite igual às outras, David foi transferido de novo. Isabel sabia que aquela vez seria a última. "E isso não é bom?", perguntou Marianella. Não, isso não era bom: na verdade, era a pior notícia do mundo. David fora enviado para a prisão de alta segurança de Qincheng, lugar de reclusão dos inimigos do povo. Todo mundo concordava: da prisão de Qincheng era bastante possível não sair nunca mais.

Naquela tarde, Carl e Marianella saíram para dar uma volta de bicicleta, e quase sem perceber foram dar no Palácio de Verão, onde pegaram um barquinho e remaram até o meio do lago, o mesmo lugar onde certa vez tiveram um encontro constrangedor com Fausto. "Isso é grave", dizia Carl. "Papai não deveria estar lá. Não é justo. Depois de tudo que ele fez pela China. Não é justo." Ele parou de remar, e a água se acalmou ao redor do barquinho. Estavam sozinhos no meio do lago.

"Não vá embora", disse Carl. "Fique aqui, fique comigo."

Carl tinha despido a jaqueta para remar melhor. Marianella olhou seus braços de nadador — uma veia grossa saía da dobra da manga curta — e aquele rosto que adquiria certa doçura infantil quando estavam juntos. Sim, pensou brevemente, poderia ser feliz com ele: poderia ficar em Pequim, como David e Isabel fizeram, como tantos outros tinham feito, e construir uma vida aqui. Seria uma vida no socialismo, uma vida a serviço dos seus ideais; mas seria também uma vida distante do seu país.

"Você sabe que não posso", disse. "Tenho que ir, isso já está decidido." E acrescentou: "Meu povo me chama".

Do diário de Marianella:

Volto a escrever
Com a carícia
Que pode escrever o sentimento;
Sabes que penso muito em ti.

Volto a escrever
Com a paixão revolucionária
Que nos une.
E te dizer: até a vitória!

Assim te digo,
Porque já vou embora,
E talvez seja a última vez
Que poderemos nos escrever:
Recordarei de ti minha vida inteira.

Volto a te escrever
E saberás que não vais voltar a saber de mim,
Mas receberás meu amor todos os dias
E essa grande paixão, grande valentia,
Grande firmeza que nos une!

Escreveu no cabeçalho da primeira página: *Pequim, maio de 1968*. Em seguida: *Para Carlos*. Depositou o caderno numa caixa de lata junto com seu bracelete da Guarda Vermelha, os três livretos dos seus diários em chinês e um maço de fotografias que Carl fizera dela nos últimos meses: ali apareciam ela e seu irmão, caminhando por uma trilha durante um passeio nas montanhas; ou ela sozinha, numa noite qualquer, escondendo o olhar da câmera com timidez de adolescente, sempre usando na camisa o broche com a cara de Mao. Era bonito pensar que Carl a recordaria assim.

A caixa seria seu presente de despedida.

Sergio foi visitar Lao Wang na Fábrica de Relógios Despertadores. Era uma das poucas pessoas que sabiam do treinamento em Nanquim, pois o mantiveram em segredo: entre os trabalhadores, a ideia de que o exército comunista andasse treinando ocidentais podia não ser bem recebida, mesmo que se tratasse de ocidentais comprometidos com a Revolução. Contou a Lao Wang que estava indo para seu país e explicou as razões; Lao Wang não o olhou, apenas emitiu uma sentença de mestre de tai chi e disse que as portas da China estariam sempre abertas para ele. Sergio passou aquela tarde transcrevendo, em minúsculos caracteres chineses, as lições mais importantes do curso militar, incluídas as fórmulas para fabricação de explosivos. Depois de terminar, procurou a longa carta do pai, da qual nunca se separava, e releu alguns trechos. A carta tinha virado seu manual de instruções naqueles últimos meses, e às vezes o assaltava a noção de que na carta, magicamente, eram respondidas todas as perguntas que pudesse se fazer e, o que era mais surpreendente, no mesmo instante em que as fazia. Naquele momento não estava nos seus planos aderir à guerrilha colombiana, mas se pôr a serviço da revolução na cidade, no entanto sentia-se preparado para o que fosse: seu corpo lhe dizia isso, pois havia cuidado dele e o treinado para qualquer exigência, e sua mente lhe dizia que naqueles quatro meses havia chegado a uma espécie de reconciliação com a possibilidade da morte. Era a primeira vez que sentia aquilo, e ali, no segundo andar da fábrica, Sergio recebeu essa revelação como uma emboscada: sabia que ia lhe acontecer, porém não quando nem como, e agora que já havia passado, o que restava era o alívio.

E por último lhes direi que viverei à espera de vocês, pensando sempre em vocês, feliz em saber que marcham sempre para a frente, que pertencem a uma geração gloriosa, que fará mudar radicalmente a face do mundo, que serão membros de uma sociedade mais justa, mais sã e portanto muito mais feliz e próspera, à qual servirão com todo o coração. Que contribuirão para que isso aconteça na pátria de vocês com a pequena contribuição que derem para a luta revolucionária. Pensando todas essas coisas estarei feliz, muito feliz, sabendo que tenho filhos dignos dessa sociedade que vai mudar o mundo. Que felicidade maior pode sentir um pai?

14.

A chegada a Bogotá não foi isenta de acidentes. O papa Paulo VI iria visitar a Colômbia, e seu avião aterrissaria nas próximas horas, de modo que o aeroporto fervilhava de gente. Mas o problema não era esse, e sim que Sergio tinha escondido suas anotações sobre fabricação de explosivos no compartimento dos cabos do seu gravador; o azar foi tamanho que essa foi a única coisa confiscada na alfândega; apesar do acontecido não ter sido tão grave — pois, mesmo que as autoridades chegassem a encontrar o documento, não conseguiriam lê-lo —, Sergio sentiu que tinha perdido informação importante. Dormiram uma noite em Bogotá e no dia seguinte voaram para Medellín, onde seus pais estavam instalados desde o retorno por orientação da Direção Nacional do Partido. Os dirigentes haviam considerado que Medellín era melhor que Bogotá, dada sua proximidade com a sede da direção no vale do Sinú, e que Fausto devia instalar por lá o que ele chamaria de seu quartel-general. Para Sergio, tudo era estranho: que as pessoas falassem em espanhol, que o espanhol lhes parecesse familiar, que a família o recebesse como se ele fosse o mesmo garoto inocente que partira, e não um homem que sabia manejar armas e estava pronto para mudar o mundo. Também era estranho que seus pais levassem uma vida dupla da qual Sergio não tinha recebido, ao menos até agora, maiores notícias; mas a correspondência, por mais códigos que usassem, não permitia falar de certas coisas, ou melhor, existiam certas coisas que era preciso explicar de viva voz e maneira direta. Mas era assim: nem seus avós nem seus tios tinham a menor suspeita de que os Cabrera não haviam passado cinco anos na Europa, nem que não fossem o homem de teatro e a dona de casa — meio rebelde e prafrentex demais para eles, isso sim: viver na Europa muda as mulheres — que eram na sua vida visível.

Luz Elena começara a trabalhar desde o princípio com associações de mulheres dos bairros populares. Ajudava-as a conseguir fundos, servia de embaixadora diante das classes mais abastadas, sugeria-lhes a possibilidade de que se encher de filhos não era o mesmo que servir a Deus. Durante os últimos meses da sua vida em Pequim gastara seu salário na rua Liulichang, e ao chegar à Colômbia tinha antiguidades e móveis e obras de arte suficientes para montar uma exposição; e foi exatamente o que fez no Museu Zea, não somente como empreendimento cultural, mas também como fachada tática. Fausto, por sua vez, começara a fazer teatro desde sua volta, já fazia mais de dois anos, mas não queria montar mais nada de Molière, nem sequer de Arthur Miller ou Tennessee Williams, e andava obcecado com a ideia de criação coletiva. O teatro de câmara era feito por burgueses e para burgueses, o conceito de autor era egoísta e retrógrado, e ele aprendera na China que o palco também podia ser, *devia ser*, uma arma a serviço da mudança. Enquanto isso, o partido o nomeou secretário político de uma célula urbana, de modo que o teatro serviria também para camuflar suas atividades.

O detonador foi uma polêmica na qual se viu metido pouco depois de regressar à Colômbia, quando Santiago García o convidou a participar de um festival de teatro de câmara. García era aquele aluno de Seiki Sano com quem Fausto fizera uma montagem maravilhosa de *O espião*, de Brecht; era agora o diretor da Casa de Cultura, uma companhia de qualidade que tinha se instalado numa bela casa da rua 13, no centro de Bogotá, e já começava a angariar com montagens cuidadosas o apreço do público. O convite de García era uma maneira de dar as boas-vindas a um colega que estivera muitos anos fora, porém Fausto agarrou na hora a oportunidade para seus próprios interesses: numa carta aberta recusou a proposta, dizendo que o teatro de câmara não era para aqueles tempos, que na Colômbia se devia fazer teatro popular, que o restante era reacionário e elitista. Adveio então um tiroteio de artigos e cartas e colunas de opinião nas quais diretores como Manuel Drezner e Bernardo Romero Lozano defendiam a missão simples, mas intoleravelmente difícil, de montar peças boas e de fazê-lo bem: não era esse o compromisso de um artista? O debate durou vários dias. Ao final, no que foi uma curiosa maneira de ter a última palavra, Fausto embarcou num projeto ambicioso: o Frecal. Por trás dessa sigla de sindicato sem graça estava a Frente de Criação Artística e Literária, que queria ser o primeiro movimento de arte e literatura declaradamente marxista da Colômbia.

Fausto se dedicou a pôr em prática tudo que aprendera da nova dramaturgia chinesa. Montou uma peça longa, *O invasor*, que contava a história da Colômbia a partir da tese da exploração eterna do homem pelo homem. Montou peças sobre a revolução dos coqueiros, o levantamento popular do século XVIII, ou sobre a vida de um operário qualquer que trai sua categoria em pleno século XX; mas nenhuma obtinha êxito, em boa parte porque as convicções ideológicas nem sempre iam de mãos dadas com o talento artístico, e Fausto parecia se importar muito mais com as primeiras que com o segundo. Os atores que não ficassem do lado do marxismo eram marcados como reacionários. Os dramaturgos que propusessem uma exploração do amor e da infidelidade eram tachados de burgueses, de contrarrevolucionários, de inquilinos de uma torre de marfim. Quando jogavam na sua cara o sectarismo da Frente, que já começara a rechaçar inclusive aqueles que se diziam de esquerda se essa esquerda não fosse a correta, Fausto se defendia com versos de César Vallejo:

Um coxo passa de braço dado a um moleque
Depois disso vou ler André Breton?

Outro treme de frio, tosse, cospe sangue
Será possível aludir ao Eu profundo?

Outro busca ossos na lama, cascas
Como escrever, depois, do infinito?

Um pedreiro cai do teto, morre e não almoça mais
Inovar, em seguida, o tropo, a metáfora?

No fundo tinha mais dúvidas, mas não as confessava, pois a dúvida e a incerteza eram as piores inimigas do revolucionário. O que vira na China lhe parecia diáfano: um povo que anos atrás morria de fome, agora vivia. Como não fazer a revolução? E se aceitasse essa premissa, como não investir tudo, incluindo a arte, a serviço declarado dessa causa? Quem poderia pensar que a beleza de uma cena ou a eufonia de uma frase eram mais importantes que a libertação de um povo? Era verdade que Fausto não tinha nenhuma experiência nas tarefas que o partido punha sobre sua mesa, e era verdade que seu idealismo o levava a condenar pessoas valiosas quando não via nelas o compromisso que esperava. Mas o objetivo era claro, e não seria alcançado com meias-tintas. Fausto fundara em Medellín a Escola de Artes Cênicas, e lá, na mesma sala vazia onde eram ensaiadas as peças, começou a reunir sua célula para longos debates políticos nos quais se decidia a sorte dos menos ortodoxos. Depois, quando as instalações da escola se converteram também na sala de redação de um panfleto com nome ambicioso, *La revolución*, ficou claro que a fronteira entre política e dramaturgia havia desaparecido sem remédio.

Luz Elena, por sua parte, aceitava cada vez mais responsabilidades. A direção lhe encomendou trabalhos como interlocutora entre dirigentes de outros movimentos revolucionários, e ela se viu de um dia para o outro atravessando o país no carro da família, encarando estradas de montanha completamente sozinha para cruzar a fronteira com o Equador e chegar a Quito, onde o partido centralizara os recursos financeiros que vinham de toda a América Latina, mas em particular do marxismo-leninismo chileno. Começou a levar grandes somas ou documentos importantes, pois o partido não confiava em mais ninguém a não ser nela, porém suspeitava que era a condição de mulher que provocava essa confiança, e pensava que num dia qualquer, não fosse ela a pessoa transparente que sempre fora, poderia ter desaparecido com os fundos do movimento e começado uma vida nova onde desejasse. Aquelas viagens clandestinas ocorriam uma vez ao mês, e Luz Elena, que a princípio as fazia com apreensão, pouco a pouco foi gostando delas: eram momentos de solidão, de independência e ainda de silêncio que nunca tivera desde que se casara com Fausto, já que todas as horas do dia dos últimos vinte anos tinham sido dedicadas às rotinas do marido ou dos filhos. Além dessas três pessoas, ninguém sabia das suas viagens, de modo que não a incomodava nem sequer a culpa de se dedicar a si mesma quando poderia estar se dedicando aos outros. Decidia onde passar a noite, se em Cali ou em Popayán, chegava sozinha a um hotel da cidade e suportava os olhares do recepcionista, que eram de curiosidade, quando não de franca condenação. "Você não é puta, é?", certa vez um homem lhe disse enquanto ela preenchia a ficha de registro. Fosse como fosse, os dirigentes colombianos viam nela mais arrojo que em muitos guerrilheiros de fuzil no ombro. Depois, quando chegou o momento de escolher um codinome, o secretário político fez um péssimo jogo de palavras: "Uma mulher tão valente tem que se chamar Valentina."

E assim ficou.

Esse foi o cenário que Sergio encontrou ao chegar de Pequim. Dois dias depois da chegada, Fausto lhe pediu que se apresentasse na Escola de Artes Cênicas para trabalhar como assistente de direção, e às vezes como diretor ocasional. O esgotamento da viagem ainda lhe pesava no corpo e tinha as horas de sono desreguladas na cabeça, mas assim mesmo Fausto lhe exigia que levantasse cedo para começar o trabalho. Uma tarde, depois de um almoço pesado, Sergio adormeceu em plena reunião da companhia, e Fausto o acusou na frente de todos pela sua falta de compromisso, perguntando se bastava voltar para a Colômbia para se aburguesar daquela forma. Estavam montando uma criação coletiva com o título A história que nunca nos contaram, que alguém tinha sugerido sem medo de que a encenação não estivesse à altura. Para Sergio era evidente que a peça não tinha interesse, ou que servia apenas como propaganda, mas não foi por isso que cochilou. Em todo caso, a acusação do pai foi injusta, mais devida ao nervosismo do momento que a qualquer outra coisa, porém Sergio a assimilou como se fosse uma irritação na pele: já estava começando a militar, ele também, numa célula urbana, e o confrontamento, que parecia estar relacionado ao teatro, no fundo era um questionamento revolucionário. E isso ele não ia permitir. Logo demonstraria ao pai que sua vocação revolucionária permanecia intacta.

Quando se viam, quase sempre em volta da mesa da sala, os Cabrera não relatavam seus dias. Luz Elena estivera nos bairros mais despojados de Medellín, no Pedregal ou nas comunas a nordeste, onde uma mulher como ela podia correr mais riscos do que imaginava. Sergio estivera trabalhando no Teatro Popular de Antioquia ou em algum dos seus grupos satélites, escrevendo ao lado dos atores a peça da ocasião, e imprimindo em segredo folhetos para o partido num mimeógrafo Gestetner, muito diferente do que tinham na sala do Hotel da Amizade onde se reunia o Regimento Rebelde, mas que Sergio aprendeu a usar como o torno de uma fábrica chinesa, imprimindo as folhas ele mesmo como se fosse serigrafia. Mas tampouco disso se falava entre os Cabrera. Era como um acordo de silêncio, porém estranho, pois teria sido de serventia para todos se compartilhassem a vida nova pela qual estavam passando. A partir de um momento aquelas reuniões ocorriam cada vez em menor frequência, não apenas pela obrigação do segredo ou da prudência, mas porque Sergio foi viver noutro lugar com um grupo de companheiros de célula.

O que não confessava a ninguém era que nos seus tempos livres — e às vezes até nos que não eram — dedicava-se a fuçar as salas de cinema à procura de filmes. Fugia das suas obrigações para ir ver qualquer coisa, apenas pelo prazer que sempre sentira no escuro dos cinemas, diante da tela luminosa onde passava o mundo inteiro. Por aqueles dias descobriu um filme de Luchino Visconti, *O estrangeiro*, e passou quatro dias seguidos inventando missões clandestinas para revê-lo. Um meio-dia ensolarado, ao regressar de uma missão que não era inventada e sim genuína, deparou com um cartaz anunciando a matinê com uma imagem na qual dois jovens amantes se abraçavam. Era *Dio, come ti amo!*, um melodrama absurdo cuja única virtude, naquele momento, foi o simples fato de ter as canções de Gigliola Cinquetti de que Marianella tanto gostava. Levado por essa nostalgia passageira, acossado pela culpa (um revolucionário como ele não podia se interessar por aquela cafonice), Sergio comprou uma entrada. O entusiasmo durou pouco: em vinte minutos, depois que Cinquetti cantou sua primeira canção, já havia se desesperado. Mas ao sair para a rua, enquanto esperava que seus olhos se acostumassem de novo à intensa luz do dia, ouviu que o cumprimentavam. "E você, o que faz aqui?" Eram dois dos seus companheiros de apartamento.

"Falando com um contato, companheiro", disse Sergio. "Agora não posso dizer mais que isso."

Sergio era um dos membros mais ativos do grupo. Na época, chegou a fazer uma viagem mensal a Bogotá para recolher munições, remédios ou documentos: tratava-se de viagens secretas, como as da sua mãe, nas quais não eram poucos os perigos que corria. Ficava na casa do tio Mauro, que não era militante, ainda que simpatizasse com as ideias do irmão; e nessas horas compartilhavam o formidável entendimento de que havia algo a respeito do qual não se podia falar, portanto era melhor não fazer certas perguntas. Tanto melhor: Sergio percebia que não sabia grande coisa do que estava acontecendo, como se se movesse às cegas numa selva. Não sabia, por exemplo, que naqueles dias vozes anônimas travavam conversas secretas sobre seu futuro e o da sua irmã Marianella, e seu destino foi sendo decidido sem que eles soubessem muito bem como. Em algum encontro informal, alguém dissera a Sergio que já era tempo de ele entrar para a guerrilha, e ele respondera: "Viemos para isso". Mas naquele momento a conversa não teve consequências, e não se voltou a falar do assunto até uma manhã de terça-feira, quando aconteceu uma ligação a que Sergio respondeu como se falassem de outra pessoa. Foi uma conversa em código, pois todo mundo sabia então que os telefones estavam grampeados, mas o que Sergio ouviu lhe pareceu claro como água. Marcaram com ele numa cafeteria do centro de Medellín, advertindo-o de que não falasse do encontro com ninguém: nem sequer com os pais. Sergio diria muito depois que o encontro havia durado o que dura um café, mas suas consequências, por outro lado, durariam o resto da vida.

Chegou à cafeteria, nos arredores do Hotel Nutibara, e esperou alguns minutos nos quais teve a convicção de que a pessoa que encontraria o observava de algum lugar. Ao cabo de um tempo, sentou-se diante dele um dirigente sindical com quem já trocara umas palavras, mas de quem não sabia grande coisa, e que antes mesmo de três frases de cortesia já lhe dava instruções, poucas e bastante concretas: precisava comprar uma rede, um facão e um par de botas de borracha; precisava preparar uma muda de roupa; e depois precisava esperar a ligação.

"Já vou?"

"Vai amanhã, camarada", disse o homem. "Porque acreditamos que já está pronto."

Sergio sentiu que caía numa armadilha: estupidamente, porque não havia nada imprevisto naquele encontro. Entrar para a guerrilha estava no seu destino desde muito tempo atrás — como se alguma força tivesse tomado a decisão no seu lugar, como se seu consentimento não tivesse sido necessário —, mas nunca pensou que fosse acontecer tão rápido. Escutou como num sonho as demais instruções: a estação de ônibus numa determinada hora, o nome do povoado de Dabeiba, a importância de que não falasse a ninguém da sua partida. Saiu da cafeteria sentindo que se misturavam no seu ventre a frustração e a satisfação, e com a intuição incômoda de que a decisão não tinha pertencido apenas a ele. Caminhou até a esquina do Nutibara, onde vira uma loja de artesanatos para turistas, e entrou sem refletir, pensando que uma rede era igual a qualquer outra. Encontrou uma de linhas de cores vistosas, cômoda e grande, e não teve a lucidez para perceber que uma rede de casal era uma péssima ideia, pois não só era duas vezes maior, como também pesaria duas vezes mais sobre suas costas. Incrivelmente, ali também encontrou o facão adequado, e no armazém ao lado conseguiu comprar as botas La Macha, pretas e brilhosas e cheirando a borracha nova. Comprou tudo duas vezes, pois também precisava pensar em Marianella. Naquela tarde, ligou para ela.

"Vamos amanhã", disse.

"Aonde?"

"Aonde temos que ir."

Houve um segundo de silêncio na linha.

Marianella disse: "Mas precisa ser já? Não podemos falar disso outra vez?".

Sergio teve medo, pois aquela não era a voz da irmã, a militante convencida, a Freira da Revolução. Era a voz de uma criança.

"Não, não podemos falar disso", disse com firmeza. E acreditou dar o argumento definitivo quando acrescentou: "Além disso, já comprei tudo, e não posso devolver".

Passou uma noite difícil na casa clandestina. Não podia falar nem sequer com seus companheiros de célula, eles que o entenderiam melhor que ninguém e inclusive poderiam aconselhá-lo no que fazer. Mas a ordem dos seus superiores era clara.

Para melhor cumprir com a obrigação da partida, combinou com Marianella que chegariam separadamente na estação de ônibus. Não soube em que momento ela saiu da casa dos pais nem como ocupou as longas horas que teriam adiante até a hora da viagem, mas Sergio viveu aquela manhã como uma primeira prova da sua disciplina revolucionária. Tomou café da manhã com seus companheiros, banhou-se e se vestiu como se fosse um dia qualquer, guardando o silêncio que lhe haviam ordenado, e depois embalou suas coisas. Incluiu na bagagem as botas que trouxera da China — altas e de bom couro —, pensando que de algo serviriam: se eram boas para o EPL de lá, que dominava o país, por que não seriam para o de cá? Almoçou sem fome e depois foi para a estação. No trajeto, teve a impressão de que tinha esquecido algo, e lhe custou um bom esforço compreender que aquele vazio, palpável como a ausência das chaves de casa no bolso, era simplesmente a tristeza de não ter se despedido da mãe, a infinita tristeza de não tê-la abraçado para dividir com ela a possibilidade de que nunca mais voltariam a se ver.

Do diário de Marianella:

Março, 1969

Tudo definido. Escrevi para mamãe, fiquei com seu sorriso e seus beijos ao me despedir. Sei que por dentro chorava, mas mamãe é o ser mais compreensivo da terra, mais nobre, mais justo. Digo a ela que estou contente, que logo estarei completamente fora das mãos dos lacaios, cumprindo com orgulho minha nova frente na guerrilha. Sinto que então terei diminuído a distância que me separa dela e de papai porque obedecemos à mesma causa.

O companheiro Juan trouxe consigo uma grande quantidade de remédios que devo levar sempre comigo. Chama-se Aralen. Diz que são contra o paludismo e que sem falta devo tomá-lo diariamente, pois a área mais selvagem do país está empesteada dessa doença. O nome me pareceu terrível, mas não quis saber como era.

> Todo está definido. Escribí a mi mamá.
> Se me ha quedado su sonrisa y sus besos
> al despedirme; yo sé q' por dentro lloraba,
> pero mamá es el ser mas comprensivo de
> la tierra, mas noble, mas justo. Le digo
> q' estoy contenta, q' ya pronto estaré fuera
> totalmente de las manos de los esbirros
> cumpliendo con orgullo en mi nuevo frente,
> en la guerrilla. Siento q' entonces, ya
> sobre amenazado la distancia q' me

7 de março

Como a clandestinidade é absoluta, dediquei-me exclusivamente a ler. Ontem tentei entabular diálogo com Ester, a companheira de Juan, mas foi inútil. Falamos um castelhano muito diferente. Falei que preferia usar o cabelo curto porque talvez fosse mais cômodo e higiênico nas futuras circunstâncias, então amavelmente se ofereceu para cortá-lo para mim e aceitei. Enquanto se produzia o assassinato do meu cabelo comprido, tive que segurar um pouco a vaidade diante da razão objetiva e depois, ao me olhar no espelho, sorri.

Faltam apenas algumas horas e aos poucos me sinto num abismo. Há algo que me assusta. Quantas vezes mamãe e eu acompanhamos a entrada de outros companheiros! As madrugadas fechadas por aqueles precipícios por onde o carro passava a duras penas. Depois comentávamos o quão terrível e admirável que era: e agora é minha vez. E decidida, sigo adiante!

O ônibus saiu pouco depois das cinco de uma tarde chuvosa. Sergio não conhecia bem aquela região da cidade, e não conseguiu saber qual direção tomaram nem por onde saíam. Pensava em outras coisas, ademais: tinham lhe dito que ali, naquele mesmo transporte, viajavam outros dois militantes pelas mesmas razões que eles, e ficou um bom tempo tentando aproveitar os clarões da iluminação pública para tentar averiguar quem eram. Dava para ver a revolução na cara de um jovem? A vontade de mudar o mundo estava desenhada nos seus traços? Marianella estava três filas mais para trás, pois deram a eles instruções peremptórias de não se sentarem juntos, e ao olhar para ela Sergio pensou que talvez os outros dois também estivessem procurando. Pensou brevemente que essa viagem significava o adiamento em definitivo de uma vida no cinema, mas sentiu vergonha dessas preocupações burguesas; pensou que daquela viagem era bem possível não voltar nunca, e se perguntou onde ficavam os projetos que morrem antes de começar, e voltou a sentir uma tristeza surda, mas desta vez contaminada de culpa. Como estaria Luz Elena? Como recebera a notícia de que seus filhos tinham entrado para a guerrilha sem lhe dizer adeus? E seu pai, o que teria pensado? Estava nessas reflexões quando se fez noite cerrada. Procurou discretamente Marianella, que já dormia recostada na janela, e fechou os olhos, pensando que era melhor também descansar um pouco. E então adormeceu.

Foi um trajeto de cinco longas horas. Sua memória recordaria mal o que aconteceu até a chegada e também a chegada em si, quando saíram para recebê-los um homem e uma mulher que nunca se apresentaram pelo nome nem perguntaram como tinha sido a viagem, mas que foram solícitos na hora de baixar do ônibus as pesadas bolsas. Então se revelaram os outros dois camaradas. Um era um jovem negro de ossos fortes e cabelo raspado; o outro tinha uma espécie de autoridade natural, e quando cumprimentou Sergio e Marianella ficou evidente que já sabia quem eles eram. Quando partiram, contornando o povoado como se não se decidissem a entrar, eram onze da noite. Cruzaram com uma manifestação noturna, ou se deixaram alcançar por ela, mas conforme se aproximaram das pessoas, Sergio percebeu que não se tratava de nenhuma manifestação, e sim de uma procissão religiosa.

"Claro", disse a irmã. "É Quinta-Feira Santa."

Não tinham se dado conta disso até então. Os guerrilheiros lhes indicaram que se juntassem à procissão, para se esconder melhor, e com a procissão caminharam um bom tempo. O Cristo estava adiante, longe, mas dava para ver sua cabeça esmaltada que reluzia quando passavam debaixo de um poste de luz. Então um dos anfitriões, o homem ou a mulher, fez um sinal para eles: "Aqui, aqui". Todos saíram da procissão como quem desce de um trem em movimento, e começaram a entrar nas palhas de uma plantação recente onde era difícil mover os pés sem prendê-los nos tocos das hastes. Assim saíram para um caminho que parecia aberto pelos animais ao longo de muitos anos de tráfego clandestino. Um homem os esperava para lhes servir de guia. Começaram a se mover atrás dele: sete silhuetas avançando, sem dizer palavra, em meio à escuridão.

Caminharam a noite toda. O dia se fez sem pressa, sob uma garoa delicada, mas o céu caiu de repente quando o sol superou as montanhas, e uma vegetação que Sergio nunca vira explodiu nas margens do caminho. Ninguém mais prestou atenção nas bromélias, nem na cor de mercúrio dos *yarumos*, nem no tamanho de algumas folhas pelas quais a água escorria como de um regador, e Sergio percebeu que soaria deslocado se surpreender em voz alta, e ainda mais ridículo seria contar que tudo aquilo lhe recordava da visita ao Jardim Botânico de Pequim, onde vira o último imperador da China como agora via seus companheiros. Não, nada daquilo podia ser posto em palavras; mas Sergio soube que ninguém lhe tiraria a sensação de descoberta que teve naquela manhã. Talvez por isso estivesse de bom ânimo quando chegaram ao acampamento, onde uma dúzia de guerrilheiros começava a desmontar as redes das árvores. Os mesmos doze se apresentaram um momento depois, convocados por uma figura de autoridade. Era o comandante Carlos, que não somente passava por ser o melhor médico-cirurgião com quem contavam, mas que também era membro do Comitê Central e do Estado-Maior da guerrilha. Carlos reuniu os guerrilheiros e propôs que dessem as boas-vindas aos quatro novos companheiros. Antes de começar, perguntou a Sergio como queria se chamar.

"Sergio", disse Sergio.

"Não, não", disse o comandante Carlos. "Me refiro ao nome que vai ter aqui. Sua irmã vai se chamar Sol."

Era o primeiro nome de batismo de Marianella. Quando era criança e seu pai queria castigá-la, chamava-a assim, Sol Marianella, e esse era o nome que escolheu para aquela nova vida revolucionária. Sergio, porém, por timidez ou por ter sido pego de surpresa, não conseguiu escolher um nome adequado para si mesmo, e o comandante Carlos não quis esperar que se decidisse. Falou dos recém-chegados com palavras que tinham sido ditas a ele, certamente, apenas alguns minutos antes, e depois os apresentou. O jovem negro era o companheiro Pacho; o outro, que tinha inspirado em Sergio um respeito considerável, era o companheiro Ernesto, que fora um respeitado líder popular no departamento de Quindío e depois recebeu treinamento militar na Albânia. Em seguida, Carlos apontou Marianella e disse seu novo nome, e quase no mesmo alento, como se já o tivesse decidido antes, apresentou Sergio com três palavras breves:

"O companheiro Raúl."

PARTE III
A LUZ E A FUMAÇA

15.

Na tela da cinemateca, uma guerrilha de caricatura enfrentava um exército risível, todos personagens de vaudeville que pareciam saídos de uma comédia de Berlanga. Nela havia um capitão que gritava demais, alguns revolucionários muito solenes, um gringo bobo e malvado ao mesmo tempo, um padre pudico mas lúcido, um traficante de armas cínico e um andaluz de jaquetinha flamenca e chapéu de aba larga que percorria esses territórios em guerra dirigindo um ônibus com prostitutas. Sentado na última fila entre o corredor e Raúl, Sergio se perguntava o mesmo de sempre: quanto daquilo que contava se perderia no longo caminho que vai da tela iluminada ao assento escurecido do espectador; quanto ficaria enredado no vazio das culturas. A anedota central de *Golpe de estádio*, aquele filme pirado, girava ao redor de uma partida de futebol, e nisso, pelo menos, havia uma espécie de linguagem universal, de esperanto narrativo. As seleções nacionais da Argentina e da Colômbia iam jogar uma partida das eliminatórias para a Copa do Mundo de 1994, mas as antenas tinham sido explodidas por engano e o único televisor do batalhão jazia partido em pedaços; de modo que guerrilheiros e militares combinaram uma trégua para consertar um aparelho improvável, fabricar uma antena de papel-alumínio e se esquecer, durante noventa minutos, da guerra em que estavam metidos. Era uma fábula com histórias de amor e final feliz; Sergio sabia desde o princípio que precisava estar na retrospectiva, e além disso o escolhera para os dias em que estivesse presente. Poucos minutos antes de começar a projeção, enquanto o público se acomodava na sala, um espectador se aproximou para perguntar sobre suas razões. Por que não *Ilona chega com a chuva* ou *Perder é questão de método*, que eram maravilhosos? Por que *Golpe de estádio*? Para responder, Sergio teve apenas que apontar Raúl:

"Porque quando o estreei, este garoto tinha só alguns dias de nascido", disse. "E claro: de olhos fechados, o pobre não entendeu grande coisa."

Era verdade, mas só em parte. Sim, queria estar junto de Raúl quando seu filho visse pela primeira vez, na tela grande, aquele filme contemporâneo ao seu nascimento; queria usar o filme também para recordar as emoções fortes daquele ano de 1998, quando Raúl chegava ao mundo ao mesmo tempo que Sergio começava a se movimentar na política. Havia sido uma passagem breve pela Câmara de Representantes da Colômbia, e o que Sergio recordava era a convicção, enquanto editava *Golpe de estádio* em intervalos roubados das campanhas, de que aquele seria seu último trabalho, um testamento sob todos os aspectos. Naquela época não lhe pareceu estranho que as preocupações do cinema e da política, apesar de terem aparências tão distintas, acabassem se reduzindo às duas palavras teimosas e eternas do vocabulário colombiano: a guerra e a paz. O filme estreou em 25 de dezembro, uma espécie de presente de Natal para um país que então naufragava em sangue. As guerrilhas matavam, os paramilitares matavam e o Exército matava, mas na fantasia da tela os inimigos se reuniam e se abraçavam porque sua seleção metera cinco gols na rival. Naquela época, quando todos pareciam concordar que a Colômbia era um naufrágio, as tentativas de alcançar a paz fracassavam uma atrás da outra, e às vezes Sergio achava que esse fracasso era menos um acidente que uma verdadeira vocação: que o país não estava pronto para viver sem se matar. E fazer aquele filme fora um ato de descarado otimismo. Agora tinham se passado dezoito anos da estreia do filme, e a realidade se encarregou de lhe dar uma segunda vida.

Algumas semanas antes, no fim de setembro, quando Octavi Martí escreveu da cinemateca para pedir a Sergio a lista definitiva dos filmes que seriam projetados na sua presença, os colombianos estavam a ponto de tomar a decisão mais importante dos duzentos anos de vida da república. Tratava-se da votação, num plebiscito sem precedentes, de um documento de trezentas páginas. "Exceto que não é um documento", dissera Sergio numa entrevista. "É um país novo." Eram os acordos de paz de Havana. Desde o fim de 2012, o governo colombiano e a guerrilha das Farc, a mais antiga e talvez a mais perniciosa do continente, estiveram se reunindo em Cuba para buscar uma saída a um conflito que já superava meio século de existência, que deixara cerca de oito milhões de vítimas — os mortos, os feridos, os removidos — e cujas dinâmicas infernais haviam produzido níveis de sevícia suficientes para provocar sérias dúvidas sobre a saúde mental de todo o país. Tentativas semelhantes tinham sido feitas no passado, sempre com resultados desastrosos, e era famosa a frase de um chefe guerrilheiro que em 1992, depois do fracasso das negociações que então eram levadas a cabo no México, levantou-se da mesa dizendo: "Nos vemos dentro de dez mil mortos". Muitos mais tinham morrido desde então naquela guerra degradada sem que o mundo soubesse. Mas tudo isso agora tinha mudado.

O planeta inteiro acompanhara os quatro anos de negociações. Num momento ou noutro interferiram todos os que tinham algo a dizer sobre o desmonte de um conflito enquistado: os irlandeses que negociavam os acordos da Sexta-Feira Santa, os sul-africanos que negociaram a paz depois do apartheid e até os israelenses que negociaram os acordos de Camp David. Quando se deu em Havana a notícia de que as partes haviam chegado a um acordo, Sergio não pôde deixar de pensar que ocorrera o impossível: um país acostumado à guerra ia virar a página e começar de novo. Só faltava que o povo colombiano aprovasse os acordos nas urnas. Mas era um mero trâmite, claro, uma formalidade: pois quem poderia pensar que um país tão ferido pudesse rejeitar o fim da guerra?

De modo que Sergio, naquela tarde de setembro em que se pôs a escolher os filmes que seriam projetados na sua presença, percebeu que a retrospectiva de Barcelona teria lugar num mundo novo: um mundo onde havia uma guerra a menos. Em outras palavras: pensou que ali, diante do público da cinemateca, teria o privilégio de ir até a frente depois da exibição de *Golpe de estádio* e pronunciar algumas palavras que antes teriam sido impensáveis. Diria: "Esta comédia sobre uma paz absurda acaba de ser projetada, pela primeira vez, num mundo onde se conseguiu uma paz de verdade". Ou talvez: "Este filme foi feito há dezoito anos num país em guerra. Hoje, enquanto assistimos a ele aqui em Barcelona, o país do filme encontrou a paz". Ou alguma frase parecida, docemente de efeito, idealizada mas não inocente. Pensando nisso incluiu *Golpe de estádio*, mandou o e-mail e pôs-se a viver aquela longa semana que levaria ao domingo do plebiscito.

Foram dias difíceis, mas não só pela importância do momento político. De fato, a vida parecia deixar a Sergio pouco tempo para pensar na magnitude do que se avizinhava para todos, pois mal reunia energia suficiente para administrar o que acontecia consigo próprio. Ao mesmo tempo que respondia às solicitações da cinemateca — conseguindo materiais de arquivo sobre sua vida e obra, aceitando algumas entrevistas e declinando com amabilidade outras — estava enfiado de cabeça nos preparativos para a série sobre a vida de Jaime Garzón. Tratava-se de um trabalho exaustivo para o qual eram necessárias mais horas do que os dias ofereciam. Sergio atravessava a cidade procurando locações, às vezes investigando arduamente a fim de descobrir os espaços reais onde sucedera a vida real do seu personagem, às vezes inventando espaços fictícios e procurando imaginar a história sobreposta a uma casa, a uma rua, a um restaurante onde era provável que Garzón nunca havia pisado. Como era difícil imaginar uma história sobre um homem real que ainda por cima nós conhecemos! Passava outra parte dos dias nas entrevistas com atores: tentando encontrar um Garzón menino, um Garzón adolescente, um Garzón adulto, ao longo de horas intermináveis que se sucediam num escritório da produtora, sob luzes brancas que depois de certo tempo cansavam os olhos. Sergio escutava discursos que conhecia bem demais e não o surpreendiam; buscava em feições alheias e corpos alheios o fantasma de um velho amigo morto. E enquanto isso tudo ocorria, não deixava nem por um instante de pensar em Silvia, sentia o vazio da sua ausência e se perguntava se seu casamento teria inevitavelmente fracassado.

Durante aquela semana falou com ela todos os dias, quase sempre pelas manhãs, e depois aproveitava os tempos livres para escrever longas mensagens de WhatsApp que eram como as cartas de um prisioneiro: um prisioneiro que não perdera o senso de humor. Naquelas mensagens parecia que compartilhavam uma vida cotidiana, e dava até para acreditar que ainda viviam na mesma cidade. Sergio nunca as escreveu sem a convicção de que *isto* — a palavra breve que continha a enormidade da sua situação — podia ser consertado, ainda que fosse pela evidência do muito que se gostavam ou, melhor dizendo, porque se gostavam demais para não acabarem juntos, mesmo que fosse por pura teimosia. A ideia de não voltar a viver com sua filha Amalia o atormentava até lhe tirar o sono. Havia algum tempo que começara a odiar o silêncio estúpido das manhãs sem ela, e também para isso lhe serviam as mensagens no meio do dia: para receber uma foto da filha fazendo caretas, ou uma mensagem de áudio, ou inclusive um vídeo em que Amalia girava sobre os tacos da sala com uma boneca nua em cada mão, enquanto ao fundo soavam as vozes infantis da televisão, falando num português incompreensível.

O país, enquanto isso, alheio aos problemas do seu casamento com Silvia, perfeitamente desavisado das dificuldades de encontrar uma casa para Jaime Garzón, avançava para o dia do plebiscito. Por aqueles dias ligaram para ele de uma ONG para pedir um vídeo de vinte segundos em defesa dos acordos de paz. "Estamos vivendo os últimos dias da guerra", disse. "Não sei se as pessoas estão se dando conta." Contudo, talvez o normal, o previsível, fosse que as pessoas não se dessem conta. Por que haveria de ser diferente, pensava Sergio, se nenhuma dessas pessoas com quem cruzava todos os dias sabia realmente o que era a guerra? Muito se falara disso por aqueles dias, nas colunas de opinião e nos programas de debate: uma brecha enorme se abrira no país entre os que viviam a guerra e os outros, os que a viram nos noticiários ou leram acerca dela em revistas e jornais. E esse não era o único desentendimento. Bastava sair à rua para sentir a crispação do ambiente, um clima de enfrentamento que era novo para Sergio porque ocorria no lugar sem lugar das redes sociais. Ele, que nunca se aventurara naqueles mundos de elétrons, recebia de vez em quando as reportagens sobrenaturais que chegavam de um país irreconhecível. Dizia-se que os acordos de paz de Havana aboliriam a propriedade privada. Dizia-se — mas quem dizia? — que, se aprovassem os acordos, a Colômbia cairia numa ditadura comunista. Fausto Cabrera, que perdera o interesse em quase tudo, que desde sua última viagem para a China passava os dias trancado e sem falar com ninguém que não fosse sua esposa, Nayibe, saiu do mutismo uma tarde em que Sergio o visitava.

"Diziam a mesma coisa quando eu tinha trinta anos", disse.

"Isso da ameaça comunista?"

"E quando tinha quinze também, pensando bem. Esse truquezinho parece bobo, mas já serviu para muita coisa."

Sergio escutava os aspirantes a ator, que procuravam imitar Jaime Garzón, e escrevia para Silvia mensagens repletas de códigos secretos como um adolescente apaixonado, e enquanto isso continuavam a chegar informações sobrenaturais daquele outro país de existência paralela. Um taxista que certo dia o levou ao centro perguntou-lhe como votaria no domingo. "Votarei pelo Sim", disse Sergio. O taxista o observou pelo retrovisor.

"Não, eu não", disse. "Porque não está certo, chefe."

"Não está certo o quê?"

"Vão pagar salário mínimo para os guerrilheiros. Sabe de onde vai sair essa grana? Da nossa aposentadoria. Trabalhei a vida toda, e para quê? Para pagar a esses filhos da puta para nos matarem mais? Não, isso eu não banco."

Não estava correto, mas Sergio não teve problemas para compreender o sentimento. Ficou quieto, pois se deu conta de que não tinha ferramentas para convencer o homem. Era sua palavra contra a do Facebook; era seu pobre argumento de passageiro sem documentos contra a autoridade do Twitter. Algo parecido, porém muito mais alarmante, aconteceu no sábado do plebiscito. Sergio teve que sair da cidade para procurar um povoado parecido com Sumapaz, onde Jaime Garzón tinha sido prefeito nos seus anos de juventude (usar o povoado de verdade, que ficava a quatro horas por estradas de montanha, era impraticável), de modo que a produtora lhe mandou uma caminhonete branca com um logotipo visível na lateral e um motorista, um baixote de bigode que precisava de uma almofada rotunda para ficar na altura do volante. O tráfego de saída da cidade havia adquirido a densidade dos dias ensolarados, então Sergio, prevendo uma viagem longa, decidiu daquela vez perguntar primeiro: "E você, como vai votar amanhã?". No olhar do homem baixou uma sombra.

"Sei de que lado o senhor está, dom Sergio", disse quase com pena. "Mas eu sou cristão. Não me peça para aceitar essa aberração."

"Não estou entendendo", disse Sergio.

"Tem se falado muito disso na minha igreja. E uma coisa é a paz, mas isso aí não dá. Isso é um ataque contra a família cristã. Pode dizer a verdade, dom Sergio: o senhor quer isso para seus filhos?"

Não houve mais conversa até terminarem a viagem para Salto del Tequendama. Tampouco nos momentos de espera, enquanto Sergio caminhava por um povoado e depois pelo povoado vizinho para ver qual se parecia mais com o original. Naquela noite, porém, enquanto Sergio tentava escrever uma mensagem comprida de WhatsApp para Silvia, o telefone vibrou. No vídeo aparecia Alejandro Ordóñez, que acabara de sair do cargo como procurador-geral da nação. Sergio sempre o achara parecido com um fanático religioso, um verdadeiro extremista de gravata, que durante anos utilizara o imenso poder do seu cargo para sabotar tudo que desafiasse sua moral de lefebvrista, do direito ao aborto ao casamento homossexual. E ali estava Ordóñez no vídeo, acusando o governo de usar a paz como desculpa para "impor a ideologia de gênero". "Pense bem no 2 de outubro", dizia o homem com sua sinistra voz anasalada. "Você decide o futuro dos seus filhos. Você decide o futuro da família colombiana." Nunca citava as linhas do acordo que destruiriam a família; nunca se referia ao parágrafo exato em que o acordo arruinaria o futuro dos nossos filhos. Mas isso não era necessário, pelo visto, para que o vídeo chegasse aos sermões dos pastores. Sergio pensou: *Aqui está acontecendo algo.* Com essa ideia, que não chegou a se converter em inquietude, foi dormir.

O domingo amanheceu nublado. Com a manhã avançada, Sergio começou a caminhar do apartamento na rua 100 até a Fazenda Santa Bárbara, dezesseis ruas ao norte, o centro comercial onde ficava sua seção eleitoral. Diziam que a cidade viveria uma festa, mas na avenida Séptima, onde alguns poucos pais sacudiam bandeiras maiores que seus filhos e as buzinas dos carros quebravam o silêncio, era como se a festa ainda não tivesse começado. De longe começara a ver, como sempre quando caminhava por aquela área, a escultura de Feliza Bursztyn que se erguia na encosta dos Cerros Orientales, e agora, ao se aproximar da Escola de Cavalaria, a memória lhe trazia coisas que não havia pedido, como um gato que nos deixa na porta a oferenda de uma ratazana que acabou de caçar. Ali mesmo, em algum lugar das instalações que agora se levantavam de ambos os lados da avenida, Feliza Bursztyn passou as piores horas da sua vida. O ano era 1981. Às cinco da manhã de uma sexta-feira (Sergio recordava a hora e o dia, mas não o mês: julho, agosto?), um grupo de militares vestidos de civis, membros dos serviços de inteligência do Exército, entrou à força na sua casa, revistando-a de cima a baixo e, depois de não encontrar nada, a levou detida com a acusação imprecisa de colaborar com a guerrilha do M-19. O atropelo durou onze horas: onze horas respondendo a perguntas absurdas com uma venda cobrindo os olhos, amarrada numa cadeira nos estábulos dos militares; onze horas com medo. Assim que a soltaram, por incapacidade de provar nada ou por considerar a lição encerrada, Feliza correu para se refugiar na embaixada do México. Em poucos dias saía da Colômbia. Seis meses mais tarde, sem ter completado os cinquenta anos, morreu de um ataque cardíaco em Paris. Sergio não podia dizer que Feliza fosse sua amiga, pois não a vira mais que quatro ou cinco vezes, em exposições e reuniões com conhecidos. Por isso o surpreendeu que a notícia da sua morte doesse tanto. Agora recordava aquela surpresa, aquela notícia, aquela morte.

Então esse também foi um dos cenários da guerra, pensou. Bogotá era assim: a população caminhava distraidamente, ocupada com seus assuntos, e em qualquer esquina podia saltar na sua cara a história de violência do país. Enquanto deixava para trás as instalações militares onde Feliza fora interrogada e apalpada trinta e cinco anos atrás, Sergio pensou que algumas quadras mais ao sul, naquela mesma avenida Séptima, estava o monumento a Diana Turbay, a jornalista sequestrada por Pablo Escobar e morta durante a operação que tentou resgatá-la; e ainda mais ao sul estava o clube social onde as Farc puseram duzentos quilos de explosivos C-4 num carro pequeno e o explodiram no estacionamento: trinta e seis pessoas morreram. E se continuasse a caminhar sem desvios, podia chegar à esquina da avenida Jiménez, o lugar onde Jorge Eliécer Gaitán foi assassinado com três tiros em 1948. Muitos diziam que ali, naquele 9 de abril, tudo realmente começou. Sim, pensou Sergio, a guerra colombiana era uma longa avenida; e se fosse verdade que tudo tinha começado com a morte de Gaitán no cruzamento da avenida Séptima com a avenida Jiménez, agora Sergio chegava a um centro comercial do outro lado da cidade, umas cem ruas mais ao norte na mesma via, para terminar com a guerra enfiando seu voto numa caixa de papelão. Apresentou sua cédula, botou uma cruz onde precisava botar e dobrou o papel para enfiá-lo na abertura, mas no momento de fazê-lo notou que falavam dele. As pessoas o haviam reconhecido, e quando Sergio recebeu de volta seus documentos e começou a se afastar, ouviu uma voz de mulher madura que dizia:

"Esse aí é dos que querem entregar o país à guerrilha."

Horas mais tarde, depois de almoçar na solidão do seu apartamento sem Silvia e sem Amalia, foi até a casa de Humberto Dorado. Era um ator que acompanhara Sergio desde seu primeiro filme, *Técnicas de duelo*, onde fazia o papel de um açougueiro que precisa matar um professor de colégio por uma questão de honra, em seguida foi Maqroll el Gaviero em *Ilona chega com a chuva* e o padre em *Golpe de estádio*: era uma amizade de quase trinta anos que lhes dava muito poucas surpresas, e talvez por isso fosse tão bonita a ideia de estarem juntos quando fosse anunciada a aprovação dos acordos: isso, sim, era o mais surpreendente que lhes acontecera.

"Quem poderia dizer", disse Humberto. "Pensei que Bogotá teria metrô antes que o país tivesse paz."

Sergio não tinha trazido uma, mas duas garrafas de um Rioja extraordinário, presente de um produtor madrilenho, que dormiam fazia já sete anos em caixas de madeira à espera de uma ocasião propícia; Humberto, bebedor de uísque, dispôs sua própria garrafa sobre a mesa de vidro. Assim passaram as horas, falando de projetos futuros enquanto o televisor ligado soltava seus monólogos sem que prestassem atenção, como um convidado com quem ninguém fala, e exibiam imagens pavorosas da costa caribenha, onde a passagem do furacão impedira centenas de milhares de cidadãos de saírem para votar. Perto do fim da tarde, quando começaram as primeiras apurações da votação, ficou evidente que as coisas não aconteceriam como se esperava. O céu bogotano de repente foi ficando escuro e os telefones começaram a vibrar com as mensagens que chegavam de toda parte. Em certo momento, Humberto, cuja doçura de caráter era lendária, jogou longe o controle remoto da televisão e disse para ninguém:

"Vida filha da puta."

* * *

Naquela noite, Sergio não dormiu bem, e no dia seguinte estava fora com as primeiras luzes, tentando refrescar a cabeça no ar frio da madrugada bogotana. As ruas estavam desertas. Sergio subiu na direção da Sétima, fez uma foto da escultura de Feliza e a enviou para Silvia. "Este país não tem conserto", escreveu para ela com raiva. As primeiras notícias diziam que os acordos tinham sido derrotados por uma margem de cinquenta mil votos: a quantidade de gente que vai a uma partida de futebol no estádio El Campín. Pareceu a Sergio que o ocorrido era muito mais misterioso, e sobretudo mais grave, do que uma derrota política. Mas o que era? O que a rejeição dos acordos dizia sobre os colombianos? Que futuro viria para eles no país dividido e deflagrado que o plebiscito deixava, um país onde as famílias tinham se dividido e as amizades haviam sido interrompidas, um país onde as pessoas pareciam ter descoberto novas e poderosas razões para se odiar até a morte?

As mesmas perguntas continuaram a acossá-lo dias depois, ao chegar a Barcelona, enquanto se dava conta pouco a pouco do que tinha acontecido na Colômbia. Todos os jornalistas lhe perguntavam a respeito, todas as conversas tratavam de abordar o assunto, pois ninguém conseguia entender que um país em guerra havia meio século votasse contrariamente a acabá-la. Assim disse a jornalista do *La Vanguardia* que lhe perguntou sobre os anos remotos da sua incursão pela política. Sergio se justificou: "Se você despreza a política, acaba governado por quem despreza", disse. "E por que a abandonou?", perguntou a jornalista. "Por causa das ameaças", disse Sergio. "Comecei a organizar um debate. Eu estava na Comissão de Assuntos Militares. Mas tinha estado na guerrilha, embora isso tivesse sido trinta anos antes, e não agradou à extrema direita, que na época matava a torto e a direito. E assim acabei ameaçado de morte." "O não à reconciliação deve ter doído", disse então a jornalista. "Bem, é que ganhou a mentira", disse Sergio. "Há alguns dias, um dos estrategistas da campanha explicou quais tinham sido as ferramentas que utilizaram. Foi lamentável." Ele se referia a uma notícia que correu como um terremoto, uma razão a mais para o enfrentamento de um país que já se encontrava conflagrado consigo mesmo. Diante do gravador ligado de um jornal nacional, durante uma entrevista regulamentar, o gerente da campanha de oposição aos acordos declarou, sem mexer uma só sobrancelha, que sua estratégia tinha sido concebida para explorar a raiva, o medo, o ressentimento e as angústias dos colombianos. Expôs seu objetivo em breves palavras: "Queríamos que as pessoas estivessem pistolas ao saírem para votar".

"O que é *pistola*?", perguntou a jornalista.

"Brava, só que muito mais que isso", disse Sergio. "Como estamos todos neste momento."

Agora, na tela da Cinemateca da Catalunha, *Golpe de estádio* — sua guerra de vaudeville e sua paz de conto de fadas — chegava ao fim. Em Sergio bateu uma estranha melancolia. Talvez fosse a coincidência dos ocorridos, a rejeição dos acordos e a morte de Fausto, ou talvez a circunstância somada do naufrágio do seu casamento; de qualquer maneira, ali, no auditório da cinemateca, sentando junto a Raúl tão próximo que seus ombros se tocavam, Sergio sentiu fugazmente que o carinho dos seus filhos era a única solidez que restava na sua vida, pois todo o resto — seu pai, seu casamento e seu país — tinha desmoronado de repente, e o que se via era uma paisagem em ruínas: a cidade depois do bombardeio.

Estava pensando nisso quando as pessoas começaram a aplaudir e chegou sua vez de ir para a frente. Descobriu que não estava com ânimo para a sessão de perguntas e respostas; desejou que tudo já tivesse acabado: quis fechar os olhos e ao abri-los se ver no quarto do hotel, a televisão ligada, procurando com Raúl por um filme antigo. Quando se acomodou numa cadeira alta, diante de um microfone preto que se materializou no ínterim que levou para caminhar desde

280

sua fila, um homem de jaqueta vermelha — uma dessas jaquetas novas, cheias de bolhas como um edredom de plumas — esperava em pé no meio das pessoas como uma papoula extraviada do campo. Um mediador cumprimentou em catalão e apresentou Sergio brevemente, cuja presença os honrava, e falou com gratidão dos grandes sacrifícios que Sergio fizera para comparecer à retrospectiva da sua obra. Sergio reconheceu o jovem que o recebera no aeroporto no dia em que chegou de Bogotá: o magrelo barbudo que naquele dia usava uma camiseta de presidiário, e nesta noite, diferentemente, uma camisa de lenhador mal engomada. Sergio fez seus cumprimentos, agradeceu o convite da cinemateca, abriu a garrafa d'água que o esperava em cima de uma mesinha redonda e deu um gole. Estava para acenar ao homem da jaqueta vermelha, mas o mediador já dera um microfone sem fio para outra pessoa. Era uma mulher de cerca de sessenta anos, de cabelo grisalho e óculos de armação vermelha, que começou a tratá-lo sem cerimônia desde a primeira palavra, como se continuasse uma conversa amistosa que o filme interrompeu.

"O seu pai acaba de morrer, Sergio", disse. "Sinto muito."

"Obrigado", disse Sergio.

"Queria perguntar: ele foi uma figura importante para seu cinema? E o que achou de *Golpe de estádio*?"

"Ele gostou", disse Sergio, soltando a risada breve da sua timidez. Era um gesto de nervosismo que o acompanhara desde sempre: aquele riso cortado encabeçava suas frases como os nós dos dedos que batem na porta antes de entrar. "E gostou do seu papel, coisa que não era fácil. A outra pergunta: sim, foi muito importante para mim. Sem meu pai, nunca teria me dedicado ao cinema. Ele me ensinou a atuar, nos idos dos anos 1950. Ele me ensinou a dirigir um ator. Esteve tão presente na minha vida que aparece em quase todos os meus filmes."

"Dia desses li uma entrevista que você deu", disse a mulher. "Nela contava que esteve na guerrilha do seu país. Isso serviu para o filme?"

"Bem, serviu para saber do que estava falando. Este filme é uma caricatura, mas para fazer caricaturas convém conhecer o modelo real. De todo modo, a guerrilha que conheci não se parece com a do filme. Eu entrei na guerrilha em 1969. Tudo era diferente. Acreditávamos de verdade que a luta armada era a única maneira."

A mulher estava para dizer algo mais, porém Sergio olhou para outro lado e seu gesto bastou para que o mediador procurasse a pergunta seguinte. Sergio se deu conta de que o homem da jaqueta vermelha não tinha se sentado durante a conversa: escutava o diálogo em pé no lugar, como se não quisesse que se esquecessem dele. Contudo, a vez dele ainda não chegara: o microfone passou de mão em mão na direção oposta, distanciando-se dele como se flutuasse sobre as ondas da plateia, indo parar no outro extremo do auditório. Sergio pousou a mão na testa, como uma viseira, pois a silhueta estava justamente sob uma luz potente que o ofuscava. O efeito era belíssimo: a luz formava uma coroa sobre a cabeça da mulher — era novamente uma mulher — como a aura de uma virgem de Da Vinci.

"Só tenho uma pergunta: você atirou? Usou armas de fogo?"

Soou um burburinho.

"Bem, sim", disse Sergio. "Isso é o que acontece nessas situações: ou você dispara ou disparam em você." Fez-se um silêncio incômodo. "Veja, eu não sou uma pessoa que acredita na violência, mas naquela época a vida nos levou a pensar que a luta armada era o único caminho. Agora o país mudou, claro. Sim, agora é possível participar da política sem necessidade de recorrer à luta armada. Contudo, continua a ser um país profundamente injusto."

"Posso fazer outra pergunta?"

O público voltou a murmurar. "Claro", disse Sergio.

"Hoje você faria o mesmo filme? Quer dizer, que filme faria hoje?"

Sergio se acomodou na cadeira.

"Talvez não fizesse uma comédia", disse. "Todos nós cineastas sabemos que o público prefere as comédias; têm mais chances de obter sucesso de bilheteria. Mas a filmografia colombiana dos últimos anos não foi por aí. É um país que vive uma guerra dramática, com problemas de corrupção, de narcotráfico, e seria suspeito que os colombianos fizessem um cinema complacente... Sempre me chamou a atenção o que acontecia com o cinema dos países socialistas. Nos mostravam lugares maravilhosos, verdadeiros paraísos, e o dia em que o Muro de Berlim caiu descobrimos que tudo aquilo era uma farsa: que tinham os mesmo problemas que nós, até mais graves. Esse cinema de propaganda, esse cinema a serviço do Estado, camuflava a realidade. Acredito que o cinema colombiano não faz isso. Talvez achemos que a única forma de as coisas mudarem é mostrando-as. É o que acontece agora com o processo de paz: a única maneira de fazer a paz é assim, cutucando as feridas."

Arrependeu-se tão logo disse isso. Não era a coisa mais sábia do mundo pôr o tema na mesa, mas já era tarde demais para voltar atrás: a mulher agarrou a oportunidade na hora.

"Já que menciona isso", disse, "queria saber o que acha do que acaba de acontecer no seu país. Do fracasso da paz, quero dizer. Podia nos falar um pouco sobre isso?"

"Prefiro dar a palavra a alguém mais, se não se importa", disse Sergio. O homem da jaqueta vermelha continuava no seu lugar com uma indiferença quase vegetal. O mediador também havia prestado atenção nele, e agora lhe passava a palavra. O homem esperou chegar o lento microfone viajante. Parecia ter todo o tempo do mundo, e mostrava sua paciência com essa expressão singular que adota a cara de quem está tão convencido de ter a razão que suporta qualquer agravo sem perder a pose. Era jovem, apesar de calvo, porém bastou que começasse a falar para que Sergio reconhecesse a mesma solenidade que vira tantas vezes em tantos lugares.

"Sr. Cabrera", disse, "você foi guerrilheiro, e, como disse, 'disparou para que não disparassem em você'. Mas nesse filme decidiu zombar da guerra. Por quê?"

Sergio deu outro gole e soltou seu riso breve.

"Bem, não estou de acordo", disse. "Minha intenção nunca foi zombar de nada. O filme é uma comédia."

"Mas também é zombeteiro", disse o homem. "Zomba de coisas muito dolorosas. É para isso que você faz cinema, para zombar de coisas que são dolorosas para tanta gente? A Colômbia tem muitos problemas, e um deles é a guerrilha. E você parece que a leva a sério."

"Sim, a guerrilha é um problema", disse Sergio. "Mas também é um sintoma: um sintoma dos muitos problemas que o país tem. A Colômbia continua a ser um país injusto, apesar de ter progredido."

"Desculpe", disse o homem, repentinamente arrogante. "Mas se o país é tão injusto, por que você não volta para a montanha?"

"Como é?"

"Por que não volta a pegar em armas? Ou não está disposto a arriscar a vida pelas suas ideias?"

Sergio suspirou e esperou que ninguém tivesse notado. Não era a primeira vez que recebia ataques parecidos. Por que se sentia tão incomodado de repente? Sim, tinham sido longos dias de emoções fortes, mas tudo aquilo ficou para trás: o enterro do pai, as condolências a que respondeu com breves mensagens telefônicas e as que deixou de responder. Sergio começou a contar uma história, ou a falar no tom de quem conta uma história, não de quem se defende de uma pergunta maliciosa.

"Vocês não sabem como foi difícil fazer *Golpe de estádio*", disse. "Sabem por quê? Porque na época alguns amigos decidiram criar um partido político. E me pediram, não, me imploraram que me candidatasse nas eleições. O que me interessava era continuar a fazer cinema, continuar a fazer filmes. Era o que gostaria de continuar a fazer a vida inteira, e finalmente estava me saindo bem. Mas os amigos têm essa capacidade de nos convencer. E não é por serem amigos, mas porque conhecem nossos pontos fracos. Conheciam os meus: me falavam do senso de dever, da responsabilidade como cidadão, essas coisas. E então deparei com um problema: eles tinham razão. Então aceitei. Eu rodava meu filme longe de Bogotá, em locais de difícil acesso, pois a história ocorre na selva, como viram. E aos sábados tomava um teco-teco com um medo pavoroso que caísse, e ia fazer campanha nos bairros pobres de Bogotá. Tive tanto azar que me elegeram."

Sergio riu e as pessoas riram com ele. Olhou para as filas da frente: encontrou Octavi Martí, não recostado no espaldar da cadeira mas dobrado para a frente, acompanhando suas palavras com as sobrancelhas levantadas. Continuou:

"Fui vice-presidente da Câmara dos Representantes, imaginem só. Eu, que só queria fazer filmes! O cinema ficou suspenso, e sim, foi como se tivessem me cortado uma das mãos. Mas o senso de dever... A responsabilidade de cidadão... Tudo isso é uma chantagem."

Sergio calou um instante. Tomou um gole d'água, depois outro. Então disse:

"As ameaças começaram a chegar em poucos meses. Não estou falando de cartas antipáticas, não: estou falando de notas de pesar que chegavam à minha casa com meu nome escrito, borradas com tinta vermelha como se fosse sangue. Vinham com ataúdes pequeninos, pequenos como um brinquedo de criança, se é que existem crianças que brinquem com ataúdes. E nos ataúdes, dentro dos ataúdes pequenos, vinha um pedaço de carne que começara a feder de podre. Não fui o único que recebeu ameaças: meu pai também recebeu, e minha irmã. Aqui na plateia está meu filho Raúl, que vive em Marbella e veio assistir a esses filmes: vê-se que ele não tem nada melhor a fazer." As pessoas riram de novo. Alguns olharam à esquerda e à direita, tentando identificar o filho de Sergio Cabrera. "Raúl não vai se lembrar disso, mas passou seus primeiros dois anos brincando com os guarda-costas armados que o governo me destacou. Tenho essas fotos: meu filho montando num triciclo enquanto um homem de gravata sem a jaqueta o persegue sorrindo, com uma pistola no coldre... Enfim: depois das ameaças, tudo ficou nas mãos do departamento de inteligência da polícia, que se portou muito bem conosco. Um dia nos chamaram ao escritório de um ministro. Melhor dizendo: chamaram a mim e, ao chegar, percebi que não era o único. Ali estava Jaime Garzón, um humorista maravilhoso. Tinha o melhor programa de sátira política da televisão da época, e se descobriu que ele também vinha recebendo ameaças. Não foi bem uma surpresa. Falamos do assunto. Explicaram que éramos muito queridos no país, que era pouco provável que alguém se atrevesse a nos fazer mal. Um dia, porém, pouco depois disso, se atreveram. Mataram Jaime Garzón."

Tomou um gole d'água. O silêncio era total.

"Então me convocaram outra vez e me disseram, com mais palavras, que as coisas tinham mudado. Que esquecesse todos os recados tranquilizadores: minha vida estava em perigo e era melhor que eu saísse do país. Minha irmã e minha mãe também tiveram que partir. Elas foram para a Guiana e eu vivi vários anos em Madri. O cinema foi para o caralho, claro, e perdi dinheiro, e perdi meu lugar como diretor de cinema e tive que me reinventar como diretor de televisão. Consegui fazê-lo, e ter dirigido *Cuéntame cómo pasó* é uma das grandes satisfações que tive. E por isso sinto que devo tanto à Espanha."

Aqui deixou de falar, e foi como se alguém tivesse interrompido uma transmissão. O homem da jaqueta vermelha, confuso, disse:

"Sim, mas eu perguntei…"

"Eu sei o que você me perguntou", cortou Sergio com a voz alterada. "E minha resposta é esta: eu acredito na paz, apesar de não estar dando certo, e acredito que é preciso continuar a buscá-la. Se contei tudo isso a vocês é para que vejam, para que você veja, que sempre defendi minhas ideias com minha vida. Diga-me uma coisa, senhor, você pode dizer o mesmo?"

"Muito bem, deixemos assim por hoje", interveio o mediador, entrando apressado no palco. As vozes começaram a falar em todos os cantos do auditório. Alguém disse que tinha uma pergunta, em vão, pois o mediador já passara ao catalão e lembrava a todos que durante os dias seguintes seriam projetados mais quatro filmes de Sergio Cabrera. Esperava que tivessem desfrutado *Golpe de estádio* e desejava, em nome da Cinemateca da Catalunha, uma boa noite. Muito obrigado.

Aqui e ali soaram, dispersos, reticentes, os últimos aplausos da noite.

* * *

Naquela noite, quando Raúl adormeceu na cama vizinha, escreveu para Silvia. *Creio que demonstrar gratidão nunca foi uma das minhas características*, disse a ela, *mas sou grato, sempre fui mesmo em silêncio, em segredo, como se me envergonhasse disso. E não sei por quê, se poderia gritar a plenos pulmões muitíssimos agradecimentos por todas as coisas que me aconteceram ao longo da vida: pelos meus filhos, que adoro e porque me sinto adorado por eles, pelos meus sucessos profissionais que foram numerosos e frequentes, pela minha sorte, sem a qual essas e outras coisas talvez nunca tivessem ocorrido.* Ergueu a cabeça, pois um ronco leve vinha do travesseiro de Raúl. *Mas, sobretudo, me sinto grato ao destino por ter conhecido você. E isso não é algo que pensei agora no meio do vendaval por que estamos passando, não, e você sabe disso, isso é algo que já te repeti mil vezes. Já disse isso suavemente no seu ouvido, em voz alta, nas minhas cartas e nos meus bilhetes, e digo agora de todo o coração: fui um homem muito afortunado. E quero continuar a ser.*

16.

Esquecer seu nome verdadeiro lhe custou menos do que poderia esperar. O companheiro Raúl foi se acomodando na nova identidade ao mesmo tempo que o fazia na nova vida, assumindo suas exigências, corrigindo os erros de antes, de uma forma tão natural que nunca necessitou perguntar ao comandante Carlos por que o batizou daquele jeito. Depois de muito carregar a rede de casal, depois de suportar os protestos confidenciais de Marianella, numa casa camponesa a trocou por uma rede simples para dar à irmã, e fez o mesmo com a sua assim que surgiu a oportunidade. Também trocou o facão, pois o que comprara na loja em Medellín lhe parecera melhor por ser maior, e nas montanhas entendeu que os objetos de maior tamanho eram sempre um empecilho. Numa pousada próxima do rio Cauca, um mascate lhe deu com satisfação o dele, menor e mais prático, porém sentiu que a troca não era justa e conseguiu um canivete suíço.

Já era Raúl por completo quando chegaram ao acampamento das planícies do Tigre. Em poucos dias tinham subido as montanhas onde o ar se tornava mais fino e descido àquele vale de calor úmido no qual se abriam os poros e a pele ficava pegajosa e os cheiros do mundo mudavam, pois eram os da vegetação que nasce e apodrece a cada metro quadrado de terra tropical. Então as longas jornadas por terras irregulares, mais difíceis do que tudo que conhecera na China, lhe inflamaram um joelho de tal maneira que mal podia movê-lo. O comandante Armando os recebeu com honrarias que não haviam conquistado e mandou trazer um *sobandero* para Raúl, que recebeu compressas mornas e massagens com pomadas de cacau perguntando-se por que lhe davam tratamento privilegiado. Armando, cujo nome inspirava um respeito messiânico entre os guerrilheiros, era um homem de cara amável e pele azeitonada, como a dos hindus, e parecia ser feito apenas com ossos e músculos. Quando o *sobandero* terminou seu trabalho, pediu ao companheiro Raúl seus documentos e o dinheiro que levava: tudo de que não precisaria mais. Recebeu sua carteira de identidade com um nome caduco; não o leu em voz alta, mas o que leu foi a data de nascimento do companheiro Raúl. "Caralho", disse, "é o aniversário do companheiro." Reuniu os demais para uma celebração improvisada em que os guerrilheiros cantaram para Raúl, com palavras em inglês cujo significado ignoravam, e ele pensou que em melhores circunstâncias teriam até lhe acendido umas velas. A cena inteira parecia ter sido retirada de outra história.

O joelho foi melhorando com os dias e ele foi se acostumando às longas caminhadas, ou passou a tolerá-las melhor, apesar das dores ocasionais e das inflamações que Sergio tratava com pomadas. Se às vezes esquecia a dor, era pela necessidade de estar atento a outros treinamentos, a outras precauções, ou somente porque o calor o distraía. O que o surpreendeu a princípio foi a pouca densidade daquelas paragens. A tropa se movia durante dias por montanhas onde não havia ninguém, ainda que encontrasse com frequência ranchos abandonados como testemunhos da vida de outros tempos. O que Mao aconselhava nos seus escritos militares era muito diferente: os revolucionários deviam se afastar dos centros nevrálgicos do inimigo, sim, mas indo sempre em busca de gente, pois só onde as pessoas estão é possível construir uma base de apoio. No pensamento militar maoista, criar uma base de apoio sólida era como libertar um país: assim se podia traçar fronteiras, criar soberania e começar a conquistar terreno, pois só se começa a ganhar a guerra quando existem territórios onde o inimigo não pode circular à vontade. Comentou primeiro isso com Marianella, falando em chinês para que ninguém entendesse suas prováveis heresias.

"Já tinha pensado nisso", ela disse. "Mas não vamos ensinar a eles como fazer as coisas."

"E por que não? Por que não podemos ensinar a eles?"

"Porque não somos daqui. Você e eu somos de outro lugar, mesmo que não pareça."

Custou-lhe muitas semanas — de obediência, cautela e humildade — sentir que tinha direito de recordar em voz alta os ensinamentos do presidente Mao e perguntar se não era esta a razão do combate: a criação de uma base guerrilheira num lugar que depois pudesse se converter em base de apoio. Não era preciso marcar presença onde houvesse mais gente? "Ah", disse Armando. "O companheiro tem opiniões." Pouco a pouco foram contando a ele a história de Pedro Vásquez Rendón, o jornalista que havia sido um dos fundadores do EPL dois anos antes. Foi ele quem escolheu a região onde começaram a operar, entre o rio Cauca e o rio Sinú, em povoados pequenos da planície de San Jorge para construir escolas ou postos de saúde. Doutrinavam os jovens e convertiam os mais velhos, e não passou muito tempo antes de o Exército perceber o surgimento de uma nova guerrilha. Então começaram as campanhas de assédio e aniquilamento. A primeira fracassou, mas na segunda morreram vários comandantes, e Vásquez Rendón estava entre eles. O Exército levou dezenas de camponeses da região: os que não partiram com o Exército, partiram com a guerrilha; os que não partiram com nenhum dos dois migraram para outros povoados ou para as cidades. Para começar, não podiam ficar em suas casas, pois as planícies de San Jorge já eram consideradas território de influência do EPL, e quem vivesse ali era considerado guerrilheiro ou responsabilizado por apoiar a guerrilha. Assim a região foi esvaziando até restarem só os mais cabeças-duras ou os que não tinham nada a perder.

Explicaram isso ao companheiro Raúl. O destacamento em que estava reunia quinze pessoas, mas nesses debates faziam a algazarra de um grupo grande, e com frequência era necessário alguém intervir para lembrar que o Exército podia não estar tão longe quanto pensavam. As conversas aconteciam de noite, enquanto os guerrilheiros jantavam, em geral após os companheiros metralharem Raúl com perguntas sobre a vida na China e o treinamento militar no Exército Vermelho. A primeira pergunta que lhe fizeram foi se a China ficava tão distante quanto diziam, e Raúl acreditou no começo que a melhor maneira de responder era erguer o olhar para o céu quando passava um avião, um dos muitos que voavam rumo ao Panamá ou aos Estados Unidos, e dizer: "Se estivéssemos naquele avião, demoraríamos mais de um dia". Percebeu que a explicação não era boa quando um dos velhos guerrilheiros, cujo bigode encanecido não lhe cobria de todo um lábio leporino, disse: "Então não é tão longe. Um dia é mais perto que o mar". Raúl tinha que vencer sua alergia ao protagonismo para explicar a eles a velocidade de um avião e a convenção das distâncias, e uma vez, tentando convencê-los de que havia duas rotas possíveis para chegar à China, viu-se obrigado inclusive a recordar que a Terra era redonda.

Naqueles momentos, sentia duas coisas ao mesmo tempo: primeiro, que sua presença ali cobrava por um instante um valor tangível; segundo, que era um bicho raro, um fenômeno de circo. Os companheiros nunca tinham conhecido um guerrilheiro que tivesse estudado nos colégios da elite bogotana e depois passado pela Europa, e que pudesse falar em espanhol, francês e chinês de literatura russa, ópera italiana e cinema japonês. Foi Raúl quem lhes explicou, por exemplo, que não era mentira o que ouviram no rádio: que um homem chegara à Lua numa nave espacial. Os companheiros tinham se reunido como em todas as noites ao redor do rádio, um aparelho transistorizado cujos botões soltavam o tempo todo, para escutar as notícias do dia. Aquela noite, porém, algo especial ocorreria e todos sabiam disso. A selva se encheu com a estática da transmissão. As vozes emocionadas dos locutores contaram que um ser humano havia pisado na Lua, que se chamava Armstrong e que a nave espacial se chamava Apollo; mas os companheiros não ligaram que esse nome fosse o de um deus grego, e quando procuravam a lua no céu límpido, apontavam que por lá não parecia haver ninguém. Raúl estava sozinho no seu espanto. "O homem na Lua", dizia para ninguém. "Isso parece ter saído de um livro." Os companheiros não pareciam impressionados. Um perguntava se o motor do foguete era como o de um carro; outro queria saber se era preciso estudar muito para fazer aquela viagem ou se qualquer um poderia fazê-la de agora em diante. Logo um dos mais jovens encerrou a noite.

"Isso é pura merda", disse. "Uma mentira dos gringos. Pura propaganda imperialista, companheiros."

E Raúl tentava dizer que não, que era verdade, mas logo percebeu que estava defendendo os gringos, e preferiu mergulhar num silêncio inofensivo.

Depois de alguns meses, Armando tomou uma decisão: a companheira Sol seria destinada ao destacamento Escola Presidente Mao, um espaço de preparação de jovens militantes onde as mulheres estavam em maior número e se sentiam mais confortáveis. "Para que não seja a única num grupo de homens", explicou. Raúl gostaria de ter dito que aquela mulher, com seus dezessete anos, tinha melhor treinamento militar que a maioria daqueles homens. Mas não disse. Viu-a erguer sua mochila e se reunir com um grupo de guerrilheiros sem nem sequer acenar para ele em despedida, e se perguntou como sua irmã se encaixaria entre as jovens da região que se maquiavam todos os dias e não evitavam certa vaidade nem ao menos para pegar no fuzil. No grupo de Sol iam Pacho, o jovem negro que veio com eles no ônibus de Medellín, e outros dois companheiros que lhes deram as boas-vindas: Jaime e Arturo. Ambos gostavam de Sol. Arturo, um camponês de traços indígenas e bigode de adolescente, a adotou como se tivessem crescido juntos.

Raúl, enquanto isso, permaneceu com o comandante Armando, atuando sob suas ordens e aprendendo com ele. Começou assim uma rotina de uma monotonia inverossímil. Os dias eram feitos de instantes repetidos que pareciam uma cópia da mesma hora do dia anterior, e do anterior também. Trabalhar com os camponeses, reunir-se com os comandantes, construir a escola ou o posto de saúde: os dias começavam sempre na mesma hora e terminavam na mesma hora. De modo semelhante, os outros destacamentos deviam se aborrecer também, porque as mulheres eram vistas cada vez com mais frequência falando com os homens. Aquilo não era bem-visto: apesar de os comandantes terem suas parceiras, fosse por tê-las trazido da sua vida anterior ou por tê-las conhecido na região, o manual do EPL proibia que guerrilheiros e guerrilheiras se olhassem como se pudessem ser algo mais que camaradas da mesma causa. Contudo, uma das companheiras de Sol começou a sorrir para Raúl, a botar uma das mãos no seu braço quando se encontravam.

"Meu coque está certo?", dizia-lhe. "Veja, olhe para mim com esses olhos verdes."

Ali se chamava Isabela, mas Raúl nunca soube seu verdadeiro nome. Era da região, evidentemente, pois falava com o mesmo sotaque dos camponeses e se movia com a desenvoltura de quem crescera por aquelas paragens e só considera estranho que os demais tenham chegado a ocupá-las. Tinha um ano a menos que Raúl, mas falava como se tivesse vivido duas vidas, ou em todo caso como se tivesse urgência inapelável de começar a vivê-las. Uma tarde, enquanto Raúl cortava com seu facão as ervas que um comandante pedira, aproximou-se por trás dele e se agachou para ajudá-lo, encostando em seu corpo. Raúl sentiu seus seios com tanta clareza que podia tê-los desenhado. Correspondeu com outros toques: roçá-la ao caminhar a seu lado, insinuações à vista de todos. Era só questão de dias para que acontecesse algo mais.

De maneira que não se surpreendeu, ou não de todo, na noite em que Isabela veio até sua rede no escuro, sem usar uma lanterna nem delatar seus passos, e de um movimento hábil se deitou ao seu lado. Raúl não tinha um corpo de mulher tão próximo fazia muito tempo, e soube que o arrependimento pelo que estava prestes a fazer viria em breve, mas os dois temores combinados, o da sanção disciplinar e o dos últimos resquícios da moral cristã, o atingiram ao mesmo tempo.

"Não, isso não podemos fazer", disse a ela em sussurros. "Vá, companheira. Vá, que isso não podemos fazer."

Não precisou ver a cara dela para sentir o desconcerto primeiro e depois uma forma — sintética, eficiente, concentrada — de desprezo.

Montar guarda era o que mais detestava. Montar guarda era ficar quieto de noite para ser alvo fácil de todos os mosquitos do mundo. Os guerrilheiros se revezavam de hora em hora; essa hora eterna se media com o relógio de Raúl, e ele não tardou em perceber que cada companheiro adiantava os ponteiros do relógio cinco ou dez minutos para reduzir seu turno, de maneira que o último da noite acabava cumprindo os minutos acumulados que os demais fizeram desaparecer. A única coisa que podia fazer durante aqueles minutos detestáveis, além de se coçar com as picadas e distinguir no ar os roncos de seus companheiros da presença dos animais, era pensar. Pensava, por exemplo, em Pacho: fora morto num combate perto de Caucasia, e a notícia causou em Raúl um pesadelo que não previu. Mal o conheceu; conviveram no início da guerrilha (no ônibus vindo de Medellín, apesar de não terem se conhecido então, e depois caminhando de Dabeiba até o acampamento), pouco mais que isso. Por que o afetava tanto? "Talvez por ser seu primeiro morto", disse-lhe Armando. Raúl pensou no tio Felipe e na tia Inés Amelia. Mas eram mortos de outra vida, que tinham morrido para outra pessoa. "O primeiro", continuou Armando, "mas não vai ser o último. Não se preocupe, a gente se acostuma."

Pensava também em Isabela, e se arrependia de tê-la rechaçado e fantasiava com o que poderia ter acontecido, e depois voltava a se arrepender. De uma coisa estava certo: se comportara corretamente.

Havia compreendido que a revolução era inseparável de um certo puritanismo; sabia que Lênin copiara a organização comunista do primeiro cristianismo, e uma proibição inviolável pesava sobre as relações entre homens e mulheres. Isabela parecia não ter se dado conta daquilo. Ou talvez as proibições não fossem tão estritas para todo mundo, sim, isso também era possível: que Raúl fosse um soldado demasiado rigoroso, como se procurasse compensar com a disciplina o pecado da origem.

Raúl pensava nisso tudo.

E também pensava noutras coisas absurdas.

Seria possível que o partido simplesmente lhe desse uma medalha? Afinal, se dois jovens como eles, burgueses e privilegiados, viajaram para a China comunista e receberam treinamento do Exército deles e voltaram para se juntar às fileiras do EPL, se tudo isso podia acontecer na Colômbia, a revolução não só estava viva, como também tinha todas as cartas para triunfar. Não podia acontecer com eles o mesmo que acontecera ao padre Camilo Torres? O padre, um burguês de família liberal, teria sido muito mais útil na cidade, mas acabou morrendo inutilmente no seu primeiro combate. E para quê? Pouco a pouco Raúl percebeu a possibilidade de que no fundo não teria sido necessário que nem ele nem sua irmã tivessem se juntado à guerrilha; mas tão logo apareciam esses pensamentos, ele os afastava com o velho truque da vergonha, e seguia adiante sem se questionar ou se convencendo de que suas dúvidas secretas eram os atrasos de uma vida reacionária. De qualquer forma, nunca se libertou da incômoda incerteza de que tinha algo a provar, e de que seus companheiros o olhavam com desconfiança, como se não fosse um deles.

Toda semana havia duas reuniões nas quais Raúl comparecia com suas duas máscaras: a de membro da célula do partido e a de guerrilheiro raso. Com a célula faziam análises e autocríticas, e Raúl se dava conta de que sua presença ali não era fácil de explicar sem os privilégios do pai, que havia conseguido se converter numa figura de autoridade em Medellín: não apenas por funcionar como uma espécie de embaixador do maoismo na Colômbia, é claro, mas também pela simples circunstância de ser branco e europeu. Nas assembleias de soldados, por outro lado, Raúl era o que sempre quis ser: um a mais. A assembleia de soldados era uma tradição implantada pelo Exército Vermelho durante suas marchas, uma sessão semanal na qual os homens tinham direito a se criticar entre si e também criticar seus comandantes. Sergio sempre ficara orgulhoso desse momento em que os combatentes eram todos iguais, sem distinção de postos nem origem nem raça. Mas agora essa igualdade proletária não resultava como ele a imaginara.

Entre os comandantes, um em particular parecia olhar Raúl como se carregasse ofensas importadas de outras vidas. Chamava-se Fernando, e não era qualquer comandante: era um dos fundadores do EPL. Tinha mais ou menos quarenta e cinco anos naquela época e a vida o levara a estudar direito em Bogotá, entrar nas Juventudes Comunistas da Colômbia e começar a competir em provas de atletismo em nível nacional. Era tão bom corredor que o Independiente Santa Fe, um dos times de futebol de Bogotá, levou-o para seu departamento de atletismo, onde Fernando treinou tão bem que chegou a ganhar quatro medalhas de ouro nos Jogos Nacionais de 1950. Quando o expulsaram das Juventudes por causa das suas tendências maoistas, Fernando fundou o partido — quer dizer: o Partido Comunista Marxista-Leninista Pensamento Mao Tsé-tung — e entrou para militar no EPL, e seus debates ideológicos com os outros fundadores logo viraram lenda. Era um homem intransigente, de fala fácil e agressiva, que fora capaz de acusar um dos seus pares de revisionista pequeno-burguês por não estar de acordo com um aspecto da doutrina, e que além disso ganhara o respeito garantido pela força física: Fernando marchava mais rápido que os outros, suportava melhor as distâncias mais longas, e nem sequer a pior das trilhas era problema para suas pernas. Com os dias, Raúl tinha aprendido a reconhecer na intensidade dos sectaristas, que já conhecia bem de outras experiências noutras latitudes, e se convenceu de que seria ruim ter aquele homem no seu pé.

Tinha razão. Fernando se incomodou desde o princípio ao saber que o companheiro Raúl recordava os ensinamentos de Mao para criticar as decisões militares do Comando Central, e disse isso em voz alta numa das reuniões da célula, além de arranjar para repetir a acusação na assembleia dos soldados. Raúl tratou de responder às acusações, embora se esperasse dele não uma defesa, e sim uma autocrítica, além disso repetiu as atitudes que motivaram sua falta: ou seja, citou Mao. Os ensinamentos militares de Mao falavam de base guerrilheira, que é o gérmen da base de apoio, e de base de apoio, que é o território no qual a guerrilha exerce uma forma de soberania. Raúl disse, orgulhoso, que conhecera essa situação a que aspiravam. E o que via aqui, na Colômbia, era algo muito diferente.

"Aqui chamamos de base de apoio o que ainda é uma base guerrilheira", disse. "E me pergunto se não estaremos nos enganando."

O silêncio foi a resposta mais dura possível. Em seguida veio a voz de baioneta de Fernando: "É que isso aqui não é a China, companheiro. Você não percebeu". Alguém que estava mais afastado acrescentou entredentes uma frase incompreensível, mas Raúl entendeu a palavra *botas* e escutou a gargalhada dos demais. Não era difícil saber a que se referia aquela voz: semanas antes os demais descobriram que o companheiro Raúl carregava nas suas coisas um par de botas altas de couro fino que trouxera da China, e de nada valera explicar que eram as botas do Exército Vermelho: ali mesmo lhe disseram que aquele couro era inútil para a selva, pois não servia para atravessar o rio e quando estivesse molhado destruiria os pés até do mais forte, e todos juntos começaram a retalhar as botas, dizendo que por outro lado eram boas para fazer cartucheiras.

"Esse aí acha que vai deitar e rolar na guerrilha", disse Fernando se dirigindo a ninguém. "Só porque acaba de chegar da China."

Ele ficou de pé e acabou a reunião. Raúl sentiu que seus anos de dedicação ao maoismo e sua vocação revolucionária mereciam uma resposta distinta, mas não disse nada, nem naquela semana nem nas seguintes. A implicância de Fernando seguiu presente. Manifestava-a na hora das refeições, que por aqueles tempos consistia em sopa de banana ao meio-dia e de noite, e a manifestava nas sessões de inteligência, e a manifestou no dia em que percebeu que Raúl tinha uma bússola na mão. "Isso não é daqui", disse para ele. Raúl lhe explicou que a recebera no Exército Vermelho no dia em que terminou seu treinamento militar: uma espécie de presente de graduação, por assim dizer. "Presente de graduação, muito simpático", disse Fernando. Meteu a bússola no bolso das calças, deu meia-volta e saiu sem dizer nada. Raúl nunca a recuperou; tampouco poderia tê-la pedido de volta, é claro. O comandante era a autoridade, apesar dos esforços do EPL para não reproduzir os códigos do militarismo, e apenas com esforço, entrega e compromisso, pensava Raúl, poderia desarmar o rancor de um homem poderoso. Tomou muito cuidado para nem sequer mencionar o assunto: não o fez com o comandante Armando, que o botara sob sua asa desde o princípio, muito menos com o pai, que um dia, para surpresa de todo mundo, chegou ao acampamento nas planícies do Tigre.

Sua visita foi tão imprevista que Raúl chegou a pensar, quando Armando lhe deu a notícia, que algo grave acontecera na família. Pensou brevemente na mãe, pensou que estava morta, pensou que aquela seria a pior notícia do mundo. Não era assim. Ao que parecia, Fausto estava numa junta do sindicato de Empresas Públicas de Antioquia, um dos espaços onde transitava como produtor de teatro e homem de cultura, quando algum sindicalista interrompeu as conversas para revelar a todos sua descoberta mais recente.

"Quero denunciar", disse, "que este sr. Cabrera é secretário político do Partido Comunista."

Fausto estava *queimado*. O Exército e a polícia se mobilizaram para encontrá-lo, e o teriam capturado se não tivesse se escondido por vinte dias. Foi uma situação tão inesperada que nem sequer teve tempo de se despedir de Luz Elena, e a terra o tragou e o vomitou vinte dias depois num acostamento da estrada para o mar, na direção de Dabeiba, com uma barba de náufrago e as mesmas roupas do primeiro dia de confinamento. Às quatro da manhã do dia seguinte, depois de passar a noite numa casa nos arredores do povoado, subiu por uma trilha que destruiu seus tornozelos, chegou a um trapiche no cume da subida e caminhou até uma casa nova. Assim, de esconderijo em esconderijo, conduzido por um guia, acabou chegando à região depois de sete dias que pareceram muitos mais. Ele se perdeu, brotaram feridas nos seus pés e passou o vexame de se assustar com uma taturana, mas ali estava, perto do rio Sinú, unindo-se à Direção Nacional da guerrilha. Pouco antes de chegar, encontrou-se com um guerrilheiro que usava uma jaqueta parecida com a que seu filho trouxera de Pequim.

"Foi presente do companheiro Raúl", disse o homem. "Esse sim é uma grande figura."

Soube assim do nome do filho, e assim o chamou quando se encontraram. Raúl tinha saído para recebê-lo com a irmã, e Fausto os abraçou com tanta emoção que Raúl precisou se esforçar para não chorar. Na época, Sol se tornara secretária militar do destacamento Escola Presidente Mao. Era responsável pelo treinamento inicial dos novos recrutas: uma posição de imensa responsabilidade para uma jovem. Fausto tirou o boné chinês dela, passou a mão no seu cabelo curto e a cumprimentou com a palavra de ordem da guerrilha: "Combatendo venceremos". Em seguida abraçou Raúl, contrariando várias normas ao fazê-lo, e se apresentou com seu novo nome: "Emecías, para servi-lo". Depois falou da importância do que estavam fazendo, do orgulho que sentia pelos filhos e da sorte de serem essa família. "Não é comum, é verdade", disse com tom exaltado. "Não é comum que uma família lute junta por uma mesma causa, com as mesmas armas, na mesma frente. Somos privilegiados. Isso não é deste mundo, mas do que virá, do que todos estamos trazendo. Haverá quem diga que estamos loucos, claro, entretanto eu digo: que bela loucura."

Em poucas horas soaram os helicópteros. A princípio foi um barulho de asas, e faltava a Fausto o treinamento para reconhecê-lo, mas notou que o acampamento começava a se movimentar e os chamados de alerta vinham de todos os cantos. Pareciam três ou quatro, porém logo o escândalo foi tão forte que no chão era difícil falar. Os comandantes concordavam que alguém, um dos seus, os delatara, pois achavam que de outra maneira os helicópteros não teriam encontrado um acampamento tão seguro. Os homens se movimentavam como se seu itinerário estivesse marcado com sinais na terra; Fausto, pelo contrário, não sabia o que fazer nem aonde ir, apenas escutava sem entender as instruções da tropa. Viu Raúl passar com seu fuzil, e quis perguntar algo a ele, então sentiu uma mão no braço e uma voz que lhe dizia: "Você vem comigo, companheiro". E se viu como que arrastado de repente por uma onda em direção à selva, longe das barracas, onde o comandante Armando liderava manobras de retirada. Ao fim, no meio da agitação, Armando teve tempo de se aproximar de Fausto e sem palavras lhe indicar algo com a mão. Fausto virou e viu de muito longe Raúl, que agitava uma das mãos no ar para se despedir. Fausto se despediu também.

"Não se preocupe, companheiro", Armando disse a ele. "O companheiro Raúl nos alcança mais tarde."

Toda a manobra durou menos de duas horas. Os guerrilheiros abandonaram a região descalços, para não deixar rastros, e se dispersaram para confundir. Os que tinham vindo da cidade voltaram para ela. Fausto não voltou com eles: precisava passar dois meses na selva antes que seu regresso se tornasse aconselhável. Obrigaram-no a permanecer com Armando e o grosso da força militar, mais de cinquenta homens experimentados nos combates mais ferozes que guiavam o grupo e faziam a defesa da retaguarda. Não soube quanto tempo caminhou sem saber para onde ia, avançando para a mata cerrada, internando-se na selva sem comer, mas certamente passou mais de um dia inteiro nessa fuga antes de voltar a se reunir com o filho. Soube que Raúl tinha sido destinado ao trabalho de contenção, e o admirou e temeu por ele, mas não teve oportunidade de dizer isso, pois a tropa realizava outras tarefas. Nomearam um grupo de busca para caçar um animal, pois os companheiros estavam morrendo de fome, no entanto o grupo voltou de mãos vazias. Então um companheiro que se distanciara trouxe uma boa notícia: lá, junto ao pé do morro, lagarteava ao sol uma jiboia de três metros que acabara de comer. Dois homens a caçaram, mas precisavam de dez para lhe arrancar o couro, puxar da barriga dela uma pequena capivara, limpar cartilagens e começar a prepará-la. Coube a Fausto uma sopa gordurosa tão grossa que os pedaços de carne flutuavam nela, e não conseguiu levar a primeira colherada à boca sem sentir que ia vomitar na frente de todos. Raúl, que comia ao seu lado, lançou a ele um olhar de reprovação tão impiedoso que Fausto tomou o resto da sopa sem um pio.

Daquela vez se despediram com a consciência de que bem poderiam não se rever com vida. Raúl não se permitiu um só vacilo. Sentia-se observado a cada instante: o grupo de contenção partiria sob as ordens do comandante Fernando, que sabia muito bem quem eram os Cabrera, e Raúl percebia que em algum canto da selva estavam seus olhos vigilantes à procura de encontrar uma atitude — um abraço, uma lágrima — que pudesse ser reprovada na próxima assembleia. Mas o abraço e a lágrima vieram de Fausto. "Cuide-se", disse. "Logo nos veremos, quando for possível." As perguntas da vida civil — aonde vai?, por quanto tempo?, quando voltaremos a nos ver? — não tinham sentido nem valor na selva. Ao se separar de Fausto, Raúl odiou Fernando, odiou sua presença de juiz ou delator, pois gostaria de ter falado com o pai sobre o que acontecia na cidade, e em especial das tarefas clandestinas de Luz Elena. Tinha essas perguntas ainda na boca quando se afastou com outros dois membros do grupo de contenção — Ernesto, o que fizera o curso militar na Albânia, e um guia —, todos caminhando alguns metros detrás do comandante Fernando, confiantes de estarem sob o comando de um bom estrategista que conhecia bem as técnicas do Exército, mas conscientes do perigo que iam correr nos próximos dias. Raúl já se movia pela selva como se tivesse crescido nela: seus joelhos se acostumaram ao terreno e não se queixavam mais; deixara de caminhar olhando o chão, como nos primeiros tempos, pois aprendeu que nunca conseguiria ver as cobras antes de pisar nelas, e o melhor era confiar no acaso ou esperar que a serpente se afastasse antes.

Os militares desembarcados montaram quatro postos nos vértices de uma área imensa, do tamanho de uma grande cidade. Isso foi o que chegou com os helicópteros: uma manobra para retomar a região. O trabalho do grupo de contenção tinha a simplicidade dos jogos infantis, mas nele os quatro guerrilheiros arriscavam a vida. O objetivo era provocar no Exército a ilusão de que a guerrilha seguia presente. A estratégia consistia em se emboscar perto das fontes de água e depois atacar um dos postos, que geralmente ficavam no alto da montanha: isso dava aos soldados o privilégio da visibilidade, mas ao mesmo tempo tornava difícil responderem ao fogo, pois quem dispara de cima para baixo perde a referência do horizonte, e é muito difícil não acabar desperdiçando os tiros na terra. O grupo de contenção atacava duas vezes ao dia; gastava mais munição do que o necessário ao fazê-lo, para causar nos soldados a impressão de que o inimigo era numeroso, e depois avançava para o posto seguinte para repetir a manobra. Raúl nunca se vira sob um fogo tão insistente como o dos soldados desesperados por não ver o inimigo, e sempre lhe pareceu pouco menos que milagroso terminar o dia ileso.

A operação inteira durou três semanas. Desorientados ou confundidos, e em todo caso incapazes de averiguar onde estava o inimigo nem quantos homens se enfrentavam, os militares abandonaram a região. Dali em diante, o comandante Fernando e os companheiros Raúl e Ernesto se dedicaram a reconstruir o destacamento. Receberam homens que vinham de duas regiões vizinhas e restabeleceram alianças com os camponeses da região. Foi um trabalho árduo, e Raúl tinha todas as razões do mundo para pensar que seu desempenho durante a estratégia de contenção, além da reconstrução do destacamento, poderiam ter lhe granjeado a simpatia do comandante Fernando, ou ao menos neutralizado sua antipatia. A verdade, porém, era muito diferente.

Do diário de Sol:

Sem data

Há dias em que não consigo me entender direito. Ponho em ordem os planos de organização e a tática a seguir, mas normalmente é difícil programar o dia seguinte. Entendo que minha confusão não se afasta da mudança tão brusca que sofro não somente física, mas sobretudo psíquica. Por que sentir esses momentos de vazio que não consigo acalmar e que me confundem? Definitivamente hoje não é um bom dia para mim.

Estamos passando a noite numa tenda de campanha, demasiado sofisticada para estas selvas. Irei estender minha rede depois em algum lugar que permita ver a lua entre as árvores.

Sem data

Não conseguimos nos mover deste lugar empesteado de mosquitos. Amaldiçoo as absurdas circunstâncias que uma após outra temos vivido, mais por uma má orientação central que pela nossa escassa experiência guerrilheira. E aqui estamos dando combate sem obter resposta. Parece que esperamos sentados a morte.

Sem data

Fazia sessenta e seis horas que eu não descansava. Ao cruzarmos o rio Negro, comecei a mancar do pé direito por causa de uma leve torção no tornozelo. Quando o sol começou a baixar, pensamos em acampar e foi então que começou o tiroteio e num segundo nos dispersamos; Jaime atravessou o caminho e começou a atirar, procurando cobrir a retirada da maioria que entrou pela selva adentro. Arturo e eu tentávamos avançar para pegar a tropa pelas costas quando uma bala atravessou o maxilar de Arturo enquanto eu tentava me levantar, pois tinha tropeçado numa raiz. Quando quis ir em seu socorro, senti um projétil que entrou na minha coxa direita. Precisávamos sair dali. De longe, Jaime sinalizou o caminho para fugirmos.

Passei a noite mais longa da minha vida ao lado de Arturo, que sangrava; temia que morresse por causa da minha inutilidade. Sem tirar o braço que apoiava no meu ombro, foi sumindo num sono enfermiço, e entre minha coxa ferida e o tornozelo torcido, optei por não me mexer e esperar que viessem em meu resgate. Jaime foi avisar Fernando e vieram atrás de nós. Isso aconteceu quando o sol já atravessara um quarto do céu e eu tinha passado por alguns momentos de angústia e choro.

Três dias se passaram e estamos procurando ansiosamente salvar a vida de Arturo. Arturo tem de viver!

O cerco começou por volta desses dias, enquanto Sol se recuperava da ferida na coxa e Arturo, por outro lado, era levado a uma casa camponesa onde se decidiria se o melhor a fazer seria mandá-lo para a cidade. Sol estava sentada na rede, balançando as pernas, quando a sombra do comandante Fernando caiu do nada, recortada contra a luz remota e débil da fogueira. Começou por perguntar se ela estava bem, e ela disse que sim: cansada, faminta, mas bem. Ele perguntou se ela sentiu medo, e ela disse que não, medo não, pois tinha sido treinada para essas coisas. "Em todo caso", acrescentou, "muito obrigado. Salvaram nossa vida, comandante." Então Fernando se aproximou e botou a mão na sua perna. "Você é muito bonita, companheira", disse. O assédio a surpreendeu tanto que não conseguiu dizer nada, e seu corpo se viu de repente sem prumo nem ponto de apoio, flutuando na rede sem capacidade de reagir, de modo que se passou longo tempo antes que Sol pudesse pisar no chão sem machucar mais a coxa ferida. "Fernando, não diga essas coisas", ela disse, "pois não é permitido." "Sim, companheira, tem razão", disse ele. "Prometo que não voltará a acontecer."

Mas voltou na noite seguinte. "É assim que trata quem salvou sua vida?", ele disse. "Não quer me agradecer?" Tinha chovido e o ar estava saturado de umidade, e em todos os rostos se via o brilho da pele. Fernando, ao se aproximar, impregnou o ar com o cheiro das suas axilas. "Fernando, isso não é permitido", disse Sol em voz baixa porém firme, cuidando ao mesmo tempo para que ninguém a ouvisse e que não houvesse no seu tom qualquer intimidade. "Você deixou namorado para trás?", perguntou Fernando. "Onde? Na China ou em Medellín?" A cena era idêntica à do dia anterior: as últimas horas de um dia longo. Sol sentada na rede com as botas balançando no ar, o corpo do homem demasiado próximo dos seus joelhos. Ontem tinha estendido uma das mãos e a pusera sobre sua coxa; hoje se aproximou tanto que ela conseguiu sentir sua braguilha no joelho. Voltou a afastá-lo, mas Fernando parecia não entender; ou parecia acreditar sem sombra de dúvida que as recusas não eram sinceras: a garota burguesa metida a guerrilheira se fazia perseguir, dando uma de difícil. Tentou mais uma vez e Sol voltou a afastá-lo.

Assim os dias se passaram. A coxa ferida se recuperou por completo: o corpo tinha esse talento inacreditável. Sol percebeu que Fernando deixara de se aproximar, como se a tivesse esquecido totalmente.

Certa tarde, enquanto ensinava o alfabeto a uma turma de meninas camponesas, Sol sentiu um calor que não era do trópico. Naquela noite, por outro lado, despertou com um frio intenso, e precisou de vários segundos para perceber que não era frio o que sentia ali, no meio da selva úmida, mas uns estremecimentos do corpo tão fortes que sacudiam a rede. Era a febre mais alta que já tivera. Passou dias inteiros deitada, sem poder levantar uma mão para receber a água que suas companheiras lhe ofereciam, chorando um pranto calado pela violência da dor de cabeça, que não vinha em pontadas, era como se o sangue todo do cérebro a martelasse por dentro. Suava tanto de noite que precisava trocar de camiseta, e uma vez foi necessário estender a rede ao sol durante um dia inteiro para secá-la. Nunca pensou em pedir remédios de nenhum tipo, mas alguém procurou na guarida os comprimidos de cloroquina e voltou com a notícia de que tinham acabado. Passaram duas semanas febris antes que chegasse outra dose, e Sol as atravessou como se atravessasse um rio, indo da vulnerabilidade à raiva e do desconsolo à paranoia, perdendo a noção do tempo e também a confiança nos que a rodeavam. Quando começou a se recuperar, disseram-lhe: "Quem a visitou foi o comandante Fernando. Você estava tão adoecida que nem se deu conta".

"E se aproximou?", disse Sol. "Ele se aproximou da rede e vocês deixaram?"

Ninguém entendeu de onde saíram aquelas perguntas, e talvez fosse melhor assim. Foram muitas semanas rechaçando Fernando com palavras amáveis para que não se ofendesse, e, sobretudo, para que as demais mulheres não se dessem conta do que ocorria, pois as reações de todos eram imprevisíveis. Agora, porém, terminando de se recuperar da doença, a ideia de ter aquele homem se aproximando do seu corpo vulnerável lhe causava algo muito parecido ao asco. Poderia tê-la tocado, se quisesse; talvez, pensou Sol, tivesse feito isso: como saber? Dava para perceber num corpo a passagem de uma mão intrusa? Asco, sim, era o que era.

A última intrusão ocorreu pouco depois da convalescença, quando Sol recuperou a vida ativa. Uma companheira cujo rosto não guardara, mas que fizera as vezes de enfermeira, deu a notícia de que ela estava anêmica; às vezes sentia dificuldade para respirar, mas a cada dia a melhora era sensível, e Sol pensou que recuperava certa normalidade. Então Fernando apareceu: de noite, com o fundo luminoso da fogueira, com a voz alterada por causa do que viera procurar. "Bem, quando é que você vai me dar um beijinho?" Depois ela acharia curioso que naquele momento de debilidade extrema tenha se sentido mais forte que nunca. "Não me sacaneie mais ou eu vou embora", disse para ele, "não vou repetir." Fernando deu um passo para trás. "Ih, ficou toda bravinha", disse. Ela lhe deu as costas e se afastou, e durante alguns segundos teve a certeza de que o homem a seguia. Mas, quando alcançou a rede, meio que esperando dar meia-volta e encontrar a cara dele desfigurada pelo desejo, uma inércia não planejada tomou conta das suas mãos, e em alguns minutos encheu sua mochila com comida suficiente para o dia seguinte. Era curioso que fizesse tais coisas sem se dar conta de todo, movida pelo repúdio e não pela razão, e ao mesmo tempo se sentisse mais dona de si mesma.

Caminhou durante um dia inteiro sem saber muito bem aonde ia, movida apenas pela urgência de estabelecer uma distância entre Fernando e ela. Chegou à casa de alguns camponeses conhecidos e passou a noite ali, e a noite seguinte passou noutra casa: e assim foi avançando, casa camponesa atrás de casa camponesa, até chegar a um povoado de Tierralta onde podia pegar um ônibus para Medellín. Teve que aceitar a caridade dos camponeses para completar o preço da passagem, e já na montanha conseguiu que um homem aceitasse seu cantil chinês em troca de um poncho grande sob o qual escondeu seu uniforme. Quando chegou ao apartamento dos Cabrera em Medellín haviam passado três dias, e sua mãe teve que ajudá-la a subir as escadas, pois Sol não tinha mais pernas. O médico que Luz Elena trouxe com urgência, um amigo da família, a examinou e se impressionou que continuasse viva.

"Tem quatro de hemoglobina", disse. "É um milagre que esteja caminhando."

"Se soubesse de onde venho...", disse Sol.

"De onde?"

"De muito longe", disse Sol. "De longíssimo."

17.

Uma noite, já deitado na rede, ouviu o passo inconfundível de uma tropa de mulas. Levantou a cabeça e viu que outras cabeças curiosas também assomavam de outras redes, e observou que, com efeito, dois homens sem uniforme conduziam as mulas até as choças do Comando Central. Acabaram se enfiando detrás das barracas e Raúl as perdeu de vista, mas teve tempo suficiente para notar que estavam carregadas; e, no dia seguinte, quando as mulas já haviam sumido, soube que a carga tinha um destinatário exclusivo. Como não era a primeira vez, não foi difícil imaginar ou supor o que acontecia, que foi confirmado no decorrer do dia: o que as mulas haviam trazido se destinava ao Comando Central, e os guerrilheiros a pé não veriam aquilo nem em pintura. Em outras oportunidades, o ar coalhara de cheiros tão logo as mulas partiam, e ali, no meio da selva, Raúl não sabia se devia se indignar com os privilégios dos comandantes ou se preocupar com a possibilidade de que uma onça viesse visitá-los, atraída pelo aroma de presunto e linguiça. Daquela vez, quem sabe se para evitar suspeitas, Fernando reuniu todos. Explicou que algumas provisões haviam chegado e, sobretudo, medicamentos, e depois chamou pelo nome quatro soldados e os separou dos demais. Raúl, que estava entre eles, ouviu-o ordenar sem ambiguidades que construíssem uma guarida para esconder as coisas.

"E que fique bem escondida", disse. "Ninguém pode saber onde está e ninguém precisa saber o que tem aqui."

Era época de chuvas, assim a construção demorou um pouco mais que o previsto, pois a terra escavada de tarde amanhecia dentro do buraco pela manhã, mas os homens cumpriram a ordem com diligência e sem fazer comentários. Depois de terminá-la, guardaram na guarida baunilha, canela e torrões para dois meses, duas caixas gigantescas de caldo Maggi e medicamentos diversos. Ninguém comentou coisa alguma depois. Sabiam que tudo o que dissessem poderia ser usado contra eles na próxima assembleia, como acontecera com Raúl semanas atrás, quando um dos companheiros lhe pediu que fizesse uma autocrítica; como não soube o que dizer, alguém disse por ele: "Há cinco meses o companheiro Raúl voltou a questionar a tática para formar uma base de apoio". Raúl teve astúcia suficiente para perceber que aquela era uma acusação de areias movediças: quanto mais tentasse se defender, mais afundaria. De modo que aceitou a acusação, atribuindo-a à sua inexperiência, e deixou que o incidente sumisse de vista.

Dias depois de montada a guarida, o comandante Fernando se aproximou de Raúl. "Companheiro", disse-lhe, "precisamos que organize um mutirão." Era uma das suas ideias prediletas, apesar de ninguém ter conseguido comprovar sua utilidade. O comandante Fernando estava convencido de que a melhor maneira de construir sua base de apoio era utilizando formas de comunismo primitivo já existentes na sociedade camponesa. "Aí se encontra a pureza", dizia entusiasmado quando explicava a ideia, "aí está o germe." O mutirão era todo um ritual: um camponês que precisasse de uma ajuda (para cultivar seu campo, para construir um cocho ou estábulo, para cobrir uma casa com folhas de palmeiras) recebia um dia de trabalho de todos os membros da sua comunidade, e tinha que oferecer em troca uma grande festa popular com a qual agradecia a solidariedade e recompensava o esforço alheio com um momento de recreação. Nesse caso, o homem precisava limpar um terreno para semeadura do arroz, um trabalho fácil porém exaustivo que consistia em percorrer um campo inteiro com um facão para eliminar o mato e os arbustos. Chamavam o facão de *rula*: era diferente por ser mais longo, de quase um metro, e mais pesado, para que o fio da lâmina decepasse os arbustos sem esforço dos braços.

Raúl pendurou o fuzil nas costas, como tinha visto que faziam na China, e se dedicou à tarefa. A *rula* era maior que o facão que comprara em Medellín no primeiro dia, que já era o maior de toda a tenda. Nunca manejara uma arma com aquelas proporções, tão pesada que parecia ter vida própria quando caía sobre o restolho, e pode ser que estivesse maravilhado com sua potência ou talvez comentasse isso com um companheiro, porém um misto de imperícia e distração desviou o facão do seu trajeto. A lâmina caiu sobre a canela de Raúl, cortou suas calças, penetrou sua carne num talho limpo e só se deteve contra o osso, e quando Raúl se agachou para constatar a gravidade da ferida viu tanto sangue que, se fosse de outra pessoa, pensaria que estavam lhe pregando uma peça. A bota da perna ferida ficou preta em segundos. Algo lhe disse que aquilo não estava nada bem, e a cara de alarme dos camponeses confirmou esse pressentimento.

Carregaram-no para a choça mais próxima e o deitaram numa rede, nos fundos, num quintal de terra batida. "Levante a perna, companheiro", diziam-lhe, "levante a perna bem alto, acima da cabeça." Alguém sugeriu café moído e alguém disse que não, mas tabaco mascado, e alguém mais propôs um emplastro de ervas, e como não entraram em acordo, aplicaram tudo ao mesmo tempo. Nada surtiu efeito: o sangue continuava brotando com rapidez, empapando os emplastros, vazando através deles e escorrendo pela pele branca e caindo no solo num gotejamento obstinado. Então um dos companheiros, cuja voz Raúl não reconheceu, disse: "É preciso cauterizar". Não tinham passado mais que alguns segundos quando Raúl sentiu na perna um ardor atroz e depois teve uma convicção estranha: se não desmaiou de dor, era pela surpresa de que nem sequer o ferro quente funcionasse. O sangramento continuou, tão copioso quanto antes. Então, num momento de lucidez (ou numa janela de clarividência que se abriu no meio da vertigem), chamou o companheiro que fizera a cauterização: "Corra ao acampamento e procure a guarida", disse a ele. "Ou aplicam um coagulante em mim ou morro de hemorragia."

Era um medicamento importado da Espanha, escasso e difícil de conseguir, que chegara no lombo das mulas em três caixinhas vermelhas de rótulo azul-marinho, e que tinha a reputação de parar até as hemorragias mais obstinadas. Raúl pediu papel e lápis e desenhou alguns traços rudimentares que indicavam a localização precisa da caixinha vermelha e uma seringa sem uso. Raúl perdeu a consciência, e a última coisa que conseguiu ver foi o charco de sangue que se formou no chão de terra, bem debaixo da sua rede, pequeno mas tão profundo que um cão se aproximou e bebia às lambidas.

Voltou a despertar vinte e quatro horas depois. Estava tão fraco que não conseguia nem sequer sentar no catre, e uma tontura feroz lhe pesava a cabeça dolorida. "Quem está morrendo deve sentir isso", pensou. Descobriu que era incapaz de caminhar até o acampamento, mas também seria impossível ficar com os camponeses: a presença de um guerrilheiro, sem mencionar o fato de terem lhe prestado auxílio, os expôs a um perigo de morte. Mas as forças lhe faltavam até para falar do próprio destino, de modo que se entregou às mãos alheias, e algumas horas depois abriu os olhos e se viu flutuando numa maca de madeira, cruzando um canavial, e quando voltou a abri-los não estava mais no canavial, mas num hospital de campanha, e a hemorragia tinha cedido por completo e teve a inverossímil intuição de que continuaria com vida.

Não compareceu à assembleia de soldados seguinte, pois não estava em condições, mas foi à próxima. E o primeiro item da ordem do dia — a ordem do dia que o comandante Fernando tinha na cabeça

— foi acusar Raúl. "O companheiro cometeu duas faltas graves", disse. "Primeiro, revelar a localização da guarida. Segundo, usar um medicamento que pertence a todos em benefício próprio. E tudo isso por um machucadinho." Em seguida cravou os olhos escuros nele. "Vamos, companheiro Raúl", disse. "A tropa espera sua autocrítica."

Raúl ficou em pé. "Companheiros", começou.

Fernando, porém, lhe cortou a palavra. "Onde está sua irmã, companheiro?"

"Quê?"

"A companheira Sol. Onde está?"

"Não sei o que quer dizer, companheiro. Ela..."

"A companheira Sol desertou faz algum tempo", disse Fernando. "Não venha agora defendê-la, companheiro. Tomara que sua família compreenda que aqui a coisa é séria." Dirigiu-se a todos. "Perceberam, não é? A companheira Sol nos traiu. Não me responsabilizo pelos castigos que ela vai receber."

Foi assim que Raúl soube da decisão da irmã. Percebeu de imediato que algo grave tinha acontecido, pois a Freira da Revolução não abandonaria tudo sem uma razão à altura. Mas o que podia ser? Tentou descobrir por conta, perguntando aqui e ali, mas sua preocupação se chocou com o sigilo da guerrilha. No entanto, também era possível, claro, que ninguém soubesse de nada.

Então Raúl começou a engatar uma desgraça atrás da outra. Uma noite despertou com a febre da malária, e passou duas semanas de cama, tremendo com os calafrios durante noites insones, sentindo que o cérebro espancava as paredes do crânio. Quando mal fugia desse horror notou uma dor surda no calcanhar. Era de noite, e ao iluminar com a lanterna levou um baita susto: sob a luz branca encontrou uma úlcera do tamanho de uma moeda, e os companheiros precisaram contatar o comandante Carlos para que ele lhes dissesse como se tratava aquilo. "Que praga dos infernos", ouviu alguém dizendo.

"Nesses garotos da cidade dá de tudo." A situação foi tão crítica que acabaram levando-o a um hospital de campanha, um amontoado de beliches de madeira cobertos com toldos verdes onde apenas seu rádio Philips lhe fez alguma companhia. Durante os dias de febre nem sequer lhe ocorreu a possibilidade de ligá-lo, mas agora sua preocupação não era a temperatura, mas a solidão, e o Philips se converteu num paliativo sem preço. (Sua mãe o enviara como presente de vinte anos. Quanto havia passado desde então? Três, quatro, cinco meses? Não conseguia lembrar com certeza. O tempo não tinha mais consistência, como se a umidade o tivesse apodrecido por dentro.) O Philips era um aparelho do tamanho de um livro grande com uma antena de dois palmos de comprimento, tão ostentativo que Raúl, ao recebê-lo, soube de imediato o que precisava fazer.

"Pertence a todos", anunciou. "Pertence a todo o destacamento."

Mas os companheiros demoraram bastante até aceitar a oferta. Raúl ligava o rádio no meio de todos na hora da janta, a fim de escutarem as notícias na RCN ou na Rádio Caracol, e depois o levava para sua rede. Certa noite, procurando as emissoras de notícias, deparou por acidente com uma ópera na Radio Nacional. Era *La traviata*, de que tanto gostava. Raúl baixou o volume ao mínimo possível, mais para não incomodar que para se esconder, colou a orelha ao alto-falante e fechou os olhos. Foi um raro momento de sossego: por um ouvido entravam os sons da selva — a brisa nas folhas, uma rã ao longe — e pelo outro o convite a beber de um tenor emocionado. A ária não tinha acabado quando sentiu uma dor na orelha. Era o comandante Fernando, que lhe tirou o rádio com um tapão e agora aumentava o volume para benefício dos demais.

"Olhe só as baboseiras que o companheiro ouve!", gritou. "Que tipo de música é essa?"

"É ópera, companheiro", disse Raúl.

"Não", disse o comandante Fernando. "É música para burgueses. Para completar, com o aparelho que é de todos." Deve ter sentido alguma desconfiança, pois em seguida abriu o compartimento de baterias e reconheceu as que eram compradas no acampamento. "E com as pilhas que pertencem a todos, além disso. Quem o autorizou a pegá-las?"

"Ninguém, companheiro."

"Ninguém, não é mesmo?"

"Verdade, companheiro."

Como punição, Raúl teve que cozinhar para todo o destacamento durante uma semana: traziam-lhe as lontras ou antas abertas e sem as tripas, e ele tirava as peles delas e as transformava em algo que pudesse ser servido nos pratos. A partir daquele momento de humilhação, o comandante Fernando condenou Raúl a carregar sempre o rádio. Ele teria feito isso de qualquer jeito, pois o considerava seu, mas o fato de que fosse de todos (e de que seu peso aumentasse o da mochila) convertia aquela reprimenda escolar num verdadeiro castigo disciplinar. As marchas que fizeram naqueles meses não eram demasiado exigentes, mas o peso do rádio as fazia estranhamente mais longas, e nem sequer as sessões noturnas, nas quais pequenos grupos de camaradas rodeavam Raúl para escutar o noticiário, empalideciam a situação ridícula que havia passado dias antes.

Agora, contudo, no hospital de campanha, quando nem sequer a obrigação de fazer a vigília ocupava suas noites e a inatividade física o transformou num insone, o rádio Philips era em alguns momentos sua única companhia. Escutava as notícias daquele país repetitivo que existia nas cidades, onde o presidente Misael Pastrana tomou posse entre alegações de fraude e os apoiadores do seu adversário, o mesmo militar Gustavo Rojas Pinilla que trouxera a televisão para a Colômbia quando ele era garoto, assaltavam ônibus de passageiros, queimavam armazéns e apedrejavam as sedes dos grandes jornais. Raúl soube pelo rádio que os bombardeios no Vietnã continuavam, apesar de o senado dos Estados Unidos ter anulado a resolução do golfo de Tonkin, e um dia de novembro soube com satisfação que um socialista havia sido eleito presidente do Chile. Reencontrou a emissora de óperas e às vezes, quando tinha certeza de que ninguém o ouvia, se permitia alguns minutos junto a alguma voz que não era capaz de identificar, e que o tirava da selva e depois o devolvia com uma mescla de culpa e alívio. De longe, tudo parecia igual — Verdi e Camboja, Allende e Pastrana —, num mundo que ali, no hospital de campanha, não fazia nenhum sentido.

Na memória de Raúl, aqueles dias de rádio ficariam associados à chegada dos morcegos-vampiros. Ninguém soube quem foi o primeiro a soar a voz de alerta, mas de um dia pro outro os pacientes do hospital, homens com ossos quebrados ou adoecidos por febres tropicais, começaram a dizer que algo os picou durante a noite. Perceberam que os morcegos sobrevoavam as tendas nas últimas luzes do dia, silhuetas velozes que os homens podiam ver fugazmente contra o céu de cor anil, e depois atacavam os braços desnudos, as nucas, as pernas imobilizadas por gessos ou ataduras. Os ataques aconteciam quando os homens adormeciam, de modo que mal sentiam a mordida, e só depois percebiam a vermelhidão; se estavam acordados, por outro lado, a mordida rasgava a pele e era dolorosa como muitas agulhas cravadas ao mesmo tempo. Nem sequer os homens da região recordavam uma praga tão duradoura, e nenhum tratava o assunto com o estoicismo de Raúl, que chegou a contar vinte e cinco mordidas antes de sua condição lhe permitir que voltasse ao acampamento. Num dos últimos dias da sua convalescença, teve uma conversa com um companheiro que o deixou preocupado, e se perguntou se era possível que as presas dos morcegos, que transmitiam a raiva, também transmitissem certas formas de desassossego.

O nome daquele companheiro era Alberto. Era um líder estudantil de Montería, magricela e alegre, e dotado de uma energia misteriosa ao falar: misteriosa porque não vinha do seu timbre de voz, bastante agudo ou anasalado ou ambas as coisas, mas da convicção das suas frases e do seu humor oportuno. Raúl sentia carinho por aquele rapaz que nunca havia saído da sua cidade até o momento em que entrou para a guerrilha, que gargalhava com qualquer coisa e que falava com a intensidade dos que tiveram uma epifania. Viraram amigos com o tempo, se é que tal coisa existia no destacamento deles, e costumavam falar de tempos mortos com o fascínio que têm aqueles que sabem que no fundo se parecem: Alberto era o único companheiro que vinha de uma cidade, como Raúl, e era o único que lera livros sobre o marxismo e podia falar de aspectos doutrinários com precisão. Não se pareciam em outras coisas: Alberto gostava de futebol, e achava inverossímil a existência de um compatriota que não soubesse quem era o Caimán Sánchez nem que não fosse torcedor de um time colombiano como ele era do Junior de Barranquilla, e falava disso com os mesmos ânimos exaltados, pensava Raúl, com que seu pai falava de Brecht ou de Miguel Hernández.

Pois bem, depois do ataque dos morcegos, que durou nove dias com suas noites temíveis, Alberto, deitado na própria maca de convalescente, começou a dizer coisas que pareciam vir de outra pessoa. Recuperava-se de uma malária semelhante à que acabou com Raúl, tão imediata que de vez em quando acusava seu companheiro de contaminá-lo. "Mas isso não passa por contágio, não fale besteira", disse-lhe Raúl uma vez, de maca a maca, suas palavras passando por cima dos demais companheiros. "Sei não, mas dá para desconfiar", disse Alberto. "Primeiro você tem e logo em seguida sou eu, sei não." Raúl não levou a sério, em boa parte porque tinha outras coisas com que se ocupar: a leishmaniose, que destroçara sua pele sobre a cartilagem do calcanhar de aquiles, deixando uma crosta dolorosa, ou que parecia dolorosa, no lugar de uma ferida vermelha; a umidade que destroçava seus cigarros e estropiava o papel das cartas, que se desmanchava ao menor excesso da sua Parker como se alguém tivesse derrubado um copo d'água por cima. Mais tarde, porém, começou a se preocupar com os dentes dos morcegos, perguntando se era verdade que chupavam sangue e podiam matar uma vaca, e quando os morcegos se foram, tão inopinadamente quanto haviam chegado, perguntou também se suas mordidas davam febre: e a pergunta, feita na metade da noite silenciosa, teve em si mesma algo febril. Foi em outra noite parecida que Alberto chamou Raúl:

"Está acordado?"

"Estou aqui, companheiro", disse Raúl.

"Sabe do que mais gosto da noite?"

"Não sei. Do que você mais gosta da noite?"

Alberto disse: "Que faz o verde desaparecer".

Raúl gostou da metáfora e disse isso, mas em seguida perguntou o que ele queria dizer exatamente com aquilo. Não, acrescentou Alberto num tom ofendido, que metáfora merda nenhuma: de noite, quando as luzes se apagavam, os olhos descansavam de todo o verde incômodo: o verde da selva, das árvores e da pastagem, o verde dos uniformes verdes, o verde dos toldos e da lona das mochilas e das tendas de campanha: todo aquele verde que esgotava a vista e o fazia se sentir encerrado, preso num cárcere sem portas. "Tanto verde, companheiro, tanto verde em toda parte", disse Alberto. "Não encha, cale a boca e nos deixe dormir", disse outra voz, e a voz de Alberto — febril, trêmula, debilitada — obedeceu de imediato. Raúl seguiu atento, deitado e em silêncio, porém olhando a noite escura, a noite negra que fazia o verde desaparecer, a noite negra em cujo fundo já não estavam mais os morcegos. Permaneceu assim, sem ligar o rádio para ver se Alberto voltava a dizer alguma coisa. Mas não ouviu nada. Passou uma brisa suave, tão estranha que Raúl, distraído ou consolado por alguns segundos de alívio imprevisto, adormeceu.

Dois dias depois, o comandante Carlos disse que ele podia voltar ao acampamento. Contudo, a marcha era mais longa do que seu corpo aguentaria, pois o calcanhar o impedia de caminhar sem que as botas de borracha abrissem a ferida de novo; graças a isso, o comandante concordou em fazer uma parada para passar a noite numa casa camponesa, o lar de um casal de simpatizantes da guerrilha e pais — não havia por que dizer isso, mas Carlos disse assim mesmo — de um companheiro. Raúl passaria a noite ali, para dividir a jornada em duas, e no dia seguinte voltaria ao acampamento ainda que fosse andando numa perna só. Raúl perguntou pelo companheiro Alberto.

"Ah, ele vai ficar mais alguns dias", disse Carlos.

"O que ele tem?", perguntou Raúl.

"Precisa de repouso", disse Carlos. "O companheiro não está bem, e a última coisa que precisa é de combate."

"Mas está em perigo?"

"Sim", disse Carlos. "Mas nós também estamos."

Chegaram à casa com as últimas luzes: a hora em que os morcegos apareciam. Era mais humilde do que Raúl esperava, mas ao mesmo tempo mais bem equipada, pois era evidente que o comando a usava com frequência. Os donos eram um casal de camponeses jovens, ou que pareciam jovens a meia-luz, que andavam descalços no chão de terra. Receberam Raúl com a seriedade de quem cumpre uma missão além das suas possibilidades, deram-lhe café coado, sentaram-no numa cozinha cheirando a lenha recém-queimada e depois o conduziram ao seu quarto, cuja janela dava para uma mangueira e para o galinheiro, vagamente visíveis na penumbra. "O companheiro fica aqui", disse a mulher, apontando para sua cama de casal. "Não, não", tentou protestar Raúl, mas sem sucesso. A satisfação do casal era evidente: que um guerrilheiro dormisse em sua cama, esse acaso, parecia uma espécie de sacramento. Enquanto acomodava suas coisas — estava tão débil que levantar a mochila lhe custava um esforço inaudito —, Raúl soube através daquelas vozes orgulhosas que os dois filhos da casa haviam pegado em armas. Estava a ponto de perguntar quem eram quando percebeu que outra pessoa se movia na casa, fora do quarto, e depois aparecia no umbral, junto aos donos da casa.

"Qual é, bicho", disse-lhe Isabela com um sarcasmo de cortar pedras. "Que milagre é esse?"

De maneira que um dos filhos dos donos não era um filho, mas uma filha: a única mulher que Raúl desejou no longo ano e meio de vida guerrilheira. Desejou-a, sim, mas também a rechaçou quando começou a se insinuar. O arrependimento o atingiu tarde, como um amigo que se esquece de nos dar um recado, e agora, vendo-a ali, sob o mesmo teto (ou a mesma mangueira) e com a noite inteira pela frente, Raúl percebeu que naqueles meses seus preconceitos tinham virado fumaça, ou ao menos se atenuado a ponto de não levá-los mais a sério. De noite, quando Isabela levou para ele uma folha de bananeira com arroz, banana e algo que parecia carne, só que uma carne triste e sem convicção, Raúl pediu sua companhia enquanto comia. Ela sentou na beira da cama e observou à distância enquanto ele tentava conservar certos modos impossíveis ao levar o arroz à boca. "Está bom?", perguntou Isabela. Tinha amadurecido naqueles poucos meses: seus olhos pretos pareciam maiores, e sua voz, que o recebeu com dureza, agora havia recuperado um tom de sedução involuntária, e em todo caso a situação inteira — ali, ao abrigo dos olhares de outros companheiros, num lugar sem riscos — foi como uma lembrança da intimidade interrompida de outros dias. Ela, é claro, leu Raúl como se fosse um letreiro. "Ah, não", disse-lhe. "Olha, bicho, isso foi antes. Não é mais possível."

"Por que não?"

"Porque o comandante Fernando percebeu e me disse isso. Disse que tinha me visto, que isso não era permitido, que tivesse muito cuidado."

"Certo, mas ele não está aqui", disse Raúl, não se reconhecendo ao ouvir suas próprias palavras. "O que ele tem é ciúme."

"Até pode ser, mas fazer o quê", disse Isabela. "Não quero me meter em encrenca."

Não o surpreendeu de todo, pois já flagrara o comandante observando Isabela com desejo, porém recebeu essa notícia como uma intromissão intolerável. Quer dizer que ali, naquele território impreciso que era a vida privada dos outros, o comandante Fernando, cuja tirania Raúl sempre aceitou, também exercia seu domínio. Não soube em que momento começou a falar, ou talvez tenha falado como se pensasse, sem saber que o fazia em voz alta, ou talvez tenha deixado que o desejo frustrado se confundisse com outros descontentamentos. "E se eu decidisse ir embora, você viria comigo?" Era uma idiotice dizer algo assim, mas os olhos de Isabela se arregalaram de novo e o olharam de baixo para cima como se o iluminassem. Foi apenas um momento: Raúl sabia que tinha emprestado suas palavras a uma ideia impossível, mas isso era só porque a ideia havia se agachado em algum canto das suas emoções e saíra quando viu a oportunidade. Era possível a deserção, a falta mais terrível que um guerrilheiro podia cometer, a que sua irmã cometera sem que Raúl pudesse averiguar por quê? Não, não era possível; e agora Raúl sentia que não apenas sua consciência cometera uma falta terrível contra a revolução, contra tudo que havia perseguido durante anos e tudo que seus pais perseguiram, como também se arriscou a contaminar mais alguém, mosquito da malária, morcego raivoso.

"É melhor a gente esquecer essa conversa", disse Isabela.

Raúl concordou. Dias depois de voltar ao acampamento, porém, num caderno desmantelado que usava como diário, escreveu uma confissão, sem melodrama, mas sentindo uma culpa intensa: *Faz alguns dias que penso que seria um jovem mais feliz se estivesse morto. Estou cansado de estar sempre esperando passar o exame, um exame intangível para o qual não é possível se preparar. Sempre há algo que faz com que eu me sinta culpado e inepto para a luta revolucionária, sempre sinto a suspeita de que, apesar de todos os esforços que faço, não consigo oferecer aos comandantes, em especial ao Fernando, o fervor que eles esperavam de mim. Na verdade, acredito que desconfiam da minha entrega e em geral da de todos, e dá a impressão de que acreditam que apenas os mortos são guerrilheiros de confiança. Talvez eu nunca tenha sido alguém de confiança, e como andam as coisas acho que nem eu mesmo posso confiar em mim. Cada vez com mais frequência passam pela minha cabeça ideias derrotistas. O pessimismo ganha terreno e a esperança de uma vitória, uma vitória das nossas ideias, está cada vez mais distante.*

A história do isqueiro teve início numa carta. Raúl tinha começado a encontrar sossego na correspondência com a mãe: não lhe contava das suas desventuras, para não preocupá-la, mas sim se permitia sugerir certa insatisfação, que na sua cabeça havia adquirido forma com estas palavras: "Acho que tomei o ônibus errado". Para que a censura não suspeitasse de nada, precisou maquiá-las na hora de escrever: "Você se lembra daquela vez, em Tóquio, quando tomei o ônibus errado?". Luz Elena, incrivelmente, decifrava a mensagem, e depois respondia com palavras de carinho, tentando erguer o moral dele como podia em longas cartas que se tornaram um remanso de humanidade e, ao mesmo tempo, memorandos da mesma culpa de antes. Que direito Raúl tinha à dúvida ou à melancolia quando sua mãe, lá na cidade, levava uma vida clandestina de perigos diários, correndo riscos sem conta todos os dias, sem se permitir jamais uma palavra de desentendimento ou de queixa? Luz Elena era uma mulher de coragem, mas era preciso ser seu filho para conhecer nela, além disso, um lado frágil que não casava bem com a severidade da conspiração. Nas cartas que chegavam ao acampamento, a militante da guerrilha urbana falava ao guerrilheiro de fuzil no ombro com palavras ternas, e lhe contava que havia tomado uma decisão: mandar um presente para ele. Não aceitaria um não como resposta; já pedira permissão aos comandantes e o camarada Alejandro já a concedera. "Diga-me do que gostaria", escreveu. "Mas por favor, *por favor* não me diga que não precisa de nada."

Raúl não fez nenhum esforço para se decidir: queria um isqueiro a gás. Tinha comprado um em Roma, na escala de uma semana que fizera com sua irmã para voltar de Pequim, e na selva descobriu que era bastante útil. Ali se dependia muito de acender o fogo e de acendê-lo bem, no entanto a umidade penetrava na cabeça dos fósforos e os arruinava sem remédio, a menos que alguém os aquecesse por longos minutos entre o indicador e o polegar, para que o calor da mão os secasse por dentro. Perguntou ao comandante Fernando quando poderia mandar uma carta a Bogotá — mas não mencionou a mãe nem as palavras ternas nem presentes de nenhuma natureza —, e soube assim que em dois dias sairia um correio. Naquela noite escreveu a carta: pediu o isqueiro, contou duas anedotas sobre a vida no acampamento e se surpreendeu dizendo o quão feliz se sentia por poder lutar pelas suas convicções e ao mesmo tempo como se reaproximava da suspeita de antes: "Parece que existe uma só maneira de acreditarem em alguém: morrendo". Não usou as palavras proibidas — compromisso, revolução —, mas a mensagem estava ali. Não fez a pergunta que quis fazer durante meses e que continuaria dando voltas na sua cabeça por muitos anos mais: em qual momento alguns pais chegam à convicção de que a revolução pode educar seus filhos melhor que eles próprios? Entregou a carta ao companheiro que se encarregava do correio e esqueceu o assunto.

Contudo, na quinta-feira seguinte, no começo da assembleia dos soldados, o comandante Fernando ficou em pé e disse que gostaria de ler algo para todos. Não precisou ler mais que quatro palavras para Raúl se reconhecer como reconhecemos nosso rosto numa foto feita por outro. O destacamento inteiro escutou a carta que escrevera para a mãe, mas não com o tom que as frases tinham em sua cabeça, mas com o sarcasmo violento que Fernando lhes imprimia. Cada palavra saía da sua boca convertida noutra coisa, e nem sequer as frases mais hipócritas, que Raúl escreveu com essa parte da cabeça que se sabe vigiada, se salvaram do sarcasmo. "Quem sabe com um isqueiro seria mais fácil acender o fogo nas noites de chuva, e isso não só me ajudaria, também seria um grande alívio para meus companheiros." Na leitura do comandante, essa grosseira tentativa de solidariedade se convertia numa vaga vulgaridade.

Quando o comandante se cansou, ou quando sua zombaria perdeu a graça, meteu a carta no envelope de que a tirara à vista de todos e disse:

"O companheiro Raúl acredita que os problemas desta guerrilha serão consertados com um isqueirinho a gás. Que acham disso?"

De qualquer jeito — e para grande surpresa de Raúl, que dera o assunto por encerrado —, a carta saiu para Bogotá. Um mês depois chegou a resposta da mãe. O comandante Fernando atravessou o acampamento, num meio-dia de sol assassino, para entregá-la pessoalmente a Raúl. O envelope estava aberto; o papel estava rasgado num canto, mutilado por censor negligente. Fernando abriu a palma da mão, e ali estava o isqueiro a gás, um Ronson alemão prateado e com superfície estriada: estriada como a mão de Fernando.

"E também veio isso", disse ele. "Mas quer saber, companheiro? Talvez seja melhor ficar comigo."

Certa noite, foram despertados por um tiroteio. Todo o destacamento se levantou e entrou em pé de guerra em questão de segundos, todos com o fuzil pronto apesar da remela dos olhos não lhes permitir apontar para lado nenhum. Como quem entra do dia reluzente num quarto às escuras, Raúl precisou esperar uns instantes para distinguir formas claras, para recuperar o senso de localização e de perspectiva, e só então reconheceu o companheiro Alberto. Raúl, que o vira pela última vez no hospital de campanha na noite em que conversaram sobre o verde, permaneceu à distância desde que soube da sua volta. Surgiram rumores sobre ele; dizia-se que seu caráter de cordobês festivo tinha sumido, como se fosse um disfarce que não usava mais: que chegou do hospital transformado num amargurado a mais, e já não falava de futebol nem contava piadas bobas nem soltava aquelas gargalhadas que os comandantes repreendiam. Que assim fosse, não precisavam mais se preocupar com aquilo: Alberto tinha deixado de rir, e passava o dia resmungando de boca fechada ou xingando inimigos ausentes, numa espécie de emputecimento invencível e permanente.

Ao que parecia, Alberto tinha despertado no meio da noite, e sem que ninguém o ouvisse havia encontrado uma carabina San Cristóbal, afastou-se alguns passos da sua rede com ela na mão e começou a disparar. As carabinas dão um coice forte, e ali, verticalmente sobre a casca de uma árvore, ficaram as marcas da rajada, nenhuma à altura de um ser humano. Contudo, o incidente bastou para que os demais chegassem a um acordo: Alberto, que não opôs nenhuma resistência quando se aproximaram para lhe tomarem a carabina, se tornara perigoso. O comandante Tomás deu uma ordem impopular e dolorosa, e antes do amanhecer Alberto já estava amarrado a uma árvore com uma corrente. Quando Raúl se aproximou para falar com ele como fazia antes, para perguntar se lhe acontecera algo ou para tranquilizá-lo com a promessa de que aquilo era temporário, viu que seus olhos não o viam, ou melhor, já não estavam fixos no seu lugar de antes, moviam-se desordenadamente, bolinhas de gude extraviadas num jarro de cristal. Abria a boca e deixava ver seus dentes amarelos: uma careta de esforço, como a de quem tenta levantar alguma coisa muito pesada. "Que foi, companheiro?", disse-lhe Raúl. Alberto demorou para encontrar o rosto que havia feito a pergunta.

"Estão querendo me matar", disse então.

"Quem?"

"Todos esses revisionistas", disse Alberto.

Assim o deixaram, amarrado à árvore, gritando para nenhum lado que todos não passavam de uns traidores. Em compensação, nunca dirigiu um insulto a Raúl: era como se não o visse, e por causa disso com certeza o destacamento acabou botando nas suas mãos a tarefa de alimentar o pobre companheiro enlouquecido. Raúl levava comida para ele e perguntava se estava se sentindo bem, e Alberto respondia que não, que não estava bem, que os revisionistas queriam matá-lo, que aquela comida estava envenenada. Com o tempo ficou mais violento, e já não dizia que iam matá-lo, mas que ele mataria todos. Às vezes começava a falar do presidente Mao, cujas lições tinham sido esquecidas ou ignoradas pelos comandantes, e Raúl não se sentiria tão comovido pela sua loucura se não tivesse visto nela um dos seus possíveis destinos.

A árvore à qual Alberto estava amarrado amanheceu um dia sem corrente nem prisioneiro. Raúl não soube como se dera tudo, mas não deixou de perguntar.

"Foi preciso tirá-lo da região", disseram-lhe.

E não falaram mais nada.

* * *

Sol voltou para a selva depois de sete meses vivendo escondida em Medellín. O tempo foi necessário para resolver todos os problemas, incluído o de convencer sua mãe que aquele era o melhor caminho. Sol se submeteu a uma transfusão de sangue que parecia entrar gota por gota, num processo longo e clandestino que teria sido impossível sem a ajuda da mãe. O processo — a Operação Hemoglobina, como a chamava Luz Elena — incluía trajetos entre o apartamento e o hospital nos quais Sol se enfiava dentro do porta-malas do carro e cruzava os dedos para que não houvesse bloqueios da polícia, e se perguntava o que teria acontecido se sua mãe não tivesse o sobrenome que lhe coubera. De modo que isso era a burguesia: a possibilidade de andar impunemente pela cidade inteira, a garantia de que as portas — de um hospital, por exemplo — se abririam para ela sem problemas. Ninguém, naqueles dias todos, fez para a mãe nenhuma pergunta sobre a filha, nem sobre as razões pelas quais adoecera: ela era Luz Elena, dos Cárdenas que todo mundo conhecia, e se pedia um favor, era levado a sério. Nenhum daqueles médicos suspeitava que Luz Elena, sorrindo com seu sorriso de mil quilates, pagando os serviços hospitalares com seu talão de cheques sem fim, fosse naquele mesmo instante a companheira Valentina, correio secreto da guerrilha urbana, mãe de dois combatentes do EPL e esposa de um líder do maoismo revolucionário.

Durante aqueles meses de clandestinidade em Medellín, Sol descobriu que a guerrilha havia começado a procurá-la. Notava presenças estranhas na esquina quando aparecia na janela. Sua mãe lhe mostrava as cartas do seu irmão: "Se souber algo da minha irmã, diga que os comandantes aqui estão furiosos. Que se cuide, pois pode sofrer represálias". E ela sabia disso muito bem, evidentemente, e sabia o que isso significava. "Preciso voltar", disse uma manhã para Luz Elena. "Se não voltar para esclarecer as coisas, vão me perseguir a vida inteira." Luz Elena gritou com ela como se se dirigisse a uma menina, chamando-a de irresponsável, passou da proibição à súplica, mas no fundo sabia que Sol tinha razão. Se não voltasse para a selva para corrigir sua deserção, não só viveria sempre olhando por cima do ombro, como a família inteira ficaria do lado incorreto da revolução. As duas começaram a fazer contatos pelos canais da clandestinidade, e um companheiro as endereçava a outro, e este ao seguinte, até que lhes dessem as indicações definitivas. Devia se instalar em Cali, num apartamento clandestino do norte da cidade, e esperar que a contatassem. Chegou à cidade de ônibus, encontrou o aparelho urbano e se pôs a esperar. Passaram quatro meses de incerteza até que apareceu um companheiro chamado Guillermo, secretário militar da região do Valle. Vinha da parte do comandante Armando.

"Foi muito bem recomendada, companheira", disse Guillermo. "Armando tem muito apreço por você. Não sei por quê, mas faço o que me pedem."

"Para onde vamos?", ela disse.

"Criar patos", ele disse. "Enquanto lavamos essa mancha que você carrega."

18.

No dia em que saíram para caçar as vacas, Raúl havia despertado antes do amanhecer com uma ideia fixa na cabeça: precisava dizer a verdade para a mãe. Durante dias viveu com aquela angústia no peito, perguntando-se como ela receberia a notícia de que seu filho queria abandonar as fileiras do EPL. Queria explicar isto a ela: sentia-se vivendo uma mentira. No acampamento tinham circulado as páginas mimeografadas de *Combatendo venceremos*, o boletim da guerrilha, e aquele número descrevia um mundo onde a região guerrilheira era uma verdadeira base de apoio e o partido controlava a Justiça, dominava a economia e tinha um exército capaz de defender suas fronteiras soberanas. Nada disso parecia ao que Raúl via todos os dias: a região guerrilheira onde ele vivia estava distante, muito distante, de virar aquele gérmen invencível do poder popular. Não havia dito isso para sua mãe, não apenas porque nenhuma das frases que tinha em mente teria passado pela censura, mas pelo medo mais primitivo de decepcioná-la. Pareceu-lhe ridículo se ver assim, um guerrilheiro curtido em combate e bem formado em táticas e em estratégias, um homem-feito e correto que logo faria vinte e um anos, preocupado com o que sua mãe pensaria. Ah, mas é que não era uma mãe qualquer: a companheira Valentina se convertera numa peça imprescindível dos comandos urbanos, e suas ações haviam conquistado o respeito e a admiração do partido. Tinha vivido sua vida clandestina com integridade e levado a cabo ações perigosas sem perder nem por um instante sua fachada de senhora de bem, e agora Raúl iria chacoalhar seu mundo com suas hesitações e desencantos?

Claro que sim: era exatamente isso que ia fazer.

Decidiu-se naquela manhã, enquanto caminhava com outros vinte e cinco guerrilheiros para os campos abertos onde poderiam encontrar as vacas. Por aqueles dias ocorreria na região um plenário com todo o Comitê Central do Partido, e ali, num acampamento montado para a ocasião, se reuniram os comandantes dos oito destacamentos que operavam na planície do Tigre. Era uma bela região de céus abertos e terras amplas limitadas pela mata cerrada; pertencera — cada um dos seus hectares — a grandes senhores de terras, e ainda restavam ali suas vacas que se tornaram selvagens, ou tão selvagens quanto as onças que as ameaçavam, como as antas e queixadas que os guerrilheiros saíam para caçar quando podiam. Raúl e seus companheiros tinham naquela manhã a missão de levar carne ao acampamento, suficiente para os cento e cinquenta guerrilheiros que chegaram de todas as partes para proteger o plenário do Comitê Central, e assim caminharam durante uma hora, procurando as vacas selvagens, até que viram ao longe seis animais que pastavam tranquilos. Os homens rodearam a área para ficar de costas para o vento, de maneira que seu cheiro não alertasse as presas, e avançaram agachados até terem as vacas ao alcance do tiro dos seus fuzis M1. Raúl contou oito tiros e viu dois animais caírem mortos na hora. Os demais se dispersaram, mas outro havia ficado ferido. A metade daquele comando de caça precisou segui-lo por meia hora antes de poder dar cabo dele; os demais, enquanto isso, permaneceram com as primeiras presas para começar a esquartejá-las. Quando voltaram ao acampamento, cada um carregando nas costas um volume de carne fresca, foram recebidos como heróis.

Eram tempos de relativa paz, e por isso puderam organizar o plenário, mas todo mundo sabia que o Exército estava a alguns quilômetros, em Tierralta, e não era possível baixar a guarda. Por isso vieram mais guerrilheiros do que jamais se viu na região: para rechaçar com força suficiente qualquer ataque imprevisto. Também para isso os comandantes enviavam aos arredores reduzidas missões de exploração que lhes permitiam ficar atentos a qualquer movimento dos soldados inimigos. E naquela tarde, depois de assar a carne em brasas de carvão vegetal, após o almoço mais farto que a tropa havia comido em meses, o comandante Carlos chamou Raúl para lhe designar uma tarefa: devia comandar um destacamento pequeno de cinco guerrilheiros e montar um posto nos arredores de Tucurá. Por lá vinha surgindo uma trilha árdua, uma espécie de trincheira natural que se abria em terras pantanosas por onde a guerrilha tinha transitado, mas que o Exército, se fosse ágil, poderia usar para surpreendê-los.

"Vá para lá e feche essa passagem", disse o comandante. "Em oito dias mando a troca de guarda."

Naquela mesma noite estavam na mata, e assim continuaram por mais cinco noites. Sofreram o ataque e as picadas das mutucas, e as suportaram em silêncio, pois na escuridão é impossível saber se o inimigo está perto e qualquer movimento, mesmo o da mão que dá uma palmada para espantar insetos, podia delatá-los. Essas noites de inferno eram seguidas por dias de sono represado e de músculos ressentidos, no entanto o que mais dava medo em Raúl era o tédio dos tempos mortos: pois sua cabeça se punha a pensar, e então vinham as perguntas: não estaria melhor numa célula urbana? Não seria mais útil à causa vivendo a vida clandestina que sua mãe vivia, talvez usando o teatro como fachada, em vez de estar metido em algo no qual não acreditava mais? A luta armada tinha virado uma rotina obscena: ganhar a confiança dos camponeses para levar a cabo operações de guerra, e contemplar como as vítimas das operações, em última análise, eram os camponeses cuja confiança haviam ganhado. Não, a revolução não podia ser isso.

No sexto dia, algo ocorreu. As provisões já estavam escasseando: a quietude produzia a ilusão da fome, e as latas de atum e de leite condensado estavam acabando antes do tempo, então Raúl correu até um daqueles camponeses de confiança e botou umas notas na sua mão.

"Arroz, feijão e rapadura", disse-lhe. "Venha quando estiver escuro."

O homem chegou pontualmente naquela noite. Entregou a Raúl as compras e as moedas do troco, e partiu sem aceitar o convite para jantar com eles. Enquanto os companheiros punham o arroz e o feijão de molho, Raúl desempacotou a rapadura, que veio embrulhada como de hábito numa folha de jornal, e algo chamou sua atenção. Ao estender a meia página rasgada — o jornal era *El Espacio* —, pensando que era impossível ter visto o que viu, encontrou uma foto da mãe que o olhava em cores generosas do foco de luz da sua lanterna. A imagem podia ser de uma revista da alta sociedade, pelo meio-sorriso de mulher elegante ou pelo seu cabelo bem cuidado ou pela sua blusa florida, mas a legenda destroçava esses consolos: *Detidos em Bogotá dois membros da rede urbana do EPL*. Raúl procurou no texto a confirmação dos seus temores, e encontrou os dois nomes: a mulher era, com efeito, a ex-atriz Luz Elena Cárdenas; a mulher era, com efeito, esposa do afamado diretor de teatro Fausto Cabrera.

Raúl sentiu que sua boca secava. Fora treinado pelos anos na arte de calar e se esconder à vista de todos, e teve que convocar esses instintos para não se delatar diante dos companheiros. Contudo, guardou o recorte e mais tarde, deitado na rede, deu um jeito de acender a lanterna e reler tudo que havia lido antes. Luz Elena estava presa na Brigada de Institutos Militares e seria submetida a um conselho verbal de guerra. Não caíra sozinha: era acompanhada por um tal Silvio, um guerrilheiro da rede urbana que não aparecia na foto porque sua prisão não era escandalosa. O conselho verbal era uma ferramenta recente que o estado de sítio proporcionava aos juízes para lutarem contra a subversão, e que os habilitava a julgar civis com leis marciais. A pena para sua mãe, dizia o artigo, seria de oito anos de cadeia no mínimo, e podia ser muito menos generosa.

Generosa, pensou Raúl, e odiou o mundo.

Com a luz da lanterna encontrou a data no alto da página, 10 de março de 1971, e disse a si mesmo que faltavam três dias: Luz Elena faria quarenta e dois anos presa numa cela bogotana, sem nenhum dos filhos, sem o marido, sem ninguém. E enquanto tentava recompor a situação e imaginar as possíveis ações, maneiras mais ou menos ilusórias de resgatá-la, Raúl entendia que a única coisa capaz de piorar a desgraça da mãe naquele momento, o que podia destroçar o pouco moral que lhe restara, seria receber do filho a notícia do seu descontentamento. Ali, metido na selva, enfiado na sua rede como se o mundo estivesse acabando, Raúl se deu conta de que todos os seus planos prévios — ter um enfrentamento político com os comandantes, pedir a baixa ou desertar se fosse preciso — acabavam de ir simplesmente à merda.

Dois dias depois, chegou a troca da guarda. Raúl teve a intuição incômoda, ao receber os companheiros, de que todos já sabiam do ocorrido: notou algo nas suas vozes alteradas ou no seu olhar fugidio. Confirmou isso ao regressar ao acampamento, quando os mesmos que o receberam com festejos no dia da caçada às vacas agora nem sequer se atreviam a olhar na sua cara. Não era de surpreender que já soubessem de tudo, pois no acampamento era habitual começar os dias escutando rádio, e as duas emissoras principais já deviam ter dado a notícia com detalhes. O estranho era que ninguém lhe dissesse nada. Era uma situação absurda na qual todos fingiam não saber, pensando que Raúl não soubesse, e Raúl, que já sabia de tudo, fingia não saber que eles sabiam. Depois acabou sabendo que o comandante Fernando tinha sido o primeiro a ser informado. Rapidamente reuniu a tropa e anunciou a captura da companheira Valentina, mãe do companheiro Raúl, e em seguida deu a ordem expressa para não lhe dizerem nada: seria o Comando Central o encarregado de dar a notícia.

Tudo era chocante: os segredos, melhor dizendo aquela ética de dissimulações que ocultam dissimulações, de dobras e hipocrisias, que se tornava tão natural para os combatentes quanto seu uniforme, e que certa vez, por exemplo, os conduziu à situação ridícula de ficarem procurando durante uma semana uma guarida cheia de alimentos e de armas: tinham-na escondido tão bem, e a protegeram com tanto sigilo, que ninguém conseguiu encontrá-la quando precisaram dela, e ao final foi preciso aceitar que a selva a engolira. Sim, era chocante: que o comandante Fernando decidisse romper a regra sagrada de ocultar os vínculos familiares dos combatentes, que reclamasse para si mesmo o direito de lhe comunicar a notícia e que agora parecesse fazer tudo aquilo com certa satisfação mesquinha, como se o incidente servisse para que desse uma lição em alguém. Se aquele homem rompeu as regras de compartimentação, pensou Raúl, as regras sem as quais a vida dupla de um guerrilheiro deixava de fazer sentido, alguma boa razão devia ter. Essa era a explicação menos terrível, pois a outra, que Raúl não descartou por completo, era tão simples como aterrorizante: se o comandante Fernando queria dar a notícia, era só pelo prazer da desgraça alheia. Talvez estivesse enganado, mas foi isso que Raúl viu na cara de Fernando quando, no dia seguinte ao regressar ao acampamento (e não de imediato, como pediria a urgência da situação ou a mera solidariedade), o comandante mandou chamá-lo.

"Bem, companheiro", disse-lhe. "Imagino que você já saiba."

Raúl não quis lhe dar a satisfação. "O quê, companheiro?"

"É claro que já sabe", disse Fernando. "Bem, a revolução segue adiante. Queria lhe dizer isso."

"Não o compreendo, companheiro. O que queria me dizer?"

"Que isso não vai parar porque prenderam alguém. Acho que ficou bem claro."

"Claríssimo", disse Raúl. "Mas posso lhe fazer uma pergunta?"

"Vejamos."

"Gostaria de avisar minha irmã. Como faço isso?"

"Ai, sua irmã, sua irmã", disse Fernando. "Deixe-a quieta, que já está grandinha."

"Quer dizer?"

"Que se ela não souber, problema dela. Como se eu não tivesse outras coisas em que pensar."

A companheira Sol, alheia à notícia da captura da mãe, fora instalada num novo destino. Guillermo a levara a uma das chamadas frentes patrióticas, propriedades rurais que serviam de fachada para a ação guerrilheira, e onde se cultivava a terra ou se criavam animais. A frente patriótica de Guillermo ficava ao sul de Pance, um distrito do vale do rio Cauca; era um sítio pequeno na encosta da cordilheira, dois hectares demarcados por uma cerca de arame farpado na qual se enredaram as penas dos pássaros com o passar do tempo, aonde se chegava subindo a montanha o suficiente para que o calor insuportável do vale ficasse para baixo. Detrás da casa havia uma criação de patos nativos do tipo Muscovy, que divertia enormemente Sol, que começou a chamá-los de moscovitas, e quando estava de bom humor dava grãos de milho para eles enquanto dizia:

"Hora de comer, revisionistas!"

Os outros quatro companheiros não pareciam entender a piada, mas Guillermo soltava sonoras gargalhadas. Sol percebia nesses momentos que tinha tido sorte: de todos os secretários de todos os destacamentos que o acaso podia ter botado no caminho, quantos teriam compreendido sua situação tão bem quanto aquele homem? Era amável, e no seu rosto não pesava a sombra de tantos outros companheiros, essa espécie de lânguida solenidade. Sol gostou de falar com ele. Embora não fosse necessário, pediu-lhe desculpas por ter fugido e se esforçou por demonstrar arrependimento, mas também explicou a situação hostil que se configurara na planície do Tigre, com o comandante Fernando, e o fez em termos que não eram ambíguos: "Se fico por lá, ele me violenta". Guillermo dizia: "Claro que sim, companheira, eu entendo". E era verdade, aparentemente. Ou talvez sua compreensão fosse resultado das ordens ou sugestões de Armando, a quem todo mundo respeitava. E Sol se perguntava: o que Armando via neles, em Sol e Raúl, que o levava a tratá-los com mais deferência? Por acaso seriam beneficiários da posição de poder do seu pai? Fausto, depois de tudo, não deixava de ser o contato direto entre a China comunista, lar do Mao de verdade, e o exército revolucionário da Colômbia, onde Mao era um rumor, um conjunto de palavras de ordem: uma figura feita de palavras.

Metade da semana, às vezes até mais, passavam fora da frente patriótica, num destacamento que acampava em El Tambo, a um dia de caminho no sentido sul. Era um grupo de uma dezena de companheiros que fazia ações de inteligência em Popayán, a capital do departamento, e também de doutrinamento nos pequenos povoados da região. Guillermo permanecia em Pance, com os patos revisionistas, e quatro companheiros, entre os quais estava Sol, cobriam o trajeto falando com os camponeses, fazendo ações de propaganda, ajudando a montar escolas, marcando presença na área: isto é, construindo a base de que falava Mao. Permaneciam em El Tambo quatro dias e depois regressavam a Pance, à criação de patos, e Sol voltava à conversa com o companheiro Guillermo, e de um dia para o outro começou a perceber que sentia falta disso quando estava no destacamento. Não se tratava apenas de que a frente patriótica tivesse comodidades que ali eram impensáveis, como uma cama e um chuveiro. Aquele Guillermo a olhava com olhos que pareciam novos e, quando ela falava com ele das experiências ruins, ele parecia deixar o que estivesse fazendo (nunca fazia isso realmente, mas dava essa impressão misteriosa) para dar atenção a ela enquanto tocava os bigodes de rancheiro de caricatura.

Sol começou a achar desagradável o momento em que tinha que partir de Pance. As ações no acampamento de El Tambo eram mais árduas, mas não se tratava disso, pois também restava tempo para as ideias. Todas as semanas recebia um folheto intitulado *Pequim Informa*, e todas as semanas, durante a assembleia política, liam os artigos do folheto como se se tratasse do mesmíssimo Livro Vermelho. Para Sol foi como voltar a estar na fábrica de relógios, não com centenas de trabalhadores, mas com uma dezena de companheiros. Só faltava o retrato de Mao pendurado numa samaúma.

Em certa ocasião, depois de uma leitura do *Pequim Informa*, Sol mencionou que num 1º de maio, quando vivia em Pequim, vira Mao a cinco metros de distância. Pensou que a recordação causaria uma boa impressão, ou pelo menos provocaria exclamações ou perguntas, mas o que se seguiu foi um silêncio. Ao final, um companheiro lhe disse:

"Quer saber, companheira? Não fale tanta merda. Aqui não somos tão viajados, mas também não ache que somos uns trouxas."

Sol não havia se dado conta de que em tão poucos meses conseguira despertar um ressentimento semelhante num companheiro, mas foi o que aconteceu. O homem era o secretário militar do destacamento. Chamava-se Manuel, tinha o corpo pequeno mas rude, e parecia que se empinava toda vez que ia falar. Era, também, o único do destacamento que parecia *ter estudos*, que era como os demais falavam de quem havia passado pela escola. Vinha de Turbo, no golfo, e no seu sotaque se misturavam de maneira estranha o *paisa* das montanhas e o *costeño* do litoral do Caribe, de maneira que cada coisa que dizia soava para Sol como uma falsificação ou uma impostura. Havia algo nele que lembrava Fernando. Sol achou ter notado isso quando um companheiro, na véspera de uma operação em Popayán, perguntou quanto demorariam para chegar, e Manuel fez um jogo de palavras que não deixava de ter lá sua graça:

"Com mau tempo, seis horas. Com Sol, doze."

Era sua maneira de exercer o poder que lhe fora dado, e Sol o entendeu e engoliu as ofensas. Depois, porém, da primeira vez que escreveu uma carta, Sol perguntou a quem devia entregá-la e quando saíam os correios, e lhe disseram que toda a correspondência era organizada através do companheiro Manuel. Não gostou muito disso. Cada vez que escrevia a Luz Elena cartas que não obtinham respostas, movendo o lápis mecanicamente sobre o papel amolecido, fazendo perguntas de rotina e mandando os abraços de costume, ela o fazia com a certeza de que seus despachos precisavam superar vários obstáculos: a interceptação do inimigo, é claro, mas também a censura de Manuel, que leria cada linha com sua lupa ideológica, procurando detectar o instante fatídico em que aquela companheira, que ameaçava sair dos trilhos, ou já havia saído dos trilhos por dentro, podia contaminar mais alguém com sua própria debilidade. Sol invejava nesses momentos a facilidade que seu irmão sempre tivera com o espanhol. Para ela, continuava a ser uma língua estranha, vaga recordação de infância, e não conseguia usá-la com fluência. Naquelas cartas, além disso, via-se obrigada a usar códigos e alusões e insinuações e senhas, e agora pensava que tanta cautela seria sempre justificável para evitar que a polícia ou o Exército interviessem nas comunicações e conseguissem informação proveitosa; mas havia outra razão nova, e era escapulir da observação dos seus. Da mesma forma que nas manhãs, quando precisava se esconder para lavar o corpo e mudar de roupa. Na Escola Presidente Mao não lhe acontecera nada parecido.

As coisas deram errado sem nenhum tipo de aviso. Foi numa manhã úmida, na qual ocorria a assembleia de soldados, e os companheiros haviam dedicado um bom tempo discutindo a coisa mais importante que acontecera com eles até agora na sua vida de combatentes: o IV Plenário do Partido Comunista, que transcorreria na planície do Tigre. Todos os membros do Comando Central viajariam para lá nos dias seguintes, e o destacamento da companheira Sol devia se preparar, como todos os demais, para cobrir os mil quilômetros de trajeto: dependendo da sorte, do clima e dos ônibus que pudessem pegar sem correr riscos, a viagem podia demorar alguma coisa entre cinco e quinze dias. Sol pensou no irmão, que devia estar ouvindo os mesmos discursos em idênticas assembleias de soldados, mas não num destacamento pequeno e periférico do sul do país, e sim no centro do mundo: no lugar onde tudo ocorreria. Foi então que o companheiro Manuel, que dirigia a assembleia, ficou em pé com um folheto na mão e disse:

"Muito bem. Agora vamos ler *Pequim Informa*."

Sol nunca soube o que a fez perder a paciência, que longo memorial de queixas transbordou naquele momento, mas foi a primeira surpreendida ao se ouvir falar com tanto menosprezo.

"Ai, isso de novo não", disse. "Não aguento mais esse tal *Pequim Informa.*"

Um silêncio de incredulidade se instalou entre os companheiros. A figura de Manuel pareceria cômica se não fosse evidente que se sentia ultrajado.

"Muito cuidado, companheira", disse.

"Desculpe, companheiro", disse Sol, "mas é isto mesmo: não aguento um só *Pequim Informa* mais. Com todo o respeito, que caralho importa para gente o que acontece em Pequim?"

"Você esqueceu onde está, não, companheira?", disse Manuel. "Está numa guerrilha do pensamento maoista. Este é o Partido Comunista Marxista-Leninista ideologia Mao…"

"Sim, eu sei", cortou Sol. "Com todo o respeito, companheiro, não explique para mim a ideologia maoista. Eu defendi a ideologia maoista a três quadras de Mao. Passei noites inteira ouvindo a voz de Mao pelos alto-falantes da cidade onde Mao vivia." Então botou a mão na testa. "Esse boné aqui que uso, sabem o que é? É um boné dos guardas vermelhos de Mao. E sabem por que o uso? Porque fui guarda vermelho de Mao! Então tenho todo o direito de dizer a vocês o seguinte: estou até aqui, até a porra do boné de Mao, de ler o *Pequim Informa.*"

"Não dá para permitir isso", disse um companheiro.

"Olhe o respeito", disse outro.

"Calma, companheiros", disse Manuel. "Tomaremos as devidas medidas."

"Que medidas porra nenhuma", disse Sol. "Olhe só, companheiro, o que estou querendo dizer é muito simples: não estamos em Pequim. Não é hora de nos informarmos do que acontece aqui no vale, não em Pequim? É muito *Pequim Informa, Pequim Informa* demais, e não fazemos a menor ideia do que está acontecendo na Colômbia. Não lhe parece que isso é mais importante?"

337

O comandante Manuel encerrou a reunião. No resto do dia, Sol permaneceu isolada dos companheiros: tinha despertado neles emoções que não conhecia, e o instinto lhe disse que era melhor dar um tempo para que dimensionassem sua chateação. Distraiu-se cortando a carne de um queixada que tinham caçado no dia anterior e que já estava salgada, e nesses momentos lhe veio à memória algo que seu irmão dissera nos dias da Fábrica de Relógios Despertadores, algo que ele sabia graças a Lao Wang, seu professor no torno. E era isto: durante a construção da Grande Muralha, nos tempos da dinastia Ming, as autoridades chegaram à descoberta inestimável de que nada frustrava mais os operários que a sensação de estarem envolvidos numa obra infinita. Então tiveram a intuição de revelar à equipe inteira de operários cada *li*, uma medida equivalente a meio quilômetro, de modo que os operários trabalhavam com a ilusão de um último dia ou de uma tarefa terminada. "É importante saber que seu caminho tem um ponto de chegada", disse Lao Wang ao seu irmão com aquele tom de filósofo budista, e seu irmão imitava o tom ao repetir as palavras. E agora Sol recordava os escritos militares de Mao, que dizem que a revolução deve ser planejada como uma guerra prolongada. Essa guerra de guerrilhas, perguntou-se Sol, seria sua própria muralha chinesa?

Dois dias depois — dois longos dias que ficou como que repudiada, desterrada, morta em vida — a convocaram para uma reunião do destacamento. Apontaram um tronco e pediram que se sentasse ali, e os demais ocuparam com eloquência o espaço diante dela. Aquilo era um julgamento, entendeu Sol, que se confirmou quando o comandante Manuel leu as dezessete acusações que tinham sido feitas contra ela depois de cuidadosa deliberação. Era acusada de desrespeitar a figura de Mao, de desvio ideológico, de desprezar a vida armada, de estar contra a China e, portanto, de ser a favor dos soviéticos, stalinista e simpatizante do ELN. Foi chamada de contrarrevolucionária e recordaram suas origens burguesas. Disseram a ela que todas aquelas acusações a levaram a merecer uma condenação e que a pena seria duríssima, mas antes de a pronunciarem lhe dariam a oportunidade de fazer uma autocrítica. Sol, que assistiu ao monólogo com uma sensação de irrealidade que não era diferente da febre, pensou em Guillermo e seus patos moscovitas e quis estar de volta a Pance naquele exato instante, já, de imediato. Ficou em pé e começou a ir embora, e a última coisa que disse antes de começar a caminhar foi:

"Que autocrítica que nada. Bando de imbecis..."

Deu a volta por completo e já se afastava dos guerrilheiros quando ouviu a detonação. Sentiu-se projetada para a frente, como se uma força enorme tivesse lhe dado um empurrão nas costas, e caiu de bruços na terra, com uma bala calibre 32 metida no corpo, a surpresa de não sentir dor e a certeza sem medo de que já estavam se aproximando para acabar com ela.

O acampamento de Raúl se preparava para o grande encontro do Comando Central, e os comandantes e secretários de outros destacamentos começaram a chegar à região. Às vezes Raúl precisava assumir trabalhos de segurança, e ele gostava disso, pois podia pensar então em outra coisa que não fosse a infelicidade da mãe, presa no Buen Pastor de Bogotá em condições inimagináveis (ou cuja imaginação produzia cenas que lhe davam calafrios) e incapaz de dar notícias aos seus. Asseguravam-lhe que Valentina teria os melhores advogados, que o mais importante era conservar o moral firme, que ela era uma mulher comprometida com a causa e o partido a ajudaria em tudo que fosse necessário. Certa manhã, Raúl foi procurar o comandante Fernando, para lhe perguntar se alguém estava cuidando do caso da mãe, se o partido estava fazendo o que devia e havia prometido, e soube que Fernando não estava mais no acampamento. Tinha partido a fim de explorar uma nova área, mas entre os companheiros se dizia que nova mesmo era uma namorada que conseguira em Bijao, a quem andava visitando.

Contudo, logo se passou um tempo sem que voltasse, e isso não era normal. Os guerrilheiros souberam que ele se deslocara para o noroeste de Antioquia, zona de combates, e um rumor incômodo começou a circular pelo destacamento como um vira-lata caído da mudança: Fernando havia cometido uma falta disciplinar grave e o Comando Central o castigara duramente. Dizia-se que o levaram para a base, enquanto outros mencionavam expulsão, e alguns, inclusive, fuzilamento. Isso não era verossímil: apesar da opinião que Raúl continuava a ter dele, Fernando era uma das figuras mais respeitadas da guerrilha, e para muitos não era impossível que acabasse presidindo o partido. Especulava-se em voz baixa sobre a natureza da falta: uma mulher, uma insubordinação, uma falha militar? Na sua ausência se falou a seu respeito com o pretérito usado com os mortos, como se já fosse parte da história, e assim Raúl começou a entrever algumas das razões dos seus desencontros. Fernando, que acabava de ser expulso das Juventudes Comunistas por sua tendência a favor da China, tinha se metido anos atrás num debate de vida ou morte com Pedro León Arboleda, cuja influência sobre a tropa era notória. Arboleda defendia uma só visão do partido: a militarização. O comandante Fernando, por outro lado, sustentava que o importante era o trabalho com as classes operárias, o que chamava de bolchevização do partido, e o problema que agora os oprimia, a razão pela qual as coisas não estavam funcionando, era apenas um: longe da bolchevização, o partido sofria uma verdadeira invasão pequeno-burguesa. Era impossível que o comandante visse Raúl sem pensar que ali, naqueles olhos claros, naquela educação com violinos e palavras em francês, com rádios caros e isqueiros a gás, jaziam agarradas a decadência e a inevitável morte da revolução.

Uma noite, o comandante Armando lhe pediu que se encarregasse de uma missão importante. Tratava-se de levar para outro lugar alguns documentos do partido, secretos e urgentes, dos quais, a julgar pelo tom do comandante, dependiam mais coisas do que podia ser dito.

"Esqueça os demais", disse-lhe. "Este assunto é importante. Vá com Ernesto. Sairão amanhã mesmo."

O companheiro Ernesto. Raúl tinha chegado com ele no mesmo ônibus, junto com sua irmã e Pachito, o companheiro morto; e com ele concluíra a manobra de contenção do Exército depois da debandada da Direção Nacional no Sinú. Aquilo, porém, não se podia chamar de amizade: Ernesto era um desses homens que aparentam nunca ter rido, ou cujo senso de humor parecia ter desaparecido em combate. Era de conversa tão difícil que sua vida, mesmo depois de dois anos compartilhando tanto causa quanto destacamento, continuava a ser o mesmo rascunho do dia do batismo, quando o comandante Carlos o apresentou como um líder popular de Quindío que fora treinado na Albânia. Por outro lado, Ernesto lhe passava uma estranha sensação de confiança desde o primeiro momento: existem pessoas assim, com quem não tomaríamos uma aguardente, mas a quem, em contrapartida, confiaríamos nossos filhos. Raúl perguntou:

"Mas é para ir aonde?"

"Orlando sabe", disse o comandante.

"Vamos com Orlando?"

"O sujeito conhece a região como as onças. Sabe como chegar ao local da entrega. Não posso dizer mais que isso, companheiro. Por segurança, entende?"

"Sim, companheiro", mentiu Raúl. "Entendo."

Saíram com as primeiras luzes. Orlando caminhava na frente, mostrando o caminho, e atrás dele iam Ernesto e Raúl. Guardavam uma distância de vinte metros um do outro: em caso de emboscada, esse procedimento lhes daria a oportunidade de não caírem todos ao mesmo tempo, mas também deixava a marcha mais árdua, pois cada um caminhava como se estivesse sozinho. Os três levavam seu fuzil atravessado e sua mochila de provisões, mas Raúl, além disso, carregava a outra mochila, a dos documentos, tão leve que parecia uma piada que sua remessa precisasse da escolta de três combatentes de estirpe. O suor empapou sua roupa desde cedo, no entanto não fazia calor:

341

era a umidade do ar que atravessavam com esforço, sentindo ao respirar pela boca o que sente alguém ao se inclinar sobre uma panela quando a água ferve. Mas nas pernas e nos pulmões, e também nos pés que já não ralavam a pele dentro das botas de borracha, Raúl podia notar a experiência, as centenas de quilômetros percorridos naqueles anos de marchas; pareceu perceber que a selva deixara de ser um lugar inóspito, e uma sensação de orgulho lhe passou pelo peito. Levantou o rosto. Uma cobertura de folhas densas se fechava sobre eles, acima, no topo das árvores altas, e não deixava passar o mais leve raio de luz. A única maneira de se orientar era seguir o guia.

O guia. Da sua retaguarda silenciosa, Raúl observava com admiração seu passo de cabra, que parecia abrir a trilha pela qual os outros passariam. Orlando era um camponês que estava na guerrilha desde os primeiros anos; os fundadores o cooptaram ali, na região, e o formaram até convertê-lo em chefe de destacamento. Era um homem astuto e dissimulado, tão calado que parecia ensimesmado, e carregava no tronco duas cicatrizes, uma de facão e outra de bala, que eram a história privada das suas violências. Contava-se a seu respeito que nos primeiros anos, quando os pioneiros daquilo que viria a ser a guerrilha se reuniram, enfrentou um veterano de outras guerras que o obrigou a tratá-lo por comandante. "Vou te chamar pelo nome, e se não gostar, vá se foder", disse-lhe então. "Se qualquer babaca for me enquadrar, melhor eu ir pro Exército." Foi penalizado pelo uso dos palavrões, contudo os dirigentes reconheceram a razão do seu protesto. Desde então não fez mais que ascender sob o olhar plácido dos dirigentes e em especial de Fernando, que o via como um bolchevizante ideal. Tivera uma mulher e dois filhos na sua antiga vida e, embora ninguém soubesse onde estavam, dizia-se que Orlando os visitava sem pedir permissão, sempre contando com a cumplicidade da Direção.

Acamparam sem qualquer novidade na primeira noite. Mas no dia seguinte Orlando começou a resmungar alguma coisa, e era tão transparente sua intenção de protestar que seu resmungo de velho rabugento chegava até Raúl com total nitidez, apesar de estar a quarenta metros. Quando lhe perguntaram qual era o problema, Orlando se queixou de que não estavam avançando conforme o previsto; naquele passo, disse, nunca chegariam a tempo ao lugar do tal encontro, e assim corriam o risco de não fazer a entrega, de que os contatos urbanos voltassem para sua base por não tê-los encontrado ou — pior ainda — decidissem esperá-los e fossem surpreendidos por uma patrulha militar. Foi então que Raúl soube que naquele tempo todo tinham rendido muito abaixo do que era necessário. Sentiu-se tão satisfeito com seu avanço que nem sequer passou pela cabeça a possibilidade humilhante de que Orlando tivesse diminuído o ritmo para esperá-los: para esperar os dois garotos, que, por mais treinamento no estrangeiro que tivessem, continuavam a ser animais da cidade.

"Com todo o respeito, companheiros", disse. "Vocês ainda precisam subir muita ladeira."

Decidiu mudar para o caminho principal. Tratava-se da trilha aberta entre os casarios e povoados desde os tempos da colônia, de onde agora vinham os comerciantes e parelhas de mulas para abastecer armazéns da região. Os guerrilheiros eram expressamente proibidos de usá-la, pois ali ficavam desprotegidos, viravam alvo fácil e deixavam rastros evidentes para quem desejasse segui-los. Mas com certeza por ela avançariam mais rápido e recuperariam o tempo perdido. Naquele momento, Orlando se certificou de que não havia outra maneira de chegar naquela mesma noite ao ponto determinado para acampar, e se o itinerário não fosse cumprido, tampouco chegariam a tempo para o encontro a fim de entregar os documentos. E assim fizeram, e durante uma hora, a última do dia, caminharam por aqueles espaços abertos onde se via o céu e o ar circulava melhor, e onde se dava cada passo sem pensar nas cobras que podiam se esconder sob folhas caídas. Acamparam sem fazer fogueira, para não chamar a atenção de ninguém com fumaça, nem sequer com seu cheiro. Naquela noite, Raúl sonhou com a mãe presa.

Pela manhã, depois de comer, fizeram o que se chamava *minuto conspiratório*. Era um ritual de segurança: antes de abandonarem um acampamento qualquer, os homens escolhiam um lugar de encontro em caso de confronto ou acidente, e às vezes, se o grupo fosse numeroso, estabeleciam-se também um codinome e uma senha para evitar de serem atingidos por alguém no meio da confusão. O companheiro Orlando, o único dos três que conhecia a área e, sobretudo, que podia encontrar o destino no mapa da sua cabeça, fixou como ponto de encontro o lugar preciso de onde estavam saindo. Apagaram os rastros e partiram, deixando entre eles a distância de praxe, vendo o outro se adiantar e contando seus passos como corredores de revezamento. Avançaram margeando um desfiladeiro baixo, um fio de água que abria passagem pelas margens barrentas, ziguezagueando entre pedras lisas como hipopótamos submersos, e que depois, ao cabo de uma hora, se unia a uma corrente mais copiosa, flanqueada por barrancos altos como três homens. Não conseguiram dar cem passos além dali, junto à água fresca que soltava brilhos foscos e produzia um sussurro que era como falar com um amigo, quando estouraram os disparos.

A primeira reação de Raúl foi dar dois passos para trás e empunhar o fuzil para responder ao fogo. Permanecera fora do cerco, portanto começou a disparar em direção ao espaço indefinido e verde de onde vinham os tiros. No meio do caos percebeu que Ernesto tinha corrido para trás a fim de escapar da emboscada, e o viu se empoleirar não se sabe como no barranco escarpado e decidiu imitá-lo. Os tiros passavam silvando, e pareceu a Raúl que cada segundo sublinhava o milagre de que nenhum o tivesse atingido, pois os via bater na terra, na pedra ou nas folhas largas que mal se moviam, como se não tivessem recebido uma bala e sim um piparote. Alcançou o topo do barranco e se perdeu entre as árvores, correndo agachado na direção de onde tinham vindo, e então viu Ernesto, que corria sem o fuzil a alguns metros à frente: na manobra de fuga, caíra no vazio. Chegaram juntos ao ponto de encontro, mas tomaram a precaução de se enfiar na mata além do lugar preciso, a alguns metros de distância, num declive de onde poderiam ver a chegada de Orlando sem correr o risco de serem vistos, enquanto constatavam, ao mesmo tempo e em silêncio, que ainda continuavam vivos e não tinham sofrido nenhum arranhão.

Mas Orlando não apareceu. Esperaram por ele por mais tempo do que era prudente. Esperaram minutos inteiros, inclusive depois de escutarem os ruídos inconfundíveis dos facões e machados cortando árvores e mutilando galhos. Sabiam bem o que isso significava, o que logo confirmaram: as hélices de um helicóptero, que aterrissaria no clarão aberto pelos soldados. Era evidente que uma patrulha havia descoberto o rastro deles no caminho principal. Orlando cometera um erro, e agora não aparecia, e apesar de Raúl guardar uma vaga esperança, o mais sensato era aceitar que o guia estava morto ou tinha sido capturado. Deviam ser cinco da tarde, hora em que na selva é quase noite fechada, quando pensaram ouvir ruídos mais próximos. Talvez fosse uma falsa impressão, pensou Raúl, como naquele jogo de infância que consistia em fechar os olhos para que sua irmã lhe fizesse cócegas no antebraço desnudo, e era preciso adivinhar o momento em que os dedos dela tocariam a dobra do seu cotovelo. Então ouviram uma voz. Não puderam entender as palavras, mas na hora souberam que não deviam se mexer: escapar de noite e sem Orlando não somente podia chamar a atenção dos soldados, mas também os lançaria a um cenário de pesadelo. De maneira que permaneceram acocorados onde estavam, num silêncio absoluto que era também o silêncio do medo, enquanto caía a noite e a escuridão tragava os troncos das árvores e o verde que levara Alberto à loucura, e em questão de minutos já não sabiam nem sequer onde botavam a palma da mão.

Quanto tempo passou? Foram quinze minutos ou foi uma hora: impossível sabê-lo. De repente se deram conta de que voltavam a ouvir os ruídos da selva: a patrulha tinha passado ao largo ou se dera por vencida. Orientar-se no meio da selva sempre havia sido difícil, como estar em mar aberto, e se orientar na selva de noite, sem poder nem sequer levantar a cara para ver de que lado das copas das árvores batia

345

o sol, era impossível. Raúl e Ernesto recordaram que de manhã tinham caminhado com o sol de frente, então assim que amanhecesse procurariam fazer a rota contrária: com o alvorecer às costas. Comeram algo, confirmaram que havia provisões suficientes para o dia de regresso e estabeleceram turnos para dormir um pouco enquanto o outro montava guarda. E assim passaram a noite, temendo sempre o regresso do Exército, conscientes de que naquela região todo mundo sabia quem era Orlando: capturá-lo vivo era meio mapa para se atingir o acampamento onde se reuniam alguns dos homens mais importantes da guerrilha. Raúl, pela primeira vez, desejou que Orlando estivesse morto.

Os dois já estavam despertos quando chegou, de longe, o ruído de um helicóptero. Começaram a marchar com uma espécie de resignação irritada, adivinhando o caminho de volta, conservando os vinte metros de distância ainda que às vezes parecesse absurdo, procurando um ao outro com o olhar para confirmar que uma pedra lhes parecia mais familiar, ou talvez um ninho de formigas, ou que uma determinada garganta era a mesma que margearam no sentido oposto. O helicóptero continuava a sobrevoá-los: disso tinham certeza, apesar de não o verem. Se tentavam encontrá-lo no céu, não viam nada do outro lado da copa verde, salvo espasmos azulados e, de vez em quando, a silhueta de um sagui pulando do galho, entretanto ouviam o insano esvoaçar das hélices, e isso não apenas bastava como, mesmo que parassem de ouvi-las, parecia que ainda a estavam ouvindo. "Continua lá, aquele filho da puta", dizia Ernesto. "Estamos caminhando faz um dia e continua lá, como se estivesse vendo a gente. E se sairmos, vai logo nos ver. Sabem que estamos aqui, companheiro." E Raúl: "Não consigo ouvi-lo". E Ernesto: "Como não? Lá está o barulho. Continua lá". E Raúl apurava a audição, separando o ruído dos seus passos do resto do mundo, e lhe parecia que sim, que o barulho continuava lá, que o helicóptero seguia por ali como um zangão dos infernos, e por outro lado o ponto de partida, o lugar onde acamparam na primeira noite com Orlando, não estava em lugar nenhum.

"Merda", disse Raúl. "Estamos perdidos."

Era impossível saber se estavam caminhando em círculos. Todas as árvores eram iguais e o sol havia desaparecido do céu. Raúl se lembrou da bússola que trouxera da China, recordação do Exército Vermelho no dia da formatura, e amaldiçoou Fernando mais uma vez, que a tomou sem explicações, não como se estivesse desapropriando um objeto alheio, mas como se com isso impedisse a penetração da burguesia na guerrilha. Cometeu o erro de mencioná-la sem falar do ocorrido: "Eu tinha uma bússola". "Pois devia ter trazido, seu cuzão", respondeu Ernesto. Podiam ter começado uma briga se os dois não compreendessem no mesmo instante que a selva os afetava. Nessa tarde Raúl enfiou a mão na mochila, atrás de uma lata de leite condensado, e a mão saiu vazia. Ernesto confirmou que suas provisões tinham acabado, o que não era surpresa: a excursão já durava dois dias a mais que o previsto.

Perderam a noção do tempo. Ernesto girava a cabeça como se tivesse ouvido algum barulho, e logo seguia em frente: não, não havia sido nada. Depois voltava a parar. "O que é isso?", perguntava com os olhos arregalados. "Está ouvindo? Um animal." Raúl, porém, não ouvia nada. Obstinada, voluntariosa, a selva tinha começado a brincar com eles. As alucinações adotavam a forma de uma onça preta ou do barulho do maldito helicóptero. A fome do terceiro dia — ou do quarto, não dava para saber — os obrigou a tirar a pasta de dentes da mochila para enganar o estômago, mas algumas horas depois Raúl sentiu uma queimação intensa no meio do tronco, como se a menta tivesse aberto uma ferida no seu esôfago. Procuraram raízes para comer, algum broto como os que eram comuns na região, mas em vão, e ao chegarem a um córrego que nunca tinham visto perceberam que seu estômago fechado não aceitava nem sequer um gole d'água. A selva, que conspirava contra eles, escondeu as cobras, escondeu as capivaras, escondeu os rios onde poderiam ter pescado um bagre ou uma *mojarra*, que de qualquer jeito não teriam conseguido cozinhar, pois o fogo ou a fumaça chamariam a atenção dos soldados. Raúl sentiu que uma fraqueza tomava conta das suas pernas e que os olores úmidos queimavam suas narinas, e logo sentiu que a cabeça ficava leve. Lembrou da falsa greve de fome do Hotel da Paz, a leitura de Górki, as guiozas que aquela mãe dedicada cozinhava, e se envergonhou no íntimo de estar pensando em romances naquela hora.

"Vamos parar", disse. "Isso não está dando certo."

Sem haver necessidade de pronunciar qualquer palavra, ocorreu entre ambos o entendimento amedrontador de que não sairiam da selva com vida. Então Raúl retirou os documentos da mochila, os urgentíssimos documentos que os meteram naquela enrascada, e disse: "É preciso queimar isso aqui. Se vamos morrer, que não sejam encontrados". Mas não podiam acender uma fogueira (pela mesma razão pela qual não podiam cozinhar um peixe), de modo que decidiram enterrá-los. Ernesto sugeriu que os lessem antes de fazer aquilo, apesar de proibido: talvez houvesse algo neles, uma pista, uma indicação, uma informação qualquer que os ajudasse a encontrar o acampamento. Eram ilusões de moribundo: improváveis, desesperadas, pasta de dentes para enganar o juízo. Não tinham energia nem mesmo para debater a conveniência de violar o segredo das comunicações, ou para especular sobre as sanções que isso poderia lhes acarretar, então dividiram os documentos sem dizer nada e começaram a ler. Ernesto foi o primeiro a dizer o que Raúl já andava pensando:

"É por isso daqui que nos mandaram atravessar a selva?"

Nos documentos não havia nada: eram papéis internos do partido, todos relativos ao plenário que se realizaria por aqueles dias nas planícies do Tigre. Eram inventários de nomes, burocracias sem fim, referências aos estatutos do Partido Comunista Marxista-Leninista Pensamento Mao Tsé-tung. Boa parte das páginas falava de um confronto: o comandante Armando e o comandante Fernando se mostravam profundamente preocupados, pois tinham detectado na linha dominante do partido um grave desvio militarista que agia em detrimento do que de fato importava: a bolchevização das massas e a criação de uma base proletária. Em outras páginas, Raúl encontrou uma longa discussão sobre um livro de que não tinha ouvido falar, cujo título estabelecia a Colômbia como o primeiro Vietnã da América e cujas frases, tais como apareciam citadas nos documentos do partido, pintavam um quadro quimérico que mais parecia retirado das fantasias dos longínquos dirigentes da cidade que da realidade vivida pelos guerrilheiros todos os dias. Raúl leu que a guerrilha estava libertando o norte do país da dominação norte-americana, que conseguira criar bases de apoio de mais de dez mil quilômetros quadrados e que em dezessete municípios da região o poder civil do governo colombiano, lacaio do imperialismo ianque, não tinha mais validade. Sentado no chão em pleno matagal, Raúl só encontrou cinco breves palavras para lidar com essas revelações: *Mas isso não é verdade*.

Não disse nada quando acabou de virar as páginas. Negou com a cabeça para indicar que nelas não havia nada de útil, embora não soubesse o que esperar dos achados do seu companheiro: um mapa, instruções mágicas para regressar à planície do Tigre? Tampouco Ernesto parecia ter tido sorte, pois assim que terminou sua tarefa ficou em pé e começou a amaciar a terra com golpes do facão. Com as últimas energias que lhes restavam, os dois cavaram um buraco com as mãos, enfiaram a mochila de documentos como se enterrassem um gato morto, cobriram-na com terra vermelha e taparam a terra com folhas que ainda não estavam secas, seguiam teimosas e flexíveis depois de mortas. Em seguida penduraram as redes, para não ter que fazer isso às escuras, e ali mesmo deixaram que anoitecesse, pois já não fazia sentido avançar mais. Antes de adormecer assim, com o estômago vazio pela quarta ou quinta noite consecutiva, tão fraco e cansado que chegou a ter um medo fugaz de morrer no meio do sono, Raúl se atreveu a fazer a pergunta que talvez seu companheiro também estivesse se fazendo: "Será que escapamos dessa?". Esperava apenas uma resposta animadora que levantasse seu moral, mas o que aconteceu foi uma conversa franca, a mais generosa que tivera com Ernesto, ou com qualquer outro guerrilheiro, naqueles longos meses de militância.

Falaram de suas famílias, dos seus treinamentos em países distantes, das nostalgias e dos medos. Ernesto falou dos irmãos — um dos quais militava, como ele, enquanto o outro não queria ter nada a ver com política — e da irmã, que não tinha vinte anos mas já era uma revolucionária com todas as letras e estava destinada a coisas grandes. Raúl falou do pai, que naquela hora devia estar deitado na sua rede em algum lugar de Tierralta ou de Paramillo; de Sol, que havia decidido continuar a militância no vale do rio Cauca; e de Valentina, presa em Bogotá. Falou do velho Wang, o camarada da fábrica de relógios de Pequim, que enfrentava os problemas com frases crípticas. Quando a luz falta e tudo fica escuro, costumava dizer, a única forma de não perder o rumo é olhar para trás. Assim, vendo a luz que deixamos, podemos confiar que outra nos espera. Ernesto disse: "Os chineses são muito estranhos".

No dia seguinte, despertaram sem urgência. Sabiam que deviam começar a marcha; no entanto, como não tinham nenhuma certeza de chegar a alguma parte, pensaram que não havia razão para ter pressa. Recolheram as redes e começaram a caminhar para o norte, ou para o ponto onde devia ficar o norte se os jogos de luzes na copa não os enganassem. Arrastavam as botas, que faziam mais ruído do que era prudente, porém os músculos não tinham forças para erguer as solas de borracha do mundo de folhas sob as quais podia se movimentar uma jararaca. Raúl teve uma intuição brutal: aquele era seu último dia. Nas profundezas da sua consciência se despediu da mãe, e de mais ninguém, e pediu perdão a ela por se deixar morrer de maneira tão idiota. Encontrava-se nessas ruminações quando sentiu que a luz mudava. Era outra ilusão de óptica, como as que tiveram tantas vezes? Talvez não, pois Ernesto parecia ter acelerado o passo, vendo quem sabe o que Raúl via: que nos troncos das árvores havia aparecido um reflexo, um verde que não era o verde de antes, um verde sobre o qual batia uma luz nova e distinta. Entre a folhagem densa, como uma isca que alguém tivesse instalado no final de um corredor, viram um reflexo, e em segundos se viram diante de uma clareira do tamanho de um estádio que reconheceram na hora, pois meses atrás eles mesmos a abriram com seus facões. Os camponeses fizeram uma plantação de arroz naquele trecho de montanha, porém Raúl se deteve sobretudo no céu aberto por onde as nuvens atravessavam com uma liberdade insolente. Olhou para Ernesto. Ambos sabiam que cruzando o arrozal chegariam a uma lavoura de cana-de-açúcar, e se metendo naquele matagal à frente da lavoura, a duas horas de caminhada, entrariam na zona guerrilheira.

Abraçaram-se com força, pois tinham voltado à vida.

19.

No princípio eram vagos flashes desordenados: pontadas repetidas de dor aterrorizante, a impressão de que a carregavam na sua própria rede através da selva caucana, vozes que davam prognósticos pessimistas sem que Sol sentisse o terror que deveria ter sentido. "Vai morrer", dizia uma voz, e outra: "Deixe assim. Com essa aí não há nada que fazer". Entre as brumas da inconsciência reconheceu a voz de Guillermo, mas logo não era mais Guillermo e sim seu pai, e depois lhe parecia que seu pai era o professor da fábrica de relógios, e até Carl Crook veio falar com ela: "Tranquila, Lilí, que tudo vai sair bem". Às vezes ela se lembrava de estar balançando na carroceria de uma picape, sofrendo os baques do caminho sem pavimentação que eram como agulhas sendo enfiadas no corpo, e por momentos estava de volta às trilhas da selva, ouvindo o roçar das botas de borracha nas folhas e também vozes preocupadas: "Mas ela já recebeu sangue? Havia coagulante lá?". Sol estendia uma das mãos para tocar alguém, para sentir o contato de outra mão, mas só encontrava o vazio. Às vezes, escutava a própria voz suplicante: "Avisem minha família". Mas não sabia se pronunciava as palavras de fato, pois ninguém lhe respondia.

Tampouco tinha certeza de que eram reais aquelas pessoas cuja presença sentia. Talvez nada daquilo fosse real.

Depois saberia do ocorrido antes do tiro que levou nas costas. Restariam lacunas, é claro, partes faltantes de um relato confuso: Sol ia saber que o destacamento, reunido na assembleia e liderado pelo comandante Manuel, a considerou culpada de dezessete faltas e a condenou à morte; mas nunca soube por que, depois que ela tentou partir, depois que o comandante disparou nela com intenção de matá-la ali mesmo, a conduziram a um acampamento próximo onde lhe deram os primeiros socorros. "Primeiro me fuzilam pelas costas e depois me ajudam", diria mais tarde. "Quem entende esses filhos da puta." O fato é que ela precisou de toda a sorte do mundo, assim como da compaixão de um punhado de pessoas, para viver. Não estava claro como aquilo havia acontecido. Por um lado, tivera a boa sorte de estar com a bolsa de borracha dura no momento do disparo, pois a bala teve de atravessá-la com todo o conteúdo antes de entrar nas suas costas. Por outro lado, as burocracias internas da guerrilha haviam permitido, de alguma maneira, que a notícia chegasse aos ouvidos de Guillermo; e Guillermo tomou o assunto nas mãos, tirou-a da região de El Tambo e esperou que se recuperasse o suficiente para fazer uma viagem mais longa, e algumas semanas depois a acompanhava até Medellín. Iam para a casa dos avós dela, os pais da companheira Valentina, os burgueses que representavam tudo o que Sol e sua família combateram durante anos.

"Mas por que para lá?", perguntou Guillermo.

"Porque não tenho mais ninguém", disse Sol.

Em outras palavras, porque o pai continuava na montanha, do outro lado de Paramillo, e o irmão continuava nas planícies do Tigre, e a mãe estava metida num cárcere de Bogotá. Sua família tinha se estilhaçado e ela se encontrava sozinha no mundo.

"Bem, sozinha não", disse Guillermo. "Eu a acompanho."

"Eu posso ir sozinha."

"Você sozinha não chega nem à esquina", disse-lhe Guillermo. "Deixe-se ajudar, não tem nada de ruim nisso."

Assim haviam aparecido uma madrugada, antes das primeiras luzes, diante da porta da casa do bairro Laureles. O avô Emilio abriu a porta com a cara transtornada pelo sono, e olhou para Guillermo com estranheza e para Sol sem surpresa evidente. "Vovô, acabo de chegar da Albânia e não encontro meus pais", disse ela. Não soube o que a levou a preferir essa mentira e não qualquer outra, mas nem sequer teve tempo para se questionar. Dom Emilio soltou uma gargalhada.

"Menina, não fale bobagem", disse-lhe. "Seus pais estão na guerrilha e você não está vindo da Albânia." E depois: "Mas o importante é que agora está aqui. Bem-vinda, pois esta é sua casa. Aqui vamos correr os mesmos riscos que você corre".

Foi como voltar à vida. Os avós a levaram para Talara, o sítio que tinham nas montanhas de Rionegro, um lugar idílico aonde se chegava por uma estrada rodeada de campos de flores. Lá, respirando o ar límpido das montanhas, dormindo num colchão sob lençóis recém-engomados e uma manta de lã que às vezes a fazia espirrar, Marianella começou uma lenta recuperação que não era apenas a do corpo ferido. Os médicos não puderam lhe arrancar a bala, por não contarem com os instrumentos ou um lugar para uma cirurgia complicada, mas o corpo fizera suas magias e em questão de meses já tinha sarado com a bala dentro. Pelas manhãs da sua convalescença, enquanto ocorriam aqueles milagres na sua carne, Marianella se levantava cedo e saía para ver os céus primaveris, e às vezes, com uma xícara de café na mão, conseguia esquecer que estava escondida e que lá fora, na vida real, agora mesmo havia dois exércitos que a perseguiam e, se encontrassem, não hesitariam em lhe fazer mal. Pensava na família, se perguntava onde estariam, se preocupava com eles. Naqueles momentos também pensava em Guillermo, e a surpreendia que a gratidão surgisse confundida com outros sentimentos.

De vez em quando, Guillermo vinha visitá-la. Não era possível saber de onde fizera a viagem em cada ocasião, mas devia vir de longe, pois chegava com cheiro de estrada. Nunca ficava para passar a noite, porque os avós não teriam visto isso com bons olhos, mas nessas longas visitas Marianella foi fazendo uma ideia da sua vida. Primeiro soube que Guillermo tinha três filhos pequenos de um primeiro casamento; depois, que a mãe das crianças, sua primeira mulher, tinha morrido muito jovem (porém Guillermo não falava o motivo); finalmente, que Guillermo havia vários meses andava pensando em abandonar a guerrilha. Quem poderia dizer que apareceria uma mulher como Marianella, uma burguesa desenraizada, para lhe revelar o caminho de saída?

Os seis dias que passou com Ernesto na selva, quatro deles perdido, mudaram Raúl de maneiras que não foram evidentes de imediato, mas que apareceram pouco a pouco nos meses seguintes. Por exemplo, não o impressionou demais a notícia sobre Orlando, que havia tomado um tiro na emboscada e ao que parecia viveu quarenta e oito horas com os quadris estraçalhados, sangrando, se negando num silêncio valente a prestar qualquer serviço ao inimigo, e morreu sem demasiada dor — segundo a versão oficial dos fatos — num calabouço do povoado. Era como se sua alma tivesse endurecido.

"Bem", disse a Ernesto. "Melhor ele que nós."

No fim do ano, chegou outra notícia que sacudiu o acampamento: a morte em combate do comandante Fernando. Nunca foram conhecidas as circunstâncias precisas, mas se dizia que seu destacamento fora emboscado pelo Exército ao noroeste de Antioquia, bem perto do rio Cauca, quando se dirigia às planícies do Tigre para se unir ao plenário do partido. Depois da sua sanção disciplinar, uma queda em desgraça da qual outro nunca teria se recuperado, Fernando havia empreendido uma verdadeira campanha política de baixo para cima, conquistando as bases e conservando a lealdade dos que já eram seus seguidores fervorosos, e subiu tanto na estima do partido que nos últimos dias de vida se permitiu sonhar com a secretaria política. Não obteve sucesso na sua primeira tentativa, mas estava claro que para isso ocorreria a plenária das planícies do Tigre: para desbancar o atual secretário, Pedro León Arboleda. Os últimos dias de 1971 e os primeiros do ano seguinte — dias quentes de céu límpido, brisas agradáveis reverberando nos toldos e uma luz tão alva que feria os olhos — foram marcados pela notícia, e durante muito tempo pareceu que a morte do comandante Fernando era só o que havia acontecido no mundo. Em segredo, Raúl pensava que se libertara de algo, e teve a esperança confusa de que se abria um novo porvir na guerrilha.

A oportunidade de confirmar isso apareceu mais cedo que tarde, quando os comandantes anunciaram uma operação importante. Armando não lhe explicou do que se tratava a missão, nem para onde se dirigiria, mas o mero anúncio galvanizou a tropa. Naqueles dias tinham se deslocado muito sem que Raúl soubesse o motivo, navegando em direção ao sul pelo rio Sinú, subindo pelas planícies de San Jorge ao Nudo de Paramillo e passando a noite nas áreas montanhosas mais altas, lá onde faz tanto frio que a água amanhece congelada. Acima, no páramo, o ar estava tão fino que custava a Raúl respirar, e invejou os camponeses da região que subiam com a ligeireza de um xerpa. Daquelas alturas baixaram em direção ao ocidente, e ao fim do dia chegaram ao lugar onde os esperava o destacamento que se encarregara da inteligência. Agora se inteiravam da missão, pois tinham mapas com linhas desenhadas em lápis vermelho e um desenho do povoado que iriam tomar: San José de Urama. Era um povoado de casas de tijolo barato com tetos de zinco, e estava rodeado de árvores densas que o tornavam cego a tudo que viesse por uma das duas estradas. A tomada não tinha por que ser difícil, mas Raúl estaria na vanguarda: o treinamento na China o convertera no homem dos explosivos.

Saíram com esse objetivo às três da manhã, depois de uma breve arenga na qual Armando falou das razões da revolução e do futuro da Colômbia, e lembrou a seus homens que eram todos heróis, pois lutavam pela liberdade de um povo oprimido. Uma hora depois viram

356

as luzes de San José. Nesse momento já eram quase duzentos homens, alguns vindos de muito longe, que rodeavam o povoado inteiro. Avançando junto deles, no escuro da vegetação frondosa, Raúl teve a estranha epifania de que todos, inclusive ele, estavam desejosos de entrar em combate. Carregava na mochila trinta bananas de dinamite e compreendera bem que sua missão era detoná-las na porta do quartel onde dormiam doze homens, segundo os informes de inteligência. Espalharam-se em frente ao quartel da polícia. Armando, que comandava a invasão, fez um gesto com a mão e Raúl entendeu: era o momento de instalar a carga.

Raúl entregou o cabo ao companheiro que estava ao lado e, enquanto o desenrolava, margeou a parede até a porta. No extremo do cabo ficava o fulminante, um dispositivo que Raúl precisava pôr com firmeza na dinamite para que não se desfizesse quando o companheiro o puxasse, e estava a ponto de acomodá-lo nas bananas quando começou um tiroteio do outro lado do povoado. Saberiam depois do ocorrido: um grupo de companheiros havia improvisado um bloqueio a fim de proteger a manobra, apesar de ninguém lhes ter dado a ordem, com tanto azar que o primeiro local a tentar atravessá-lo era um bêbado perdido, e com tamanha insensatez que não lhes pareceu equivocado disparar dois tiros para cima quando o bebum não quis parar. Ao ouvir os disparos, o companheiro que segurava o cabo nas mãos deu meia-volta com violência, por sobressalto ou por medo, e acionou o detonador antes que Raúl tivesse tempo de se afastar.

A explosão do fulminante arrebentou seu braço. Os estilhaços abriram sua pele e se cravaram na carne, e o braço e a mão se cobriram de sangue. Raúl sentiu uma dor intensa na cara e viu que o sangue cobria seu olho, porém entendeu que seu dever no momento era recuperar a dinamite, e mal conseguiu fazer isso e voltar ao parapeito quando os agentes da polícia, alertados pelos tiros e a explosão, surgiram nas janelas e começaram a atirar. Havia começado a amanhecer quando Armando disse a Raúl que também tinha uma ferida na orelha; ele levou uma das mãos até a região e a encontrou incompleta, pois a explosão arrancara um bom pedaço. Agora o calor da pele e os primeiros raios de sol haviam secado o sangue sobre a poeira da explosão, formando do supercílio à mandíbula uma pasta tão grossa que nem sequer havia maneira de confirmar que o olho continuava no lugar. Os sons do mundo eram confusos, já que o estouro lhe machucara o ouvidos, mas continuou a combater mesmo assim, sem saber muito bem para onde disparar, perdendo a noção do espaço, até que deixou de entender o que estava acontecendo.

Os demais lhe contaram tudo durante a retirada. A tomada havia sido um sucesso rotundo: enquanto alguns guerrilheiros saqueavam a farmácia e levavam o dinheiro da Caixa Agrária, outros entraram no celeiro de um rico do povoado e repartiram os cereais entre as pessoas, e guardaram algumas arrobas para levar de volta ao acampamento. Saíram com um butim generoso, repleto de sardinhas em lata e leite condensado, bolachas cream-cracker e doce de leite, e tudo isso enchia as mochilas dos companheiros. Então começaram a subir o morro Paramillo pela mesma ribanceira que tinham usado para descer. Raúl escutava os relatos com um lado da cara, mas sem muita atenção, pois ainda não sabia se a explosão o deixara caolho. O fuzil, um M1 da guerra da Coreia planejado para a guerra de trincheiras e não para atravessar um páramo escarpado, pesava no ombro. Armando se adiantara muito ou tinha preferido ficar para trás: Raúl não estava certo, e o procurava com seu olho bom mas não conseguia encontrá-lo. Estava rodeado por companheiros do acampamento e outros que não conhecia, porém que eram da região. Deviam ter se passado cerca de três horas desde a retirada de San José quando viram, a uns cem metros da trilha, uma casa com teto de zinco, parecida com as do povoado só que mais pobre, e entraram de imediato em modo de combate.

Raúl recebeu a ordem de instalar a dinamite que não usaram em San José. Perguntou quem estava na casa e lhe responderam com duas palavras: "O inimigo". Não soube como chegaram àquela conclusão, porém era evidente que todos sabiam algo que ele ignorava, e só podia obedecer. Então se aproximou da casa assim como havia feito no quartel, e instalou a carga do mesmo modo que no quartel, mas dessa vez conectou o fulminante e teve tempo de se afastar antes que o companheiro da outra extremidade do cabo o puxasse e o fulminante estourasse e a dinamite explodisse, fazendo o teto de zinco voar em pedaços e da casa ficarem em pé apenas as paredes. Tinha instalado a dinamite ao ar livre, e o estrondo foi tão brutal que Raúl pensou tê-lo sentido no ventre.

"Saiam e se rendam", gritou um dos companheiros, "e lhes pouparemos a vida."

Não se passaram mais que alguns segundos para alguém gritar lá de dentro que sim, que sairiam, e os primeiros vultos apareceram no umbral sem porta. Não eram militares: não usavam uniforme e as armas que erguiam com seus braços ao alto não eram de concessão militar. Não passavam de quatro homens e uma mulher. Raúl compreendeu quem eram, pois já ouvira falar daqueles homens — lúmpen-camponeses, como os chamava o comandante Fernando — que se organizavam para defender quem lhes pagasse, como pequenas contraguerrilhas privadas. Nenhum dos cinco opôs a menor resistência; renderam-se sem que ninguém tivesse que pedir duas vezes. Por isso foi tão inesperado o que aconteceu: os companheiros os fuzilaram ali mesmo, sem dizer um ai, e com precisão suficiente para deixar a mulher ilesa. Primeiro com incredulidade, depois com horror, Raúl viu um dos companheiros avançar sobre um corpo caído que ainda se mexia e encerrar o assunto com dois golpes de facão. Em seguida se dirigiu à mulher, que tinha se acocorado no meio do fuzilamento e agora soltava gritos histéricos, e lhe disse:

"Vá embora e conte a eles, para aprenderem."

O incidente o deixou destroçado por dentro. Nada do que viu naquela tarde era parte do que foi aprendido na China, onde a determinação era muito clara: se se promete vida ao inimigo em troca da rendição, essa promessa deve ser respeitada, pois só assim será possível que outros se rendam depois. Mas não disse nada: não disse que a manobra havia sido um erro, nem que aqueles mortos também eram

359

camponeses, nem muito menos que a crueldade não era parte da revolução. O grupo avançou durante toda a noite e todo o dia seguinte. Em alguma parada alguém lhe deu um medicamento para a dor no rosto, e Raúl ficou tão dormente que sua cabeça enferma deixou de pensar no espanto do que foi visto. Não pôde senão agradecer. Sentia que o corpo o trairia a qualquer momento, e assim, meio chapado, conseguiu esquecer até de que via o mundo apenas por um olho. Duas vezes, nas paradas que duravam alguns minutos, adormeceu em pé, apoiado no longo cano do seu M1, e não lembraria depois a que horas chegaram por fim a um lugar onde pudesse se deitar. No dia seguinte, ao despertar, se viu rodeado de um grupo de companheiros. Entre eles estava Carlos, o médico que escolhera seu nome, sentado ao seu lado com um balde de água quente e trapos de camisas velhas.

"Não sei se perdi o olho, companheiro", disse Raúl.

"Tranquilo", disse o médico. "Vamos ver isso, mas permaneça quieto."

Começou a cobrir seu rosto com os trapos molhados. A pasta seca foi derretendo até que o olho viu a luz, ou Raúl percebeu que entrava a luz do dia claro por aquele olho destapado. Chorou, sem se preocupar demais em esconder: com alguma sorte, suas lágrimas de alívio poderiam ser confundidas com a água dos trapos.

A recuperação foi um lento milagre. Mais que a dor da pele queimada, mais que a angústia de perder um olho, a impressão mais forte daqueles dias morosos foi a novidade da culpa. Aquilo era culpa? Nunca havia sentido nada parecido, portanto não era fácil reconhecer o sentimento; de fato, quando o nomeava dessa maneira, nada lhe parecia fora do lugar. Teve uma urgência súbita de falar com a mãe e um vago temor infundado de que algo ruim acontecera a ela no cárcere. Nas noites úmidas se enrolava na rede como uma crisálida e colava a orelha no rádio, só que não para procurar transmissões de ópera, para ver se um golpe de sorte lhe fornecia alguma pista sobre a família.

Seu corpo continuava a fazer das suas: a pele se regenerava; o olho começava a chorar sozinho e sem nenhum aviso, como se tivesse tristezas próprias, contudo enxergava melhor a cada dia, e a pele da pálpebra já não parecia a ponto de rasgar como o tecido da casca de um ovo. De vez em quando despertava o fantasma da sua leishmaniose, que deixara uma cicatriz na cartilagem do seu tendão de aquiles. No entanto, essa era a menor das suas preocupações.

Em um daqueles dias de calor, seu destacamento foi realizar o mutirão num povoado de camponeses, bastante próximo de Tierralta. Raúl insistiu em ir com eles, acreditando que assim forçaria o ritmo da recuperação. Na realidade, algo lhe acontecera, e não queria ficar sozinho. Era como uma melancolia, e como não podia explicar aquilo, optou por fugir de si mesmo acompanhando o destacamento a fim de passar a manhã com os camponeses, falando dos direitos do povo e da entrega dos recursos ao capital estrangeiro e da obrigação de lutar contra as oligarquias. Ao fim da jornada, nas horas mais frescas, aguardava os companheiros à beira de um descampado que os locais usavam para jogar uma pelada quando ouviu um nome que o acertou como uma palmada na nuca:

"Sergio!"

Deu meia-volta com espanto, e fez isso de maneira tão brusca que um companheiro, pensando que outra coisa tinha acontecido, chegou a empunhar o fuzil. Seus olhos perscrutaram a linha das casas e encontraram o que procuravam: uma mulher jovem com algumas peças de roupa na mão — uma camiseta, algumas roupas de baixo — caminhava em passo acelerado atrás de um menino pelado. "Sergio!", gritava para ele. "Venha já para cá!" E isso era tudo: uma mãe tentando vestir seu filho malcriado. No entanto, a menção desse nome esquecido sacudiu Raúl pelas entranhas, e não pôde mais se libertar daquele efeito pelo resto do dia. Seus companheiros notaram que estava distraído e lhe perguntaram várias vezes se estava bem, pois ficou estampada no seu rosto a expressão vazia de quem começa a ter febre, só que Raúl não conseguiria explicar a eles o que lhe acontecia, pois nem ele mesmo entendia.

* * *

No último dia de abril, pouco depois de fazer vinte e dois anos sem que ninguém soubesse, avisaram-no da missão seguinte: seria mandado para visitar os indígenas. Raúl recebeu a notícia com satisfação, pois via no comunicado uma demonstração da confiança recuperada depois da tomada, porém a incumbência chegava num mau momento: fazia dias que era atormentado por uma dor de dente que não o deixava dormir. Decidiu não mencioná-la e nem sequer deixou que a dor fosse notada no seu semblante, apesar de ter entrado na barraca dos comandantes sentindo que sua cara ia arrebentar a qualquer momento. "Vamos explicar como vai ser tudo, companheiro", disse-lhe o comandante Tomás. "Está pronto?" E Raúl disse que sim, que estava pronto.

Tratava-se de uma reserva de emberas que fora assentada nas barrancas do rio Verde, onde as montanhas do Paramillo começam a descer para a planície. Meses atrás, ao regressar de uma longa marcha, o destacamento de Raúl tinha passado a noite junto ao povoado, meia dezena de choças construídas ao redor de uma maloca. Pouco antes de chegar, o comandante Tomás os abarrotou de advertências acerca da cortesia com os indígenas e o respeito aos seus costumes. "Bebam a chicha que lhes for oferecida, mesmo que não gostem", tinha dito a eles na ocasião. Não conseguiram se aproximar das choças quando os emberas saíram do escuro, armados com facões e gritando na língua deles, e só se tranquilizaram quando reconheceram Tomás, que havia muito tempo procurava recrutá-los em vão para a causa do partido. Contudo, não olhavam para ele: os emberas se fixaram em Raúl desde o princípio, e não deixaram de olhá-lo enquanto caminhavam em direção à maloca, e não deixaram de olhá-lo enquanto o apresentaram ao seu chefe, a quem chamavam de jaibaná. Todos ocuparam seu lugar ao redor do centro. Tomás tratou de sentar junto ao jaibaná, como fizera em outras visitas, e fez-se um silêncio na maloca quando o homem o afastou com um empurrão sutil, apontando o lugar para Raúl.

Precisou ocorrer esse desencontro para Raúl entender a natureza dos olhares insolentes e inquisidores que ainda não o deixavam em paz: não, não era insolência nem inquisição alguma, mas sua pele branca e seus olhos verdes tinham para aqueles homens algo de sobrenatural ou mágico. O jaibaná foi bastante claro quando disse:

"Estávamos esperando por você."

Chamava-se Genaro. Falava um bom espanhol de vogais fechadas no qual às vezes se intrometiam palavras da sua língua. Naquela noite, para espanto de todos, Genaro bebeu sua chicha sem deixar nem por um instante de fazer sutis menções a Raúl, e acabou por solicitar ao comandante Tomás que o deixasse dormir dentro da maloca: era um raro privilégio que nem sequer Tomás havia recebido no tempo da sua relação com os emberas, e não conseguiu dissimular uma crise de inveja infantil que atravessou seu semblante. Não teve outro remédio a não ser aceitar, é claro, e Raúl passou a noite dentro da casa sagrada, dormindo a poucos passos do jaibaná, enquanto os demais companheiros penduravam suas redes do lado de fora, ao relento.

Não soube naquela noite para que o esperavam Genaro e sua tribo, mas pouco importava: os dirigentes do partido haviam buscado durante muito tempo uma porta de entrada para a comunidade embera, e agora aquele louro da cidade, a quem Genaro chamava de "*kahuma* bom", tinha a chave nas mãos. Explicaram a Raúl que o partido tinha em seu poder uma informação valiosíssima: na área onde estava situada a maloca, próxima da embocadura do rio Verde, começariam a construir dentro de alguns anos uma represa hidrelétrica que abasteceria toda a região, mas que acabaria com os emberas. Os documentos lidos por Raúl falavam em danos irreparáveis, e o faziam com palavras solenes e alarmantes: ruptura do sistema ancestral de valores, desenraizamento de costumes milenares, morte dos rios sagrados. Explicavam que o peixe *bocachico*, fonte essencial de proteína para os indígenas e produto básico de sua economia, desapareceria por completo; o inevitável desflorestamento, diziam, levaria os emberas ao desequilíbrio espiritual. O partido chegara a um acordo: seu dever revolucionário era aproveitar a situação para organizar os indígenas, ensinar a eles o valor do protesto e conseguir que se erguessem contra os atropelos das oligarquias. A missão, como a entendeu Raúl, era criar uma primeira célula entre os indígenas. "Uma só chispa", dizia o presidente Mao, "pode incendiar todo o campo." Raúl, ao que parecia, era o transmissor do incêndio.

De maneira que agora, no último dia de abril, Raúl foi dormir com seu novo encargo na cabeça, mas também com uma intensa dor de dente que não se restringia mais à mandíbula, lançando choques elétricos por todos os ossos do crânio. Pela manhã a dor se tornara tão insuportável que já não conseguia mantê-la em segredo. "Assim você não vai conseguir tomar a chicha", disse-lhe o comandante Tomás. Mandou chamar o companheiro Carlos, que teve apenas que conferir a boca de Raúl para encontrar um abscesso e se maravilhar por tê-lo dissimulado por tantos dias: a dor, disse, devia ser suficiente para outra pessoa desmaiar. A cirurgia começou na mesma hora, o que significava sentar o paciente numa cadeira feita de pau, anestesiá-lo com uma agulha mais adequada a um cavalo e arrancar o molar com instrumentos cirúrgicos cuja limpeza não era de todo confiável. Foi o espetáculo do dia: o destacamento, reunido ao redor da cadeira de pau, assistiu ao embate gritando entre risadas: "Combatendo unidos venceremos!". O molar não opôs resistência, mas o companheiro Carlos receitou ao paciente dois dias de repouso absoluto. Só depois do repouso, quando não havia mais riscos de hemorragia nem parecia existir nenhum tipo de infecção, deu-lhe permissão para ir até o povoado dos emberas.

Já era maio quando pegaram a estrada. Em meio a um aguaceiro que sacudia os galhos e estapeava as folhas grandes, Raúl, o comandante Tomás e um grupo de companheiros se aproximaram da maloca onde os esperava o jaibaná Genaro. A estratégia era muito simples: seriam recebidos pelos emberas, Raúl fingiria ter adoecido e Tomás pediria a Genaro que cuidasse do doente durante alguns dias, o tempo para terminar a missão (fictícia) que os trouxera à região. Genaro,

364

evidentemente, receberia Raúl de braços abertos, e aquela seria a oportunidade perfeita para Raúl lhe falar da represa, do dano que faria aos emberas, da resistência popular e a ajuda que a guerrilha podia lhes prestar para exigirem seus direitos, tanto os civis quanto os ancestrais. Mas aqueles planos diáfanos se turvaram antes do previsto, quando Tomás contou a Raúl algo que talvez não devesse ter contado naquele momento.

Foi uma sucessão de mal-entendidos. É provável que Raúl tenha começado a fazer cara feia, pois ainda sentia a boca machucada pela violência da extração, e o impressionava tocar com a língua o espaço vazio onde antes estivera o molar e senti-lo como se fosse o toco de uma mão amputada: ou talvez, simplesmente, o fantasma da dor permanecia nos ossos da sua cabeça. Em todo caso, ele fazia cara feia: calado, o cenho franzido, certa expressão de desalento. E talvez Tomás tenha entendido mal, acreditando que Raúl sabia alguma coisa que na verdade não sabia ou que alguém contara a ele o que já era de conhecimento público, e acreditando também que a isso se devia seu desalento, o mal-estar que se desenhava no seu cenho, seu silêncio hostil. É provável que tenha acreditado então que seria conveniente desativar aquele desgosto, pois o êxito daquela visita dependia dele: como poderia ser inconveniente, deve ter pensado Tomás, levantar seu moral antes de uma missão tão importante?

"Bem, companheiro, felicitações", disse-lhe Tomás. "Você verá como o partido vai dar toda a ajuda de que Valentina necessitar."

Foi assim que Raúl soube que a mãe tinha saído do cárcere. Aquilo acontecera duas semanas atrás, mas ninguém contou para ele: durante duas semanas o destacamento soubera, ou ao menos os comandantes, que a companheira Valentina fora libertada depois de quase treze meses de reclusão e diversas negociações dos advogados. Mas ninguém contou isso para Raúl. Naquela noite, quando a estratégia já estava em andamento — e Raúl se sentia indisposto por algum motivo impreciso e Genaro abrira os braços para ele e seus companheiros tinham partido —, e quando Genaro o convidou a dormir na maloca

365

em vez de pendurar sua rede nas árvores, Raúl começou a falar do que estava sendo planejado na capital: a construção da represa, que implicava em inundar a região e desviar seus rios e transtornar para sempre a vida de todos; a dos emberas, sim, mas também a dos camponeses. Contudo, nem por um instante deixou de pensar na mãe. Genaro escutou com paciência as palavras de Raúl. No seu espanhol titubeante, disse: "Foi o que disse Karagabí".

Raúl compreendeu que era perda de tempo lhe perguntar quem era aquela pessoa. "Que foi que disse?", perguntou.

"Ele nos deixou como testamento que havia criado a água para nós, para que nos servíssemos dela", disse o jaibaná Genaro. "Disse que não era para tocar nada: deixar as coisas como ele as fez. Se não, recairia uma maldição em cima de nós. E os emberas findaríamos."

Falaram do assunto várias vezes ao longo daquela noite e no dia seguinte, mas Raúl havia perdido todo o cuidado e sua atenção tinha esvoaçado para outros lugares. Valentina estava livre: mas com quem, e onde? Sua mãe teria regressado para a casa da família em Medellín? Seu pai estaria a par da libertação, ou sua irmã? Teria se unido às ações clandestinas ou estaria com o filme queimado para sempre? A mesma doença fictícia que lhe serviu para ficar com Genaro agora lhe servia para evitá-lo. Queria ficar sozinho, sozinho para ruminar a sensação de ter sido traído, e perdeu em algum lugar sua inclinação para cumprir a ação encomendada. Assim, deitado junto do rifle no chão de terra, com a cabeça em cima da mochila e olhando para o cone de palmeiras que era o teto da maloca, passou o dia inteiro.

Naquela noite, quando veio vê-lo, Genaro tinha a cara pintada com resinas de jenipapo e o punho fechado sobre um bastão de pau--de-balsa cuja empunhadura tinha a forma de uma cabeça de macaco. Estava acompanhado por duas mulheres, as duas adornadas com colares de três voltas, e as miçangas coloridas se sacudiam sobre seus peitos desnudos. Lavaram os pés com a água de um balde vermelho antes de entrar; uma delas entregou a Genaro uma garrafa de aguardente, e Raúl entendeu que aquilo era uma cerimônia e que Genaro

366

se dispunha a curá-lo: nem Tomás nem os outros comandantes haviam previsto que essa seria a consequência da sua estratégia grosseira. Genaro bebeu um trago de aguardente, catou um punhado de folhas que pareciam recém-arrancadas e começou a cantar assim, sacudindo as folhas no ar, entre seu rosto e o de Raúl, e seu canto saiu impregnado de anis e de saliva. Cantou durante duas horas, e quando não estava cantando estava falando na sua língua (falando com o tom de quem conta uma velha história), mas não houve um só instante em que Raúl sentisse que não falava dele. Deviam ser duas da madrugada quando o jaibaná se aproximou sem se erguer, agarrou-lhe a cabeça entre as mãos poderosas e encostou a boca na sua testa, exalando aguardente e manjericão e madeira, como se fosse lhe dar um beijo. No entanto, em vez de lhe dar um beijo começou a sugar, e o fez com tanta força que Raúl sentiu seus dentes e pensou que no dia seguinte ficaria com um machucado. Genaro o soltou então, meio que o empurrando, se afastou dois passos e vomitou no chão de terra, e Raúl teve a certeza incompreensível de que ali, naquele charco fedido, também ficaram seus demônios.

Certa manhã, Marianella despertou com o ruído de rodas sobre o cascalho da entrada, e ao sair encontrou os avós. O avô Emilio abria a porta traseira do carro e oferecia a mão a uma pessoa a fim de ajudá-la a descer. Era Luz Elena. Marianella saiu para abraçá-la sem se importar com as pedrinhas ferindo seus pés descalços; deparou-se com um arremedo do que era a mãe — o mesmo corpo, sim, mas a energia dizimada e o rosto de quem perdeu todas as ilusões —, e soube que algo mais profundo que uma mera contrariedade havia contaminado sua vida. Passou os dias seguintes ali, naquela casa que se convertera no seu refúgio, o único lugar do mundo inteiro onde estavam a salvo. Foi então, com o passar dos dias, que começou a surgir uma conversa que depois se converteu num plano e, finalmente, numa missão. Para isso foi necessário, contudo, que Marianella se inteirasse do que havia acontecido com a mãe.

Desde a entrada de Fausto na guerrilha, nos últimos meses de 1969, Luz Elena tinha trancado sua vida anterior, a que vivia no apartamento da família Cabrera Cárdenas, e se mudado quase por completo para um aparelho. Era uma casa que parecia inofensiva vista de fora, mas por dentro era uma pequena base do movimento onde se escondiam medicamentos, munições, dinheiro em sacos pretos de lixo. Depois de vários meses de residência clandestina ali, meses marcados pelas viagens em missão a Quito e a Guayaquil, a direção do partido decidiu pôr outra responsabilidade nas suas mãos: a custódia de três crianças alheias. Eram os dois filhos de Lorenzo e a filha de Camilo, dois comandantes que não saíram da selva por anos e cujas mulheres, por razões que ninguém sabia, haviam se ausentado da vida deles.

De modo que a companheira Valentina se responsabilizou por eles como uma cuidadora, botando-lhes comida na mesa, levando-os à escola todos os dias e ao médico quando era necessário, sempre amparada pelas suas roupas elegantes e seus colares de pérolas e seus modos de senhora de bem. É claro que alguém, uma professora ou uma enfermeira, poderia ter perguntado por que uma mulher como ela cuidava daquelas crianças; mas ninguém nunca chegou a fazer isso, talvez porque a autoridade de Luz Elena o impedisse, e era evidente que o partido contava com esses salvo-condutos de classe. As crianças se apegaram a ela. As de Lorenzo eram dois meninos tímidos que já levavam no ânimo as cicatrizes daquela vida estranha, uma espécie de desconfiança natural do mundo dos adultos, e apenas com Valentina pareciam ficar tranquilos. A menina, por outro lado, vivia sem preocupações aparentes: aos cinco anos, tinha mudado tantas vezes de casa e de companhias que nem sequer perguntava que horas seria servida a refeição seguinte. Tudo aquilo caminhava bem — a vida no aparelho, a maternidade imposta dos filhos dos guerrilheiros — até Valentina cair presa. Ninguém pôde fazer nada para que as três crianças não terminassem no Instituto do Bem-Estar Familiar, onde receberam tratamento de abandonados, um beliche para dormir e doses de piedade em intervalos regulares. Enquanto isso, na sua cela de Bogotá, Valentina esperava em vão a visita de algum camarada ou ao menos do advogado que tantas vezes haviam lhe prometido.

Mas ninguém foi vê-la. Nos treze meses que passou presa, não recebeu nem sequer uma carta do partido, nem mesmo três linhas para que a fizessem sentir que não estava sozinha no mundo. Valentina lançou mão do último recurso que lhe restava: pedir ajuda ao seu pai. Foi assim que dom Emilio, que nunca teria imaginado que a vida lhe traria essas surpresas, acabou contratando um advogado em Bogotá para que aquela filha rebelde não tivesse de cumprir todos os dias da sua condenação. Nem sequer isso foi fácil, pois Valentina recebeu o advogado informando a ele que havia outro preso, o companheiro Silvio, e que era necessário defendê-lo também. Dom Emilio se negou a aderir ao plano, evidentemente, pois não ajudaria um guerrilheiro: que os comunistas se ocupassem dele. Mas Valentina se manteve firme. Disse a dom Emilio por telefone: "Ou ambos ou nenhum". E assim os dois acabaram saindo, e os dois chegaram juntos ao terminal rodoviário, e os dois fizeram juntos as onze horas de ônibus até Medellín, com passagens pagas pela saudade da família Cárdenas.

A decepção de Luz Elena foi de partir o coração. Sentia-se traída pelo partido ao qual entregara os últimos anos da sua vida, seu casamento e seus dois filhos. Voltou para sua cidade como se volta para uma cidade estranha, sem reconhecê-la ou navegando-a ao acaso, divorciada de tudo que um dia havia chamado de seu. Soube que os quadros do partido tiveram conhecimento da sua chegada e a estavam procurando. Um intermediário desconhecido a visitou num daqueles dias para levar uma mensagem da direção: pediam que se encarregasse de recolher os filhos dos comandantes no Bem-Estar Familiar. "Você é a única que pode fazer isso, companheira", disseram-lhe, porém Luz Elena lhes bateu a porta na cara com toda a força do seu rancor. No dia seguinte, interceptaram-na na rua. "Só os entregarão a você, companheira, pois você tem a custódia. Se não vai pegá-los, os filhos dos comandantes ficarão guardados lá."

"Dá para perceber que não me conhecem", disse ela. "Diga-lhes isto: que agora não estou disposta a fazer favores para ninguém, muito menos a eles, que nem sequer quiseram me dizer onde minha família está."

Havia vários dias que Luz Elena procurava a maneira de se comunicar com o filho. Salvo por uma carta que chegou incompleta para ela nos primeiros dias, não soubera nada dele durante o tempo que passou no cárcere, e logo, depois de muito insistir, recebeu a resposta de um emissário do partido: Raúl tinha morrido em combate.

"Meu irmão está morto?", disse Marianella.

"Foi a última notícia que recebi antes de sair da prisão", disse Luz Elena. "Mas não acredito. Se isso fosse verdade, já teríamos sabido de outra forma."

"Já teriam nos avisado", disse Marianella sem convicção.

"Exato", disse Luz Elena. "Seu pai já saberia, por exemplo, e teria nos avisado."

Durante os dias seguintes, Marianella tratou de averiguar por sua conta, mas não teve sucesso. Seu irmão, morto? Não, algo lhe dizia que a notícia era falsa, e não se tratava apenas da formidável capacidade que temos para nos enganarmos quando nos convém. Num daqueles dias, depois de ter visto a mãe chorar mais durante um café da manhã que em toda a sua vida, Marianella sentou-se na beirada da cama e lhe disse:

"E por que não vamos procurá-los?"

Disse isso sem pensar muito, mas sua mãe aceitou a sugestão na hora. Em minutos estavam saindo de Talara, sempre em silêncio, compartilhando a consciência de que acabavam de entrar por um caminho que talvez terminasse com uma notícia da qual nenhuma delas jamais se recuperaria. Ninguém tinha autorizado Marianella a fazer o que fazia; ela pensou que talvez estivesse violando várias regras e que isso agravaria sua situação com a guerrilha, mas pouco se importou. Assim, depois de cinco horas, chegaram a Dabeiba; então atravessaram o povoado, deixaram o carro numa rua onde um carro nunca havia parado e enveredaram pela montanha. Avançaram até o lugar onde a vegetação da montanha era tragada pelo caminho, e a partir dali seguiram por uma trilha de mulas. Marianella não pôde negar sua surpresa ao reconhecer o caminho. Suas pernas não trabalhavam tanto fazia muito tempo, e o ar frio queimava suas narinas, mas ela avançava como se o corpo tivesse uma memória que não fosse sua, entrando por atalhos que não escolheria, reconhecendo um trapiche que ela viu apenas uma vez, de passagem, no dia em que fez aquele mesmo trajeto com seu irmão e outros dois guerrilheiros novatos. Encontraram o povoado quando estava a ponto de anoitecer, e Marianella se aproximou para descrever seu problema, pronta para enfrentar o ceticismo de quem quer que fosse; mas a sorte estava outra vez do seu lado, pois a primeira pessoa que cruzou ao chegar foi o próprio camponês que lhe dera dinheiro para pagar a passagem para Medellín.

"Merda", disse o homem. "Se não é a filha de Emecías."

Marianella explicou que precisava encontrar o pai e o irmão, e que precisava fazer isso com urgência. Lembrou a ele que era a companheira Sol, que havia militado na Escola Presidente Mao e que seu irmão era o companheiro Raúl. O camponês a escutou com paciência e depois disse que o companheiro Emecías estivera na região seis meses atrás. Moveu a mão no ar, na direção de Tierralta, e disse:

"Deve andar por lá, a uns três dias de caminhada."

"E você pode encontrá-lo? E pode procurar meu irmão?"

"Claro", disse o homem. "O que preciso é de tempo."

Então fizeram um trato: o homem partiria à procura de Emecías, levaria a mensagem de que o procuravam e se encarregaria de trazê-lo até o povoado.

"E a gente faz o quê?", perguntou Luz Elena.

"Voltem em dois meses", disse o homem. "Aqui mesmo nos veremos com seu pai."

"E com meu irmão", disse Marianella.

"Ah, certo. Mas sobre isso não prometo nada."

Com esse acordo se despediram. Marianella e a mãe começaram o caminho contrário levando nos ombros o esgotamento da viagem. Luz Elena sentia falta de ar, de modo que partiram falando com frases entrecortadas.

"O importante foi ter confirmado", disse Marianella. "Que papai está aqui, quero dizer."

"Falta seu irmão", disse Luz Elena.

"Vamos encontrá-lo, mamãe. Eu te juro que vamos encontrá-lo. E depois virá o mais difícil."

"Tirá-los da montanha."

"Não sei como vamos fazer isso", disse Marianella. "Para que os deixem partir."

"Sem que lhes façam nada, quer dizer."

"Sem represálias", disse Marianella.

Luz Elena permaneceu pensativa.

"Acho que sei como", disse. Estava pensando nas crianças. Tinha se apegado a elas mais do que suas obrigações lhe aconselhavam, e em outras circunstâncias suas reservas de ternura a teriam impedido até mesmo de intuir a chantagem que já tomava forma na sua cabeça, mas dessa vez o bem-estar da própria família estava em jogo. Tomou ar e disse: "Se quiserem que eu vá buscar as crianças, que me deixem ver minha família".

Marianella e Guillermo se casaram no mês de maio, alguns meses depois de Luz Elena recuperar sua liberdade, numa cerimônia íntima com padre incluído, para que a moral dos avós ficasse a salvo. Da cerimônia sobreviveriam as fotos de Guillermo no momento de pôr a aliança. Usava uma camisa amarela e uma jaqueta aberta com muitos botões, e Marianella estava com um vestido branco de colarinho redondo e sem mangas, porém cobrira os ombros desnudos com um xale de tecido grosso que lhe beliscava a pele. Percebia-se que estava feliz. Luz Elena, por outro lado, não estava convencida da sabedoria da decisão.

"Não vejo por que se casar", dizia-lhe. "Vá viver com ele, mas não se case."

"Mas se estou apaixonada, mamãe. Por que não me casaria?"

"Porque não está vendo as coisas direito. Não percebe."

"O quê?"

"Que isso não é amor", disse Luz Elena, "mas gratidão. E isso não é suficiente para tocar uma vida adiante."

20.

A mensagem era clara, mas chegava sem razões; por ordem do comandante Armando, Raúl devia se transferir ao Comando Central, nas planícies do Tigre. Sairia com um grupo de cinco, e o faria de madrugada, porque o lugar do encontro ficava a três dias de marcha. Não era o momento mais conveniente do mundo para se deslocar para tão longe. Durante os últimos dias, o destacamento estivera levando a cabo ações de inteligência para uma manobra militar de relevo: a tomada de um quartel da contraguerrilha. Era uma operação grande na qual participariam cerca de duzentos homens; para Raúl, além disso, era a oportunidade de recuperar a confiança nas suas próprias habilidades, que seguia abalada depois daquele acidente com os explosivos (cujas sequelas ainda sentia no braço e no rosto) e que não recuperara depois da visita aos emberas. E justamente agora lhe pediam que fosse para outro lugar?

"E é para fazer o quê?", perguntou.

Tomás balançou a cabeça: "Sei tanto quanto você".

No dia seguinte, quando começou a clarear, já levavam duas horas caminhando pelo vale do rio San Jorge, sempre em silêncio, mantendo uma distância que a Raúl convinha muito bem: queria estar sozinho com suas incertezas. Que teria acontecido, se perguntava, para que o convocassem com aquela impressão de urgência? Era um prêmio o que o esperava nas planícies, ou um castigo? Nessas especulações inúteis se foram as horas, enquanto se detinha onde o grupo lhe indicava, comia banana-verde cozida com arroz e mandioca e enchia sua garrafa com a água das cascatas. Pendurava a rede para dormir pouco e mal, a salvo do solo onde serpenteavam as jararacas. O guia era um cordobês de bigode ralo como o de um adolescente, mas nas rugas dos olhos era possível identificar uma idade que não era a mesma do seu sorriso fácil. Várias vezes procurou engatar conversa, sem conseguir nada, e depois do segundo dia deixou de tentar. Quando atingiram as planícies do Tigre, o homem caiu no mesmo silêncio melancólico de Raúl, que não teve nem sequer a presença de espírito de se desculpar pela falta de cortesia. Sua atenção estava noutro lugar.

Raúl passou a noite na planície. As instruções eram claras: o grupo que o acompanhara desde Tucurá o esperaria ali mesmo; Raúl, com um grupo distinto, continuaria pela manhã em direção ao destino seguinte. O primeiro grupo não sabia para onde Raúl se dirigia, e o segundo sabia isso e mais nada. As regras de compartimentalização, esse elaborado sistema de segredos, eram as chaves da sobrevivência de qualquer guerrilheiro, e Raúl se deu conta de que naquele momento era um ator numa peça da qual ninguém sabia mais que a própria fala. Pela manhã, antes de sair, o comandante Armando revelou a seguinte parte da missão. "Irão até Galilea", disse-lhe. Era um povoado desabitado no sopé do Paramillo. Então Raúl compreendeu tudo: ia ver seu pai, o companheiro Emecías, cujo destacamento se estabelecera naquele lugar.

"Fizemos um grande esforço para que possam se ver", disse Armando.

"Mas para quê?", perguntou Raúl. "Para que vou me encontrar com ele?"

Armando repetiu: "Estamos fazendo um grande esforço".

Foram dois dias e meio de caminhada até Galilea, e ao chegar Raúl soube que tinham vencido apenas metade do caminho: Galilea não era seu destino final. Ninguém o avisara, é claro, pois ninguém sabia disso; também essa informação estava compartimentada. O segundo grupo era composto de gente mais circunspecta e calada, como se vir do Comando Central lhes conferisse certa gravidade abstrata, porém não sabiam (ou fingiam não saber) mais do que Raúl sabia. Ele tratava de perscrutar seus rostos impenetráveis durante as pausas para comer, perguntando-se se o reconheciam ou se conheciam Emecías, mas não conseguiu esclarecer nada. Ao chegar, um deles lhe disse: "Temos ordens de aguardá-lo, companheiro. De modo que faça suas coisas e nos avise para que possamos voltar".

Nesse momento, seu pai saiu para recebê-lo. Cumprimentaram-se com mais cautela do que Raúl gostaria. Nunca, desde a separação deles, tiveram o mais mínimo contato, e Raúl se deu conta, com alguma dor, de que nenhum dos dois confiava plenamente no outro. Era como estar de novo na trama de *O espião*. Então perguntou:

"Quer me dizer o que está acontecendo?"

"Estão nos esperando", disse Emecías.

"Quem?"

"Sua irmã e sua mãe", disse Emecías. "A um dia de caminhada. Se não estiver muito cansado, saímos agora mesmo."

E assim fizeram. Raúl teve a impressão de que o pai envelhecera. Tinham se passado já quase três anos desde seu último encontro, e nesse tempo Fausto se convertera num ancião: não havia perdido o cabelo, mas tudo o que restava agora estava branco, branco sem sombras como as plumas de um cisne branco. No seu rosto, a pele tinha grudado nos ossos, e aquele corpo sem carnes era o que Raúl também sentiu ao abraçá-lo. Nunca tinha entendido como agora as vantagens de seu acampamento ficar nas terras quentes, onde a caça era generosa — não somente vacas e queixadas, mas também aves de todos os tamanhos — e para pescar em épocas de procriação bastava entrar no rio até os joelhos e cravar o facão no leito arenoso. Aqui, nessas alturas que não estavam distantes do páramo, a comida escasseava, os corpos pareciam se fechar sobre si mesmos e os cenhos sempre estavam franzidos, e o frio úmido esvaziava os rostos de sangue, de maneira que todos tinham a palidez dos bogotanos. Raúl depois saberia que o destacamento cometeu graves erros militares e por isso parecia tão dizimado e deprimido, e os combatentes desmoralizados caminhavam com a cabeça entre os ombros, como que se protegendo dos ventos gélidos.

Não se passara um dia de caminhada, mas um dia e meio, quando Raúl se viu no limite da selva. Emecías entregara seu fuzil aos companheiros que os levavam; Raúl, desprotegido pelas árvores, se deu conta de que tinham descido por uma pirambeira pronunciada na direção da estrada. A meio caminho entre o matagal e uma trilha, a cerca de cinquenta passos dos dois homens, uma casa camponesa se recortava sobre o cinza-escuro do céu nublado. "Devem estar ali", disse Fausto, e antes que Raúl pudesse ter medo de não encontrá-las, de tê-las exposto a uma situação de perigo com toda aquela manobra cujas origens ignorava, a porta se abriu e saíram as duas, a mãe e a irmã, sorrindo e chorando ao mesmo tempo, avançando na direção deles. Luz Elena abraçou Sergio.

"Você está aqui", disse-lhe. "Não está morto."

"Não estou morto, mãe."

"Não está morto", ela disse. "Está aqui."

Foi uma longa noite, mas nenhum dos quatro teria preferido que acabasse antes. Dormiram pouco, não porque tivessem muitas coisas a contar um ao outro, mas porque falaram do que fariam com o futuro. Raúl nunca esteve de todo tranquilo, pois as delações não eram incomuns naquela região, e o pior dos cenários era ter que utilizar o revólver que usava no cinturão. A casa era pequena — uma cozinha e um quarto —, e a pouca luz a diminuía ainda mais: do teto de palha pendia só uma lâmpada sem forças. O dono cozinhou um guisado de carne que os homens devoraram e as mulheres deixaram de lado, pois lhes pareceu que tinha um odor distante de carniça. Luz Elena, que não sabia o que encontraria, trouxera atum e sardinhas em lata, leite condensado, três caixinhas de Melhoral e até um frasco de laxante para o caso de alguém estar constipado, mas o que atraiu Raúl foram as pastilhas de Alka-Seltzer, que começou a tomar como se não apenas quisesse aliviar o peso daquele jantar, mas também de todos os jantares dos últimos anos. "Você está gordo", disse-lhe Marianella. "Não sei como conseguiu isso, mas você engordou na guerrilha." Só que não era gordura, e sim inchaço, efeito da malária e da anemia. Luz Elena o observou de perto quando lhe entregou a camisa nova que trouxera de presente e pediu que a provasse. Raúl despiu a que vestia, e na luz fraca brilharam as estrias do seu ventre.

"Pobre filho meu", disse Luz Elena. "É como se tivesse passado por uma gravidez."

Depois de comer, quando se sentaram para conversar, Luz Elena foi mais direta. "Vamos embora, vamos embora já", dizia. "Aqui estão todos loucos. Não podemos continuar a fazer parte disso." Emecías lhe indicou que a quinhentos metros da casa estava o grupo que os escoltava, e no outro sentido, a dois quilômetros, estava a estrada para o mar, onde o Exército patrulhava constantemente; ir agora, do nada, era impraticável e suicida ainda por cima, e além de tudo os condenaria a serem perseguidos pela vida inteira. Ele carregava consigo sua própria decepção, porém, pois durante os últimos anos vivera um confronto num debate político com a Direção Nacional, e na última conferência, ao apresentar suas críticas, a única resposta que recebeu foi uma alternativa insultuosa: ou se dobrava às coisas como estavam, ou renunciava ao partido. Raúl, que estava havia vários meses contrariado pelo desencanto, descobriu ali, com sua família, que não se sentia mais capaz de continuar. Nos seus piores momentos havia pensado em desertar, sim, desertar como um covarde, e não foi a força das próprias convicções o que o impediu, mas a decepção que poderia causar na mãe encarcerada, no pai cuja admiração sempre tinha buscado. E agora todos estavam ali, sob o mesmo teto pela primeira vez em três anos, contando cada um suas próprias histórias de desencanto e raiva, procurando botar em palavras a sensação de que uma força que não conseguiam nomear lhes roubara três anos de vida. Na penumbra, Luz Elena foi a primeira a dizer:

"Bem, é isso. É preciso procurar a saída. Digam o que fazer, mas que seja o quanto antes possível."

Não era tão fácil. Os guerrilheiros que enfrentavam os dirigentes corriam o risco de ser declarados revisionistas ou contrarrevolucionários, e seu futuro podia ficar manchado para sempre; os que abandonavam as fileiras em situações adversas, por outro lado, sofriam represálias imprevisíveis. Luz Elena contou que Silvio, o guerrilheiro que havia sido capturado em Bogotá junto com ela, acabara de ser justiçado no destacamento por razões que não estavam claras. "Fuzilado como iam fuzilar Marianella", disse. Mencionar Silvio não vinha ao caso, porém Luz Elena estava elaborando um memorial de reclamações contra um monstro impreciso, e usava tudo aquilo que servisse para armar sua denúncia. Ela gostaria que a saída fosse imediata: que acontecesse ali mesmo, que naquela casa camponesa estivessem vivendo os últimos minutos da sua vida na guerrilha, que saíssem os quatro por aquela porta para voltarem a Medellín, à vida da família Cabrera, ao futuro que os aguardava. Mas Raúl se negou, pois nenhuma das suas decepções justificava a deserção, e porque seus companheiros ainda contavam com ele para uma manobra.

Luz Elena não podia acreditar.

"Quer voltar para isso? Isso já era, já decidimos que já era, e você querendo voltar. Para ver se desta vez te matam? Não entendo, a verdade é que não entendo."

Raúl disse apenas: "Estão me esperando, mãe".

Falaram em conseguir papéis falsos: documentos, passaportes, certificados de passado judicial com outro nome, tudo que um posto de controle militar poderia pedir. "Guillermo pode fazer isso", disse Marianella, e assim seu irmão e seu pai souberam que ela tivera tempo naqueles meses para conhecer um militante do partido, viúvo e pai de três filhos, se apaixonar e casar com ele. Era um homem de convicções tão profundas quanto a decepção que sentia agora: quando ocorreu aquilo com Luz Elena, já fazia muito tempo que convivia com dúvidas incômodas. Era preciso também pensar em dinheiro, e então Raúl soube do ocorrido logo que ele e sua irmã foram embora de casa: o comandante Iván procurou Emecías para falar do partido e da sua precária situação econômica, e Emecías, depois de consultar Luz Elena, vendeu as propriedades da família — um dos carros, o apartamento de Medellín e um lote valioso na periferia de Bogotá —, e cada centavo da venda foi parar no baú do partido. "Ainda temos alguma coisa no banco", disse Emecías, "mas é preciso usar bem." Do lado de fora vinha o murmúrio de uma corredeira próxima e, de vez em quando, o ronco dos porcos. Assim, no meio dos ruídos do campo noturno, o plano foi sendo forjado.

Quando foram dormir, as mulheres na cama da casa e os homens nas redes mal penduradas no gradil da varanda, já estava quase tudo decidido. No entanto, Raúl, que nunca se viu verdadeiramente a salvo de uma delação, teve problemas para conciliar o sono. Qualquer barulho era uma ameaça; a noite escura estava cheia de olhos e de vultos armados. Então não lhe pareceu errado tomar um comprimido de metaqualona que guardava na sua botica particular, e foi um erro: as horas da madrugada foram povoadas por alucinações imprecisas que não eram feitas de figuras monstruosas nem de visões ameaçadoras, e sim da sensação incessante de estar caindo no vazio, mas não numa queda longa: sentindo que seu corpo despencava uma e outra vez e achando, a cada momento, que daquela vez, sim, encontraria onde se agarrar.

Nunca agradeceu tanto a chegada do amanhecer, ainda que fosse o amanhecer gelado dos páramos, que deixava geada nas janelas e as mãos dormentes. Saiu da sua rede e se achegou a uma das janelas cobertas de gelo: do outro lado, sua irmã dobrava as colchas de lã e sua mãe passava uma das mãos pelo cabelo.

Ao longe, um galo começava a cantar.

* * *

Quando Raúl voltou aos baixios do Tigre, cobrindo o mesmo trajeto de cinco dias que fizera na vinda, ninguém lhe fez perguntas. Não teve que ocorrer nada além desse silêncio para que Raúl entendesse o evidente: que os comandantes, sem saber de tudo, sabiam muito mais do que demonstravam. Seu pai o avisou. Ignoravam, é claro, que a família havia decidido abandonar a luta; mas sabiam da reunião de Raúl com a mãe, e sabiam também da chantagem que a mãe imputava aos comandantes. Passou por sua cabeça que alguém podia fazer represálias apenas por isso. "Não vá a Tucurá, fique aqui", dissera-lhe seu pai. "Não sei o que eles sabem, mas sabem muito. Já tentaram me convencer. O comandante Adolfo veio até mim, disse que tinha sido enviado pelo Comando Central. Que eu não partisse, me disse. Que minha vida era aqui, que precisavam de mim. É melhor você ficar por aqui. Não se sabe o que pode acontecer." Raúl foi taxativo. "Isso é o mesmo que desertar", voltou a dizer. "Não posso fazer isso com meus companheiros." "Mas é perigoso", disse seu pai. E Raúl: "É mais perigoso desertar. Isso, sim, é se arriscar a sofrer algo". Agora, já em Tucurá, via os companheiros que vinham recebê-lo e duas ideias lhe passavam pela cabeça: qualquer um deles arriscaria a vida por ele; qualquer um deles, também, o mataria caso desertasse. Voltar tinha sido a decisão correta.

A operação que planejaram durante meses teve lugar dois dias depois da chegada de Raúl. Segundo a informação da inteligência, o grupo de contraguerrilha ocupava uma casa camponesa a alguns dias de marcha. O destacamento saiu da zona e caminhou toda a noite e permaneceu emboscado durante o dia seguinte, para que sua presença não chamasse a atenção de ninguém; e tudo parecia estar saindo bem, pois era uma noite limpa sem risco de chuvas que atrapalhassem tudo. Sabiam que atravessavam uma região de pecuária, e sabiam que um movimento grande de homens sempre espantará o gado e o gado sempre sairá correndo com estrépito de cascos que chacoalham o solo; nesses casos, buscando que esse terremoto de bestas não delatasse os guerrilheiros, um batedor se adiantava com um grupo pequeno para espantar os animais na direção que melhor lhes aprouvesse. Fizeram isso uma vez, mas as coisas não saíram como esperado, pois no curso da marcha noturna o grupo maior se dividiu em dois. As bestas espantadas, lá da frente, encontraram o espaço entre os dois grupos, e Raúl, que encabeçava o segundo grupo, se encontrou sem aviso prévio com uma debandada vindo ao seu encontro, uma turba ameaçadora que avançava na sua direção no meio do escuro, vinte bestas grandes e pesadas cuja velocidade inverossímil parecia saída de um pesadelo.

A primeira investida derrubou Raúl. Teve tempo para ficar de bruços e cobrir a cabeça com as mãos. Nunca soube quantas vacas lhe passaram por cima, mas não foram menos que três, e lhe pareceu que o pisotear daquelas patas de pedra durou minutos inteiros. Ele se ergueu com dificuldade quando o estouro terminou, sentindo as costas destroçadas pelos cascos, convencido de que um daqueles golpes o teria matado caso lhe acertasse a nuca. Na manhã seguinte urinou sangue. Quando se aproximavam do objetivo, pediu permissão para ocupar a retaguarda, e não podia ter previsto a resposta do comandante Armando:

"Pelo contrário, companheiro. Você vai primeiro. Pegue cinco homens e tomem o portão."

Raúl pensou que aquela ordem temerária podia ser um privilégio disfarçado, uma demonstração de confiança, mas também uma espécie de castigo póstumo: como se o comandante já soubesse que Raúl havia deixado de ser um deles. Perguntou-se fugazmente se não podia, naquele momento, se negar a fazer o que lhe ordenavam: o que poderia acontecer com ele? Contudo, não se rebelou: cumpriu sua missão de combatente, escolheu cinco companheiros nos quais confiava e até conseguiu que trocassem o fuzil de um deles por uma San Cristóbal que pudesse disparar em rajadas. Com o peito na terra, foi se arrastando no sentido do portão da propriedade em que se refugiavam os soldados da contraguerrilha. O mato era alto naquele trecho onde durante o dia pastavam as vacas, e era difícil se mover sem que entrasse capim solto na boca e nos olhos, porém nesse momento os sentidos estavam noutro lugar: na noite escura, um ataque era sempre possível. E assim se encontrava Raúl, atento aos barulhos da noite, procurando separar o ruído leve dos seus companheiros dos ruídos de fundo, quando saíram do nada quatro cães enormes como panteras, e se lançaram em cima deles entre grunhidos de meter medo no corpo.

"O que fazemos, companheiro?", disse um dos outros.

"Disparem", disse Raúl. "Ou nos comem vivos."

Foi um tiroteio de poucos segundos. Os cães ganiram sob as balas e caíram afundados no pasto, mortos e soturnos, enquanto os companheiros ganharam consciência do que acontecera: era impossível que a contraguerrilha não tivesse escutado os disparos, e talvez naquele mesmo instante avançavam na direção deles. Raúl deu a ordem para ficarem quietos: era a única possibilidade de sobrevivência.

Assim, deitados de bruços no pasto, viram o amanhecer. Quando o resto da tropa os alcançou, avançaram contra a casa do inimigo e a encontraram deserta: o comandante Armando concluiu que o estouro das reses tinha sido mais evidente do que acharam, e o inimigo teve tempo de fugir. Em seguida, no caminho de regresso, Armando confessou a Raúl que ouvira os disparos e os dera como mortos, a ele e aos outros. Raúl não soube se era alívio o que se percebia na sua voz, e durante o trajeto ficou para trás, tentando enfrentar aquela novidade: ele teve medo. Percebeu que isso nunca tinha lhe ocorrido. Era como um transtorno na boca do estômago, e era também uma estranha distração, como se o urgente não estivesse ali, no risco de perder a vida talvez de uma maneira dolorosa, mas no rosto da mãe, no rosto da irmã, no rosto do pai que apareciam para ele como um memorando de tudo que o esperava, caso sobrevivesse. Tinham sido mais de três anos sentindo todo o tempo a proximidade da morte e o desejo de que não lhe acontecesse, mas aquilo não era a mesma coisa; e sim, despertava cada manhã com a muda satisfação de viver um dia a mais. No entanto, naquelas noites passadas ele teve medo, medo de verdade. *Já estava de saída*: isso era o que pensava sem palavras.

Depois saberia que naquele mesmo instante, enquanto atravessava noites absurdas de estouros e cães assassinos, Luz Elena se reunia em Medellín com dois membros do partido e lhes comunicava suas condições: só recolheria os filhos dos comandantes quando seu próprio filho e marido estivessem de volta em casa, sãos e salvos, com garantias suficientes de que ninguém receberia represálias contra eles. Evidentemente, lembrou-os de tudo que a família Cabrera fizera pelo partido, todo o dinheiro, todo o suor, toda a lealdade que deram desde seu regresso para a Colômbia; lembrou que Fausto contava com o apreço e o respeito do Partido Comunista Chinês, e se atreveu a dizer que sem seu nome os colombianos não seriam mais que uma seita órfã. Mas talvez isso não fosse necessário, pois a verdade dura era muito simples: se as coisas não fossem como ela determinava, os filhos dos comandantes permaneceriam internados no Bem-Estar Familiar. E os companheiros entenderam.

As três semanas seguintes foram as mais árduas da sua vida. Pela primeira vez desde que tinha memória, Raúl sentia que seu destino não estava na revolução, e contudo seguia ali, num acampamento de revolucionários, treinando com eles e comendo com eles e cantando *A Internacional* em coro com eles. Certo dia, os comandantes mandaram chamá-lo para lhe dizer que o Comando Central estivera deliberando e, depois de longas discussões, chegou à conclusão de que a formação e os talentos do companheiro Raúl seriam mais bem aproveitados de outra maneira. Por isso tomaram a decisão de mandá-lo de novo para a China, para que continuasse sua preparação ideológica e militar nas melhores condições possíveis e pudesse vir a ser, no momento adequado, um ator indispensável no processo revolucionário do seu país. Era uma pantomima, é claro, pois Raúl já sabia que a decisão da sua saída havia sido tomada, e os comandantes sabiam que Raúl sabia disso, porém todos representaram seu papel às maravilhas. Seguiram-se noites de incerteza e desconfianças e de algo que só podia ser nostalgia: a nostalgia daquilo que deixaria na selva, todos os sonhos, todas as emoções, todos os grandes projetos que teve alguma vez, todas as ilusões que trouxe dos seus anos em Pequim, aqueles anos raros cujo objetivo terminava aqui: naquela úmida manhã de novembro em que Raúl embalava suas coisas e fazia a entrega solene do fuzil ao comandante Tomás, e depois voltava a empreender a marcha de quatro dias que fizera um mês antes, que agora o levaria ao acampamento do Comando Central, ao seu pai, ao plano meticuloso que a família desenhara para que os dois, Emecías e Raúl, Fausto e Sergio, voltassem ao mundo de forma segura.

O plano era complexo, mas se tratava de não correr riscos. Sergio chegou à mesma casa camponesa onde se encontrara com sua família; ali o esperava seu pai, que chegara na noite anterior na companhia de seis companheiros de destacamento. Uma breve cerimônia que ninguém havia planejado começou a acontecer de repente como se tivesse vida própria. Os guerrilheiros cantaram seus hinos, os de sempre, mas Sergio nunca os ouvira cantar com tão pouco entusiasmo.

Nem o cansaço, nem a fome, nem o chumbo
poderão me deter,
porque minha esperança vai adiante
e para lá me conduz o dever.

Sergio e seu pai passaram a noite sozinhos, num silêncio denso, como se rompê-lo pudesse lançá-los por caminhos rudes de consequências imprevisíveis. Sergio teria gostado de lhe dizer quanto o amava, mas não encontrou a maneira: era como se tais coisas já não pudessem ser ditas entre eles. A única conversa possível nessas horas foi relativa às instruções: no dia seguinte, um companheiro os levaria para outra casa, e de lá, a cavalo, fariam um trajeto de várias horas até o lugar onde Marianella os esperaria de carro, com uma muda de roupa para cada um e os documentos necessários para voltarem a Medellín sem temer os postos de controle.

"É uma ponte", disse Fausto. "Fica perto da estrada para o mar. Se tudo correr bem por lá, ninguém mais vai nos deter."

Na manhã seguinte, muito cedo, chegou um sentinela para lhes avisar que uma patrulha do Exército se aproximava. Durante alguns minutos, Sergio pensou que havia sido um erro entregar as armas: sentiu-se nu e vulnerável e civil. Quando o mesmo homem veio para dar boas notícias — a patrulha tinha desviado para outro caminho —, Sergio se perguntou se alguma vez se acostumaria a uma vida que não fosse clandestina. O tempo parecia ter tomado seu próprio ritmo e as contrariedades se acumulavam: o guia que devia levá-los à segunda casa nunca se apresentou, e Fausto e Sergio tiveram que aceitar os serviços de um jovem de buço escuro e poucas luzes, filho de uma casa vizinha, que a mãe dele indicou nestes termos: "Adalberto é sim um pouco lerdo, mas nunca se perdeu". Apesar de alguns desvios desnecessários e de um círculo traçado com precisão de cartógrafo, mas que os levou a perder uma hora inteira, Adalberto acabou por deixá-los na casa dos cavalos. Ficaram alarmados pelo fato de o encarregado de conduzi-los ainda não ter aparecido, pois ninguém sabia como podia ter se atrasado tanto, mas de toda maneira não tinham outra opção a não ser esperar: o trajeto que lhes faltava não podia ser feito a pé sem levar um dia inteiro. Esperaram sentados num corredor escuro, e quando já haviam passado duas horas, suspeitaram que algo tinha emperrado a máquina daquele dia.

Foi então que ouviram os cascos dos cavalos. Quando saíram para receber o cavaleiro, depararam com uma caricatura: era um arreeiro de alforje, chapéu de palha e poncho, e estava tão bêbado que era um milagre da sua educação que conseguisse estar sobre a sela. Trazia os outros dois cavalos amarrados ao rabo do seu. "Um filho da puta", gritava lá de cima. "Isso é o que eu sou, um filho da puta. Como é que fui chegar tão tarde, rapaz, não tenho direito." Fausto tratou de tranquilizá-lo. "Calma, calma", dizia-lhe. "Está tudo bem, ainda estamos em tempo." "Não, que em tempo que nada. Não, senhor: o que sou é um filho da puta. Olhe, vou te dizer um segredo: enchi a cara." As palavras enrolaram na sua língua, e com teimosia admirável acabou desenrolando-as para fora. "En-chi-a-ca-ra", disse. "Muita filha da putice fazer isso com vocês, não acha?" Insistiu tanto, e ficou tão evidente que não sairiam dali até que o homem recebesse seu castigo retórico, que Fausto se aproximou o suficiente para sentir seu fedor de vômito recente, e lhe disse com perfeito sotaque espanhol.

"É isso mesmo, rapaz, você é um filho da puta", disse-lhe. "Mas agora vamos embora, por favor."

Tinham combinado com Marianella um ponto de encontro na entrada da ponte, numa parte do acostamento onde um carro podia esperar sem levantar suspeitas, e também uma hora precisa, às sete da noite, pois lhes convinha se movimentar protegidos pelo escuro. Lá ela os esperaria com seu carro; mas era perigoso fazê-lo ao ar livre e à vista de todos, incluídas as patrulhas que não raro apareciam na região, de maneira que Sergio se esconderia com seu pai à margem do caminho, protegido pela vegetação como num quadro de Rousseau, e esperaria o sinal para sair do esconderijo. As luzes do carro: assim seria dado o sinal. Acesas, apagadas. Acesas, apagadas. Nada mais fácil.

Naquela manhã, nas primeiras horas, Marianella buscou ajuda com seus primos. Eram os filhos de uma irmã de Luz Elena, que teriam aceitado fazer aquele favor até mesmo se os avós não tivessem lhes dado ordens expressas. Eles botaram seu jipe às ordens: um Nissan de cor bege no qual todos caberiam se apertando um pouco. O plano era levar um violão e uma panela de comida, a fim de se parecerem com uma família que fazia um passeio de fim de semana, mas Guillermo teve uma ideia: também levarem duas das suas crianças, de três e cinco anos, para a situação toda ficar mais verossímil.

"Quando a polícia vê crianças, enche menos", disse.

E fizeram assim. Pontuais, entusiastas, os primos pegaram Marianella e as crianças e saíram de Medellín com tempo de sobra. Contudo, pouco antes de chegar a Mutatá, ao sair de uma curva acentuada, um ônibus que havia calculado mal a faixa divisória invadiu a pista deles. Depois contariam que o primo mais velho, o que dirigia, calculou as distâncias numa fração de segundo e confiou que conseguiriam dar um giro no volante para se esquivarem sem problemas. Não foi assim. O choque foi frontal, e só a baixa velocidade do ônibus que subia evitou uma tragédia, entretanto o Nissan bateu contra o ônibus e sua roda direita afundou num poste de cimento, do tipo que na Colômbia costuma marcar as distâncias ou recordar a vítima de um acidente. O pneu arrebentou contra o poste; mas em seguida, ao se agachar para verificar o chassi, o primo se deu conta que o assunto era ainda mais grave.

"Estão todos bem?", disse. "As crianças estão bem?"

As crianças choravam, mas não tinham sofrido nada além do susto. Marianella, ao contrário, estava pálida.

"Agora sim cagamos tudo", disse. "Agora sim foi tudo à merda."

Acocorados entre as plantas, numa vala na montanha, Fausto e Sergio se esforçavam para não perder a paciência. Não encontraram ninguém na ponte. O guia, que àquela altura havia recuperado a sobriedade apesar de não ter perdido a culpa, se ofereceu para buscar um carro que estivesse com as luzes piscando. Conseguiu ir e voltar duas vezes antes de dizer:

"Não vejo nenhum carro, mas tem umas luzes. Isso está muito esquisito."

"Que tipo de luzes?", disse Fausto.

"Sei não", disse o guia. "Só sei que não são de carro."

Antes que seu pai pudesse detê-lo, Sergio saiu de um salto da vala. "Vou lá ver", disse. Aproximou-se devagarinho, caminhando pela beira da estrada, mal distinguindo o declive do asfalto, a imprecisa linha de relva devorada pela selva. Era uma noite clara, por sorte, e uma lua incompleta desenhava os contornos das coisas. De repente, ouviu um som leve que foi se tornando mais nítido com os passos: era um dedilhado de violão. Seus ouvidos o enganavam? Quem poderia estar cantando no meio da noite, ainda por cima naquelas paragens remotas? Havia vozes, também, vozes de crianças que cantavam ou brincavam (era difícil saber). "Fiquem quietos, fiquem quietos", disse uma voz de homem. Tudo era estranho demais para não seguir adiante, entretanto Sergio notava que aqueles eram os quinhentos metros mais longos que jamais tinha caminhado. Então, bruscamente, a música parou, e Sergio teve certeza de que o viram, e apareceram ali, no meio da tela negra da noite, duas luzes que piscavam. Mas, em vez de sentir alívio, Sergio acreditou que a sorte faltara com eles, pois as luzes não eram as de um carro, de nenhum carro do mundo, e sim dois olhos pequenos, demasiado juntos, como as lanternas de um grupo de exploradores. Acendiam e apagavam, como que tentando cumprir desajeitadamente o combinado, mas faziam isso na hora errada, e tudo parecia uma peça de teatro ruim.

Merda, pensou. Também pensou: isso é uma arapuca.

Então soou, no silêncio da noite, a voz da irmã.

"Somos nós", disse. "Os dois estão aí?"

Enquanto Sergio e o pai trocavam de roupa, Marianella contou o que havia acontecido com eles: o acidente, o ônibus que esperaram durante mais de uma hora, o temor de faltar ao encontro ou que algum dos mecanismos do acaso, que pareciam conspirar contra a família, estragasse todos os planos. A ideia do violão tinha sido de um dos primos, que o trouxera para convencer alguém de que estavam ali a passeio. Por uma casualidade afortunada, uma das lanternas estava no porta-luvas do Nissan e a outra pertencia a Marianella, que a enfiou sem pensar — um costume de guerrilheira — na mochila dos documentos que agora passava para eles, um por um, enquanto explicava o que Guillermo tinha conseguido.

Ali estavam as identidades transitórias que lhes serviriam para chegar ao seu refúgio; os passaportes chegariam depois, pois isso tomava mais tempo e requeria fotos recentes. Sergio não prestou muita atenção nesse momento, porque uma parte da sua cabeça continuou vigilante, espiando cada movimento das folhas sob a lua tímida, atento a cada ruído da noite. Eram cinco pessoas esperando na beira de uma estrada montanhosa, e teriam parecido suspeitas para qualquer agente; no entanto, não tinham outra opção a não ser esperar o primeiro ônibus passar, embora o plano de segurança os obrigasse a se separar depois. Fausto ficaria em Talara, o sítio dos Cárdenas, mas Sergio seguiria até Medellín, para passar uma noite na casa dos avós, e depois iria a Popayán, onde Guillermo tinha sua rede de contatos e podia ajudá-lo a conseguir seu passaporte falso. Quando o ônibus apareceu, depois de meia hora em que os nervos se alongaram, não tiveram tempo de se despedir, e Sergio sabia que a partir de então deveriam fingir que não se conheciam. Lembrou de repente os planos meticulosos que tinham feito na casa camponesa, e atinou que só voltaria a ver o pai quando chegassem ao destino final da sua fuga.

Em suma: aquelas eram as últimas palavras que trocariam em muito tempo. Pareceu-lhe que seu pai estava pensando o mesmo.

"Pois bem", disse Fausto. "A gente se vê na China."

Subiram ao ônibus como estranhos. Fausto se acomodou nas primeiras fileiras e Sergio seguiu caminhando até o fundo, a muitos assentos de distância, e de lá observou o cabelo branco do pai que refulgia mais à frente. Pela janela, olhou os que ficaram. Sua irmã, menino louro, um menino de cabelo preto: um longo treinamento o acostumara à dissimulação, e sua irmã já lhe parecia tão desconhecida que nem sequer sentiu o impulso de levantar a mão para se despedir. Poucos passageiros viajavam no ônibus. Sergio contou sete mulheres e homens cansados; imaginou que vinham de uma longa jornada de trabalho nas fazendas da região, nos trapiches de mais para cima, num sítio como no sítio dos seus avós. As luzes da iluminação pública passavam ao seu lado e Sergio só podia pensar que tinha dedicado todos os anos da sua adolescência, todos os da sua incipiente idade adulta, preparando-se para algo que não aconteceu. Quanto esforço físico, pensou, quanta obstinação mental, quanta disciplina, quanta vocação e quantos sacrifícios para fazer parte daquela missão maravilhosa: fazer a revolução, trazer o homem novo, mudar esse mundo por outro em que as pessoas sofram menos ou onde ninguém sofra. E agora estava aqui: fugindo de tudo aquilo com a única ansiedade de não ser capturado. Que era aquilo, a não ser um sonoro fracasso? Com vinte e dois anos, viajando naquele ônibus com uma identidade falsa, deixando para trás tudo aquilo que investira na vida, o que Sergio Cabrera podia ser, senão um fracassado? Pensava nisso quando o ônibus se deteve numa lanchonete de estrada. Seu pai desceu sem olhar para trás; Sergio o observou enquanto se aproximava do balcão de madeira e pedia algo. Então o ônibus arrancou e a cabeça grisalha ficou para trás, assim como ficava para trás uma vida inteira, encerrando-se sem que se abrisse uma nova. O ônibus avançava na noite escura por estradas montanhosas, e Sergio pensou que, se acontecesse um acidente e o ônibus despencasse pelo barranco e ele morresse lá embaixo, na verdade não teria nada a lamentar, nada teria se perdido, no fim das contas.

Vieram duas semanas irreais, vividas fora do mundo ou entre os dois mundos que demarcavam a vida desorientada de Sergio: o da guerrilha abandonada para sempre e o do futuro vazio, que era como um filme desfocado e mal projetado numa tela ruim. Sergio passou a primeira noite da sua nova vida em Medellín, na casa dos avós, onde esteve a ponto de cair no choro quando se viu no espelho do corredor, pois era a primeira vez que via seu próprio corpo, seu próprio rosto, desde a entrada na guerrilha com dezenove anos, e não conseguiu se reconhecer de todo no homem endurecido que o reflexo lhe devolvia. A mãe fizera sua mala de viagem com algum dinheiro. Todos o tratavam como se tivesse voltado da morte, ou, depois Sergio pensaria, como se estivesse indo para a morte, pois ninguém tinha nenhum tipo de certeza a respeito do que ocorreria nos dias seguintes, tampouco nos anos que viriam. Apenas características mais gerais do plano tinham sido definidas. Sergio sairia da Colômbia, chegaria à Cidade do México, iria se encontrar com Luz Elena e de alguma forma voariam juntos para Pequim, onde Fausto, se tudo corresse bem, estaria esperando ambos. Quando Sergio perguntou o que aconteceria com Marianella, sua mãe abriu os olhos:

"Vai ficar, o que você esperava?", disse Luz Elena. "É uma mulher casada e fica com o marido. Além disso, tem que ser mãe de três crianças, imagine só."

"Não parece bom para você?"

"Ela decidiu o que decidiu", disse Luz Elena.

Sergio viajou a noite toda. Quando chegou ao terminal rodoviário de Popayán, era aguardado pelo homem que o abrigaria enquanto os papéis eram arranjados. Tratava-se de um agrônomo que vivia com sua esposa brasileira na periferia da cidade, que militara anos antes no partido, mas sem nunca empunhar armas. Logo se retirou de tudo: agora ajudava de vez em quando Guillermo nas missões pessoais. Foi assim que Sergio soube que aquele homem, o secretário político do setor do Valle, o líder da Frente Patriótica onde eram criados patos Muscovy, estava havia vários anos vivendo uma espécie de esquizofrenia revolucionária, pois lhe restava convicção suficiente para continuar militando, mas dedicava grande parte de sua energia a tirar gente e a proteger os que saíam. Para Sergio, uma verdade foi evidente: Guillermo era a única razão pela qual Marianella estava viva. E agora, graças a ele, Sergio tinha essa cama cômoda numa casa que não carecia de luxos na periferia de Popayán, e graças a ele tinha se iniciado uma rede de cumplicidades para conseguir os documentos falsos.

Um homem veio até a casa do agrônomo a fim de tirar uma foto de Sergio para o passaporte. Sergio perguntou em quanto tempo receberia o documento. O homem olhou para ele com sarcasmo: "Demora

392

o que demorar". Enquanto o esperava, Sergio se arriscou a ir umas duas vezes a Popayán. Fez isso com a cumplicidade do agrônomo, que se permitiu inclusive lhe dar um par de conselhos, pois Sergio não conhecia a cidade, e três anos na selva lhe abriram o apetite do concreto e das luzes e do tráfego dos carros. Caminhando sem rumo pela parte nova da cidade, encontrou um cinema que anunciava um filme de título incompreensível, *Laranja mecânica*, e ao sair sentiu que o risco de visitar a cidade tinha valido a pena.

O homem que havia tirado suas fotos chegou sem avisar um sábado pela manhã. O passaporte deixou Sergio preocupado e ao mesmo tempo lhe arrancou um sorriso: os números das páginas não eram consecutivos, sua foto mal colada parecia um trabalho escolar e os traços pessoais não coincidiam com a verdade perseverante do seu rosto. Segundo o documento, Sergio era um homem de um metro e oitenta de estatura, tez morena, olhos cor de mel e nariz aquilino. "Nariz de dragão", chamavam-no seus companheiros chineses dos primeiros anos: essa gozação, que tinha sido dolorida no seu momento, agora chegava até ele com algo parecido com saudade. Não, ele não tinha mais nariz de dragão, nem olhos verdes que intimidavam os companheiros da escola Chong Wen, nem se chamava Sergio Cabrera Cárdenas, muito menos Raúl, o companheiro do EPL: seu nome era Atilio San Juan, e sua profissão, marinheiro mercante. O trâmite era evidente: tinham arranjado dois passaportes para fazer um. E se era evidente para ele, pensou Sergio, também podia ser para as autoridades.

Por sorte, o grupo de ajuda estava bastante consciente disso. No dia da viagem, o agrônomo o levou ao aeroporto de Cali, cerca de cento e cinquenta quilômetros ao norte, como se fosse um passageiro qualquer. Durante as três longas horas do trajeto, o homem quis saber o que Sergio tinha achado do filme de Kubrick, e depois explicou em detalhes o que aconteceria. Um casal jovem o esperaria no terminal, diante dos balcões, e os três voltariam a sair para rodear o edifício do aeroporto e entrar pela cozinha. Não tinha muita gente participando da operação, mas todos eram leais a Guillermo, então não havia motivo para preocupação. O agrônomo disse isso sem saber que para Sergio essas palavras — *não há nada com que se preocupar* — demonstraram ser tradicionalmente a melhor razão para se preocupar. Mais tarde, porém, depois de entrar no aeroporto pelas portas traseiras, junto das lixeiras podres de fedidas, e depois de caminhar entre mulheres de avental manchado e superfícies de alumínio, Sergio se viu sentado na sala de espera do seu voo e se arrependeu da própria desconfiança. Não teve que passar pelos trâmites de imigração, e isto era o mais importante: assegurar-se de que nenhuma autoridade colombiana pusesse os olhos sobre seu passaporte mal-ajambrado. Uma vez fora do país, seriam outros quinhentos, no entanto aqui, na Colômbia, esse documento grotesco não seria capaz de resistir ao menor escrutínio de um oficial. Quando embarcou sem problemas, pensou que o obstáculo tinha sido superado. Já estava sentado no seu assento quando uma aeromoça falou pelo alto-falante, mencionando um problema técnico, e pediu que todos os passageiros saíssem do avião.

Sergio sentiu de maneira irrefutável que tudo tinha chegado ao fim. A polícia o descobrira e perseguira, ou alguém o vendera: talvez o homem do passaporte fosse um infiltrado; talvez o agrônomo ou sua esposa brasileira não fossem quem diziam ser. Saiu com os demais passageiros e se acomodou de novo na sala de espera, e durante longos minutos pensou na mãe e na irmã, e em Guillermo, cujos esforços deviam ter se desviado em algum momento. Viver com o medo, viver perseguido, viver olhando por cima do ombro: não, tinha que existir outra vida. E essa vida estava ali, ao alcance da sua mão, contudo algo a descarrilhou naquele momento, e era questão de segundos para chegarem três policiais para prendê-lo, algemá-lo e tirá-lo do aeroporto para jogá-lo nos calabouços desse país. Sergio pensava nisso, dando tudo por perdido, quando apareceu a aeromoça e anunciou a plenos pulmões que o problema tinha sido solucionado — um pneu precisou ser trocado —, e agradecia a todos pela paciência e se desculpava; já podiam embarcar de novo. O voo com destino à Cidade do Panamá estava prestes a sair.

Sergio disse a si mesmo que seria muito mais fácil acreditar em Deus, em algum deus responsável por inventar aquele incidente para que ali, enfileirado pela segunda vez, embarcando pela segunda vez no avião que o tiraria do país, percebesse a enormidade do seu desejo de partir, da urgência visceral de se desligar de tudo e começar de novo. Essas ideias seguiam fixas na sua cabeça minutos depois, quando o avião levantou voo e enveredou em direção ao norte, voando sobre o rio Cauca e depois sobre as montanhas da cordilheira Ocidental. Era um dia de céu aberto, e pela janela Sergio via a terra com uma clareza insolente: os trechos com todos os verdes do mundo, a água dos rios reluzindo como a lâmina de um facão, todo aquele país onde tantos lhe fizeram mal, onde ele fez tanto mal aos outros. Quando o avião se elevou mais e as nuvens o envolveram por completo e a terra deixou de ser visível, Sergio só pôde pensar com as palavras de uma despedida. Adeus, amigos. Adeus, inimigos. Adeus, Colômbia.

Epílogo

Segundo ele mesmo me contou, Sergio Cabrera saiu quarenta e quatro anos depois da Cinemateca da Catalunha, dobrou à esquerda pela praça Salvador Seguí e caminhou em direção à Rambla del Raval. Eram quase onze da noite. Com ele, num silêncio que não era incômodo, ia seu filho Raúl, que acabara de ver *A estratégia do caracol* pela primeira vez numa sala de cinema, e nela, seu avô convertido em líder de uma rebelião de bairro. "Esse papel cai bem ao Tato", havia dito, e Sergio contestou como gostava: "Isso é porque interpretava a si mesmo". Para Raúl estavam muito distantes aquelas histórias das quais vinham falando desde a noite de quinta-feira, que já parecia remota, até este sábado cujas últimas horas começavam a se extinguir. Foram três dias de conversas interrompidas, não apenas pelos compromissos na cinemateca, mas por tantas coisas que se querem dizer e não se dizem nunca: três dias nos quais Sergio gostaria de ter contado ao filho de dezoito anos a vida do seu pai, que havia acabado de morrer aos noventa e dois, mas estava consciente de que mal conseguira arranhar a superfície daquele passado obstinado.

De toda forma, Sergio conseguiu ser brevemente feliz junto de Raúl. Em Barcelona foram dois transeuntes quaisquer, perdidos como os demais na besta sem forma do turismo, um pai e um filho que vivem vidas separadas em cidades distantes e que agora se encontraram para dizer o quanto se gostam e o quanto sentem falta um do outro da maneira mais antiga de todas: contando histórias. Sergio já estava havia muitos anos falando da sua vida aos amigos, em jantares ou em viagens, porém nada parecido tinha acontecido com Raúl, pois nunca funcionaram assim as coisas na casa de Fausto e Luz Elena: do passado não se falava. Agora se dava conta de que nunca havia contado tantas coisas ao seu filho, talvez por tê-lo visto até o momento como um menino que não as entenderia; e se alguma vez lhe explicara de onde vinha seu nome, estava certo de que depois daquele fim de semana seria como se seu filho o compreendesse pela primeira vez.

"Porra", disse Raúl. "Então é por isso que me chamo assim."

"Digamos que você se chama como eu", disse Sergio. "Não precisa de mais rodeios."

Não lhe falou da reação furiosa que tiveram seus familiares espanhóis quando souberam da origem do seu nome. Sergio, desde logo, gostaria de explicar suas razões, mas sabia muito bem que nem sequer para ele mesmo eram claras. Sua primeira filha se chamou Lilí, o nome que os chineses puseram em Marianella nos tempos remotos de Pequim; o nome da sua segunda filha, Valentina, foi o que teve sua mãe nos anos de militante. Era como se se negasse a largar o passado, mesmo que fosse às vezes o passado doloroso que todos na família tinham tentado deixar para trás. Assim fizera Marianella, que anos depois da saída da guerrilha, quando já havia construído uma vida com Guillermo — era casada com ele e esperava seu primeiro filho —, gastou um dia inteiro do tempo para tramitar num cartório a eliminação do primeiro nome de batismo. "Tirei o Sol", escreveu para ele. "Não quero voltar a ouvir esse nome."

Marianella falava disto com frequência: de como seu passado na guerrilha continuava lhe doendo muito, dos esforços quase físicos que levara a cabo para esquecer todo o ocorrido naqueles anos, do arrependimento, da culpa, do ódio. Sim, disso também, e Sergio, cujas emoções nunca alcançaram a intensidade nuclear das da irmã, compreendia muito bem a que se referia, e compreendia também que sempre faltaram palavras à sua irmã para dar corpo às profundidades do seu desencanto. Alguns anos antes, lendo *Vida e destino*, o romance de Vassili Grossman, Sergio encontrou uma frase que sacudiu a poeira de suas memórias mais incômodas: "Às vezes os homens que vão juntos para a batalha se detestam mais entre eles que ao inimigo comum". Mandou para Marianella uma foto da frase sublinhada, sem comentários nem glosas, e ela respondeu com seis palavras amargas: "Não há nada mais a dizer". Claro, ela carregava o passado de uma maneira que Sergio não podia compreender completamente ainda que se esforçasse, e todos na família recordavam aquela consulta médica (eram os anos 1990) em que as radiografias lançaram sombras preocupantes e um médico chegou até a falar em câncer de pulmão, para depois se dar conta de que não eram tecidos malignos aquilo visto nas imagens, e sim os estilhaços da bala que um companheiro de luta lhe disparara pelas costas.

Quando chegaram ao hotel, depois de passarem em frente ao gato de bronze de Fernando Botero, Raúl disse ao pai: "Me leva para tomar uma no terraço?". Era uma noite clara de sábado; uma brisa fazia as velas nos seus vidros tremularem e tornava difícil a vida daqueles que tentavam acender um cigarro, e no céu estariam visíveis as estrelas se o fulgor da cidade o permitisse. Acomodaram-se diante dos telhados sombrios, a cinco cadeiras do lugar naquele balcão onde Sergio, três noites antes, tinha visto Montjuïc com novos olhos e começado a pensar no pai, nas suas histórias da Guerra Civil, na sua vida de exilado adolescente. Com a idade de Raúl, Fausto Cabrera já tinha saído fugido do próprio país e passara fome na República Dominicana. Com a idade de Raúl, Sergio estava vivendo em Pequim sua vida paradoxal de guarda vermelho e de estrangeiro privilegiado, e se preparava para fazer o curso militar do Partido Comunista. Que fizera Raúl? Ir ao colégio como os outros garotos, viver alguns anos com o pai na Colômbia, passar por uma adolescência comum e espanhola que o trouxera até aqui, a um pacífico terraço de uma cidade em paz, para pedir uma cerveja San Miguel no alvorecer da sua vida adulta. Talvez isto, o presente da normalidade, fosse melhor do que lhe deixar uma fortuna. Nisso pensava Sergio quando Raúl lhe perguntou por que não havia ido ao enterro.

"Foi uma cremação", disse Sergio.

"Dá na mesma. Por que não foi?"

"Não sei. Porque não saberia o que dizer." Fez-se um longo silêncio que Sergio conhecia bem: era o silêncio das respostas insatisfatórias. "Sempre tive esse problema com ele", continuou então. "O Tato era ator, declamador de poemas, um homem que vivia da sua boca. Eu nunca fui assim, não com ele. Nunca soube como lhe dizer as coisas, e ele odiava isso. Dizia que meus silêncios eram uma tortura. Não, para isso não valeria a pena ir, para quê? Para ficar calado, para torturá-lo mais uma vez, a última, com esse silêncio que ele detestava? Não, não valeria a pena."

"E por que você não mandou alguma coisa?"

"Ninguém me disse que podia", disse Sergio. "E minha irmã não estaria no cemitério. Quem teria lido?"

"Não sei, papai, qualquer pessoa. Alguém teria lido e você se sentiria melhor agora."

"Talvez", disse Sergio.

"E não te doeria não estar lá."

"Talvez", repetiu Sergio. "Mas você me pergunta por que não fui, e a única coisa que posso lhe dizer é que não me arrependo. Amanhã você volta para Málaga e na segunda eu vou para Lisboa, mas estes dias aqui foram importantes. Para mim foram, em todo caso."

Raúl disse: "Para mim também".

Sergio estendeu o braço e tocou o rosto do filho: uma carícia apenas. Sentiu na palma da mão a aspereza nova de uma pele que já não era a de um menino. Raúl estava lhe fazendo outras perguntas e Sergio respondia como podia, igual fizera nos dias anteriores, mas agora, no terraço, teve uma ideia que absurdamente não tinha lhe ocorrido antes. No seu computador guardava algumas fotos daquela época, e também podia escrever a Marianella para pedir que enviasse algumas mais. Com os anos, foram escaneando aquelas fotos velhas, pois já começavam a se deteriorar e ninguém queria que se perdessem de todo, portanto nada era mais fácil que passar um tempo procurando-as nos atalhos dos discos rígidos, se Raúl tivesse ânimo para ficar acordado até um pouco mais tarde. Raúl levantou a mão.

"Vamos pedir a conta."

Em novembro de 1972, Sergio e Luz Elena chegaram a Hong Kong com a sensação de regressar da morte. Era o fim da fuga, ou assim achavam, pois tinham completado aquela longa viagem olhando por cima do ombro, certos de que uma série de perigos sem rosto os esperava em qualquer lugar. Parecia-lhes inexplicável que tudo tivesse saído como haviam planejado. Era inexplicável que Sergio tivesse saído sem contratempos da Colômbia; era milagroso que o marinheiro mercante Atilio San Juan tivesse superado com sucesso o controle de imigração do Aeroporto Internacional da Cidade do México, e que o revolucionário desencantado Sergio Cabrera pudesse ter tomado um táxi sem que ninguém o seguisse. Mas aconteceu assim: Sergio se alojou num hotel chamado Sevilla, na rua Bucareli, passou a tarde vendo livros de segunda mão na rua Donceles e de noite se meteu num cinema arruinado onde projetavam *O último tango em Paris*. E no dia seguinte, bem cedo, se apresentou sem aviso na Embaixada da República Popular da China.

"Meu nome é Li Zhi Qiang", disse. "Meu código é 02911730. Preciso entrar em contato com a Comissão Militar do partido."

"O filho do especialista Cabrera", disse-lhe um homem. "Sim, ele já passou por aqui."

Sergio soube assim que seu pai fizera o mesmo trajeto que agora ele fazia, e o imaginou já instalado, apesar das suas convicções, no Hotel da Amizade. Segundo explicou o funcionário, a embaixada teria muita satisfação em organizar sua viagem de regresso à China, um itinerário completo que chegaria a Hong Kong e incluiria o voo a Pequim. "Entendemos que sua mãe viajará com você", disse o funcionário. "Entendemos que deve aterrissar em alguns dias." Sergio confirmou isso, porém ficou com a sensação, incômoda como uma costura malfeita na gola da camisa, de que a embaixada sabia mais da sua vida que ele próprio.

Durante a longa viagem para Hong Kong, Luz Elena contou a Sergio tudo que ocorrera desde que os dois se despediram na casa dos avós. Sergio soube assim que a mãe, cumprindo a palavra empenhada, recolhera no Instituto do Bem-Estar Familiar os filhos dos comandantes e se comovera até as lágrimas com o abraço das crianças. Custou-lhe muito deixá-los no aparelho clandestino de uma célula urbana, nas mãos de gente que não conhecia, sem garantia nenhuma de que alguém ali fosse capaz de cuidar deles, mas Marianella se assegurou de que sua preocupação chegasse aos ouvidos apropriados. Fez isso por intermédio de Guillermo, cujos contatos seguiam operantes, embora ele também já tivesse começado a viver fora da guerrilha. Estavam morando em Popayán, contou Luz Elena. Surgira para Marianella uma possibilidade de ganhar algum dinheiro fazendo projetos de arquitetura, pois um irmão de Guillermo, engenheiro, tinha feito um teste com ela sem maiores esperanças, apenas para ajudar a família. Marianella demonstrou talento como desenhista, o que a surpreendeu tanto quanto aos outros. Tudo parecia entrar nos trilhos.

Na fronteira chinesa, o funcionário que recebeu os passaportes olhou detidamente para o de Sergio, ou melhor, para o do marinheiro mercante Atilio San Juan, e disse: "Isso fica aqui". Sergio tentou reclamar ou se defender, mas sua língua chinesa, aprendida em Pequim, era inútil no Cantão. De repente, voltaram a apreensão e a angústia e a paranoia, pois, apesar da intervenção de um intérprete, o passaporte não passou a fronteira, ficou ali, apreendido, como a metáfora imbecil de uma vida emaranhada. Era incompreensível: as autoridades chinesas deviam saber que o passaporte era falso, pois de outra maneira não teriam permitido a entrada de alguém cujo nome não coincidia com seu código militar. Sergio odiou Atilio San Juan, ou melhor, invejou-o com essa inveja tão intensa que se confunde com o ódio. Invejou-o porque gostaria de ser ele: um marinheiro mercante sem passado, sem arrependimentos, sem problemas, dono do próprio futuro, que dormia bem à noite. Para Sergio, por outro lado, as noites se converteram num tormento, pois com frequência despertava com uma sensação de confinamento que nunca sentira, e o escuro lhe acelerava o coração até que a mão encontrava o interruptor da lâmpada. Depois pensava naquele conto de Poe sobre um cataléptico que enterravam vivo, e se envergonhava de si mesmo. Não falou sobre aquilo com ninguém, pois não queria que pensassem que tinha medo do escuro, como um menino, e não sabia como explicar o que estava lhe acontecendo em outros termos. Disse a si mesmo que era questão de tempo; que agora, ao chegar a Pequim para refazer uma vida partida, tudo iria aos poucos recuperando a normalidade. Ao cruzar a fronteira chinesa, Luz Elena havia comentado: "Não é estranho que alguém possa mudar de mundo caminhando?". E quem sabe fosse isso, mudar de mundo, o que Sergio necessitava para voltar a estar bem.

Pequim era familiar, estranhamente familiar, e Sergio se alegrou em estar de volta, mas a alegria não foi impecável, pois algo se rompera na relação com Fausto. Às vezes parecia que o pai chegara da Colômbia com um ressentimento calado, como se culpasse alguém pelo fracasso de sua aventura na guerrilha; começou a levar uma vida isolada, madrugando sozinho para suas sessões de tai chi chuan, almoçando em horas alternativas no restaurante. Foi por aqueles dias que decidiu que na sua mesa não se falaria do ocorrido na Colômbia. Era como uma prolongação artificiosa das proibições da vida clandestina, mas a única coisa que conseguiu foi corroer as cumplicidades que tinham construído devagar. Os silêncios na mesa se tornaram dolorosos como a ferida da leishmaniose: apodrecendo em silêncio, sem avisar, até que o mal se agravasse. Sergio, contra todos os prognósticos, descobriu que sentia falta de falar da guerrilha, e encontrou maneiras de fazer isso. Retomou o contato com velhos amigos da escola

Chong Wen, que organizaram em sua homenagem uma reunião muito parecida com um banquete: era uma mesa para vinte pessoas que terminava onde começava um pálete, e pelo pálete passaram cinco dos seus antigos camaradas para dar vivas ao internacionalismo proletário, cantar canções debaixo de um retrato colorido de Mao e honrar o camarada colombiano que pegara em armas no Exército Popular de Libertação do seu país. Para todos eles, Sergio era um herói. Era impossível lhes explicar que ele, por sua parte, se via como uma fraude.

O melhor do regresso foi o reencontro com Carl Crook. Chegou sem avisar ao Hotel da Amizade, pouco antes do último dia do ano, pois tinha ouvido rumores de que os Cabrera estavam de volta. Parecia mais alto que da última vez que o viram, mesmo depois de tirar o boné chinês que lhe acrescentava alguns centímetros, e deixara crescer uma barba descuidada. Não escondeu sua desilusão quando soube que Marianella havia ficado na Colômbia, mas um sorriso tímido de triste satisfação apareceu no seu rosto ao saber do casamento. "Me custa imaginar isso", disse. "Mas se você diz que está feliz…" Falavam de tudo isso nas longas conversas no hotel, no Armazém da Amizade, no Palácio de Verão onde Carl fora namorado de juventude de uma adolescente rebelde. Era como se acabassem de perceber que eram amigos: como tivessem dado nome, depois de tantos anos de ausência, a uma velha cumplicidade. Sergio contou a Carl tudo o que lhe acontecera nos três anos e meio de vida na selva. Falou de Fernando, Isabela, Sol e Valentina e dos morcegos-vampiros, e mostrou as cicatrizes na pele, e em certo dia de muitos se permitiu o sentimentalismo de falar de outras cicatrizes. Carl, por seu lado, deu as últimas notícias do que sua família sofrera desde abril de 1968, quando os guardas tiraram David Crook da sua pequena cela e o levaram para a prisão de alta segurança de Qincheng.

Logo que soube da transferência, Isabel começou as negociações para libertar seu marido. Procurou explicar a quem quisesse ouvi-la que se tratava de um erro, que as acusações de espionagem eram infundadas, que havia vinte anos David trabalhava para o comunismo.

Seus filhos a observavam enquanto se movia com dedicação e diligência, e nunca lhes ocorreu que não fosse ter sucesso: Isabel sempre conseguia o que se propunha a fazer. Um dia, entretanto, meses depois da prisão de David, Isabel também foi presa. Não houve nada que os filhos — três rapazes adolescentes — pudessem fazer contra os mecanismos da Revolução Cultural. A China, o país onde tinham nascido e crescido e cuja língua falavam, declarou que os Crook eram uma família de inimigos, e os três irmãos começaram uma vida de solidão que Carl sempre comparou com o que vira nos Cabrera.

"Assim os colombianos viviam", dizia aos seus irmãos. "E se eles podiam, nós também temos que conseguir."

Paul, seu irmão caçula, aprendeu a cozinhar maravilhosamente; Michael, o mais físico dos três, ventilava suas frustrações na bicicleta, ou nadando no hotel quando a piscina estava aberta; Carl se dedicou a estudar a língua inglesa, que sempre vira de longe, como uma ferramenta de segunda mão, e em pouco tempo não apenas estava lendo Shakespeare, mas o fazia com prazer. Quando libertaram Isabel, tão inesperadamente quanto a tinham levado, ela lhes contou onde passara aqueles meses todos. Pediu que olhassem pela janela do próprio apartamento no Instituto de Línguas Estrangeiras e apontou para cima, para um dos pisos superiores da torre vizinha. "Eu estava ali", disse Isabel. "Todos os dias via vocês de lá. E se vocês tivessem levantado a cabeça, teriam me visto." Depois de recuperar a liberdade, Isabel retomou de imediato as negociações para libertar o marido, e fez isso com a esperança intacta, apesar de terem se passado mais de quatro anos e meio desde sua prisão. No princípio, nada parecia acontecer, mas uma noite de maio Isabel chegou ao apartamento com a cara mudada, reuniu seus três filhos no salão das cadeiras russas e disse:

"Vamos ver o papai."

O encontro não foi em Qincheng, mas numa prisão da cidade. Os guardas os conduziram a um pátio de construção clássica, mais parecido com um templo que com uma prisão, e ali esperaram durante horas. Carl não sabia o que iria encontrar, tampouco seus irmãos.

Seu pai apareceu recém-barbeado; tinha perdido tanto peso que as calças lhe ficavam grandes e, como tiraram seu cinturão por temor que fizesse mal a si mesmo, precisava segurá-las com uma das mãos para que não caíssem. Carl o abraçou, seus irmãos o abraçaram, sua mãe o abraçou e beijou com força, apesar de os costumes chineses não verem com bons olhos essas demonstrações de afeto. "Se eu encontrasse com vocês pela rua, não os reconheceria", disse-lhes David. Sua voz não era igual à que Carl lembrava e sua conversa era fria, pois os guardas não se afastaram deles mais que alguns metros, porém assim transcorreu a visita: a família sentada de um lado de uma longa mesa de madeira e David diante deles, como o alvo de mais um interrogatório. O importante, porém, era que estavam juntos, que David estava vivo e não tinha enlouquecido na solidão da prisão. Ademais, era lícito pensar que algo estava mudando na consciência daquele poder anônimo que era responsável pelo encarceramento. Talvez aquela visita fosse o prelúdio de coisas melhores, quem sabe um anúncio da liberdade.

A partir de então, o partido lhes permitiu que se vissem uma vez por mês. Nessas conversas Carl falava de Shakespeare, pois nada dava tanto gosto ao seu pai, e o pai falava da sua vida em Qincheng. Sua cela era um retângulo de quatro metros de largura por dois de comprimento onde só havia três objetos: um catre, um vaso sanitário e uma pia de cerâmica. A comida entrava por uma portinhola que se abria ao rés do chão: tinha a ver com o fato de o prisioneiro ter de se ajoelhar como um cão para recebê-la. O tempo lhe tinha sido suficiente para ler três vezes os quatro volumes das obras completas de Mao, na tradução inglesa que Isabel enviara providencialmente para ele; além disso, fazia exercícios, para fortalecer as costas, e os fazia sempre numa posição que o permitia ver o céu — a lua, um pássaro — pela janelinha espremida da cela. Uma vez a cada dois meses o conduziam até uma cela ampla e sem teto a partir de onde podia ver o céu e os galhos de uma árvore que assomavam indiscretos; no piso descuidado da cela, na primavera, crescia mato, e à vezes, com o mato, dentes-de-leão.

David conseguiu colher três, um para cada um dos filhos, e os conservou, sem que o guarda se desse conta, entre as páginas do Livro Vermelho. Um dia, quando por fim o libertaram, levou para eles o livro de presente.

Paul quis saber se o tratavam bem. David explicou que nunca fora torturado, nem sequer agredido. Evidente que odiava o que os guardas faziam a ele, os pequenos insultos e as pequenas humilhações, mas não conseguia odiá-los pessoalmente; quando o chamavam de Senhor Fascista com aquelas vozes cheias de ódio, David se alegrava no fundo, pois odiar o fascismo é uma virtude. Durante meses o privaram de ter acesso a jornais e ao rádio, e David descobriu que necessitava mais de notícias do mundo que de música; de modo que em seguida, quando lhe ofereceram o *Diário do Povo*, aceitou sem hesitações, apesar de seu chinês ainda ser medíocre. Dedicou-se à tarefa de aperfeiçoá-lo para saber que país a União Soviética tinha invadido ou como ia a Guerra do Vietnã, e quando os guardas lhe negavam o jornal do dia, David dizia a si mesmo que devia ser porque trazia alguma notícia sobre seu caso. Era interrogado de tempos em tempos. As sessões começavam com a leitura de algumas palavras de Mao, pintadas com tinta vermelha num *dazibao* maior que de costume:

Perdão para os que confessam,
severidade para os que resistem.

Contudo, David não tinha nada a confessar. Certa vez, num momento de fraqueza — pensando nos filhos, explicou, pensando em voltar a vê-los —, inventou para si um cargo de espionagem nos territórios liberados, lá pelos anos 1940, para ver se assim o soltavam de uma vez por todas. Mas no dia seguinte, arrependido, retirou a confissão, e nunca viu seus interrogadores tão furiosos. Por isso foi tão surpreendente o anúncio que lhe deram poucos meses depois: "Sr. Crook, você vai recuperar a liberdade. Não será em questão de dias, claro, mas será logo". Não disseram mais nada.

A vida dos Crook começou a girar ao redor dessas visitas mensais, já com a perspectiva da liberdade no horizonte. O que faziam ou deixavam de fazer os três irmãos, e também Isabel, dependia da visita seguinte, do que David tivesse lhes pedido: conseguir documentos de Lênin, Stálin e Mao para um livro que escrevia na cela; fazer atividade física, sim, mas não deixar nunca de estudar, pois Marx e Engels dizem que nessa idade a mente é mais receptiva; informarem-se sobre o movimento operário na Inglaterra, para irem planejando seu futuro. Certo dia, Paul estrilou: "Que futuro? Se você está enfiado aqui. E fala o tempo todo de trabalhar pela causa, pela China. Mas olhe o que a China fez com você. Olhe o que o comunismo lhe fez". Carl estava de acordo: "A tal Revolução Cultural foi o pior que nos aconteceu". David lhe respondeu com uma ferocidade que não havia usado desde que eram meninos. "A culpa não é da Revolução nem do comunismo", ladrou para eles. "A China nos deu tudo."

A visita terminou com uma tensão amarga no ar. Desde então, disse Carl, não voltaram a se falar.

"E o que vai acontecer agora?", perguntou Sergio.

"Quem me dera eu soubesse", disse Carl. "Às vezes penso que alguém, em algum canto, já sabe. E isso é o mais aterrorizante."

No fim do mês, Sergio se encontrou com Carl no Armazém da Amizade, e estava tão nervoso que Sergio pensou que algo ruim tinha acontecido. Era o contrário: David ia sair de Qincheng. A notícia devia tê-lo agradado incondicionalmente, mas Carl parecia mais apreensivo que satisfeito, e sua voz era fugidia, como se preferisse não ter aquele encontro. Teriam que passar muitos dias para Sergio compreender as preocupações que o agoniavam. Durante esses dias se perderam de vista, como se ainda vivessem em continentes distintos, mas no início de fevereiro voltaram a se encontrar, e Carl contou a Sergio os detalhes mais gerais do ocorrido. David havia sido convocado à sala dos interrogatórios, não para receber acusações e negar serviços de espionagem com a mesma história de sempre, mas para escutar o veredito. Era um documento contraditório e absurdo: o primeiro parágrafo declarava que as massas tinham prendido David Crook sob a acusação de realizar serviços de inteligência para o inimigo; o segundo o chamava de "camarada Crook" e expressava o desejo de que suas atividades continuassem a contribuir para a amizade entre os povos da China e da Grã-Bretanha. David ficou tentado a mandá-los ao inferno: isso era um insulto e uma calúnia. Mas pensou então que mais valeria assinar a desonra agora e buscar a vindicação completa depois, a partir dos privilégios da liberdade.

"Ele já está em casa, Sergio", disse Carl. "Voltou a trabalhar. Isso é o que importa."

Sem dúvida. Aquela era a provação definitiva quando um prisioneiro da Revolução Cultural era libertado: se recuperasse o trabalho anterior, tudo estava bem; se não ocorresse isso, sempre seguiria sob suspeita. Em março, Isabel e David chegaram com seus filhos ao Hotel da Amizade, como faziam anos atrás, quando apareciam para nadar na piscina olímpica, mas dessa vez Sergio os viu subir as escadarias da entrada sem olhar para ninguém e entrar sem se distraírem num salão onde eram aguardados por um comitê de pessoas uniformizadas. Eram representantes do Ministério de Segurança Pública: souberam das cartas de protesto que David enviara, e ali estavam a fim de apresentarem um novo veredito, ou melhor, o mesmo veredito com palavras trocadas. Ainda era verdade que as massas o prenderam, mas agora resultava que as investigações, feitas conforme a lei, determinavam que David Crook não cometera nenhuma ofensa, e o governo chinês o declarava inocente. O veredito continuava a manifestar esperança que o trabalho do camarada contribuísse para a amizade entre os povos da China e da Grã-Bretanha.

Reabilitado seu pai, confirmada a inocência da mãe, Carl começou um lento distanciamento da vida chinesa. "Não posso viver aqui", dizia para Sergio nos seus longos papos. "Meu pai nunca iria embora da China, apesar do que fizeram a ele. Mas eu não posso continuar aqui, onde sofremos tanto. E quer saber o que meu pai me diz? Que o sofrimento é bom para o ser humano, à medida que se consiga sobreviver a ele. Eu lhe digo que tem razão: quando não sobreviver, é que não era mesmo tão bom." Carl falava diante de Sergio com a consciência estranha de que ninguém poderia entendê-lo melhor. Em maio, quando anunciou que ia embora de Pequim, disse para Sergio que sentiria muita falta das conversas deles, e Sergio não achou que estivesse exagerando. "E vai fazer o quê?", perguntou-lhe. "Vou de ônibus para Londres", ele disse com um sorriso. Era verdade: durante os seis meses seguintes, com uma enorme mochila nas costas que era sua bagagem completa, Carl emendou trens e ônibus e mais trens e um par de barcos para cruzar a Ásia inteira e chegar à cidade paterna. Encontrou trabalho numa fábrica, e chegavam cartas a Sergio nas quais Carl se jactava de tudo o que havia aprendido em Pequim, pois seu talento com as ferramentas o convertera num trabalhador imprescindível.

Passaram a manhã de domingo vendo fotos velhas, como haviam passado as últimas horas da noite anterior, enquanto do lado externo, no bairro do Raval, Barcelona se recolhia e adormecia e em seguida despertava pouco a pouco. Permaneceram tão absortos nessa viagem ao passado que esqueceram de descer a tempo para o café da manhã, e foi preciso vir uma mulher de avental impecável e sotaque equatoriano para perguntar se desejavam a arrumação do quarto. Durante a noite, enquanto dormiam, Marianella mandou por WhatsApp algumas fotos escaneadas, às vezes fotos de fotos, mal batidas e com pressa, para que Sergio pudesse falar delas do outro lado do Atlântico: eram rostos em preto e branco ou em tons sépia (as faces de um mundo desaparecido) ou edifícios que evocavam alguma emoção ou lembrança, e Sergio e Raúl passavam por elas sentados numa das camas desarrumadas, ambos de pijama, preenchendo o ar do quarto com palavras que não eram palavras, mas legendas faladas de fotos. Tinham tempo, pois o táxi que a cinemateca reservara para Raúl passaria para buscá-lo à uma da tarde — o que, para um voo que saía às três e meia, era um exagero —, e os planos do dia anterior, que incluíam uma visita ao museu de Miró e um passeio por Montjuïc, foram subitamente desbancados pelas telas iluminadas onde se apresentavam os fantasmas do passado.

Duas fotos provocaram mais conversas que as demais. Na primeira aparecia o grupo de filhos de especialistas que estudavam língua e cultura chinesa antes de entrarem na escola. "Aparecemos eu e sua tia, claro: treze e onze anos, olhe só. Éramos crianças, Raúl. Mas também aparecem os outros Cabrera do Hotel da Amizade. Ali estão os três, os dois de óculos e o mais alto. Eu ia com um deles matar pássaros no inverno, porque comiam as sementes. Muitos anos depois de tudo isso eu soube que voltaram ao Uruguai e se uniram aos Tupamaros, outra guerrilha guevarista. Pode parecer que todo mundo fez o mesmo, mas não é verdade. Eles, sim, de todo jeito, voltaram da China ao seu país para fazer a revolução. Tampouco se saíram bem. Ficaram um tempo na cadeia e depois se exilaram na Suécia."

Toda uma geração — pensou Sergio ali, vendo a foto dos Cabrera uruguaios —, toda uma geração de latino-americanos cuja vida foi empenhada numa causa enorme. Onde estariam agora? Viviam na Suécia, sim, mas onde, e com quem, e com quais memórias da sua passagem pelas armas, e com que sensação de que alguém tomou por eles decisões importantes, de que alguém lhes roubou anos de vida? Eram filhos de um poeta, Sarandy Cabrera, um contemporâneo de Onetti e de Idea Vilariño que traduziu Ronsard e Petrarca e prefaciou os 37 *Poemas* de Mao Tsé-tung. Como teria sido sua vida? No que teria se parecido com a vida de Fausto Cabrera, e quanta influência deve ter tido nas decisões dos filhos? De vez em quando, Sergio dedicava seus tempos de ócio rastreando nos labirintos da rede o destino de todos eles, os velhos protagonistas das suas vidas pregressas, e por isso sabia que Sarandy Cabrera tinha morrido em 2005, em Montevidéu. Agora, em Barcelona, se perguntava se algum dos seus filhos teria viajado da Suécia para ir ao enterro.

Na outra foto estavam Marianella e Carl Crook, abraçados e sorridentes apesar de estarem se despedindo: era o dia da viagem, quando todos pensavam que seus anos na China estavam encerrados para sempre, e vendo a foto ninguém diria que aquela garota de vestido da moda acabava de chegar do curso militar do exército popular em Nanquim, nem que o jovenzinho espigado tinha passado a noite anterior chorando por causa da partida da namorada. "Sua tia tem dezesseis anos nesta foto", disse Sergio. "Dois a menos que você." Sergio batera a foto, mas agora, ao lado de Raúl, não conseguia recordar se no aeroporto tinha consciência de tudo que acontecia ao mesmo tempo. Não era só Marianella que partia para a Colômbia, nem que ia entrar numa guerra e que faria isso com toda a garra das suas convicções obstinadas: nas horas que se seguiram à foto, depois que o avião decolasse rumo a Moscou, Carl voltaria ao apartamento da família, no primeiro andar do Instituto de Línguas Estrangeiras, e o sorriso da foto se transformaria noutra coisa, pois seu pai estava trancafiado no presídio de segurança máxima de Qincheng.

Então Raúl olhou de soslaio para seu celular e disse que ia tomar banho, pois já passava do meio-dia e nem sequer tinha feito a mala. Passou um dedo pela tela e disse que era uma pena que a foto estivesse enrugada e amarelada: ninguém pensou que seria uma boa ideia cuidar dela? Com esse lamento, entrou no banheiro. Sergio se recostou na cama com o computador sobre as pernas e ficou ali, ouvindo o barulho da água que escorria e os movimentos do filho, passando distraidamente pelas fotos do seu próprio arquivo e pensando nesta epifania curiosa: Raúl vivia num mundo onde aquela aberração, uma foto deteriorada, tinha desaparecido ou se tornado incompreensível. De repente, pensou em outra foto que também revelava os estragos do tempo, e não lhe custou nada encontrá-la nos recantos do seu computador. Não conseguia mais lembrar quem a tirara, entretanto a ocasião era inesquecível: o dia em que Carl partiu da China com a intenção de chegar a Londres e começar uma vida nova longe de Pequim, longe de Mao, longe da cadeia onde o pai deixara tantos anos de vida. Ali estavam, na estação de trem, com Sergio ocupando o lugar que cinco anos antes fora ocupado por Marianella. Numa das fotos, Marianella iria embora para sempre; na outra, era Carl quem se despedia. Eram fotos parecidas, sim, mas com histórias tão diferentes: dois adeuses contrapostos, um que viajava para a revolução e outro que escapava dela. Então se lembrou: o fotógrafo era Paul, o irmão caçula de Carl, e a câmera era a Nikon que Luz Elena dera a Sergio lá pelos dias em que voltaram a Pequim, como uma espécie de voto de confiança no futuro. E sim, a foto havia sido castigada, porém Sergio não recordava como, nem se lembrava de quando revelou o rolo do filme, e agora, por uma associação de ideias, vinha à lembrança um velho lema de cineastas: *Fé é acreditar no que o laboratório ainda não revelou*. De fato, pensou. Sempre soube que é possível não se acreditar em deus nenhum, mas é preciso ter fé na luz. Pois quem domina a luz domina tudo.

Agora, vendo fotos velhas numa cama desarrumada de um hotel em Barcelona, no dia seguinte à primeira projeção de A *estratégia do caracol* num mundo onde Fausto não mais existia, Sergio percebeu que a memória começava de novo a fazer das suas. Na noite anterior, uma mulher tinha perguntado o que do filme havia sido mais difícil de fazer: ele deu uma resposta sobre dificuldades técnicas, mas a que preferia ter dado era muito diferente: o mais difícil tinha sido construir o filme ao redor do pai. Pois era isso, sobretudo, aquela história de um velho espanhol anarquista que organiza uma rebelião de vizinhos: uma homenagem a Fausto Cabrera, uma carta de amor filial em fotogramas. Com cada fala, com cada enquadramento, Sergio quis dizer ao pai quanto gostava dele, quanto lhe agradecia por tantas coisas, quanto sentia que de alguma maneira misteriosa lhe devia a vida inteira, desde seu começo como ator infantil de uma televisão incipiente até a cadeira de diretor de longas-metragens. No meio tinham acontecido outras coisas — dolorosas, incômodas, incompreensíveis —, mas A *estratégia do caracol* seria o bálsamo para fechar todas as feridas, o cachimbo para fumar todas as pazes, e ter essa consciência enquanto escolhia o lugar da câmera ou dava uma instrução aos atores, ou enquanto soltava fumaça com uma máquina para enxergar melhor onde estava a luz de uma cena, foi o maior desafio da sua vida.

Então recordou o ocorrido numa daquelas tardes de trabalho. Estavam a ponto de rodar uma cena no interior de uma casa arruinada cuja fachada se mantivera intacta, mas cujo interior começara a ser demolido no universo da ficção pelos vizinhos rebeldes, e em algum momento Sergio quis saber com precisão por onde passava a luz naquele espaço de penumbras difíceis. Pediu a máquina de fumaça e encheu o lugar, e aconteceu este milagre cotidiano: os raios de luz se tornaram visíveis, retos, sólidos, tão definidos que dava para acreditar que era possível pegá-los com a mão. Fausto Cabrera, sentado numa cadeira à margem da cena, estudava suas falas, e Sergio, ao observá-lo, pensou que as recordações eram invisíveis como a luz, e assim como a fumaça tornava a luz visível, devia existir uma forma de fazer visíveis as recordações, uma fumaça que podia ser usada para que as recordações saíssem do seu esconderijo, para poder acomodá-las e guardá-las para sempre. Talvez não fosse outra coisa o que aconteceu naqueles últimos dias em Barcelona. Talvez, pensou Sergio, isto era ele, isto ele tinha sido: um homem que joga fumaça sobre suas recordações.

As escolas de cinema de Pequim tinham sido fechadas nos primeiros dias da Revolução Cultural, e ninguém via a possibilidade de que voltassem a abrir. Não apenas estavam fechadas, mas amaldiçoadas: sua reputação tinha ficado fatalmente ligada à de Jiang Qing, a esposa de Mao, uma mulher ambiciosa, atriz medíocre de outros tempos, que havia acumulado um poder enorme durante a Revolução e o aproveitara conscientemente para esmagar qualquer manifestação cultural que não fosse uma celebração das ideias maoistas. Jiang Qing supervisionou tudo que tivesse a ver com as artes cênicas, mas sua figura pública, desde que Sergio se foi de Pequim em 1968, tinha sofrido um desgaste brutal, quase visível nas linhas do seu rosto e na rigidez do seu sorriso, e agora começavam a culpá-la por alguns excessos dos quais todos foram cúmplices. Até se dizia que estava separada de Mao, mas que os dois ocultavam essa realidade por medo do que o movimento podia fazer com ela. Fausto observava todo o espetáculo a partir do seu desencanto privado.

"Vai afundar completamente e o cinema vai afundar com ela", disse a Sergio. "No seu lugar, eu começaria a pensar em outras coisas."

"Mas é isso que quero fazer", disse Sergio.

"A gente não faz o que quer, mas o que nos permita sobreviver", disse Fausto. "Depois poderá se dedicar ao que lhe der vontade." E acrescentou: "Vá falar com o pessoal do escritório. Eles podem te orientar melhor que ninguém".

Os oficiais do Escritório de Especialistas Estrangeiros mantinham sob seu controle as admissões a todas as faculdades de Pequim. Sergio e Fausto os visitaram certa manhã, e depois de duas horas de conversa,

Fausto já tinha decidido: Sergio estudaria medicina. Fora seduzido pelo programa dos *médicos descalços*, cujos estudantes passavam três anos na faculdade e depois saíam para trabalhar entre os camponeses ou operários. Ao fim desse período, submetiam-se à votação dos seus pacientes, e se os resultados fossem positivos, podiam continuar com a carreira até a diplomação final.

"Vai estar perto do povo", disse-lhe seu pai. "Será o mais útil para você caso a gente volte para a guerrilha."

"Quê? Vamos voltar?"

"Nunca se sabe. E não convém se afastar demais da revolução."

Sergio não chegou a cursar três meses de faculdade. Foi uma coincidência que Luz Elena tivesse que ser operada de uma hérnia justamente por aqueles dias. Sergio foi vê-la no hospital; chegou no mesmo instante em que os enfermeiros a traziam de maca para a zona de recuperação, e viu o enfermeiro erguer a bata e observou a cicatriz recém-feita, colorida pelo desinfetante e com rastros de sangue seco, e teve que se agarrar à maca para não perder o equilíbrio. O médico, um dos seus professores na faculdade, se deu conta do ocorrido e se aproximou dele sem indiscrição para perguntar se acreditava de verdade que aquela profissão era para ele. Sergio suspeitava que a resposta fosse negativa.

Confirmou isso dias mais tarde, quando enfrentou sua primeira lição de anatomia. No programa dos médicos descalços tudo ocorria antes do normal, como se os estudantes vivessem uma vida acelerada; poucas semanas depois de abrir o caderno, Sergio já assistia às aulas no anfiteatro. De longe viu como os professores tiravam um lençol sujo de cima de um corpo morto e apontavam suas partes e as nomeavam mastigando as palavras. Naquele dia se instalou a um lado do lençol, diante de uma colega que olhava para ele com timidez, e ao retirar o lençol encontrou uma mulher de cabelos grisalhos, mas de pele firme de cujo ventre descia uma linha pintada. Enfiou o bisturi no corpo morto sem que brotasse sangue, e o passo seguinte seriam os tapas do professor, que olhava para ele com decepção mal dissimulada enquanto Sergio se recuperava do desmaio.

"O que houve, camarada Li?", perguntou-lhe. "Nunca viu um cadáver?"

Sergio não soube o que dizer. Tinha visto mortos à bala, mortos de doenças tropicais, mortos por acidentes. Mas aquilo era diferente: aquilo era a guerra, que deixa mortos pelo caminho para que sejam vistos e nunca esquecidos. Sergio recordava cada um dos que vira como se os tivesse à sua frente, assim como tivera o corpo da mulher de cabelos grisalhos. Por que então tinha ficado tão impressionado? Por acaso os mortos da paz o impressionavam mais que os da guerra? Ou talvez o problema fosse muito mais simples: malograda sem conserto sua missão revolucionária, para a qual viveu desde a meninice, não tinha mais um lugar no mundo e não o teria nunca mais. Por aqueles dias, escreveu no seu caderno: *Na China não há nada para mim. Tampouco na Colômbia. Nem sequer completei vinte e quatro anos e já estou me perguntando para que continuar a viver.*

Na tarde de 1º de maio, os Cabrera faziam a pé as várias horas do trajeto que vai da praça Tian'anmen ao Hotel da Amizade, entre bandeiras vermelhas e alto-falantes que os ensurdeciam com canções revolucionárias, quando um homem se aproximou para cumprimentar Fausto num francês de sotaque carregado. Era europeu, mas estava vestido com jaqueta chinesa e tinha um cabelo desordenado de mechas grisalhas e umas sobrancelhas largas que pareciam pentear suas pálpebras, e o acompanhava uma mulher de sorriso tímido. Fausto apresentou Luz Elena e os quatro trocaram cortesias, e depois combinaram de se encontrar no domingo seguinte no Hotel da Amizade. Depois, quando seguiram seu caminho, Fausto explicou que aquele homem era Joris Ivens, diretor de um dos melhores filmes já feitos sobre a Guerra Civil: *Terra de Espanha.* Sergio reconheceu o nome, é claro, e além disso lembrou as várias vezes que assistiu em Paris às projeções de *Longe do Vietnã.* A parte de Ivens era a de que mais tinha gostado, e agora teria oportunidade de dizer isso a ele.

De modo que se assegurou de estar presente no domingo, quando chegaram Ivens e sua mulher para passar o dia no hotel. Ela se chamava Marceline Loridan e também era cineasta. No seu braço dava para ver os números tatuados de algum campo de concentração. Tudo o que dizia era elegante, bem informado, inteligente, e não era de estranhar que se desse tão bem com Luz Elena. Sergio falou de *Longe do Vietnã* com um entusiasmo de que ninguém se lembrava mais, e até Fausto deve ter notado, pois comentou com Ivens: "Quer estudar cinema. E não é um novato: atuou comigo, sabe algo de fotografia, aprendeu alguma coisa de direção. Mas terá que aguardar que as escolas abram, e sabe-se lá quando isso vai acontecer".

Ivens se virou para Sergio. Olhando para ele, porém falando com Fausto, disse:

"Então venha trabalhar comigo."

Acontecia que Ivens já dirigira dois filmes sobre a China e estava preparando o terceiro, um ambicioso documentário em múltiplas partes chamado *Como Yukong moveu as montanhas*. Então já trabalhava havia mais de um ano nele e estava convencido de que seria sua obra-prima. "Melhor dizendo, a nossa", disse, botando uma das mãos no braço tatuado de Marceline. Era um trabalho repleto de complicações, e um jovem entusiasta que conhecesse os mecanismos do cinema, que falasse bem francês para se comunicar com ele e um bom chinês para compensar seu defeituoso conhecimento da língua poderia ser de grande ajuda. Em seguida, porém, depois de uma semana de trabalho na rodagem, Sergio se converteu em algo mais que um assistente. Ivens era um herói para os chineses, pois havia retratado a Revolução com verdadeira cumplicidade, mas isso trazia um alto custo.

"Não consegui decidir se me tratam como um rei ou como um espião", dizia a Sergio. "E você sabe, jovem Cabrera, que os reis e os espiões têm algo em comum: ninguém lhes diz a verdade. Eu preciso saber o que realmente está acontecendo na China. Preciso de alguém que conheça os chineses e os entenda, alguém que goste da China, mas que goste tanto dela que possa ver seus problemas."

Sergio se esforçou para ser essa pessoa. Converteu-se no intérprete de Ivens mas também em seu informante; acompanhou-o ao circo de Pequim para falar com os artistas e a uma fábrica de geradores para falar com os operários. Passaram juntos dias inteiros de verão, dias longos de doze horas de trabalho que os levavam por toda a cidade, das oficinas dos artesãos até a ópera de Pequim e depois aos escritórios de um professor universitário, e Sergio foi o primeiro surpreendido ao descobrir que de todos os lugares podia falar com conhecimento: tinha estudado com seu pai a ópera chinesa, trabalhara numa fábrica de relógios despertadores, havia sido guarda vermelho nos tempos de estudante. E não somente entendia todos os recantos da vida chinesa, como também podia falar com todos os seus habitantes, fossem quem fossem, fizessem o que fizessem, e o fazia separando com precisão de ourives a verdade da impostura e a confissão da propaganda.

"Por onde você andou esses meses todos?", disse-lhe Ivens. "Teria tornado meu trabalho mais fácil."

Era uma pergunta retórica, mas levou a respostas que não eram. Nos tempos mortos, enquanto almoçavam raviólis com carne ou terminavam um longo dia de trabalho na piscina do Hotel da Amizade, na companhia de Marceline ou enquanto ela se encarregava de outra parte do documentário em outro lugar da cidade, Sergio contou a Ivens dos seus anos na guerrilha, das circunstâncias que o levaram a entrar e das razões pelas quais decidiu sair. Ele o escutava com verdadeiro fascínio. "Você viveu muito para alguém tão jovem", disse-lhe uma vez, "precisávamos contar sua vida num filme." Sergio não podia deixar de pensar que aquele homem havia filmado a Guerra Civil com Hemingway e dera conselhos a Orson Welles. Ivens, por sua parte, adquiriu certo carinho por ele, e, embora o meio século que os separava pudesse fazer deles avô e neto, suas conversas ganharam certa cumplicidade que era a da paixão compartilhada. "Você me faz pensar em mim mesmo quando tinha sua idade, Sergio", dizia Ivens. "A gente acredita que o mundo vai acabar se não dirigir nosso primeiro filme na mesma hora. Deixe eu lhe dizer um segredo: você tem tempo."

Sergio, por outro lado, sentia que o tempo estava acabando para ele: o verão terminava, acabava o trabalho em *Como Yukong moveu as montanhas*, terminava a estadia de Ivens e Marceline na China. Quando chegou o dia de sua volta a Paris, Ivens se despediu de Sergio com uma promessa: se encarregaria de que o aceitassem no Idhec. O Institut des Hautes Études Cinématographiques de Paris seria um sonho realizado, é claro, mas Sergio nunca chegou a acreditar nisso de verdade. Quando comentou o assunto com os pais, em algum dos refeitórios do Hotel da Amizade, fez isso sem emoção nem esperanças, e não se incomodou à altura com a reação de Fausto. "Primeiro precisa terminar a universidade", disse ele. "Depois, veremos." Então Luz Elena interveio: "Mas se é isso o que ele quer fazer... Não quer ser médico, Fausto, nem nada mais. Quer trabalhar com cinema. E a culpa disso é toda sua, então não sei qual é o problema". "De toda maneira, ele não pode sair da China", disse Fausto. "Não tem documentos. Não tem passaporte. Deve até estar nas listas proibidas da Interpol! Seria preso se botasse um pé em Paris. Não vamos perder tempo falando do impossível." "Impossível porque você não quer", dizia Luz Elena já desmoralizada, e Fausto soltava sua conclusão inapelável: "Não é verdade, é impossível porque é impossível". Conversas similares se repetiram diversas vezes durante aqueles dias: Sergio as acompanhava como se estivessem falando de um ausente, pois lhe parecia que aquela vida, a de um jovem que estuda cinema em Paris, ficava longe demais dele. Dava para fantasiar o que quer que fosse, mas no fundo Fausto tinha razão: sem um passaporte legal no seu nome, qualquer arremedo de independência era ilusório.

Em setembro, quando já havia esquecido do assunto, chegou uma carta de Paris. *Lamento muito*, leu Sergio. *São demasiados requisitos, demasiados obstáculos.* Chegou a pensar que tinha ocorrido exatamente o previsto: o fracasso das boas intenções. Só que em seguida Ivens pedia desculpas por ter tomado a liberdade de bater em outras portas, contava que tinha conseguido falar com seus contatos da London Film School e obtido algum sucesso. *Se quiser*, dizia, *você tem a entrada assegurada.* Sergio não mostrou a carta aos seus pais, mas pela primeira vez aquele futuro irreal abriu um espaço na sua rotina. Começou em segredo a ter aulas de inglês com uma residente do Hotel da Amizade, o único lugar onde isso era possível fora do Instituto de Línguas Estrangeiras. Bastava descer dois andares pelas escadarias para chegar à suíte da professora, mas além disso visitou os Crook algumas vezes para praticar com eles sem que se dessem conta. Chegou a conseguir os discos dos Beatles — uma memória da adolescência, inseparável do rosto de Smilka —, e gastava horas procurando averiguar o que Lennon cantava em "A Hard Day's Night", como se fazê-lo fosse a chave de entrada para toda a cultura. Nisso estava uma tarde copiando meticulosamente um verso de sentido incompreensível quando sua mãe entrou com um pacote que acabava de chegar, por correio internacional, à recepção do hotel. Era um passaporte legal, com a foto legal e o nome legal de Sergio Fausto Cabrera Cárdenas. Só a assinatura e a impressão digital eram fictícias, pela razão evidente de que alguém que não era Sergio se prestara a recolhê-lo em Bogotá.

Luz Elena havia conspirado durante meses para conseguir o documento. Fez isso com a ajuda do pai dela, cujas influências ainda eram válidas apesar de a família ter caído no comunismo. Bastou a dom Emilio Cárdenas pegar o telefone algumas vezes para conseguir que o prontuário de Sergio se convertesse numa folha de vida imaculada, sem passado, numa espécie de anistia secreta; e uma vez obtido aquilo, conseguir o passaporte, mesmo que trouxesse a assinatura de outro, foi mais fácil do que podia acreditar. Agora, com o passaporte na mão, com seu rosto e nome olhando-o ali das páginas legais e não das de um documento manipulado cuja numeração não era nem sequer consecutiva, Sergio sentiu que a vida, tal como ele a imaginava, estava por fim ao alcance da mão. Então, durante as semanas seguintes, sempre com a cumplicidade de Luz Elena, se dedicou a limar as arestas do projeto, escrevendo para a London Film School e recebendo uma resposta entusiasmada, escrevendo para Joris Ivens e recebendo seus bons augúrios, preparando o momento de anunciar a decisão ao pai.

422

Não esperavam que Fausto aceitasse tranquilamente de primeira, porém nem Sergio nem Luz Elena podiam ter previsto a virulência da sua reação. Estavam no restaurante ocidental quando Sergio começou a falar do ocorrido naqueles meses, desde as cartas de Ivens até os cursos de inglês, e terminou com a notícia:

"Vou para Londres, papai."

Fausto não se importou com o olhar das pessoas, ou a ira foi mais forte que a prudência, e se levantou aos gritos. Acusou os dois de terem planejado toda a questão pelas suas costas.

"Me enganaram", disse. "Não, isso é mais que enganação: isso é uma traição."

"O que é isso, não faça um escândalo", disse Luz Elena. Sergio detectou na voz dela uma autoridade serena que o recordava de outros enfrentamentos. "Vamos conversar com calma."

"Com calma", disse Fausto. "Vocês me traem e depois me pedem calma."

"Ninguém te traiu", disse Sergio. "Eu apenas pedi ajuda e ela me deu, não você. Eu quero fazer isso. Tomei essa decisão. Gostaria de fazer isso com seu apoio, mas não o tenho. E não sei o que você esperava, na verdade. Tampouco eu ficaria de braços cruzados."

"Mas o que está me dizendo?", disse Fausto. "Que porra é essa que está falando? Se a vida inteira não fiz mais que te apoiar."

"Mas nisso não, papai", disse Sergio.

"Mas é que isso é um erro", disse Fausto. "Aqui você pode estudar melhor. As faculdades vão abrir dentro de alguns meses, é o que todo mundo diz."

"Só que eu não quero estudar aqui. Quero ir embora. Tenho tudo preparado e vou embora." Então achou que podia se atrever ainda mais: "Você sempre nos contou da ajuda que o vovô lhe deu quando saiu da República Dominicana. Você queria ir embora porque queria ser ator, porque permanecendo lá não poderia ser ator. E o vovô lhe deu o dinheiro de que precisava. Não foi assim? Por que não posso fazer o mesmo? Por que você não pode ser para mim o que seu pai foi para você?"

"Isto é muito diferente", disse Fausto.

"É a mesma coisa", disse Sergio. "Eu sou seu filho e preciso da sua ajuda. E nem sequer estou pedindo dinheiro. O dinheiro eu já tenho."

"Ah, é? E de onde saiu?"

"Dos meus cheques de viagem", disse Luz Elena. "Para ele chegar e se acomodar enquanto procura trabalho."

"Entendi", disse Fausto. "O que você quer é transformar seu filho num burguês."

"O que eu quero é ajudá-lo", disse Luz Elena. "E faço com meu dinheiro o que eu quiser."

"Então vou falar com eles", disse Fausto.

"Com eles quem?", disse Luz Elena.

"Para que não o deixem sair", disse Fausto. "Não se esqueça de que Sergio entrou com um passaporte falso. Para sair, vai precisar que alguém faça vista grossa."

"E você seria capaz disso?", disse Luz Elena. "Você pegaria no telefone para destruir os planos do seu filho?"

"Os planos, os planos", disse Fausto. "E onde ficam os nossos?" Houve um silêncio. "Todos os planos que tínhamos feito", continuou Fausto. "Onde ficam?"

Sergio sentiu que as frustrações de muitos anos se acumulavam no seu peito, as que recordava e as que não sabia. "Quais planos?", disse. Ouviu sua própria voz e a notou transformada, mas era tarde demais para puxar as rédeas. "Quais planos nós fizemos, papai? Pergunto isso de verdade, pergunto isso porque não sei. Eu não fiz planos, mamãe não fez planos, minha irmã não fez planos. Quem os fez foi você." Sentiu isso naquele momento com uma clareza nova, como se visse as coisas pela primeira vez. "O plano de vir para a China foi seu, não nosso. O plano de se unir ao EPL foi seu, não nosso. A vida inteira. A vida inteira você nos fez crer que éramos nós que decidíamos, só que isso não é verdade: quem decidia era você. A vida inteira eu fiz o que você queria, a vida inteira fiquei calado, tentando te satisfazer. No entanto percebi tudo, papai. Percebi que calar não é uma questão de temperamento: é uma doença. Eu me calei muito, sim, me calei para me adaptar ao que os demais esperavam. E me arrisquei demais, agora me dou conta, vivi uma vida de riscos, mas não me arrisquei por mim, e sim pelo que esperavam que eu fosse, por aquilo que você esperava de mim. E não quero mais ser isso: não quero mais ser o jovem valente e promissor. Não quero mais. Isto, isto de agora, é o que quero. Isto de agora sou eu quem decido, estes são meus planos, os meus, não os de ninguém mais. Isto é o que quero fazer com a porra da minha vida."

Quando o piloto anunciou, em três idiomas, que estava começando a descida na cidade de Lisboa, Sergio fez as contas e percebeu que naquele mesmo instante, em Barcelona, estaria sendo projetado *Perder é questão de método*, a adaptação do romance de Santiago Gamboa. As pessoas assistiriam ao filme sem ele; Sergio não diria o quanto tinha se deliciado ao ver Gamboa metendo a mão nos diálogos, nem como seu pai se queixara quando Sergio lhe propôs que aparecesse brevemente no papel de um padre do Cemitério Central. Naquele momento, Fausto recordou sua aparição no primeiro longa-metragem de Sergio, *Técnicas de luto*, e disse: "Um padre outra vez. Como se eu não soubesse fazer outra coisa". Sim, Sergio poderia ter recordado essas anedotas nessa tarde, depois da projeção. Mas não faria isso, pois não estava presente: a retrospectiva havia terminado para ele. *Não olhar mais para trás*, pensou então, brincando com as palavras, apesar de ser isso o que fazia agora mesmo: agora, ao baixar dos céus portugueses ao aeroporto onde Silvia o esperava, estava pensando em Fausto, que estava morto, e em Raúl, que já devia ter chegado em casa.

Despedira-se do filho na Rambla del Raval, com a porta do táxi aberta e o chofer dando sinais de impaciência, e Sergio pareceu perceber que a despedida não era a mesma para os dois, nem continha as mesmas emoções. Isso era bom: havia alguma coisa entre os sessenta e seis de um e os dezoito de outro. Quando o táxi desapareceu, Sergio voltou ao vestíbulo do hotel, e se sentiu tão sozinho sem Raúl que escreveu um WhatsApp para Silvia como um nadador que se agarra à margem. Em seguida, porém, ocorreram-lhe outras palavras.

Sei que você precisa de um tempo e não pretendo que nossos problemas se solucionem num passe de mágica, disse-lhe. *Mas me sinto dando murro em ponta de faca e me faria muito bem pensar que vamos pelo bom caminho. O que você acha?*

Esperou a resposta por alguns minutos — teimosos, elásticos, mesquinhos — e depois decidiu que era melhor sair. Passou a tarde caminhando sem itinerário por Barcelona, descendo pelas Ramblas até a estátua de Colombo, tomando o Moll de la Fusta rumo à Barceloneta, e depois fazendo o mesmo trajeto no sentido contrário. Era curioso o papel que essa cidade desempenhara em sua vida, desde que o pai subiu aos terraços para ver Montjuïc até aquela breve visita durante a escala de barco que o levou para a Colômbia. Aquela viagem fechava o ano difícil que havia começado no Hotel da Amizade, em março de 1974, com Sergio se despedindo dos pais para viajar para Londres. Luz Elena precisou implorar a Fausto que saísse para se despedir, depois de semanas sem lhe dirigir a palavra. Desde a noite em que Sergio revelou seus planos de estudos, Fausto tinha caído num silêncio de fera ferida que só rompia para insistir nas suas acusações: tinha sido traído, violaram os compromissos com a família. De nada valeu a Sergio explicar que a decisão de fazer cinema demonstrava a melhor das lealdades, pois não teria acontecido se ele não admirasse seu pai a ponto de querer seguir seus passos. Fausto acabou cedendo: nas escadarias do hotel se despediu de Sergio com o aperto de mãos mais frio dado no mundo inteiro, e voltou a subir antes que o filho entrasse no táxi. A raiva de Sergio durou toda a viagem por Moscou e Roma e Paris, e depois na balsa de Calais a Folkestone e depois no trem que o deixou em Londres. Antes de descer na estação de Victoria, olhou seu passaporte. O funcionário do porto o carimbou, e no carimbo se lia a data: era 7 de junho.

Hoje, disse Sergio para si mesmo, *começa minha nova vida.*

* * *

Era estranho sentir a mesma coisa agora, em Lisboa, chegando com Silvia ao bairro do Benfica. Era estranho também sentir que voltava para casa naquela noite, pois Lisboa não era sua cidade e nunca tinha sido, e porque naquele apartamento não passara mais que alguns dias da semana anterior: uma semana que já pertencia a outra vida. Voltar do aeroporto para a rua Ferreira de Andrade lhe trouxe a memória da tarde em que recebeu por telefone a notícia da morte de Fausto. Agora, procurando um espaço livre para estacionar o carro, dobrando a esquina e caminhando para o número 19 da rua ampla, sustentando todo o tempo o corpo adormecido de Amalia contra o seu, Sergio contava os dias desde a última vez que aconteceu tudo isso, e lhe parecia inverossímil que tão poucos tivessem se passado. Comentou isso mais tarde, durante o jantar, mas Silvia tinha outra coisa em mente.

"Gostaria que você fosse a Coimbra", disse. "Nos esperam amanhã. Minha família adoraria te ver."

Sergio assentiu. "Também adoraria vê-los", disse. Foram como palavras mágicas, pois no momento de pronunciá-las sentiu um alívio repentino e, com o alívio, o cansaço acumulado nos últimos dias, que o levou a pensar nos sacos de areia que botam no pescoço dos touros antes da *corrida*. Assim que acomodou a cabeça no travesseiro soube que começava a adormecer, mas usou dos últimos resquícios de lucidez para dizer a Silvia que tinha pensado em muitas coisas durante o fim de semana e que tomou uma decisão: a primeira coisa que faria ao chegar a Bogotá seria procurar Jorge Llano, o terapeuta, para falar com ele. E veria como a tal Gestalt poderia ajudá-lo.

No dia seguinte, acordou cedo. Com o apartamento ainda na penumbra, se vestiu com a roupa da viagem e saiu para a rua. O céu de Lisboa estava limpo e as ruas úmidas, como se as tivessem lavado de madrugada, e a cidade parecia acabar de ter sido inventada. Sergio deu uma volta na quadra, passando pelo parquinho de que Amalia gostava, mas nos espaços abertos fazia demasiado frio, então decidiu voltar antes do previsto. Passou pela pastelaria Califa para tomar um café e comprar alguns croquetes, e a mulher do balcão o reconheceu e o cumprimentou em castelhano, e Sergio se sentiu tão agradecido que comprou seis croquetes no total: dois para cada um deles, que começariam a viagem para Coimbra em duas horas. Então os imaginou. Imaginou todos no carro, tal como tinham vindo do aeroporto — Silvia dirigindo, Amalia adormecida na sua cadeirinha traseira, ele no posto de copiloto —, mas dessa vez à plena luz de um dia ensolarado. No começo da sua relação tinham feito juntos a mesma viagem, talvez para Sergio conhecer a família Jardim Soares; de maneira que agora, caminhando entre a pastelaria Califa e o edifício de Silvia, Sergio podia imaginar o trajeto: desceriam pelo bairro de Benfica até Belém e margeariam o rio até chegar à área da Expo, antes de entrar na rodovia, e lá veriam a água eriçada de diamantes como sempre que lhe batia o sol, e veriam também o céu limpo e as gaivotas flutuando perto, e as pessoas começando seus dias com suas famílias como agora Sergio, chegando ao apartamento, começa o dia com a sua. Silvia abre a porta e, ao entrar, Sergio se dá conta de que já estão tomando o café da manhã, e então põe os croquetes sobre a mesa e Amalia solta um grito de menina feliz, e Silvia, que está com o celular na mão, segura-o no ar e diz a Sergio algo que ele não consegue entender. Ela termina de mastigar um pedaço, toma um gole de suco de laranja e lê a mensagem que Sergio lhe escreveu na tarde anterior, lê *sei que precisa de um tempo*, lê *me sinto dando murro em ponta de faca*, lê a pergunta: *O que você acha?* E olha para Sergio e diz:

"Acho que sim. Que vamos pelo bom caminho."

Nota do autor

Olhar para trás é uma obra de ficção, mas não há nela episódios imaginários. Isso não é um paradoxo, ou não foi sempre. O *Diccionario de construcción y régimen* de Rufino José Cuervo, para usar um exemplo de que gosto, traz esta acepção na entrada do verbo *fingir*: "Modelar, desenhar dar forma a algo, a) dito de objetos físicos como escultura e similares, talhar". Não se diferencia do que tentei nestas páginas: o ato da ficção consistiu em extrair a figura deste romance do gigantesco pedaço de montanha que é a experiência de Sergio Cabrera e sua família, tal como me foi revelada ao longo de sete anos de encontros e mais de trinta horas de conversas gravadas. A primeira, segundo o arquivo de voz do meu telefone, teve lugar em 20 de maio de 2013, no meu estúdio de Bogotá. Nela, Sergio começa falando da série que acaba de terminar por aqueles dias, cuja filmagem ocorreu em parte numa casa com fantasmas (nenhum dos quais, para sua grande desilusão, chegou a aparecer), e em seguida entramos no assunto. A última das conversas não foi com ele, mas com Carl Crook, que em 10 de agosto de 2020, em sua casa em Vermont, me mostrou por Zoom o bracelete de guarda vermelho que havia pertencido a Marianella em 1967, e nos dias seguintes teve a generosidade de traduzir para mim fragmentos do seu diário chinês. Entre as duas datas troquei incontáveis e-mails e mensagens de texto — com Sergio e com Silvia, com Marianella e com Carl —, recebi fotografias dos seus arquivos privados e consultei documentos cuja sobrevivência inverossímil me pareceu mais uma prova da obstinação do passado, e enquanto escrevia outros livros andei procurando nas sombras a forma que mais convinha a este.

Quando estourou a pandemia do coronavírus, este romance já estava encontrando sua voz e descobrindo sua arquitetura. Agora estou convencido de que a escrita deu ordem e propósito aos dias caóticos da quarentena, e em mais de um sentido me permitiu conservar uma certa sanidade no meio daquela vida centrífuga. Em outras palavras, ordenar um passado alheio foi a maneira mais eficaz de lidar com a desordem do meu presente.

A epígrafe pode ser lida (gostaria que fosse lida) nesse sentido. As palavras aparecem no prefácio de *Joseph Conrad: A Personal Remembrance* [Joseph Conrad: Uma lembrança pessoal], um livro de Ford Madox Ford que me serviu de companhia e de sustentação, apesar de minha estratégia não ter sido a mesma. O autor se dispõe a nos contar a vida de um amigo, e sua frase completa é esta: "Pois, segundo nossa visão das coisas, um romance deveria ser a biografia de um homem ou um caso, e toda biografia de um homem ou um caso deveria ser um romance, sendo ambos, se forem executados de maneira eficiente, interpretações de tais casos como são as vidas humanas". Gosto da ideia de interpretação, pois é isso que me vi fazendo mais de uma vez com os fatos da vida de Sergio Cabrera. Meu trabalho de romancista, diante do magma formidável das suas experiências e as da sua irmã, consistiu em dar a esses episódios uma ordem que fosse além do relato biográfico: uma ordem capaz de sugerir ou revelar significados que não são visíveis no simples inventário dos fatos, pois pertencem a formas distintas do conhecimento. Não é outra coisa o que fazem os romances. É a isso que nos referimos, creio, quando falamos de imaginação moral: a essa leitura de uma vida alheia que consiste em observar para conjecturar, ou em penetrar o que é manifestado para descobrir o oculto ou o segredo. A interpretação é também parte da arte da ficção; que o personagem em questão seja real ou inventado é, na prática, uma distinção irrelevante ou supérflua.

Além das pessoas mencionadas, que me presentearam seu tempo e me emprestaram suas recordações — e me permitiram modelá-las, talhá-las, dar-lhes forma —, *Olhar para trás* tem uma dívida especial com o cavalheirismo de Santiago Gamboa, a cumplicidade de Pilar Reyes e María Lynch, o bisturi editorial de Carolina López e o tino de narrador de Ricardo Silva. Para escrever as passagens sobre o jovem Fausto Cabrera usei seu livro de memórias *Una vida, dos exilios* [Uma vida, dois exílios], assim como usei *The Autobiography of David Crook*

[A autobiografia de David Cook], as memórias do pai de Carl, para reconstruir certos episódios da sua vida. Outras pessoas me ajudaram de modo menos tangível, às vezes sem saber disso, e aqui quero fazer constar minha gratidão (e liberá-los de qualquer compromisso). São Héctor Abad Faciolince, Nohora Betancourt, Javier Cercas, Humberto de la Calle, Guillermo Díez, Jorge Drexler, Luz Helena Echeverry, Gabriel Iriarte, Carmenza Jaramillo, Mario Jursich, Li Chow, Alberto Manguel, Javier Marías, Patricia Martínez, Hisham e Diana Matar, Gautier Mignot e Tatiana Ogliastri, Mónica Reyes e Zadie Smith. De outra ordem é a presença de Mariana, que acompanhou a escrita deste livro enquanto lidava com o universo inteiro neste ano de tantas pestes.

JGV
Bogotá, outubro de 2020

ESTA OBRA FOI COMPOSTA PELO ACQUA ESTÚDIO EM ELECTRA E IMPRESSA
EM OFSETE PELA GRÁFICA PAYM SOBRE PAPEL PÓLEN NATURAL
DA SUZANO S.A. PARA A EDITORA SCHWARCZ EM MARÇO DE 2025.

A marca FSC® é a garantia de que a madeira utilizada na fabricação do papel deste livro provém de florestas que foram gerenciadas de maneira ambientalmente correta, socialmente justa e economicamente viável, além de outras fontes de origem controlada.